VERLAG
WORTREICH

Hermann Knapp

Der Auserwählte

Roman

Coverbild: Judith Nicolussi

1. Auflage 2019

Satz: Verlag Wortreich
Umschlaggestaltung: Judith Nicolussi
Lektorat: Mag. Ruth Altenhofer
Druck und Bindung: CPI books GmbH, Leck
Printed in Germany
ISBN 978-3-903091-56-6

Informationen über das Verlagsprogramm und Veranstaltungen
www.verlag-wortreich.at
facebook.com/verlagwortreich

Der Auserwählte

Er kam mit einem Blitz zur Welt

und wurde zum Propheten wider Willen

Die Welt hat genug für jedermanns Bedürfnisse,
aber nicht für jedermanns Gier.

Mahatma Gandhi.

Prolog - die Blitzgeburt

Just in dem Augenblick, in dem Konrad Sammer zur Welt kam, schlug ein Blitz ins Haus ein.

Er sauste durch den Schornstein, sprengte die Tür des Holzofens weg, erfüllte den ganzen Raum mit gleißender Helligkeit und traf die rechte Pobacke des Babys, das eben mit einer gewaltigen Presswehe aus dem Leib seiner am Boden hockenden und vor Schmerz schreienden Mutter glitt. Alle Anwesenden schlossen geblendet die Augen, und so kam es, dass das Kind der Hebamme durch die Hände flutschte und mit dem Kopf auf dem Boden aufschlug. Noch bevor er den ersten Atemzug tat, erfuhr Konrad Sammer also, dass diese Welt ein harter, grausamer Ort war, wo einen jederzeit ein Blitz treffen und wo man sich auch nicht darauf verlassen konnte, dass jemand da war, der einen auffing, wenn man fiel.

Dass er durch den Blitzschlag nicht sein Leben aushauchte, noch bevor es richtig begann, verdankte der kleine Konrad vermutlich der Käseschmiere, die ihn vollständig einhüllte und einen Teil der Energie absorbierte, dadurch aber im Bruchteil einer Sekunde spröde wurde und von ihm abblätterte wie eine Schicht getrockneter Lehm.

Als die geblendete Hebamme, die vor Sammers Mutter kniete, ihre Umgebung endlich wieder deutlich wahrnehmen konnte und das

Baby am Boden erblickte, beugte sie sich rasch vor und nahm es in die Arme. Das Kind, aufgeladen mit Blitzenergie, protestierte gegen diesen unsanften Empfang auf der Erde mit einem empörten ersten Schrei, der so laut war, dass er wie ein Donnerschlag über die ganze Welt hallte und die Menschen vor allem dort in Angst und Schrecken versetzte, wo nicht einmal ein Wölkchen am Himmel stand.

In etlichen Ländern löste Sammers Schrei sogar militärischen Alarm aus, weil er für den Knall gehalten wurde, mit dem ein Flugzeug die Schallmauer durchbrach. Regierungen schickten einander daraufhin Protestnoten, um gegen den illegalen Überflug ihres Hoheitsgebietes zu protestieren – was von den Verdächtigten natürlich völlig zu Recht empört zurückgewiesen wurde.

Der Geburtsschrei des kleinen Konrad rettete aber auch ein Leben. Am fernen Mount Everest waren Bergsteiger von einem Unwetter überrascht und ein Mann von der Gruppe getrennt worden. An der Felswand in einen Schlafsack gekauert und schon halb zugeschneit, wäre er beinahe in tödlichen Schlummer gesunken. Doch der Schrei des Neugeborenen – der Bergsteiger war seltsamerweise der einzige Mensch, der ihn als solchen erkannte – riss ihn aus seiner Lethargie und erinnerte ihn daran, dass seine Frau in wenigen Monaten ihr erstes Kind zur Welt bringen würde und dass er das unbedingt miterleben wollte. Plötzlich durchflutete ihn neuer Lebenswille. Er überstand die Nacht, und als es am Morgen aufklarte, schaffte er es aus eigener Kraft zurück ins Lager. Dort erzählte er, sein ungeborener Sohn habe nach ihm gerufen und ihm dadurch das Leben gerettet, was die anderen Bergsteiger allerdings als aus der Erschöpfung geborenes Hirngespinst abtaten. Stattdessen berichteten sie ihm voller Begeisterung, dass sie in der Nacht den Schrei eines leibhaftigen Yetis vernommen hätten.

Natürlich beschäftigte der seltsame Laut, der um die ganze Welt gegangen war, auch die Wissenschaft, doch die klugen Professoren kamen mit ihrem damaligen Instrumentarium zu keiner befriedigenden Erklärung. Die Theorie, dass ein Meteor wie eine überdimensionale Pistolenkugel mit entsprechender Geräuschentwicklung auf die Lufthülle der Erde getroffen und dann über unbewohntem Gebiet verglüht sei, schien noch die plausibelste. Jene, dass es sich bei dem Donnerschlag um einen protestierenden Rülpser der Erde gehandelt habe, die den in ihren Eingeweiden abgelagerten Atommüll nur sehr schlecht vertrug, war eine der abstrusesten.

Konrad erfuhr erst mit zehn Jahren durch Erzählungen seiner Großmutter von dem übermenschlich lauten Schrei, den er bei seiner Geburt ausgestoßen hatte. Auch sie wusste allerdings nicht, dass dieser auf der ganzen Welt zu hören gewesen war, weil die Kunde davon nicht bis in das kleine, abgelegene Waldviertler Dorf gedrungen war. Der Bub versuchte in der Folge aus reiner Neugier manchmal, diesen unglaublichen Schrei zu wiederholen. Doch mehr als Heiserkeit und Halsschmerzen kamen dabei nicht heraus.

Als kleines Wunder darf es wohl gelten, dass den bei Sammers Geburt Anwesenden nicht die Trommelfelle platzten und sie auch sonst keine gesundheitlichen Schäden davontrugen. Die Hebamme widerstand sogar tapfer dem Impuls, sich die Ohren zuzuhalten und den Kleinen gleich nochmals fallen zu lassen. Stattdessen rief sie, kaum dass der unheimliche Schrei verklungen war, um ihr eigentlich unverzeihliches Missgeschick zu überspielen: »Na, du bist ja ein ganz Lauter und ein ganz Schneller. Da habe ich dich gerade noch zu fassen gekriegt.«

Der Vater des Kindes, Georg Sammer, ein mittelgroßer, dünner Mann mit blondem Haar und Oberlippenbart, schaute sie aus seinen graublauen Augen zweifelnd an. Seine großen, abstehenden Ohren klingelten noch vom ersten Schrei seines Sohnes, und sein Blick war infolge des gleißenden Blitzes durch schwarze Punkte getrübt, trotzdem war er sich ziemlich sicher, dass das Kind der Hebamme durch die Hände gerutscht und am Boden aufgeprallt war. Aber da es eine rosige Farbe hatte und auch sonst gesund zu sein schien, sagte er nichts, außer:

»Na, da hat wohl ein Blitz eingeschlagen!«

Die Ofentür war rotglühend quer durch den Raum geschleudert worden und hätte beinahe den Kater erschlagen, der gemütlich auf einem Schemel schlief. Nur Zentimeter neben dem Tier, dessen Fell so schwarz war, wie sich Menschen in früheren Jahrhunderten die tiefsten Tiefen der Hölle ausgemalt hatten, und das deshalb auch den Namen Luzifer trug, war sie auf den Boden gekracht und hatte es unsanft aus seinem Schlummer gerissen. Vor Schreck hatte der Kater auf die heiße Platte gepinkelt und damit vermutlich eine größere Katastrophe verhindert, weil diese andernfalls bestimmt die dürren Pfosten des Holzbodens in Brand gesteckt hätte. Luzifer hatte seine unfreiwillige Löschaktion jedoch nicht unbeschadet überstanden. Sein Schwanz war zu nahe an die Glut geraten und die Hitze hatte alle Haare weggebrannt. Sie wuchsen nie wieder nach.

Der Kater stellte seine Kahlschwänzigkeit allerdings Zeit seines Lebens mit großer Würde zur Schau, als handelte es sich um ein sichtbares Ehrenzeichen für eine Heldentat. Und diese hatte er ja tatsächlich vollbracht – wenn auch nicht aufgrund einer bewussten

Entscheidung, sondern eines Reflexes seines Harnröhrenschließmuskels. Egal! Luzifer hatte auf jeden Fall verhindert, dass das Haus in Flammen aufging, und Georg Sammer wusste das zu würdigen. Auf sein Drängen hin ernannte die Freiwillige Feuerwehr im Ort, deren stellvertretender Kommandant er war, den Kater zum Ehrenmitglied auf Lebenszeit und bei diversen offiziellen Anlässen – etwa am Florianisonntag oder zu Allerheiligen – wurde ihm sogar ein kleiner Helm auf den Kopf gesetzt, und der jüngste Feuerwehrmann trug ihn auf einem roten Kissen der marschierenden Truppe voran. Der Kater thronte dann mit hoch erhobenem Haupt und schnurrend auf dem Polster und genoss das Spektakel sichtlich. Den kahlen Schwanz streckte er bei diesen offiziellen Auftritten stets wie eine Auszeichnung nach oben.

Von der Ofentür einmal abgesehen war im Haus durch den Blitzschlag nichts kaputtgegangen und auch niemand verletzt worden. Offenbar, so resümierte Georg Sammer, hatten sie noch einmal Glück gehabt. Wohin die gewaltige Energie des Blitzes verschwunden war, konnte er sich vorerst nicht erklären. Er war aber froh, dass die Sache so glimpflich ausgegangen war.

»Es ist ein Wunder«, flüsterte er – und seine Frau Flora und die Hebamme lächelten verzückt ob dieses für ihn ungewöhnlichen Gefühlsausbruchs. Sie glaubten natürlich, er spreche vom Baby.

Die Hebamme fing nun an, den Kleinen von Kopf bis Fuß zu untersuchen. Als sie dazu die Hand vom Po des Kindes löste, die diesen bis dahin fest umfangen hatte, stieß sie einen erschrockenen Schrei aus. Dann nahm sie den Buben an den Beinen, sodass er mit dem Kopf nach unten hing, hielt den Eltern wie anklagend seine Kehrseite entgegen und deutete mit ausgestrecktem Zeigefinger auf die rechte Gesäßbacke, die zur Gänze von feinen rötlichen Linien überzogen war, die sich zu einem kunstvollen, farnförmigen Muster entfalteten. Natürlich wusste keiner von den dreien, dass man dieses Phänomen Lichtenberg-Figur nannte – nach dem deutschen Physiker Georg Christoph Lichtenberg, der dieses Resultat elektrischer Hochspannungsentladung im 18. Jahrhundert als Erster in seinem Labor entdeckte – allerdings im Staub und nicht auf menschlicher Haut.

Die Hebamme, die ganz im Gegensatz zu vielen anderen Vertreterinnen ihrer Zunft – sie galten ja über die Jahrhunderte hinweg meist als sehr kritische Geister, auch oder gerade in Glaubensdingen – durch und durch katholisch war, hielt das Mal allerdings für ein Zeichen des Teufels und wollte sogleich den Pfarrer rufen, damit er an Ort und Stelle einen Exorzismus vornehme.

»Du wirst nichts dergleichen tun und schön den Mund halten«, verbot ihr Georg Sammer dies ganz entschieden. Für ihn gab es keinen Zweifel, dass der Blitz seinen Sohn gezeichnet hatte und ihm die Energie durch die rechte Pobacke in den Leib gefahren war, vermutlich bis ins Herz hinauf. Tatsächlich schlug dieses Zeit seines Lebens lauter als das anderer Menschen. Beim Versteckspiel verlor der Knabe daher auch immer, weil die anderen Kinder ihn hörten, egal wo er sich verbarg. Mit den Jahren lernte er allerdings die Lautstärke seines Herzens zu kontrollieren. Er stellte sich dazu einfach einen Regler vor, den er nach unten oder nach oben schob. Der Geist triumphierte in diesem Fall tatsächlich über das Fleisch. Nur einmal, während seiner Studienzeit, vergaß er in einem Konzert, begeistert von den Klängen einer Mozartsymphonie, seinen Herzschlag zu dämpfen, und wurde prompt aus dem Saal geworfen, weil er die Musiker dadurch aus dem Takt brachte.

»Er ist nicht verflucht, er ist auserwählt!«, sagte Georg Sammer in einem Tonfall, der keinen Widerspruch duldete, und sah die Hebamme mit einem so strengen Blick an, dass sie schließlich nickte und den Kopf senkte. Tatsächlich war Konrads Vater von dem Augenblick an, in dem er das Blitzmal sah, davon überzeugt, dass er Großes von seinem Sohn erwarten durfte – vielleicht wurde ja ein berühmter Staatsmann aus ihm, ein General oder noch besser ein Bankier, der mit Millionen jonglierte. Das war zumindest Georgs Vorstellung von einem bedeutsamen Leben. Er beobachtete seinen Jungen fortan mit Argusaugen, um nur ja keine Anzeichen für dessen Außergewöhnlichkeit zu übersehen. Doch in den ersten Jahren seines Lebens ließ der Bub keinerlei besondere Begabungen oder Fähigkeiten erkennen, wenn man einmal davon absah, dass es, wenn er aufs Töpfchen und später aufs Klosett ging, danach dort oft ein wenig brandig roch. Für seinen Vater war das ein Indiz, dass seinem Sohn neben ganz normalen Winden immer wieder auch ein paar kleine Blitze entfuhren. Diese besondere Eigenschaft verlor sich in der Pubertät, wofür Konrad Sammer sehr dankbar war.

Auch Konrads Mutter hielt ihren Sohn für etwas Besonderes, allerdings nicht so sehr aufgrund des Blitzschlages, sondern weil sie bei der Auswahl seines Erzeugers sehr viel Sorgfalt hatte walten lassen. Ihre Erwartungen an Konrad waren jedoch völlig andere als jene ihres Mannes.

»Er wird dieser Welt einst Gutes tun«, sagte sie immer wieder im Brustton der Überzeugung.

Und Flora kam damit der Wahrheit weitaus näher als Georg. Die beiden erlebten allerdings nicht mehr mit, wie ihr Sohn zum Mann heranwuchs. Sie kamen bei einem sommerlichen Ausflug ums Leben.

Georg fiel ins Wasser und ertrank in einem See. Seine Frau, die ihn retten wollte, zog er mit sich in die Tiefe. Sie starben einen eigentlich absurden und völlig unnötigen Tod, weil sie nicht schwimmen konnten. Dagegen halfen auch noch so gute Gene nicht.

Konrad Sammer, noch keine drei Jahre alt, wuchs von da an bei seiner Großmutter Anna auf. Und tatsächlich war er als Kind ein wenig eigen. In der Volksschule stürmte er eines Tages – als draußen gerade ein Gewitter tobte – während der Unterrichtsstunde plötzlich aus dem Klassenzimmer hinaus in den Schulhof. Dort zog er sich die Hose hinunter, bückte sich und reckte seinen nackten Hintern dem Himmel entgegen. Auf seiner rechten Backe leuchtete im Schein der niederzuckenden Blitze das rote, farnförmige Muster. Die Mitschüler, die sein Treiben durch die Fenster beobachteten, johlten vor Vergnügen, wiesen sich aber auch gegenseitig staunend auf die wunderschöne, verästelte Narbe auf Sammers Gesäß hin, die sich deutlich von der weißen Haut abhob und von der sie bis zu jenem Augenblick nichts geahnt hatten. Der Lehrer rannte, wutschnaubend ob solch schamloser Zurschaustellung, hinaus, packte den Jungen, zog ihm die Hose hoch und gab ihm eine schallende Ohrfeige, die damals im Waldviertel noch als gesundes Erziehungsmittel galt. Sammer musste an diesem Tag nachsitzen, bis seine Großmutter kam, um ihn abzuholen. Der Junge wartete vor der Tür und konnte daher nicht alles verstehen, was der aufgebrachte Lehrer der alten Frau an den Kopf warf, aber es war auf jeden Fall von »sittlicher Verkommenheit« die Rede. Noch bevor sie nach Hause gingen, brachte Anna ihren Enkelsohn daher zum Pfarrer, damit er sein Vergehen beichtete, so wie es der Lehrer ultimativ von ihr verlangt hatte. Der strenge Geistliche erlegte dem kleinen Konrad einen ganzen Rosenkranz als Buße auf und nahm seine Großmutter zur Seite, um ihr auch noch einmal ins Gewissen zu reden.

»Sei auf der Hut, Anna. Der Teufel hat es auf dieses Kind abgesehen«, sagte er mit ernster Stimme und wies sie an, dem Jungen als Vorsichtsmaßnahme jeden Morgen einen Schluck Weihwasser zum Trinken zu geben. Obwohl Sammers Großmutter im Allgemeinen nicht viel von den Pfaffen und ihrem Hokuspokus – wie sie es nannte – hielt, kam sie dieser Aufforderung doch nach: »Hilft's nicht, schadet's auch nicht!«, war in diesem Fall ihre Devise.

Für Konrad Sammer wurde der morgendliche Schluck Weihwasser indessen so selbstverständlich, dass er auch, nachdem er längst der Obhut seiner Großmutter entwachsen war, die Gewohnheit beibehielt. Er hatte immer einen gut gefüllten Flachmann mit dabei, und wenn er auf eine längere Reise ging, sogar einen Kanister mit Weihwasser im Gepäck. Manche Leute, die ihn schon frühmorgens die kleine Metallflasche an die Lippen setzen sahen, hielten ihn natürlich für einen Trinker, und wenn er ihnen auf Nachfrage erklärte, was er da wirklich zu sich nahm, für einen religiösen Spinner. Aber das störte Sammer nicht. Das Weihwasser schmeckte übrigens ganz normal, und Konrad schloss daraus, dass die Veränderung, die durch die Segnung mit ihm passierte, für menschliche Sinne nicht feststellbar war. Das Heilige, wenn es dieses denn wirklich gab, war also offensichtlich geschmacksneutral.

Erst am Nachhauseweg, sie hatten in der Kirche gemeinsam den Rosenkranz gebetet, fragte die Großmutter ihren Enkelsohn, warum in aller Welt er denn im Schulhof seinen nackten Hintern zum Himmel gestreckt habe.

Der Bub sah sie treuherzig an und erklärte: »Weil uns der Lehrer von Jesus erzählt hat, und der hat gesagt: Wer auf die rechte Backe getroffen worden ist, der soll auch die linke hinhalten. Und da gerade ein Gewitter war, hielt ich es für eine gute Gelegenheit, das zu tun.«

Anna wusste natürlich, dass in der Bibel mit den Backen die Wangen gemeint waren, aber ein kleiner Junge konnte da natürlich schon mal irren. Dank des gesunden Menschenverstandes, mit dem sie gesegnet war, erkannte die alte Frau, dass sich ihr nun die einmalige Gelegenheit bot, ihrem Enkel eine ihrer grundlegenden Lebensweisheiten zu vermitteln. Also blieb sie stehen, kauerte sich nieder, sodass ihre Köpfe auf gleicher Höhe waren, und sah Konrad fest in die Augen. »Du musst nicht immer alles glauben und tun, nur weil es in einem Buch steht oder weil es jemand sagt, der meint, dass er schlauer ist als du. Vertraue deinem eigenen Kopf und im Zweifelsfall deinem Bauch. Der weiß, was richtig ist«, sagte sie ernst.

Konrad Sammer lernte an diesem Nachmittag also, der Macht und dem Rat von Autoritäten und angeblichen oder wirklichen Gelehrten zu misstrauen. Tatsächlich gab er fortan mehr auf sein eigenes Urteil, das Knurren seines Magens und manchmal sogar auf das Brodeln seiner Gedärme als auf fixe Regeln und Gesetze, und er fuhr Zeit seines Lebens nicht schlecht damit.

Ein paar Jahre später sollte der exhibitionistische Akt im Schulhof für den heranwachsenden Konrad übrigens noch recht angenehme Folgen zeitigen. Denn viele Mädchen erinnerten sich just in der Pubertät an das Blitzmal auf seiner Pobacke und wollten es unbedingt noch einmal sehen. Und so ging Konrad immer wieder einmal mit einer Klassenkameradin in den Wald, um ihr die farnförmige Narbe zu zeigen, und bei dieser Gelegenheit auch gleich noch etwas anderes, was sie aber ebenso brennend interessierte, denn Konrad hatte sich damals längst zu einem hübschen, gut gebauten und bestückten Burschen gemausert.

Im Aussehen schlug er ganz nach seiner Mutter Flora, die in ihrer Jugend eine ausgesprochene Schönheit gewesen war. Ihr Ruf verbreitete sich weit über die Grenzen des eigenen Dorfes hinaus ins ganze Waldviertel, und obwohl sie aus armen Verhältnissen stammte, standen die Freier bei ihr Schlange, auch die Söhne wohlhabender Bauern.

Aber Flora war nicht nur schön, sie hatte auch Verstand, und daher lockte sie das Geld nicht. Sie war ein Familienmensch, und wahrer Reichtum hieß für sie, gesunde und starke Kinder in die Welt zu setzen. Gerade deshalb überließ sie bei der Wahl deren zukünftigen Vaters auch nichts dem Zufall. Flora wollte einen Mann mit guten Erbanlagen, und sie wusste auch, wie sie ihren Zukünftigen darauf testen konnte. Das verdankte sie einer Fähigkeit, die ihre Mutter Anna ihr vererbt hatte. Diese konnte nämlich schon am Geruch eines Mannes erkennen, ob dessen Gene etwas taugten oder nicht (sie war übrigens der Ansicht, dass der Lehrer und der Pfarrer stanken), und das machte sie in einem gewissen Ausmaß überheblich. Man könnte wohl durchaus behaupten, dass Anna einem Elite-Denken anhing. Im Gegensatz zu den Nationalsozialisten, die die Welt mit ihrer Rassen-Ideologie an den Rand des Abgrunds brachten, machte Floras Mutter ihren Elitebegriff aber explizit am Genmaterial fest, also unabhängig von Abstammung, Herkunft, Religion und gesellschaftlichem Stand einer Person. Sie wäre auch nie auf die Idee gekommen, Menschen auslöschen zu wollen, nur weil sie nicht ihrem Ideal entsprachen. Diese taten ihr eher leid.

Für den Führer hatte Anna von Anfang an nur Häme und Spott übrig. Schon als sie ihn zum ersten Mal im Radio hörte, rümpfte sie die Nase und fällte ihr vernichtendes Urteil. »Er stinkt!«, rief sie aus, als wäre der schlechte Geruch seiner Gene sogar aus den Funkwellen zu erschnüffeln, und vielleicht war er das für sie ja auch. »Eine Herrenrasse? Da müsste sich der kleine Kasperl als Erstes gleich selbst ausrotten. Wäre ohnehin das Beste für uns alle, sonst wird das noch böse enden«, prophezeite Anna noch vor dem Anschluss Österreichs an Deutschland, und sie behielt, wie die Geschichte zeigte, recht damit.

Ihr Mann, Sebastian Kirschholz, der ein sanftes Gemüt hatte und seine Frau anbetete, flehte sie an, den Führer in der Öffentlichkeit nicht zu kritisieren, doch sie hielt mit ihrer Meinung über Hitler auch später nie hinter dem Berg, und mehr als einmal waren die dörflichen Nazi-Größen drauf und dran, Anna zu melden, um sie in ein KZ abtransportieren zu lassen. Vor allem der Arzt, ein rechthaberischer und ungemütlicher Mensch, dessen Geruch in Anna übrigens schon Übelkeit hervorrief, wenn sie sich ihm auf hundert Meter näherte, drängte darauf. Ihm ging es dabei hauptsächlich darum, eine lästige Konkurrentin loszuwerden. Die Dörfler nahmen nämlich oft lieber die Kräuterheilkunst der Kirschholznerin in Anspruch als die Dienste des Arztes, und tatsächlich hatte sie auch weit mehr Erfolg mit ihren Behandlungen, während er Falschdiagnosen regelrecht zu sammeln schien. Das schürte natürlich seinen Zorn. Paradoxerweise war es aber gerade seine Feindschaft, die Konrads Großmutter letztlich den Kopf rettete. Die Dorfbewohner wollten nicht auf Gedeih und Verderb dem Arzt ausgeliefert sein, darum wurde sie nie verpfiffen – und der eine oder andere dachte vielleicht sogar insgeheim, dass Anna mit ihrer Meinung über den Führer ja gar nicht so falsch liege, und bewunderte sie für ihren Mut, das laut auszusprechen.

Die Tochter hatte die Gabe der Mutter zwar geerbt, allerdings war sie bei ihr weit weniger stark ausgeprägt, und Flora entdeckte sie daher auch erst in der Pubertät. Neugierig, wie sie von Kind an war, überredete sie eines Tages einen Jungen zum Doktorspielen und fummelte dabei so lange an dessen Ding herum, bis er seinen ersten Samenerguss hatte. Flora untersuchte die Flüssigkeit mit dem Finger und schnupperte dann daran, um sofort angewidert die Nase zu rümpfen. Sie stank.

Um herauszufinden, ob das bei jedem Mann so war, experimentierte das Mädchen mit anderen Burschen und stellte fest, dass es gewaltige Unterschiede im Geruch gab. Mancher Samen roch übel, anderer roch neutral, und dann gab es auch welchen, der einen angenehmen Duft verströmte – zumindest für ihre Nase. Ihre Freundinnen, die sie nach ihren diesbezüglichen Wahrnehmungen befragte, waren schockiert, und für die wenigen, die ihr doch Auskunft gaben, roch jedes Sperma gleich. Sie hatten eben nicht Floras geschärfte Sinne.

Als Flora nach Abschluss der Experimente das Ergebnis schließlich ihrer Mutter mitteilte, war diese nicht etwa über die Lasterhaftigkeit der Tochter entsetzt, sondern lobte vielmehr deren helles Köpfchen. »Wenn du gesunde und starke Kinder haben willst, lass dich nur mit einem Mann ein, dessen Samen für deine Nase duftet. Meiner Erfahrung nach ist ein leichtes Zimtaroma die beste Garantie für gute Gene«, erklärte Anna.

Die Tochter beherzigte später diesen Rat.

Da ihr Vater starb, als sie noch sehr jung war, nahm Flora nach der Pflichtschule eine Stelle als Magd auf einem großen Hof an, um zum Einkommen beizutragen, und erwarb sich über die Jahre den Ruf, die beste Melkerin weit und breit zu sein. Sie gewann auch alle Wettbewerbe. Ihren Fingern wurden nahezu magische Fähigkeiten zugesprochen. Wenn Flora molk, dann gaben die Kühe bis zu zwei Liter mehr Milch als bei anderen Mägden. Gepaart mit ihrer Schönheit machte sie diese Fingerfertigkeit natürlich auch für reiche Bauernsöhne zu einer guten Partie, aber sie ließ sich mit keinem Mann ein, bis sie schließlich selbst die Zeit für gekommen hielt, eine Familie zu gründen. Dann allerdings nutzte sie ihre besondere Fähigkeit konsequent dazu, den für sie geeigneten Partner auszuwählen. Sie bestellte eines Abends alle infrage kommenden Freier an den Hof, auf dem sie arbeitete – das waren immerhin an die 50 – holte sie nacheinander zu sich in den Kuhstall und molk sie ebenso geschickt und schnell wie zuvor die Kühe. Das Sperma fing sie in einem Glas auf, um es auf seine Güte zu überprüfen. Einmal daran schnuppern reichte ihr dafür schon, dann schüttete sie es in einen Becher mit einem Rest warmer Milch, der auf einem hölzernen Tischchen stand, das sie in den Stall getragen hatte.

Obwohl Georg Sammer bei weitem nicht der stattlichste, nicht der schönste und schon gar nicht der reichste Bewerber war, sondern eher linkisch und sehr unbeholfen, und sich vor Verlegenheit kaum dazu überreden ließ, seine Hose vor ihr hinunterzulassen, roch sein Samen doch mit Abstand am vielversprechendsten – er hatte die von ihrer Mutter angesprochene Zimtnote.

Flora schickte daher alle anderen Freier fort, die übrigens zeit ihres Lebens nie wieder so lustvoll gemolken wurden, und legte sich noch in derselben Nacht mit ihrem Auserwählten ins Heu, um ihren Bund zu besiegeln. Dabei erwies sich, dass noch genügend Samen in seinen Hoden war, um ein Kind zu zeugen.

Am Morgen erhob sich Flora und molk erneut alle Kühe im Stall. Dass sie im Vorbeigehen mit ihrem Kittel den Becher mit dem Sperma vom Tischchen streifte und dieser ausgerechnet in einem vollen Kübel mit frischer Milch landete, bemerkte sie nicht. Erst als sie mit dem Melken fertig war, fiel er ihr wieder ein, aber sie suchte im ganzen Stall vergeblich danach. Dabei stellte sie fest, dass auch drei Kübel mit frischer Milch spurlos verschwunden waren. Flora ärgerte sich sehr darüber, weil sie wusste, dass der Bauer ihr den Gegenwert vom Lohn abziehen würde. Die drei Kübel standen am Abend übrigens wieder vor der Stalltür – leer.

Was Flora nicht ahnte und auch niemals erfuhr, war, dass drei junge Mädchen aus dem Dorf die Milch genommen hatten. Eine von ihnen hatte am Wochenende zuvor von einer Tante aus der Stadt eine Beauty-Zeitschrift geschenkt bekommen und darin gelesen, dass ein Bad in frischer Eselsmilch gut für schöne Haut sei. Schon die ägyptische Königin Kleopatra habe um dieses Geheimnis gewusst. Nun war Eselsmilch im Waldviertel damals so gut wie gar nicht aufzutreiben, aber die Mädchen dachten, dass Kuhmilch bestimmt eine ähnliche Wirkung haben müsse, und wollten dies erproben. Also stahlen sie just an jenem Morgen drei volle Eimer mit warmer Milch aus dem Stall, darunter auch jenen, in den der Becher mit dem Sperma gefallen war. Sie schütteten die Milch in eine große Wanne und mischten sie mit heißem Wasser. Sie wunderten sich natürlich über den Becher, der aus einem der Eimer herausfiel, maßen ihm aber keine Bedeutung bei. Sie zogen sich aus und legten sich nacheinander in die Wanne.

Zwei Monate später zeigte sich, dass alle drei Mädchen schwanger waren. Die Milch und das warme Wasser hatten offenbar belebend auf die Spermien gewirkt, und die hitzigen Leiber der jungen Mädchen mussten für diese wie Leuchttürme in finsterer Nacht gewesen sein. Also hatten sie sich aufgemacht um spät, aber doch noch den Ort ihrer Bestimmung zu finden – und nicht einmal die Jungfernhäutchen hatten sie aufhalten können.

Den Mädchen waren ihre Schwangerschaften unerklärlich, was ihnen ihre Väter aber natürlich nicht glaubten. Aus Angst gab schließlich jedes der drei jenen Burschen als Übeltäter an, auf den es ohnehin schon länger ein Auge geworfen hatte. Die drei jungen Männer beschworen zwar ihre Unschuld, fanden aber ebenso wenig Gehör wie zuvor die Frauen, und so wurden im Dorf schon bald drei Hochzeiten gefeiert.

Das Schicksal oder der Zufall wollte es so, dass jedes der Mädchen genau jenen Burschen ehelichte, dessen Samen sie auch tatsächlich geschwängert hatte. So kam zu guter Letzt jedes Kind zu seinem richtigen Vater. Das erfuhren die Paare natürlich nie, weil es damals noch keinen Vaterschaftstest gab, aber über ihnen schien ein ganz besonderer Segen zu ruhen, denn obwohl unter Zwang geschlossen, wurden es drei sehr glückliche Ehen.

So ereignete sich also schon zur Zeit der Zeugung Konrad Sammers Erstaunliches in seinem näheren Umfeld, und hätten die Chronisten, die später seine Lebensgeschichte nachzeichneten, davon gewusst, sie hätten es bestimmt als Indiz dafür gedeutet, dass der Junge auserwählt war …

Wunderbare Speisung

Die Hütte erschien aus dem Nichts.

Wie hingezaubert stand sie plötzlich auf dem Dorfplatz.

Sie war kreisrund, die Wände bestanden aus biegsamen, mit Kuhdung abgedichteten Stöcken. Das Dach war aus getrocknetem Buschgras.

Einige Monate zuvor hätte das plötzliche Auftauchen der Hütte zweifellos einen gehörigen Aufruhr unter den Dorfbewohnern ausgelöst, und die Krieger hätten sie sofort mit erhobenen Speeren umstellt, um alle Feinde abzuwehren, die daraus hervorbrechen mochten. Doch jetzt waren die Menschen zu schwach und zu apathisch, um mehr als nur einen Anflug von Verwunderung über ihr plötzliches Erscheinen zu empfinden. Die brütende Hitze, die seit Wochen wie ein gnadenloses Totentuch über dem Land lag, hatte alles verdorren lassen, was der Busch an Früchten und Pflanzen hervorbrachte. Es gab auch keine Tiere mehr, die die Eingeborenen hätten jagen können. Die meisten waren verendet, und jene, die noch lebten, waren so dürr, dass sich der Aufwand, ihnen nachzustellen, nicht lohnte. Zudem waren die Jäger inzwischen selbst zu schwach, um eine Beute zu stellen.

Das Schlimmste an der Hitze war aber, dass sie den Brunnen der Buschmenschen und alle erreichbaren Wasserstellen beinahe gänzlich ausgetrocknet hatte. Viele Bewohner des Dorfes waren schon elend zu Grunde gegangen, Kinder vor allem. Die Regierung in der fernen Hauptstadt kümmerte sich nicht um das Wohl der Buschmenschen. Sie waren ihr ohnehin seit Jahren ein Dorn im Auge, und wenn sie starben, dann konnte man auf ihrem Land endlich das schon lange geplante Safari-Ressort für reiche Touristen aus Europa und Amerika errichten. Auch internationale Hilfskonvois drangen nicht in diesen entlegenen Landstrich vor. Jene, die es versuchten, hinderte das Militär am Weiterkommen.

Tau, der Medizinmann des Dorfes, war der Einzige, in dem die neue Hütte noch Neugier zu wecken vermochte … und Misstrauen. Nicht umsonst bedeutete sein Name ›Löwe‹. Er kannte viele alte Erzählungen seines Volkes, doch von einer Behausung, die aus dem Nichts erschien, war in keiner davon die Rede. War die Hütte die Antwort der Götter auf seine Gebete, in denen er sie um Hilfe angefleht hatte, oder war sie nur die Teufelei eines Buschdämons, um die Bewohner des Dorfes endgültig zu verderben?

Tau seufzte.

Es gab nur einen Weg, das herauszufinden. Und was hatte er noch zu verlieren? Der Tod blickte ihm längst über die Schulter. Mühsam erhob sich der greise Mann von dem Platz im Schatten des großen Baumes, unter dem er geruht hatte, und wankte mit unsicheren Schritten auf die Hütte zu. Schon nach kurzer Zeit bekam er einen Hustenanfall, blieb stehen und sank zu Boden. Er war müde, todmüde, und er hätte schreien können vor Schmerz. Die Sonnenstrahlen schienen jedes Fleckchen seiner Haut, das nicht durch Kleidung geschützt war, regelrecht zum Dampfen zu bringen.

Der Medizinmann war viel älter als alle anderen Menschen im Dorf, und doch konnte nicht einmal er sich an eine derartige Hitze erinnern. Es war, als würde die Luft selbst glühen und er mit jedem Atemzug eine feurige Lohe des Verderbens in sein Inneres saugen.

Doch er gab nicht auf.

Eine Weile bemühte sich Tau, wieder auf die Beine zu kommen, und als er es nicht schaffte, kroch er einfach auf allen Vieren auf die Hütte zu. Er wusste, dass er einen erbärmlichen Anblick bot. Aber es kam nicht mehr darauf an, die Würde zu wahren, schon lange nicht mehr.

Endlich – nach einer gefühlten Ewigkeit – hatte er die Hütte erreicht, doch er sah sich vergeblich nach einem Eingang um. Der Medizinmann spürte, dass er nicht mehr die Kraft haben würde, in den Schatten des Baumes zurückzukehren. Wenn es ihm nicht gelang, ins Innere der Behausung zu kommen, dann würde er hier und jetzt sterben.

Tau flehte die Götter um Hilfe an, obwohl er eigentlich nicht mehr daran glaubte, dass sie auch nur einen Finger für sein Volk rühren würden. Zu lange hatten sie seinem Verderben tatenlos zugesehen.

Da erschien, wie um seine Gedanken Lügen zu strafen, wo gerade noch eine Wand gewesen war, eine mit einer Grasmatte verhängte Öffnung. Der Medizinmann starrte sie mit brennenden Augen an. War hier tatsächlich schwarze Magie am Werk?

Einen Atemzug lang dachte der alte Mann an Flucht, aber dann gewann der ihm eigene Stolz die Oberhand, oder vielleicht auch purer Trotz. Nein, er würde nicht davonkriechen wie ein verschreckter Hund. Wozu auch? Er hatte nichts mehr zu verlieren. In ein paar Tagen würde er tot sein, verhungert und vertrocknet – und alle anderen Bewohner des Dorfes auch.

Entschlossen griff Tau nach der Matte, schlug sie zurück und schob sich ins Innere der Hütte. Die Luft war kühl, und einen Augenblick lang war es, als würde er eisige Nadeln in seine Lunge saugen. Doch der Schmerz ließ rasch nach, und dann hatte der alte Mann das Gefühl, zum ersten Mal seit Wochen wieder richtig atmen zu können – was er denn auch tat. Er legte sich auf den Rücken und füllte seine Lunge mit belebender Luft. Sie roch nach erfrischenden Kräutern, und mit jedem Atemzug fühlte der Medizinmann neues Leben in seinen Leib hineinfließen. Bald war er kräftig genug, um sich aufzusetzen. Neugierig musterte Tau nun seine Umgebung. Es gab nicht viel zu sehen. Der Boden der Hütte war mit Tierhäuten ausgelegt. Einrichtung war da keine, und auch die große Feuerstelle, die das Zentrum jeder anderen Hütte im Dorf bildete, fehlte. Der Medizinmann war enttäuscht. Er wusste nicht, was er erwartet hatte, aber dies hier bestimmt nicht. Wenn die Hütte tatsächlich ein Zeichen der Götter war, eine Antwort auf seine unzähligen Gebete, was wollten sie ihm damit sagen?

Da erschienen plötzlich zwei hölzerne Schalen vor ihm. Wäre der Kopf einer Sandviper aus dem Boden geschnellt, der Schreck des alten Mannes hätte nicht größer sein können. Er vollführte mit den Händen eine Geste zur Abwehr böser Geister, gab aber keinen Laut von sich.

Eine Weile saß Tau einfach da und beäugte die Schalen am Boden misstrauisch.

Sie waren voller Essen. Nahrung, die er kannte. In der einen war ein dicker Brei aus Wurzeln und Tsama-Melonen. In der anderen Schale blubberte eine Art Suppe. Heißer Dampf stieg daraus empor und wehte dem Medizinmann in die Nase. Er roch Steckrüben und Fleisch.

Das Wasser lief ihm im Mund zusammen.

Wie lange war es her, dass er Fleisch gegessen hatte?

Einen Moment lang zögerte Tau noch, aber dann sprach er ein rasches Dankgebet an die Götter und griff nach den Schalen. Gierig schlang er den Brei in sich hinein und schlürfte den Eintopf. Als die Schalen leer waren, stellte er sie auf den Boden und starrte sie erwartungsvoll an – in der Hoffnung, sie würden sich erneut füllen.

Doch stattdessen verschwanden sie. Und das war auch gut so, denn eine größere Menge Nahrung hätte dem geschwächten Körper des Medizinmannes bestimmt nicht gutgetan. Stattdessen erschien vor ihm nun eine Schale mit Ziegenmilch, und er leerte sie mit großen Schlucken. Erst als er sich danach über die spröden Lippen leckte, fielen ihm die anderen Dorfbewohner wieder ein.

Das schlechte Gewissen sprang Tau an wie ein hungriger Leopard. Wie hatte er sich so gehen lassen können. Wie hatte er sich einfach sattessen und trinken können, während draußen die Kinder hungerten und dürsteten? Was, wenn diese zwei Schalen Essen und die Schale Ziegenmilch das einzige Geschenk der Götter an das Dorf gewesen waren? Welchen Frevel hatte er dann begangen, alles zu verzehren, statt es den Schwächsten zu überlassen?

Von Angst und Reue getrieben sprang der Medizinmann auf, eilte zum Eingang und schlug die Matte zur Seite. Hitze waberte ihm entgegen, aber trotz der sengenden Sonne hatte sich eine große Zahl Dorfbewohner vor der Hütte versammelt. Tau wusste, dass es keinen Sinn hätte, ihnen von dem Wunder zu erzählen, das er eben erlebt hatte. Sie würden es nicht begreifen oder ihm nicht glauben.

Daher sagte er nur: »Kommt herein!«

Die Menschen folgten seiner Aufforderung nicht sofort. Obwohl sie alle ihn kannten und ihm bisher immer vertraut hatten, blieben sie noch eine Weile, wo sie waren, und starrten ihn misstrauisch an. Der Medizinmann begriff, dass sie zu ergründen versuchten, ob er ein Trugbild war oder ob vielleicht ein böser Geist von ihm Besitz ergriffen hatte, der sie nun ins Verderben locken wollte.

Tau lächelte und breitete die Arme aus. »Ich bin es. Kommt herein!«, sagte er.

Da endlich setzte sich der Erste in Bewegung und schlüpfte am Medizinmann vorbei in die Hütte. Das brach den Bann, und die übrigen Dorfbewohner folgten ihm. Schnell füllte sich der Innenraum, und vor allen Menschen, die sich auf den Häuten am Boden niederließen, erschienen augenblicklich Schüsseln voll mit Essen und mit Ziegenmilch. Der Medizinmann ging indessen durch das Dorf und achtete darauf, dass auch jene Bewohner in die Hütte gebracht wurden, die selber nicht mehr die Kraft dazu hatten, sich hineinzuschleppen.

Und wieder geschah ein Wunder.

Obwohl die Hütte von außen nicht größer wirkte als jede andere Behausung im Dorf, fanden doch alle Bewohner darin Platz. Tau begriff endgültig, dass hier eine sehr mächtige Magie wirkte, die weit über die kleinen Zaubereien hinausging, zu denen er selbst fähig war.

Alle wurden satt: Für die Erwachsenen gab es Eintopf, für die Kinder süßlichen Brei, und sogar die Babys bekamen zu essen. Die Brüste ihrer Mütter füllten sich plötzlich mit Milch, obwohl ihre Körper mager und ausgedörrt blieben wie zuvor. Kaum hatten die Kleinen sich satt getrunken, versiegte die Milch, und die Brüste vertrockneten und hingen wieder schlaff und faltig an den Leibern der Frauen herab.

Als alle gesättigt waren, verspürten sie plötzlich den Drang, die Hütte zu verlassen. Der Medizinmann trat als Letzter hinaus. Er ging rückwärts, um die Behausung keinen Atemzug lang aus den Augen zu lassen. Und was er erwartet hatte, geschah: Kaum war er draußen, verschwand die Hütte. Genauso plötzlich, wie sie erschienen war.

Tau hörte beunruhigtes Gemurmel hinter sich.

Er wandte sich um. Die Dorfbewohner standen vor ihm wie eine Mauer, ihre Gesichter waren aber nicht dem Dorfplatz zugewandt. Sie schauten stattdessen in die entgegengesetzte Richtung. Irgendetwas dort zog offenbar ihre Aufmerksamkeit auf sich. Der Medizinmann seufzte. Sein Bedarf an Überraschungen war für diesen Tag mehr als gedeckt.

Tau stieß einen kurzen Befehl aus. Sofort teilte sich die Menge und gab den Blick auf das frei, was die Dorfbewohner so in Erstaunen versetzte. Es war ein weißer Mann mit brünettem, lockigen Haar. Er trug eine Safarijacke, eine kurze Hose und schwere Schuhe. Er hatte einen großen Rucksack am Rücken und hielt einen Fotoapparat in den Händen.

Die Einladung

Der Brief trug keinen Absender.

Dafür prangte die Adresse des Empfängers in großer und verschnörkelter Schönschrift auf der Vorderseite des Kuverts und natürlich der Name: »Konrad Sammer! Persönlich!«

Sammer nahm einen Schluck aus der großen Tasse in seiner rechten Hand und verzog das Gesicht. Der Kaffee war schon kalt, und es gab nicht viel, was ihm mehr gegen den Strich ging als kalter Kaffee. Aber er schluckte tapfer, hob dann das Briefkuvert in seiner Linken vor die Augen und versuchte, dem Poststempel zu entlocken, wo das Schreiben aufgegeben worden war. Doch ohne Lesebrille war das ein aussichtsloses Unterfangen.

Sammer hasste es, in die Jahre zu kommen.

Zwar zählte er mit seinen 52 Lenzen seiner Meinung nach durchaus noch nicht zum oft zitierten alten Eisen, aber verschiedene Wehwehchen machten ihm klar, dass er auf direktem Weg dorthin war. Nicht nur seine Sehkraft hatte nachgelassen, sondern auch die Bandscheiben zwickten und eine Hüfte. Wie hatte ein Freund am 50. Geburtstag doch zu ihm gesagt, um ihm dessen Bedeutung vor Augen zu führen: »Wenn du am Morgen aufwachst und es tut dir nichts weh, dann bist du tot.« Sammer grinste bitter. So gesehen würde er bestimmt uralt, denn bei den Schmerzen, die er inzwischen in der Früh oft hatte, musste noch sehr viel Leben in ihm sein.

Was ihn aber wirklich beunruhigte, war, dass sein Kurzzeitgedächtnis nicht mehr so gut funktionierte wie früher. Er wusste schon wieder nicht, wo er seine Lesebrille hingelegt hatte. Das passierte ihm regelmäßig. Sammer war sich ziemlich sicher, dass er mehr Zeit damit verbrachte, die Brille zu suchen, als er sie tatsächlich in Verwendung hatte. Manchmal fragte er sich ernsthaft, ob seine zunehmende Vergesslichkeit vielleicht ein Zeichen für beginnende Demenz war. Namen hatte er sich ohnehin nie wirklich merken können, was für einen Journalisten natürlich ein beträchtliches Handicap darstellte. Immer wieder passierte es ihm, dass ihn jemand bei einer Veranstaltung vertraulich ansprach, und Sammer wusste auch, dass er den Betreffenden kannte, konnte ihn aber just in diesem Moment nicht zuordnen. »Ich kenne dein Gesicht, aber wer zur Hölle bist du?«, dachte er dann und versuchte mit unverbindlichen Worten über sein Unwissen hinwegzutäuschen, immer in der Hoffnung, der Gesprächspartner gebe ein Stichwort von sich, das seinem Gedächtnis auf die Sprünge helfe.

Was Sammer neuerdings aber noch viel mehr Sorgen bereitete als sein schlechtes Namensgedächtnis, war, dass er sich nicht mehr an den Inhalt eines Buches erinnern konnte, das er ein paar Wochen zuvor gelesen hatte. Erst wenn er den Klappentext überflog, fiel ihm die Story wieder ein. Dabei hatte er früher meist drei oder vier Romane parallel gelesen und immer gewusst, worum es darin ging, und meist sogar, auf welcher Seite er gerade war. »Ich werde wirklich alt«, gestand sich Sammer in solchen Momenten frustriert ein. In letzter Zeit nahm er am Morgen deshalb auch einen größeren Schluck Weihwasser als früher, in der heimlichen Hoffnung, dass das vielleicht gegen seine körperlichen Abnutzungserscheinungen half. Sammer wusste natürlich, dass das für einen Mann, der sich selbst nicht einmal als gläubig betrachtete, paradox war, und eigentlich hätte er längst mit dieser Gewohnheit brechen sollen. Aber das Weihwasser am Morgen war ein Ritual, das er nicht missen wollte, und er trank es auch aus Achtung und in Erinnerung an seine Großmutter, die ihn aufgenommen und großgezogen hatte, nachdem seine Eltern gestorben waren.

Natürlich gab es in Sammers Leben auch durchaus einiges, was er gerne vergessen hätte – die hässlichen Szenen, die die Beziehung mit seiner letzten Freundin beendeten, zum Beispiel. Sammer tat manches von dem, was er dabei gesagt und getan hatte, aufrichtig leid, obwohl sie ihm das vermutlich nicht glauben würde.

Dabei hatte ihre Lovestory so vielversprechend begonnen. Sammer war eines Abends bei einem Wienbesuch mit einem Freund eher zufällig in ein kleines, nicht subventioniertes, dafür völlig unabhängiges Kellertheater geraten, in dem das Stück eines unbekannten Autors uraufgeführt wurde. Sammer gelangte schon nach wenigen Minuten zur Einsicht, dass der Menschheit wohl am besten damit gedient war, wenn dieser Autor auch unbekannt blieb. Sein Freund, der offenbar ebenso dachte, drängte ihn, das kulturelle Trauerspiel zu verlassen, doch gerade als Sammer aufstehen wollte, fingen auf der Bühne zwei Augen, gelb wie Wüstensand, seinen Blick ein und schlugen ihn so rettungslos in ihren Bann, wie ein Löwe einen überraschten Jäger in seine tödliche Umarmung zieht.

Der Freund rüttelte Sammer ungeduldig am Arm.

»Was ist los?«, fragte er.

Hinter ihnen tuschelten andere Zuschauer, weil sie ihnen die Sicht auf die Bühne verstellten. Sammer war sich nicht sicher, ob sie sich beschwerten oder bedankten, nahm aber eher Letzteres an. Bei diesem Stück war wohl jede Ablenkung willkommen.

Sammer antwortete nicht auf die Frage, sondern stand einfach nur da und schaute in diese wunderbaren, großen Augen. Sein Freund kannte ihn gut und begriff daher auch rasch, was da vor sich ging. Suchend spähte er auf die Bühne, grinste breit und anzüglich, als er sah, wen Sammer dort fixierte, und schlug ihm auf die Schulter: »So ist das also. Na dann, viel Glück, alter Freund. Wir sehen uns ein anderes Mal«, sagte er und ging.

Sammer nickte abwesend und sank zurück auf seinen Sessel, um das Ende des Stücks abzuwarten. Es quälte sich über drei Stunden dahin, ohne dass er herausfand, wovon es eigentlich handelte. Im Grunde war es eine endlose Aneinanderreihung von Banalitäten und Gemeinplätzen. Sammer war es egal, er hatte ohnehin nur Augen für ihre Augen.

Wie angewurzelt – ein Vergleich, der Sammer nach seinen jüngsten Erlebnissen übrigens immer erschaudern ließ – saß er auf seinem Platz in der ersten Reihe und konnte seinen Blick nicht von ihr lösen. Er war überzeugt davon, dass auch sie die ganze Zeit nur ihn anschaute – wenn er auch einräumen musste, dass ihr ihre Rolle kaum Spielraum ließ, das nicht zu tun. Denn sie mimte eine Mumie und war bis auf einen kleinen Ausschnitt rund um die Augen fest in staubige Bandagen gehüllt, die jede Bewegung unmöglich machten. Die eng um ihren Körper geschlungenen Stoffbänder betonten allerdings recht beeindruckend ihre weiblichen Formen. Sie hatte eine schmale Taille und große Brüste – genau wie Sammer es mochte.

Der Journalist war zwar bestimmt kein Experte für die Darstellung von Mumien und insgesamt eher ein Theaterbanause, aber er fand ihre Performance einfach großartig, auch wenn sie nicht sehr textsicher zu sein schien.

Denn ein einziges Mal im ganzen Stück wandten sich die Schauspieler ihr zu und riefen: »Verkünde uns, o Mumienorakel, wird er sterben oder leben?«

Eine Weile hörte man gar nichts. Schließlich machte die Mumie »Mhmmm!«

Das klang nicht nach einem Orakelspruch, sondern nach Verzweiflung pur.

Die Schauspieler sahen sich verwirrt an.

»Wie meinst du, verehrtes Mumienorakel?«, fragte einer schließlich nochmals.

»Mhmmm!«, sagte die Mumie wieder.

Sammer sah, wie sich in der vordersten Reihe ein Mann die ohnehin schon spärlichen Haare raufte. Das musste wohl der Regisseur sein, der sich über die Darstellerin ärgerte, die ihren Text vergessen hatte. Sammer machte das nichts, er fand ihr »Mhmmm« einfach hinreißend.

Das Stück nahm seinen tristen Verlauf, bis schließlich alle Zuschauer außer Sammer das Weite gesucht hatten. Auch mehrere Schauspieler waren übrigens aus Frust über den ständigen Aderlass im Publikum gegangen, bevor sie ihre Rolle zu Ende gespielt hatten. Für Sammer gewann das Stück dadurch an Spannung, weil er zumindest raten konnte, an welcher peinlichen Stille wer seinen Auftritt gehabt hätte. Als schließlich der Autor und der Regisseur auf die Bühne traten und verkündeten, dass die Aufführung beendet sei, war Sammers Erleichterung dennoch groß. Die beiden erklärten, dass sie – Anwesende ausgenommen, und das war ohnehin nur noch Sammer – noch nie so ein ignorantes und kunstunverständiges Publikum gehabt hätten, und beschlossen, ihren Ärger in einigen Bierchen zu ertränken und dabei lautstark den Verfall des kulturellen Geschmacks zu beklagen.

Da meldete sich zum zweiten Mal an diesem Abend die Mumie zu Wort und sagte so etwas wie »Mhmmm«. Der Autor warf ihr nur böse Blicke zu, und der Regisseur rief: »Ich hatte so große Hoffnungen in dich gesetzt, und du hast mich bitter enttäuscht. Einen Satz solltest du sagen … nur einen Satz!«

Kopfschüttelnd machten sich die beiden davon, ohne sich weiter um die Mumie zu kümmern.

Sammer war das ganz recht, denn er sah nun endlich die Chance gekommen, auf die er den ganzen langen Abend gewartet hatte. Er trat vor die Mumie hin, sah ihr in die großen wüstengelben Augen und sagte voll Inbrunst: »Ich habe noch nie jemanden so hinreißend eine Mumie spielen sehen. Großartig, ganz großartig!«

Dann hob er die Hände und applaudierte demonstrativ.

»Mhmmm«, sagte die Mumie wieder.

Sammer war unschlüssig, was sie damit wohl meinte, vermutete aber, dass sie an der Aufrichtigkeit seiner Worte zweifelte, und bekräftigte daher: »Doch, doch. Ich bin zwar kein großer Theaterkenner, aber Ihre Mumie, die hätte sich eine größere Bühne und vor allem mehr Publikum verdient. Ich will Ihnen nicht schmeicheln, aber tatsächlich haben nur Sie das Stück vor der völligen Banalität gerettet.«

Natürlich trug er jetzt etwas dick auf, das wusste Sammer, denn in Wahrheit hätte nichts dieses Stück retten können, aber ein wenig Schmeichelei konnte nicht schaden, wenn er ihre Gunst erringen wollte.

Sie machte wieder nur »Mhmmm!«

Sammer war ein wenig enttäuscht und auch ratlos. Sein Charme, auf den er sich bisher immer hatte verlassen können, schien bei ihr nicht so recht zu wirken.

»Mhmmm!«, sagte die Mumie, und das klang jetzt wieder recht verzweifelt.

Da endlich dämmerte es Sammer, dass die Bandagen über ihrem Mund wohl nicht mehr zuließen, und dass sie jetzt, da das Stück zu Ende war, vielleicht gerne ausgewickelt werden würde. Und das tat er dann auch und löste an jenem schicksalshaften Abend zugleich das Rätsel, was Mumien denn eigentlich darunter trugen – nämlich gar nichts!

Sie war jung, eigentlich viel zu jung für ihn, sie war schön, sie war heiß und sie war nackt und vielleicht durch den stundenlangen leichten Sauerstoffmangel auch ein wenig benebelt.

»Diese Idioten haben mir den Mund zugebunden. Ich habe meinen Text nicht vergessen, ich konnte einfach nicht sprechen!«, sprudelte sie nun hervor. »Ich habe ja kaum genug Luft bekommen!«

Sammer nickte verständnisvoll.

Sie hielt inne und musterte den älteren, aber durchaus gutaussehenden Mann, der sich so begeistert über ihr Schauspieltalent geäußert hatte, interessiert. So wie er gekleidet war, verfügte er bestimmt über einige finanzielle Mittel, was nicht zu verachten war, zumal sie es gerade satthatte, sich von Engagement zu Engagement irgendwie durchzuschlagen – und nicht einmal so verrückte Rollen wie jene an diesem Abend ablehnen zu können, weil sie das bisschen Geld, das sie dafür bekam, dringend brauchte. Ein wenig verwöhnt zu werden und sozusagen Urlaub von den finanziellen Sorgen zu machen – das fand sie sehr verlockend. Und so begann direkt auf der Bühne des leeren Theaters eine heiße Affäre. Wäre noch Publikum da gewesen: Das, was sich nun dort abspielte, hätte bestimmt mehr Beifall gefunden als das experimentelle Stück zuvor. Zumindest war es erregender.

Sammer seufzte.

An diesen Abend erinnerte er sich gerne zurück. Wie viele Leute konnten schon von sich behaupten, es einmal auf einer Theaterbühne getrieben zu haben – in echt nämlich.

Ein paar Wochen lang ging seine Beziehung mit der jungen Schauspielerin, sie hieß übrigens Charlotte, auch durchaus gut, aber dann machte sich zwangsläufig der Altersunterschied bemerkbar. Sammer musste sich eingestehen, dass ein dreistündiger Blickkontakt, bei dem die Partnerin noch dazu so eingewickelt war, dass sie ihre Augen gar nicht abwenden konnte, offenbar doch kein tragfähiges Fundament für eine längerfristige Partnerschaft war. Sie hätte seine Tochter sein können und wünschte sich ein aufregendes und abwechslungsreiches Leben. Charlotte genoss zwar das Essen in den teuren Restaurants, in die er sie führte, langweilte sich trotz ihrer Ambitionen, Schauspielerin zu werden, aber tierisch in einer Aida-Aufführung, die er mit ihr im Linzer Landestheater besuchte.

Im Nachhinein gestand Sammer sich ein, dass er an diesem Abend wohl in die Pretty-Woman-Falle getappt war. Während der Oper hatte er immer wieder verstohlen auf seine Begleiterin geblickt und gehofft, dass sie vom Geschehen auf der Bühne ähnlich mitgerissen und gerührt wäre wie Julia Roberts im Film, die zu einer älteren Zuschauerin begeistert sagte: »Ich habe mir fast in die Hose gepinkelt!«

Charlotte schien davon weit entfernt zu sein, gähnte immer wieder und zog schließlich sogar ihr Handy hervor, um darauf herumzutippen. Kurzum: Der Abend war eine herbe Enttäuschung gewesen – für sie beide. Sie schleppte Sammer als Ausgleich zum Opernbesuch in Discos, wo er sich angesichts der unverschämten Jugend des Publikums wirklich alt vorkam, und besuchte mit ihm auch pseudo-intellektuelle Diskussionsrunden. Doch er fand in den einen die Musik, in den anderen die Gesprächsthemen lähmend und anspruchslos. Dabei gab er sich anfangs wirklich Mühe – ihr zuliebe. Aber bald wünschte er sich meist, er säße mit einem guten Buch zuhause in seinem Sessel, mit klassischer Musik im Hintergrund.

Davon hielt sie wiederum gar nichts. »Ich komme mir vor wie im Altersheim«, sagte sie, als er sie doch einmal zu einem gemütlichen Abend in den eigenen vier Wänden überredet hatte. Natürlich war er tief gekränkt und sie stritten. Charlotte warf ihm vor, fade und altmodisch, er warf ihr vor, unreif und kindisch zu sein.

Auch im Bett verflog der Zauber des Anfangs rasch, und sogar das farnförmige Muster auf seiner rechten Pobacke, das sie zu Beginn ihrer Beziehung so faszinierte, dass sie stundenlang daliegen und mit den Fingern die feinen Linien nachfahren konnte, hatte inzwischen seinen Reiz verloren. Sammer hatte ihr nie verraten, dass es sich dabei nicht um ein raffiniertes Tattoo handelte, sondern um ein ganz besonders Andenken an seine Geburt.

In jener Nacht, als Charlotte nach einer ihrer vielen Auseinandersetzungen beim Versöhnungssex so bewegungslos unter ihm lag wie die Mumie, die sie damals im Theater gespielt hatte, wusste Sammer, dass es vorbei war. Tatsächlich war sie am nächsten Morgen fort, als er erwachte – samt einiger tausend Euro, die sie aus seinem Geheimfach unter dem Fußboden des Arbeitszimmers hatte mitgehen lassen. Offenbar hatte sie ihn einmal heimlich dabei beobachtet, wie er Geld hineinlegte.

Sammer war zwar zornig und spielte sogar mit dem Gedanken, zur Polizei zu gehen, verwarf ihn aber rasch wieder. Er vermutete, dass Charlotte der Ansicht war, dass ihr die gestohlene Summe zustand – quasi als Schmerzensgeld für die paar Monate ihres jungen Lebens, die sie mit ihm vergeudet hatte. Und vermutlich, dachte Sammer in einem Augenblick der Selbstkritik, war sie sogar im Recht. Was hatte er sich dabei gedacht, sich mit so einem jungen Ding einzulassen? Eigentlich hätte er der Klügere sein müssen und von Anfang an die Notbremse ziehen, doch es hatte seinem Ego geschmeichelt, dass sich so ein hübsches Mädchen für ihn interessierte. Sammer gestand sich widerstrebend ein, dass er damals nicht vom Kopf, sondern von einem tiefer gelegenen Körperteil gesteuert worden war. Es war ja nicht das erste Mal gewesen.

Das Geld war ihm eigentlich egal, denn davon hatte er im Augenblick genug. Was ihn störte, war das schale Gefühl, das der Diebstahl in ihm auslöste. Letztlich hatte er für den Sex mit Charlotte zahlen müssen. War es also wirklich schon so weit gekommen, dass Frauen nur mehr für Geld mit ihm ins Bett gingen?

Sammer war inzwischen eingefallen, wo er seine Brille hingelegt hatte, doch auch mit ihrer Hilfe gelang es ihm nicht, den Poststempel auf dem Brief zu entziffern. Er drehte das Kuvert noch ein paarmal hin und her und machte »Mhmm!« Unwillkürlich musste er grinsen. Jetzt hatte er fast so geklungen wie die Mumie damals auf der Bühne. »Wohl wieder eine Einladung zu irgendeinem Kongress oder zu einem Vortrag. Die können mich mal«, brummte er. Seit jener Reportage, die ihn vor knapp neun Monaten schlagartig berühmt gemacht hatte, bekam Sammer Post aus aller Herren Länder. Seine Geschichte über den Baummenschen war weltweit in großen Zeitungen abgedruckt worden, und das Buch, das er zum Thema geschrieben hatte, hatte die Bestsellerlisten gestürmt. Für eine zweistündige Lesung samt Diskussion bot man ihm oft Summen, die er in seinem früheren Leben in zwei Jahren nicht verdient hätte, Reisekosten und Hotel natürlich extra gedeckt.

Sammer öffnete das Kuvert und zog einen Zettel heraus – einen sehr seltsamen Zettel allerdings.

Es war offensichtlich eine gegerbte Tierhaut – Pergament also. Und darauf standen nur die zwei Worte: »*Komm rasch!*« und eine Adresse. Vermutlich jene eines Hotels.

Sammer schnaufte.

Was sollte das heißen. Er schaute noch einmal ins Kuvert und fand darin auch ein Flugticket und ein Visum.

»Yaoundé«, las er den Zielort.

Sammer war in Geografie zwar nicht so schlecht bewandert, musste aber in diesem Fall doch erst einmal im Internet nachforschen, wo dieser Ort überhaupt lag. Yaoundé war die Hauptstadt von Kamerun.

»Was zum Teufel soll ich dort?«, murmelte Sammer.

Und überhaupt: wieder fliegen.

Sammer schüttelte sich. Er hatte einfach so gar nichts von einem Globetrotter an sich, und jetzt sollte er erneut in ein Flugzeug steigen? Alles in ihm wehrte sich dagegen. Offiziell erklärte Sammer seine Abneigung gegen diese Art des Reisens natürlich damit, dass sie angesichts der Klimakatastrophe, auf die die Welt zusteuere, moralisch nicht vertretbar sei. Das glaubte er auch tatsächlich, vor allem aber verursachte ihm der Gedanke, in einer Hülle aus dünnem Blech ein paar tausend Meter über dem Erdboden dahinzurasen, Übelkeit. Er kam sich dabei immer so klein und zerbrechlich vor. Und dieses Gefühl mochte er nicht. Sammer wollte eine Situation kontrollieren – in dieser Hinsicht war er ein sehr altmodischer Mann.

Trotz aller Bedenken war Sammer in den letzten Monaten aber öfter und weiter gereist als in den knapp fünfzig Jahren zuvor. Einige Angebote hatte er einfach nicht ausschlagen können. Natürlich war es dabei vor allem ums Geld gegangen, das leugnete er gar nicht. Sammer genoss es, plötzlich wohlhabend zu sein. Er war nie arm gewesen – aber in den Monaten vor der Baummensch-Geschichte immer in Finanznöten.

Viele Jahre lang hatte Sammer als Redakteur bei einer Lokalzeitung in Althausen gearbeitet, so hieß die Stadt mit knapp 30.000 Einwohnern im westlichen Niederösterreich, in der er wohnte. Er hatte schon vor Jahren einen abseits gelegenen, kleinen Bauernhof erworben und nach und nach renoviert. Seine Arbeit als Journalist tat er gerne und mit Akribie. Lokaljournalismus war nahe dran am Menschen, umfasste das ganze Spektrum des Lebens von der Geburt im Rettungswagen bis zum Tod im Unfallauto.

Aber dann war mit dem Siegeszug des Internets und der sozialen Medien die Auflage eingebrochen. Die Herausgeber der Zeitung hatten darauf mit Rationalisierungsmaßnahmen reagiert. Ein Sanierer, der halb so alt war wie Sammer, aber doppelt so viel verdiente, erklärte ihm, dass er nicht mehr rentabel sei und dass man neue, »hungrigere« Kräfte benötige. In Wahrheit ging es vor allem darum, dass man ältere Mitarbeiter durch billigere ersetzen wollte. All die Erfahrung, die Sammer in langen Jahren angesammelt hatte, alle seine Kontakte waren für dieses Bürschchen, das jetzt das Sagen hatte, ohne Bedeutung. Der Blutsauger hatte keine Ahnung vom Journalismus und worauf es dabei ankam. Seriöse Recherche war für ihn ein unnötiger Kostenfaktor. Er sah nur die nackten Zahlen auf dem Gehaltszettel – und die sprachen eindeutig gegen die lang gedienten Redakteure.

Sammer fragte sich heute noch, was ihn eigentlich davon abgehalten hatte, dem Sanierer einfach eine reinzuhauen. In den bitteren Tagen nach der Kündigung schimpfte er sich oft selbst einen Feigling und bereute, nicht zugeschlagen zu haben.

Aber das war Schnee von gestern.

Sammer war nach dem Rauswurf nichts anderes übriggeblieben, als sich als freier Journalist durchzuschlagen, denn in seinem Alter hatte er keine Chance mehr auf eine Anstellung, zumal er ja kein Star der Branche war und auch nicht in eine Großstadt umsiedeln wollte. Zum Glück hatte er keine hohen Fixkosten. Sein Hof war abbezahlt, und es gab auch keine Familie, die er versorgen musste.

Er war zwar einmal verheiratet gewesen, aber das war lange her. Die Ehe hatte fast zehn Jahre gehalten, war aber schließlich daran gescheitert, dass Sammer keine Kinder zeugen wollte. Er konnte nicht sagen, warum dem so war, etwas in ihm sperrte sich einfach dagegen, die Verantwortung für ein anderes Leben zu übernehmen. Und so, wie sich die Welt in den letzten Jahren entwickelt hatte, war er inzwischen überzeugt davon, die richtige Entscheidung getroffen zu haben.

Wer konnte guten Gewissens seine Kinder der Katastrophe ausliefern, auf die die Erde zusteuerte – politisch durch das Erstarken totalitärer Regime mit skrupellosen Diktatoren und die Wahl von unberechenbaren Egomanen in nur scheinbar gefestigten Demokratien, und ökologisch durch den fortschreitenden Klimawandel, hervorgerufen durch die gnadenlose wirtschaftliche Ausbeutung des Planeten.

Sammer hatte seit geraumer Zeit über seinem Schreibtisch eine Zeile aus Nestroys berühmtem Kometencouplet aus Lumpazivagabundus hängen, die seine finstere Grundeinstellung auf den Punkt brachte: »Die Welt steht auf kein' Fall mehr lang, lang, lang ...«

Tatsächlich hatte Sammer schon immer einen Hang zu schwarzem Humor gehabt. Vielleicht eine Prägung seiner Kindheit, ausgelöst durch den Verlust seiner Eltern. Zwar hatte seine Großmutter sich alle Mühe gegeben, ihm Nestwärme zu vermitteln, aber das irrationale Gefühl, dass jeden Augenblick eine Katastrophe über ihn hereinbrechen könnte, war zu tief in Sammers Unterbewusstsein verankert. Zudem hatte er im Laufe seines Berufslebens einfach zu viel mit Politikern, Managern und ihren Netzwerken zu tun gehabt, und das hatte ihn aller Illusionen beraubt. Sammer musste allzu oft miterleben, wie Menschen, die anfänglich voller Idealismus in eine Politkarriere starteten, sich anpassten und letztlich zu Parteisoldaten verkamen, die dann nur noch vorgegebene Worthülsen wiederkäuten.

Dennoch liebte Sammer den Journalismus nach wie vor – und er konnte sich auch nach seinem Hinauswurf nicht vorstellen, etwas anderes zu machen. Also hatte er die eine oder andere Gefälligkeit von Kollegen eingefordert und so doch in verschiedenen Zeitungen regelmäßig Reportagen untergebracht. Mit dem Honorar und dem Arbeitslosengeld kam er über die Runden.

Sammer erinnerte sich in jenen Tagen oft daran, was ihm seine Großmutter erzählt hatte, von dem Blitz, der bei seiner Geburt in ihn fuhr, und dass sein Vater das als Zeichen sah, dass er Großes vollbringen würde. Er war froh, dass sein alter Herr nicht miterleben musste, was tatsächlich aus seinem Sohn geworden war, ein frustrierter Mann in mittleren Jahren mit leichtem Bauchansatz, ohne Perspektive und ohne Plan für sein weiteres Leben.

Der Blitz, davon war Sammer damals überzeugt, war kein Zeichen gewesen, sondern eine grausame Laune des Schicksals.

Doch dann kam jener Tag vor acht Monaten, der alles veränderte.

Seitdem schwamm Sammer auf der Erfolgswelle und hatte, so gestand er sich in mancher stillen Minute ein, die Füße nicht mehr so richtig auf den Boden gebracht. Nicht nur, weil er so viel geflogen war wie nie zuvor in seinem Leben, sondern vor allem psychisch. Die damaligen Geschehnisse hatten seine bis dahin so rationale Sicht der Welt regelrecht zertrümmert.

Sammer hatte an jenem Tag gar nicht vorgehabt, so früh sein Haus zu verlassen, es gab auch gar keinen Grund dafür, da er ja keinen fixen Job mehr hatte. Aber da war eine seltsame Unruhe in ihm gewesen, das Gefühl, etwas Entscheidendes zu versäumen, wenn er an diesem Morgen nicht in die Stadt ging. Vermutlich hatte einfach sein journalistischer Instinkt angeschlagen.

Egal.

Auf jeden Fall war er aufgebrochen, um sich ein Frühstück in seiner Lieblingsbäckerei im Stadtzentrum zu gönnen, und das hatte ihn zum Augenzeugen eines schier unglaublichen Geschehens gemacht …

Die Verwurzelung

Der junge Mann wurzelte mitten auf der vielbefahrenen Einfallsstraße von Althausen.

In einer Seitengasse wäre er vermutlich gar nicht so schnell aufgefallen, aber auf dieser zweispurigen Einbahn hatte er sofort die ungeteilte Aufmerksamkeit der ob des morgendlichen Stopp-and-Go-Verkehrs ohnehin schon entnervten Autofahrer. Kaum schaltete die Ampel auf Grün, hob ein Hupkonzert an, wie Sammer, der auf dem Weg zu seiner Lieblingsbäckerei im Stadtzentrum war, es sonst nur aus südlichen Ländern nach dem Gewinn eines Fußballweltmeistertitels kannte – allerdings klang es in diesem Fall aggressiv, nicht freudig. Sammer musterte den Mann vor sich. Er war keine 30, trug ein weißes Hemd, einen dunklen Anzug, eine dunkelgrüne, gemusterte Krawatte und hatte viel zu viel Pomade im schwarzen Haar – kurzum, er sah aus wie das zum Leben erwachte Klischee eines Wallstreet-Brokers oder auch eines Managers. Der Blick seiner tiefblauen Augen war träumerisch und in unbestimmte Ferne gerichtet. Der Mann, befand Sammer, war dieser Welt völlig entrückt und bekam von dem Tumult, den er auslöste, überhaupt nichts mit.

Dabei hatte er am Gehsteig noch ganz normal gewirkt. Sammer glaubte, sich an einen kurzen Blickkontakt zu erinnern. Und hatte der Junge nicht sogar flüchtig gelächelt? Als die Fußgängerampel auf Grün sprang, war er auch zügig mit der Menschenmenge losmarschiert. Aber dann hatte er so plötzlich angehalten, als wäre er gegen eine Mauer gerannt, und Sammer, der direkt hinter ihm ging, hatte Mühe, nicht in ihn hineinzulaufen. Seitdem bewegte sich der junge Mann nicht mehr, als sei er innerhalb eines Atemzugs zur biblischen Salzsäule erstarrt.

Die Autolenker verloren rasch die Geduld und fuhren trotz des menschlichen Hindernisses mitten auf der Fahrbahn los. Sammer, der gerade den Arm ausgestreckt hatte, um den Regungslosen an der Schulter zu packen und zu rütteln, kam nicht mehr dazu. Er brachte sich mit einem gewagten Sprung auf den Gehsteig vor den Autos in Sicherheit. Von dort aus beobachtete er dann das Geschehen.

Natürlich gingen die Manöver der Autofahrer nicht lange gut, denn die Wagen auf der zweiten Spur mussten nach rechts ausweichen, um den Verrückten – dass der Mann auf dem Zebrastreifen nicht richtig im Kopf war, daran zweifelte wohl keiner von ihnen – nicht zu überfahren. Die Lenker auf der ersten Spur dachten aber gar nicht daran, den anderen Platz zu machen. Natürlich hatten die meisten von ihnen schon einmal vom Reißverschluss-System gehört, dessen sich vernünftige Verkehrsteilnehmer in solchen Situationen befleißigen sollten. Allerdings waren da vor allem Männer mittleren Alters unterwegs, die in ihrer Schulzeit nie Handarbeitsunterricht genossen hatten und Reißverschlüsse zwar auf- und zumachen konnten, das zugrundeliegende Prinzip aber nie wirklich durchdacht hatten – »woran man erkennen kann, dass die Bedeutung sogenannter schulischer Nebenfächer für das wirkliche Leben gravierend unterschätzt wird …«, schrieb Sammer später in seiner preisgekrönten Reportage.

Statt also die Vernunft walten zu lassen, griffen die meisten Fahrer auf die Ellbogentechnik zurück, die ihnen im Laufe ihres Lebens in Fleisch und Blut übergegangen war, die aber in diesem Fall natürlich fatale Auswirkungen haben musste und auch bald hatte. Es krachte mehrmals, und dann stand der Verkehr still. Verletzt wurde zwar zum Glück niemand, aber der Schaden an einigen Autos war beträchtlich. Jene Lenker, die in die Unfälle verwickelt waren, sprangen aus ihren Wagen und fingen an, einander wüst zu beschimpfen, bis ihnen dämmerte, dass der Hauptschuldige an der Misere ja eigentlich vorne auf dem Zebrastreifen stand und sich ihre gemeinsame Aggression gegen ihn richtete. Fäuste wurden geschüttelt und Beleidigungen geschrien:

»Den Schaden werden Sie mir bezahlen, Sie asoziales Subjekt!«, rief einer der Kultivierteren. »Ich schlag dich zu Brei, du Arschloch« und ähnliche Derbheiten schrien die weniger Gesitteten.

Sammer hatte zu diesem Zeitpunkt längst sein Tonband eingeschaltet, die kleine Digitalkamera gezückt, die er immer eingesteckt hatte, und unauffällig begonnen, damit Bilder zu machen.

Der Mann auf dem Zebrastreifen rührte sich nicht und zeigte trotz aller Beschimpfungen der Autofahrer keinerlei Regung. Begriff er nicht die Gefahr, in der er schwebte, und dass die Aggression bald in Handgreiflichkeiten ausarten würde? Wenn ja, war es ihm offenbar egal. Er wirkte auf Sammer so unbeeindruckt wie ein Fels in der Brandung. Die Woge an Vorwürfen, Flüchen und Drohungen zerstob an ihm wie Gischt. Er schien überhaupt nichts davon mitzubekommen.

Dass der junge Mann sie so offensichtlich ignorierte, brachte die Autofahrer natürlich nur noch mehr gegen ihn auf, und es hätte für den Schwarzhaarigen wohl ein übles Ende genommen – denn einige Lenker hatten schon ihre Jacken ausgezogen und damit begonnen, ihre Hemdsärmel hochzukrempeln –, als die Polizei eintraf. Sammer zog sich unauffällig in die zweite Reihe der Gaffer zurück. Als Journalist hatte er ja oft mit den Behörden zu tun gehabt und kannte den älteren der beiden Beamten. Er hieß Kuno Kantler und hätte vielleicht Einwände dagegen erhoben, dass Sammer Ton-Aufnahmen machte und fotografierte.

Die Polizisten kamen zu Fuß angerannt, schnaufend und, da es ein sehr heißer Morgen war, auch schwitzend, was ihre Laune natürlich nicht gerade hob. Der Stau hatte sich inzwischen auch in alle Nebenstraßen ausgebreitet, und deshalb hatten sie ihren Streifenwagen einige hundert Meter entfernt kurzerhand stehen gelassen und sich zu Fuß aufgemacht, um die Ursache des Verkehrschaos zu ergründen. Ärgerlich, aber mehr noch verblüfft, starrten die zwei Polizisten nun auf die seltsame Szenerie – die wütenden Autofahrer, die drohend ihre Fäuste schüttelten, und den regungslosen Mann im dunklen Anzug, der wirkte, als sei er nicht von dieser Welt.

Nach kurzem Zögern drängten die Beamten sich durch die Menge und zu der Gestalt auf dem Zebrastreifen durch und nahmen vor ihr Aufstellung. Kantler hob beide Hände: »Beruhigen Sie sich! Wir kümmern uns um diesen Mann, und wir werden natürlich auch die Sachschäden aufnehmen. Sie werden in Kürze Ihren Weg fortsetzen können«, rief er den Autofahrern fast beschwörend zu.

Ihm war natürlich bewusst, dass das ein leeres Versprechen war, denn zumindest eines der Autos war eindeutig nicht mehr fahrtüchtig. Die Ölwanne leckte, und auf dem Asphalt erblühte bereits eine große schwarze Blume. Da kein Abschleppwagen zufahren konnte, würde es bestimmt Stunden dauern, die Straße wieder frei zu machen. Im Augenblick ging es dem Beamten aber nur darum, Zeit zu gewinnen. Und tatsächlich gelang es ihm, die Autofahrer etwas zu beschwichtigen, auch wenn diese weiterhin schimpften und murrten.

Sammer war unauffällig wieder näher herangerückt und zeichnete alles auf, was gesagt wurde. Weit und breit war kein anderer Journalist zu sehen, und ihm war klar, dass er hier eine ganz heiße Story hatte, die sich bestimmt gut verkaufen ließ.

Der ältere Polizist wandte sich nun dem reglosen Mann auf dem Gehsteig zu. »Sich mitten auf den Zebrastreifen zu stellen und den Verkehr zu blockieren, ist keine sehr gute Idee«, sagte er gar nicht unfreundlich. Der junge Mann vor ihm wirkte zwar nicht verrückt, aber Kantler wusste aus eigener trüber Erfahrung, dass dieser Eindruck oft täuschte. Manchmal reichte schon ein lautes Wort, und solche Typen gingen plötzlich auf alles los, was sich rings um sie bewegte. Womöglich war der Kerl ja bewaffnet.

»Sie hatten Ihren Spaß. Aber jetzt ist es Zeit, dass wir gehen!«, fuhr Kantler fort.

Der Mann rührte sich nicht, und Sammer fragte sich, ob er den Polizisten überhaupt wahrnahm. Der kam offenbar zu dem gleichen Schluss und dachte wohl, dass es Zeit für einen kleinen, aber heilsamen Schock war. »Da haben Sie ja was Schönes angerichtet. Ihre Versicherung wird da eine beträchtliche Summe hinlegen müssen. Da Sie das Chaos offenbar absichtlich ausgelöst haben, könnte sie sich aber auch durchaus weigern zu zahlen. Sie stecken wirklich in Schwierigkeiten, mein Junge. Also machen Sie die Sache nicht noch schlimmer, als sie ohnehin schon ist, und kommen Sie mit uns«, sagte er in der Hoffnung, den Mann dadurch aus seiner Lethargie zu reißen. Doch der stand einfach da und starrte durch den Polizisten hindurch, als sei dieser Luft.

»Können Sie mich überhaupt hören?«, rief der Beamte nun und wischte mit einer Hand vor den Augen des Schwarzhaarigen herum. Zum ersten Mal zeigte der Mann tatsächlich so etwas wie eine Reaktion, zumindest hatte Sammer den Eindruck, dass die Pupillen der Bewegung folgten. Damit hatte es sich aber auch schon.

Kantler schüttelte den Kopf und seufzte. Er wandte sich zu seinem Kollegen um: »Fritz, hilf mir mal. Entweder ist der Typ sternhagelvoll oder zugedröhnt. Auf jeden Fall werden wir ihn tragen müssen«, sagte er, trat kurzentschlossen auf den Mann zu, packte ihn am Arm und wollte ihn zum Gehsteig hin zerren. Der Oberkörper folgte zwar der Bewegung und beugte sich in die Richtung, in die der Beamte zog, doch die Füße rührten sich keinen Millimeter. Es war, als seien sie im Asphalt festgewachsen. Kantler zog nun mit aller Kraft, aber selbst als ihm sein Kollege, Fritz Kronauer, zu Hilfe kam, vermochten sie den jungen Mann nicht von der Stelle zu bewegen.

»Was zum Teufel …«, schimpfte Kantler.

Da deutete Kronauer plötzlich auf die Füße des Anzugträgers. »Schau doch, Kuno, seine Beine, da ist etwas …«, stieß er hervor. Er ging in die Knie, und Sammer sah, wie sein Gesicht plötzlich weiß wurde. Der Beamte drehte sich zur Seite, würgte und erbrach sich auf die Fahrbahn. Kantler betrachtete ihn kopfschüttelnd. Diese jungen Hüpfer, die heutzutage in den Polizeidienst aufgenommen wurden – lauter Weicheier. Er erinnerte sich noch gut daran, wie er zum ersten Mal dazu eingeteilt worden war, die Einzelteile eines Selbstmörders einzusammeln, der sich vor einen Zug geworfen hatte. Sie lagen über mehrere hundert Meter verstreut, blutige Patzen zumeist. Und hatte er gekotzt? Kein bisschen. »Wir waren damals eben noch aus einem ganz anderen Holz geschnitzt«, murmelte er. Dass er nach diesem Vorfall wochenlang an Schlafstörungen litt und seit damals keine Blutwurst mehr essen konnte, obwohl die doch zuvor immer seine Leibspeise gewesen war, hatte er inzwischen erfolgreich aus seinem Gedächtnis verdrängt.

»Reiß dich zusammen, Fritz«, schnauzte er Kronauer an. »Das hier ist schließlich eine Amtshandlung!« Sammer hatte sich inzwischen im Kordon der Autofahrer, die die Szenerie umstanden, wieder ganz nach vorne gedrängt.

Er zoomte mit seiner Kamera die Beine des jungen Mannes heran und machte gleich eine ganze Fotoserie. Haut und Fleisch waren an beiden Füßen auf Höhe der Knöchel sowohl auf der Innenseite als auch auf der Außenseite der Beine aufgebrochen. Zentimeterdicke dunkle, längliche Stränge hatten sich daraus hervorgeschoben, die schwarzen Socken und die Hose zerfetzt und sich wie Schlangen in den Asphalt und offenbar noch weiter in das darunterliegende Erdreich gebohrt. Sammer sah aber auch aus dem aufgeplatzten Schuhleder über den Zehen derartige Gebilde herausragen und im Boden verschwinden, ebenso an den Fersen, und der Journalist war sich sicher, dass auch aus den Fußsohlen Wurzeln – denn nichts anderes konnte das sein – herausgewachsen waren.

Kuno Kantler hatte sich ebenfalls hinuntergebeugt und betrachtete die sich träge windenden Stränge kopfschüttelnd. »Ich bin zu alt für diesen Scheiß«, murmelte er ein Zitat seines Lieblings-Fernsehcops.

Dann richtete er sich auf und schaute zu seinem Kollegen hinüber, der sich inzwischen wieder gefasst hatte: »Den Kerl bekommen wir hier nicht so einfach weg. Er hat Wurzeln geschlagen!«, knurrte er.

Die beiden Beamten berieten sich eine Weile, wer in so einem Fall wohl zuständig war. Das lernte man in keinem Ausbildungskurs.

Schließlich forderten sie Verstärkung von ihrer Dienststelle an, um die Autofahrer im Zaum zu halten, außerdem die Feuerwehr, einen Notarzt und auch gleich noch einen Straßenbautrupp. Während sie warteten, drängte sich ein großer, bulliger Mann durch die Menge der Schaulustigen nach vorne. Sammer sah, dass der Neuankömmling eine Motorsäge auf der Schulter trug. Er erklärte dem Polizisten, dass er ein Holzfäller sei und nur zufällig gerade in der Stadt. »Ich habe was von Wurzeln gehört und dachte, dass ich Ihnen da vielleicht behilflich sein kann.« Er bückte sich und betrachtete nachdenklich die Füße des Mannes am Zebrastreifen, dann betastete er die Stränge mit den Händen, nickte und brummte zufrieden. »Ja, das sind eindeutig Baumwurzeln. Damit kenne ich mich aus.«

Er betrachtete den Mann vor sich kopfschüttelnd. »Das ist eine ziemlich schräge Geschichte.«

Dann wandte er sich wieder den Polizisten zu. »Sie haben wirklich ein Glück, dass ich meine Motorsäge immer dabeihabe. Ohne sie gehe ich nicht aus dem Haus«, sagte er, nahm sie von der Schulter und startete sie mit einer einzigen fließenden Bewegung – fast so, wie ein Revolverheld seinen Colt zog.

Sammer sah, wie Kantler den Holzfäller am Arm packte. Doch die Säge war so laut, dass er die Worte, die die beiden wechselten, kaum verstehen konnte.

»Was zum Teufel haben Sie vor?«, schrie Kantler.

Der Holzfäller zuckte mit den Schultern.

»Na was wohl«, brüllte er zurück. »Der Kerl hat Wurzeln, also ist er ein Baum, auch wenn er ein Mensch ist. Und wenn ein Baum eine Gefahr darstellt oder im Weg ist, dann fälle ich ihn. So einfach ist das!«

Der Polizist schüttelte energisch den Kopf.

»Einfach ist hier gar nichts! Wenn Sie ihn jetzt umsägen und es stellt sich später heraus, dass er doch ein Mensch ist und kein Baum, dann kommen Sie in Teufels Küche«, brüllte er, »und ich gleich mit Ihnen, wenn ich es zulasse.« Kantler kniff für einen Moment mit schmerzverzerrter Miene die Augen zusammen. Sein Kopf tat ihm plötzlich höllisch weh. Es überraschte ihn nicht. Jedes Mal, wenn eine Sache aus dem Ruder zu laufen begann, bekam er Schmerzen hinter der Stirn. In den Monaten vor seiner Scheidung hatte er oft geglaubt, sein Schädel würde zerspringen.

Der Holzfäller brummte unwillig, stellte dann aber doch die Motorsäge ab.

Er zuckte die Achseln. »Wie Sie wollen. Es ist Ihr Verkehrsstau. Dann sehen Sie mal zu, wie Sie ohne mich damit fertig werden. Aber rasch, ich habe es nämlich eilig«, sagte er, schulterte die Säge und verschwand in der Menge.

Sammer schaute dem Holzfäller nach, dann auf die Autofahrer ringsum, deren Wut sich kaum gelegt hatte, und fragte sich, ob es nicht vielleicht ein Fehler gewesen war, den Mann wegzuschicken, obwohl er natürlich ebenfalls der Meinung war, dass man den Baummenschen nicht einfach umschneiden konnte. Aber allein die Aussicht, dass etwas getan wurde, um das Problem zu lösen, hätte vielleicht beruhigend auf die Menge gewirkt. Sammer las in Kantlers Miene, dass der sich wohl gerade dasselbe dachte.

Das Murren der Autofahrer nahm bedrohlich zu. Doch bevor die Situation eskalieren konnte, kam zum Glück der Arzt. Er kniete nieder, begutachtete die Wurzeln, die der Mann durch den Asphalt ins Erdreich geschlagen hatte, und schüttelte dann den Kopf. »Ich habe ja schon viel gesehen, aber das ist neu«, sagte er. »Sehr interessant!«

Kantler konnte die Begeisterung des Mediziners nicht teilen. Er hatte andere Probleme. »Ob es interessant ist, ist mir scheißegal. Die Frage ist, ob Sie rasch etwas dagegen tun können. Wir müssen den Kerl von der Straße schaffen, sonst wird er noch gelyncht. Sie hören ja selbst! Also geben Sie ihm irgendein Wunderpulver, damit das da« – er deutete auf die Wurzeln – »verschwindet!«

Tatsächlich wurden die Drohungen der wütenden Autofahrer immer aggressiver.

Der Arzt schüttelte den Kopf. »Es gibt kein solches Wunderpulver. Ich weiß nicht, was hier passiert. Ich muss den Mann genau untersuchen, das wird eine Weile dauern. Ich kann auch nicht einfach mit dem Skalpell ans Werk gehen, wenn ich nicht weiß, in was ich da eigentlich hineinschneide – menschliches Gewebe oder Holz.«

Kantler stöhnte. »Wir haben keine Zeit mehr. Wir müssen diese Straße so schnell wie möglich räumen, sonst bricht hier eine Massenschlägerei aus!«, sagte er.

Der Arzt schüttelte bedauernd den Kopf. »Da kann ich Ihnen nicht helfen. Und ich kann auch keiner Aktion zustimmen, die die Gesundheit meines Patienten gefährden könnte.«

»Er ist nicht Ihr Patient. Er ist ein Verrückter, der sich zu Unrecht auf öffentlichem Gut aufhält«, knurrte Kantler.

Ein kleiner Mann hatte sich aus der ersten Reihe der Autofahrer gelöst und war nähergekommen, um das Gespräch zu verfolgen. Jetzt mischte er sich ein. »Ich bin mir ziemlich sicher, dass man diese … äh … Verwurzelung mit einer illegalen Inbesitznahme gleichstellen kann, ähnlich einer Hausbesetzung. Der Mann macht sich also strafbar. Ich bin Anwalt, ich kenne mich mit solchen Dingen aus«, sagte er.

Der Polizist stöhnte. »Ein Rechtsverdreher. Sie haben mir gerade noch in der Sammlung gefehlt. Hat vielleicht sonst irgendjemand kluge Ratschläge für mich?«

Plötzlich drängte sich ein Bauarbeiter durch die Menge nach vorne. Er musterte den Mann auf dem Zebrastreifen, begutachtete die Wurzeln, kratzte sich am Kopf und sagte dann: »Ich glaube, dass meine Kumpels und ich den Mann ausgraben können. Wenn die Wurzeln nicht zu tief reichen, werden wir ihn innerhalb einer Stunde hier wegschaffen.«

Bevor Kantler antworten konnte, erklang im Hintergrund eine energische Stimme: »Was geht hier vor?«

Die Menge teilte sich vor dem Sprecher wie das rote Meer vor den Israeliten, und der Bürgermeister von Althausen, Ferdinand Kummervoll, betrat den Schauplatz. Er war ein großer Mann mit brünettem Haar, blauen Augen und kantigem Kinn. Sammer wusste, dass er auf Frauen großen Eindruck machte – obwohl er schon auf die 50 zuging. Vermutlich spielte da die Aura von Selbstbewusstsein, die ihn umgab, eine gewichtige Rolle. Sie rief in den Menschen – und offenbar vor allem im anderen Geschlecht – das Gefühl hervor, dass sie in seiner Nähe sicher und geborgen waren.

Kantler atmete auf, als er den Bürgermeister sah, denn damit war ihm die Hauptverantwortung für dieses Spektakel abgenommen. Er erklärte in kurzen Worten die Lage.

Kummervoll starrte betroffen auf den Mann auf dem Zebrastreifen und fragte sich unwillkürlich, ob er vielleicht ein Angehöriger seiner Partei war, der den neuen Polit-Slogan »Starke Wurzeln« etwas zu wörtlich genommen hatte. Aber er hielt sich nicht lange mit solchen Gedanken auf. Er war ein Mann der Tat, und er machte daher das, was er am besten konnte. Er traf eine Entscheidung.

»Graben Sie ihn aus, und dann schütten Sie das Loch behelfsmäßig zu!«, sagte er zu den Bauarbeitern.

»Und was sollen wir mit ihm machen?«, fragte deren Chef und deutete auf den Baummenschen.

»Keine Ahnung. Schaffen Sie ihn in ein Spital, oder von mir aus verpflanzen Sie ihn in einen Blumentopf!«, knurrte der Bürgermeister.

Er wandte sich an die Polizisten. »Und Sie kümmern sich um den Verkehr. In spätestens drei Stunden will ich dieses Chaos hier beseitigt haben! Rufen Sie die Werkstätten und die Autofahrerclubs an. Sie sollen Abschleppwagen herbeischaffen und die Wracks abtransportieren. Sagen Sie ihnen, dass sie über die Fußgängerzone zufahren können. Eine andere Möglichkeit sehe ich nicht.«

Er hob die Hände und wandte sich an die Menge.

»Leute, setzt euch in eure Autos und wartet ab. Wir unternehmen alles, damit es so schnell wie möglich weitergeht. Aber wir haben es hier mit höherer Gewalt zu tun!«

Er winkte seinen Sekretär herbei.

»Ruf im Schnellimbiss an. Sie sollen mit Snacks und Kaffee und Getränken vorbeikommen und sie verteilen. Ein voller Magen senkt den Aggressionspegel. Die Rechnung sollen sie ans Rathaus schicken. Der Gemeinderat wird das im Nachhinein genehmigen, dafür sorge ich schon.«

Er wandte sich an Kantler. »Hat er einen Ausweis bei sich?«

Der Polizist zuckte mit den Schultern. »Ich habe ihn noch nicht durchsucht.« Er tastete den Mann ab und griff in die Taschen des Anzugs. Dann schüttelte er den Kopf. »Nichts.«

Kummervoll nickte seinem Sekretär zu. »Ich will wissen, wer der Kerl ist, und zwar so rasch wie möglich. Mach mit dem Handy ein

Foto und stell es ins Internet. Irgendjemand muss ihn ja kennen.«

Der Mann nickte und machte sich an die Arbeit.

Der Bürgermeister ließ seinen Blick über die Menge schweifen, entdeckte Sammer und rang die Hände. »Natürlich! Das hätte ich mir denken können, dass du hier herumschnüffelst!«, sagte er.

Sammer lächelte schief. Sie kannten sich schon sehr lange, noch aus der Zeit, als der Bürgermeister ein junger, aufstrebender Gemeinderat gewesen war. Wie lange war das her? 25 Jahre? Sammer fühlte sich plötzlich alt. Er trat nahe an den Bürgermeister heran.

»Was hältst du von der Sache?«, fragte er leise.

Kummervoll schnaufte. »Ganz ehrlich. Ich weiß es nicht!«

Er zog sein Taschentuch heraus und wischte sich über die schweißbedeckte Stirn. Er hatte es schon am Morgen gefühlt, dass dies wieder einer jener Tage werden würde …! Er spürte sozusagen im Urin, wenn Ärger drohte. Er hatte ein chronisches Blasenleiden und er schwor darauf – jedes Mal, wenn er in der Früh beim Pinkeln ein Brennen verspürte, dann war der Tag wie verhext. Und heute war es gewesen, als würde er Feuer pissen ...

Am späten Abend stand der Bürgermeister in Begleitung Sammers am Bauhofgelände der Stadt, obwohl er eigentlich bei einem klassischen Konzert des heimischen Symphonieorchesters hätte sein sollen: Mozart, die kleine Nachtmusik. Es wäre für ihn die gefühlt hundertste Darbietung dieses Werks gewesen, der er beiwohnte. Kummervoll fragte sich manchmal, ob das vermaledeite Orchester überhaupt ein anderes Stück im Repertoire hatte. Aber da die nächsten Wahlen nicht weit waren, hätte er es sich natürlich anhören und danach die Musiker bejubeln müssen … naja, wenigstens das war ihm erspart geblieben.

Der Bürgermeister grinste bitter. Es war absurd: Da wurde von Politikern immer bedingungslose Ehrlichkeit gefordert, und doch gab es ungezählte Anlässe, wo er einfach nicht sagen konnte, was er sich dachte – um die potenziellen Wähler nicht vor den Kopf zu stoßen.

Kummervoll seufzte kummervoll und wandte sich dem Anlass seiner Stippvisite am Bauhof zu. Vor ihm auf einer Wiese stand ein etwa einen Meter hoher und zwei Meter durchmessender Kunststofftrog voll mit Erde. Daraus ragte ein Mensch empor, jener junge Mann, der sich am Morgen auf der Straße verwurzelt hatte. Die Bauarbeiter waren seinem so salopp dahingesagten Rat gefolgt, hatten den Baummenschen ausgegraben, in diesen Trog eingetopft und dann hier am Bauhof sozusagen zwischengelagert.

Kummervoll musterte den jungen Mann aufmerksam. Seine Augen waren geschlossen, die Hände hatte er wie eine Baumkrone gen Himmel gereckt. Er stand regungslos da, aber immerhin hob und senkte sich sein Brustkorb, wenn auch nur unmerklich. Er atmete also noch.

»Es stellt sich trotzdem die Frage, ob du überhaupt noch ein Mensch im klassischen Sinne bist«, murmelte der Bürgermeister.

Sammer stand neben ihm und betrachtete den Baummann nachdenklich.

»Irgendwie gruselig, findest du nicht?«, fragte er den Politiker nach einer Weile.

Der zuckte nur mit den Achseln. »Wir leben in einer verrückten Welt, das ist mir schon lange klar«, sagte er fatalistisch.

Dann schaute er Sammer warnend an.

»Vergiss nicht, dass du offiziell zu meinem Stab gehörst und als einer meiner Berater fungierst! Die Regierung hat ein absolutes

Nachrichtenverbot verhängt. Wenn herauskommt, dass ich einen Zeitungsfritzen hier dulde, dann werden wir beide durch den Fleischwolf gedreht! Am liebsten wäre mir, du wärst weit fort von hier«, knurrte er.

Sammer nickte und grinste schief. Er hatte sogar einen Ausweis erhalten, der ihm bescheinigte, zum Team des Stadtchefs zu gehören. Kummervoll hatte seine Mitarbeiter zu strengstem Stillschweigen über Sammers Identität verpflichtet, und er wusste, dass er auf ihre Loyalität zählen konnte.

»Ja, ich weiß«, sagte der Journalist, »aber das ist meine Story. Ich war als Erster vor Ort und ich habe das Recht, sie den Menschen zu erzählen. Und was den kleinen Gefallen angeht, den du mir schuldest und an den ich dich nur äußerst ungern erinnere – wenn diese Sache hier vorbei ist, sind wir quitt. Versprochen!«, sagte er.

Kummervoll wusste natürlich genau, worauf Sammer anspielte. Eines Nachts war der Journalist mit dem Rad spät auf dem Nachhauseweg gewesen und hatte auf einem Bahnübergang ein Auto auf den Geleisen stehen sehen. Darin saß der Bürgermeister und schlief – stockbesoffen. Er war kein Trinker, aber an diesem Abend hatte er über die Stränge geschlagen, und Sammer fand, dass das auch einem Politiker einmal zustand. Also hatte er Kummervoll schnell auf den Beifahrersitz gehievt und den Wagen von den Schienen gefahren. Keine drei Minuten später war ein Zug vorbeigebraust. Sammer hatte dem Bürgermeister zuerst vermutlich das Leben und dann durch sein Stillschweigen auch noch die politische Karriere gerettet. Wäre die Sache publik geworden, hätte er zweifellos zurücktreten müssen. Aber Sammer war der Ansicht, dass er seinen Job gar nicht schlecht machte, und dass er vor allem ehrlich war und bemüht, das Beste für seine Stadt und die Menschen, die darin lebten, zu erreichen. Das war eine Qualität, die bei Politikern nicht so weit verbreitet war – und Sammer schätzte sie. Darum hatte er geschwiegen.

Kummervoll machte eine Miene, als hätte er in eine Zitrone gebissen. »Es ist nicht nötig, mich an diese Sache zu erinnern. Diese dumme Geschichte wird immer wie ein dunkler Schatten über mir schweben, auch wenn wir beide« – er grinste schief, als könnte er Sammers Beteuerung nicht recht glauben, »wie du sagst, quitt sind. Sie hätte mich alles kosten können, was ich in jahrelanger, harter Arbeit aufgebaut habe, alles was mir wichtig ist. Aber du warst fair, damals – und jetzt habe ich die Gelegenheit, mich zu revanchieren. Mit dieser Story kannst du ganz groß rauskommen. Wenn du es richtig anstellst, werden die Zeitungen sich danach regelrecht mit Jobangeboten überschlagen. Du wirst sehen, dein alter Boss wird auf den Knien angekrochen kommen und dich bitten, wieder für ihn zu arbeiten. Aber du musst warten. Mir ist klar, dass morgen schon einige Blätter über den mysteriösen Vorfall berichten werden, aber sie wissen nichts Genaues. Wir haben abgeblockt, so gut es ging. Deine Kollegen sind also auf reine Spekulationen angewiesen. Du hingegen wirst die Fakten bringen können, samt exklusiven Fotos«, sagte er.

Der Bürgermeister ließ seinen Blick wieder über den Baummenschen wandern, von den erhobenen Armen bis hinunter zu den holzigen Strängen, die aus seinen Beinen hervorragten und im Erdreich verschwanden. Die Wurzeln waren sehr schnell gewachsen und das Ausgraben dieses Unglücklichen – Kummervoll konnte sich nicht vorstellen, dass dieser Mann seinen Zustand begrüßen würde, wenn er bei klarem Verstand wäre – somit zu einem Wettbuddeln geworden. Letztendlich war den Arbeitern nichts übriggeblieben, als einige der Stränge zu kappen. Zum Glück hatte dem Baummenschen das offenbar nicht geschadet. Der Bürgermeister fragte sich, welche rechtlichen Turbulenzen auf ihn und die Stadt zukommen würden, wenn dieses … Geschöpf … plötzlich zu verdorren begänne.

Er seufzte gequält, trat dann nahe an den Trog heran und blickte dem Mann forschend ins bleiche Gesicht. Dann schaute er Sammer an.

»Du warst doch neben ihm, heute Morgen?«, fragte er.

Der Journalist nickte. »Ja.«

»Und ist dir vorher nichts Merkwürdiges an ihm aufgefallen?

Sammer schüttelte den Kopf. »Nein, aber es geschah auch alles sehr schnell. Am Gehsteig sah er noch ganz normal aus, dann gingen wir los, und plötzlich blieb er stehen und rührte sich nicht mehr!«

»Hat er nicht doch noch irgendetwas gesagt?«

Sammer schüttelte den Kopf.

»Nein! Bestimmt nicht!«

Kummervoll stellte sich auf die Zehenspitzen.

»Hörst du mich?«, rief er zu dem Baummenschen hinauf.

Da der Angesprochene nicht reagierte, streckte der Politiker eine Hand aus und zwickte ihn in den Bauch, der sich allerdings schon sehr hart anfühlte.

»Er scheint in einer Art Trance zu sein«, murmelte der Bürgermeister. »Sehr mysteriös, das alles!«

Er hoffte, dass sich das Rätsel am nächsten Morgen klären würde. Er hatte seine Beziehungen zum Bundeskanzler spielen lassen, der ein alter Parteifreund war, und der hatte ihm zugesagt, einige medizinische Koryphäen zu schicken, damit sie dieses »Gewächs« untersuchten – und vorsichtshalber würde auch gleich noch ein Botaniker kommen.

»Dann werden wir hoffentlich wissen, womit wir es zu tun haben«, murmelte Kummervoll.

Plötzlich kam ihm der beunruhigende Gedanke, dass das, woran immer dieser Mensch litt, ansteckend sein könnte – und er hatte heute sehr viel Zeit in dessen Nähe verbracht und ihn nun sogar berührt. Er stieß hörbar die Luft aus und verbot sich, in diese Richtung weiterzudenken. Angst konnte er jetzt gar nicht gebrauchen, er musste einen kühlen Kopf bewahren.

»Was ist los? Geht es dir nicht gut?«, fragte Sammer.

Der Bürgermeister lächelte schief. »Sagen wir so, ich hatte schon bessere Tage. Ich habe nur kurz darüber nachgedacht, was wäre, wenn wir es mit einer Krankheit zu tun hätten – mit einer ansteckenden Krankheit.«

Sammer nickte. »Das habe ich auch schon überlegt!«

Kummervoll kicherte plötzlich.

»Ich glaube, wir zwei würden prächtige Bäume abgeben – ich eine stattliche Eiche, und du … naja, vermutlich eine Trauerweide.«

Blitz-Ahnungen

Mit 21 Jahren begriff Konrad Sammer, dass ihn Akten und Zahlen nicht glücklich machen konnten. Er und sie waren einfach nicht füreinander geschaffen. Er hatte nach dem Abschluss der Handelsakademie eine Stelle bei einer Sozialversicherungsgesellschaft angenommen, aber er fühlte sich im Büro wie Rilkes Panther hinter tausend Gitterstäben gefangen, die ihm Lebensfreude und Kreativität raubten. In jener Zeit dachte Sammer oft an seine Eltern, die – so hatte ihm seine Großmutter berichtet – davon überzeugt gewesen waren, dass er einmal Wunderbares vollbringen würde. Aber in diesem stickigen Büro war kein Platz für große Taten, sondern nur für ein kleines, angepasstes Leben. Es kostete Sammer ungeheuer viel Kraft, sich aus dieser Enge wieder zu befreien. Die Versuchung, sich bequem einzurichten und die Jahre einfach an sich vorbeifließen zu lassen, war erstaunlich groß. Vielleicht wäre er ihr sogar erlegen, wäre da nicht diese Unruhe in ihm gewesen – fast so, als würde ihn in seinem Inneren ständig jemand mit einer unsichtbaren Nadel piksen.

Schließlich kündigte Sammer und begann ein Theologiestudium, nicht so sehr, weil er plötzlich zum Glauben gefunden hätte, sondern eigentlich aus Mangel an anderen Perspektiven. Er wollte Linz nicht verlassen, und eine geisteswissenschaftliche Fakultät gab es in der Stadt damals noch nicht. Zudem stand im ersten Studienabschnitt viel Philosophie auf dem Programm, und das weckte sein Interesse. Seine Großmutter quittierte die Eröffnung, welches Studium er gewählt hatte, mit einer ihrer üblichen Bemerkungen über die »Pfaffen und ihren Hokuspokus« und ansonsten mit einem Achselzucken. Sie vertraute darauf, dass der Blitz, der ihren Enkel bei seiner Geburt getroffen hatte, ihn schon auf den richtigen Pfad lenken werde. Er war auserwählt, davon war auch sie nach wie vor überzeugt, hatte inzwischen aber resignierend eingesehen, dass sie seine große Zeit und die erstaunlichen Taten, die er dereinst vollbringen mochte, wohl nicht mehr miterleben würde. Sie war über 90 Jahre alt und fühlte sich, wie sie selbst sagte, wie ein löchriger Ballon, aus dem statt der Luft das Leben sickerte.

Sie hatte zwei Weltkriege er- und überlebt und ihren Mann und ihre Tochter samt Schwiegersohn im selben Jahr begraben. Damals hatte sie erkennen müssen, dass gute Gene kein Schutz gegen Ertrinken und auch nicht gegen zu viel Tabakkonsum waren. Ihre Tochter war in einem See versunken, weil sie nicht schwimmen konnte, und ihr Mann Sebastian Kirschholz hatte sich schlicht und einfach zu Tode geraucht. In Kriegszeiten hatte er verborgen im Wald Tabakpflanzen angebaut – nicht gerade die ausgesuchteste und gesündeste Sorte. Zuerst hatte er die getrockneten Blätter geraucht, und wenn dieser Vorrat im Frühjahr zu Ende war, auch noch die Stängel. Eine Zeit lang hatte er auch im Haus ständig eine selbst gedrehte Zigarette im Mund gehabt, und der Gestank hatte sich in Wänden, Möbeln und schließlich sogar in den Bewohnern festgesetzt. Das ging so lange, bis Anna eines Tages aus der Badewanne stieg und ihr, obwohl sie sich gründlich gewaschen hatte, immer noch ein ekelerregender Geruch nach kaltem Rauch anhaftete. Da beschloss sie mit der ihr eigenen Resolutheit, dass es nun genug sei und höchste Zeit, dem Rauchen im Wohnbereich einen Riegel vorzuschieben.

Unter der Androhung von dauerhaftem Liebesentzug brachte sie ihren Mann dazu, seinem Laster fortan draußen zu frönen, und sie ließ ihn nicht eher wieder in das eheliche Bett, bevor Sebastian nicht auch alle Möbel gründlich gereinigt, die Wohnung ausgemalt und sich selbst von seiner Frau so tüchtig hatte abschrubben lassen, dass er sich danach fühlte, als hätte er kein Stückchen Haut mehr am Leib. Trotz der Auflagen, die Anna ihm machte, konnte er aber vom Rauchen nicht lassen. Und er überzog über die Jahre seine Lunge so gründlich mit Teer, dass sie letztendlich zu starr wurde, um ihre Aufgabe weiter erfüllen zu können. So erstickte Sebastian eines Nachts, nur wenige Monate nachdem die Tochter ertrunken war. Es war paradox: Der Körper starb, weil die Lunge den Dienst einstellte, doch während das übrige Fleisch verfaulte, widerstand sie selbst dem Verfall. Hätte jemand nach Jahrzehnten das Grab geöffnet, hätte er darin die in Teer erstarrte Lunge gefunden – so unberührt vom Verwesungsprozess, als wartete sie nur darauf, sich irgendwann wieder in Fleisch und Blut zu verwandeln, um erneut ihren Dienst aufzunehmen – und sei es erst am jüngsten Tag.

Anna wusste allerdings, dass es nicht die Lunge allein war, die ihren Mann umbrachte. Es war auch sein Herz. An dem Tag, an dem ihre Tochter ertrank, brach es entzwei. Darüber kam Sebastian nicht hinweg, und drei Monate später folgte er ihr. Anna nahm es ihm lange Zeit sehr übel, dass er sich einfach davongemacht hatte und sie mit der Bürde, sich um den kleinen Konrad zu kümmern, alleine ließ.

In den ersten Lebensjahren war der Junge ein ganz normales Kind, abgesehen von dem Blitzmal auf der Hinterbacke, das nachts immer wieder einmal aufleuchtete, als würde es von innen her mit

Energie gespeist, und das Schlafzimmer in rötliches Licht tauchte. Da der Junge nicht über Schmerzen klagte, hielt die Großmutter es aber für unnötig, einen Arzt zu konsultieren. »Die Quacksalber könnten ohnehin nichts dagegen tun«, sagte sie.

Dann kam jener Tag in Konrads sechstem Lebensjahr, der die Großmutter einmal mehr davon überzeugte, dass der Junge etwas Besonderes war. In der Nacht erwachte sie aus unruhigen Träumen. Sie stand auf, um nach Konrad zu sehen, doch er war nicht in seinem Bett und auch sonst nirgendwo im Haus zu finden. Anna fragte sich, wo der Bub mitten in der Nacht hingegangen sein mochte. Da hörte sie plötzlich eine Sirene heulen. Sie lief ins Freie und sah ein paar Minuten später den Feuerwehrwagen mit Blaulicht den Weg zum Hof herauf und dann durch die Einfahrt brausen. Im Führerhaus saß auf dem Schoß eines Feuerwehrmannes der kleine Konrad.

»Himmelseiten …«, stieß die Großmutter aus.

Und als sei das ein Stichwort gewesen, zuckte in diesem Moment aus einer einzelnen schwarzen Wolke, die sich am sonst klaren Nachthimmel unversehens vor den Mond geschoben hatte, ein Blitz nieder und schlug in die Scheune ein. Ein Balken begann sofort zu glosen, und weil es in den Wochen zuvor sehr heiß gewesen war und das Holz trocken, züngelten rasch kleine Flammen empor. Die Feuerwehrmänner sprangen aus ihrem Wagen, entrollten die Schläuche, und noch bevor das Feuer seine Funken auf das trockene Heu spucken und sich so zu einem Großbrand auswachsen konnte, machten sie ihm mit Löschwasser den Garaus.

Die übrigen Bewohner des Hofes waren beim Eintreffen der Feuerwehr aus ihren Wohnungen gestürmt. Sie alle hatten den Blitz niederzucken sehen und fragten sich nun natürlich, wie die Florianijünger den Brand hatten vorausahnen können. Kommandant Florian Kitzler deutete auf das Führerhaus des Feuerwehrwagens, wo noch immer der kleine Konrad saß und das Geschehen scheinbar unbeteiligt verfolgte.

»Er war es«, sagte der Feuerwehrmann. »Er hat die Sirene in Gang gesetzt, wenn ich auch nicht weiß, wie er das geschafft hat, und noch weniger, wie er überhaupt ins verschlossene Feuerwehrhaus gelangt ist. Als wir dort ankamen, hat er geschrien: Unser Hof, es brennt, es brennt!« Zwar sei weit und breit kein Feuerschein zu sehen gewesen, aber da sie nun schon aus dem Bett gerissen worden waren, hatten die Feuerwehrmänner beschlossen, vorsichtshalber nachzusehen. Und so waren sie zur rechten Zeit am rechten Ort.

Kitzler blickte nachdenklich zum mondhellen Himmel hinauf, wo sich die schwarze Wolke inzwischen verflüchtigt hatte, und murmelte: »Ich hätte nie gedacht, dass heute ein Blitz einschlägt.« Dann deutete er auf Konrad und fragte Anna: »Wie konnte er es wissen?«

Sie zuckte mit den Achseln. »Kinder sind oft seltsam. Wahrscheinlich hatte er einen bösen Traum und ist deshalb zum Feuerwehrhaus gerannt. Dass der Blitz tatsächlich eingeschlagen hat, ist bestimmt nur ein höchst erstaunlicher Zufall.«

Natürlich glaubte Anna selbst keine Sekunde an diese Erklärung, aber sie wollte nicht, dass die Leute zu viel Aufhebens um die Sache machten. Der Feuerwehrkommandant nickte zögernd und ohne Überzeugung. Unwillkürlich erinnerte er sich an die Katze der Sammers, die erst vor zwei Jahren ihre sprichwörtlichen sieben mal sieben Leben aufgebraucht hatte und im für Katzen wahrhaft biblischen Alter von 25 Menschenjahren friedlich entschlummert war. Sie war – auch im Gedenken an Konrads Vater, den langjährigen Kommandant-Stellvertreter Georg Sammer, der lange vor ihr diese Welt verlassen hatte, mit einem Festakt beim Feuerwehrdepot begraben worden, wo auch ein kleines Denkmal samt Bild an sie erinnerte.

Kitzler schüttelte den Kopf. »In dieser Familie scheinen wirklich alle einen besonderen Bezug zu Gewittern und zum Feuer zu haben, sei es Mensch oder Tier«, sagte er.

Anna nickte. »Mag sein. Dennoch ist es allein euer Verdienst, dass ihr diesen Brand verhindert habt. Wenn ihr nicht sofort losgefahren wärt, wäre es schlimm für uns ausgegangen. Das solltest du unbedingt in deinen Bericht schreiben. Warum ihr so früh dran wart, ist eigentlich gar nicht so wichtig«, sagte sie mit Nachdruck.

Kitzler verstand, dass sie ihn indirekt bat, Konrads Rolle in dieser Geschichte nicht aufzubauschen. Er nickte, denn der Gedanke, den Ruhm für die gelungene Löschaktion selbst einzuheimsen, gefiel ihm durchaus. Als ihn später ein Reporter tatsächlich fragte, warum die Feuerwehr schon zur Stelle war, noch bevor der Blitz einschlug, erklärte er daher im Brustton der Überzeugung: »Wissen Sie, wenn man so lange dabei ist wie ich, dann kann man die Gefahr förmlich riechen!« Kitzler klopfte sich dabei mit dem Zeigefinger gegen die Nase, und da er tatsächlich einen riesigen Zinken im Gesicht hatte, zog der Journalist seine Worte auch nicht in Zweifel.

Konrad war inzwischen im Führerhaus eingeschlafen und wachte auch nicht auf, als ihn ein Feuerwehrmann ins Haus trug und ins Bett verfrachtete. Als er am nächsten Morgen die Augen aufschlug, schien er sich nicht mehr an den Vorfall zu erinnern oder sprach zumindest nicht darüber. Der Großmutter war das ganz recht. Sie hoffte, dass auch die Feuerwehrmänner die Ereignisse der letzten Nacht nicht herumposaunen würden, um ihren eigenen Verdienst an der Rettungstat nicht zu schmälern. Je weniger Leute davon erfuhren, welche Rolle Konrad dabei gespielt hatte, umso besser.

Die Großmutter hatte Konrad erst von diesem Vorfall erzählt, als er 18 Jahre alt war, und tatsächlich waren aus den Untiefen seiner Erinnerung noch ein paar vage Bilder emporgestiegen – das Feuerwehrauto, der Blitz, der in die Scheune krachte, aufgeregt umherlaufende Menschen …!

Die Geschichte hatte in Sammer letztlich nur die Gewissheit verdichtet, dass Blitze eine besondere Rolle in seinem Leben spielten. Er konnte sie … lesen. Ein besserer Ausdruck dafür fiel ihm nicht ein. Tatsache war: Wenn er Gewitterwolken betrachtete, konnte er ziemlich genau voraussagen, wann und wo ein Blitz niederzucken würde. Noch mehr: Er konnte sie sogar im Voraus spüren. Aber das hatte er auch vor seiner Großmutter geheim gehalten.

Nur einmal wäre diese besondere Fähigkeit beinahe offenbart worden.

Es war während Sammers Schulzeit. Er besuchte damals die zweite Klasse der Handelsakademie. Sie befanden sich auf Sportwoche und unternahmen eine Bergwanderung. Auf dem Weg ins Tal kam die Gruppe an einer Wiese vorbei, auf der ein einziger großer Baum stand. Darunter hatte es sich ein junges Pärchen auf einer Decke gemütlich gemacht. Es war ein sonniger Tag, doch am Himmel zogen dunkle Gewitterwolken auf. Konrad sah empor und fühlte in sich die Gewissheit einer nahenden Katastrophe. Plötzlich war es, als würde sein Geist in die Zukunft gerissen. Er stand vor dem Baum und sah, wie ein mächtiger Blitz niederfuhr und ihn in der Mitte spaltete. Konrad blieb unwillkürlich stehen und keuchte. Einer seiner Mitschüler klopfte ihm auf die Schulter. »Nur nicht schlapp machen, Sammer«, sagte er grinsend. Konrad zwang sich zu einem Lächeln. »Ich mache nicht schlapp, ich muss nur einmal austreten. Wenn dich der Lehrer nach mir fragt, sag ihm, ich komme gleich nach!«

Der Junge nickte. Sammer ließ sich unauffällig zurückfallen und huschte dann hinter ein paar Büsche. Als die Gruppe außer Sicht war, rannte er über die Wiese zu dem Pärchen unter dem Baum.

»Ihr müsst hier weg. Sofort!«, rief er.

Der junge Mann und das Mädchen, die sich gerade innig geküsst hatten, fuhren erschrocken auseinander. Der Mann schaute ärgerlich drein. »Verschwinde, Kleiner! Wir gehen, wann es uns passt«, sagte er.

Konrad wusste, dass ihm die Zeit davonlief. Die Wolken waren schon fast über der Wiese, und er konnte spüren, wie sie sich aufluden. Er musste das Pärchen von hier vertreiben. Sofort!

Kurzentschlossen öffnete er daher seinen Hosenlatz, zog seinen Schniedel hervor und urinierte dicht neben den beiden jungen Leuten an den Baumstamm.

»Du Schwein!«, rief der Mann, und das Mädchen kreischte angeekelt. Beide sprangen auf, und er stürzte mit einem Wutschrei auf Konrad zu. Der hatte aber damit gerechnet, tauchte unter den zupackenden Armen hindurch und rannte die Wiese hinab. Der junge Mann verfolgte ihn, und das Mädchen hetzte wiederum ihrem Geliebten hinterher.

»Lass ihn doch. Er ist ein dummer Junge«, rief sie.

Sie waren noch keine zwanzig Meter von der Eiche entfernt, als ein gewaltiger Blitz niederzuckte und der Stamm in der Mitte auseinanderbarst. Ein großer Ast krachte auf die Decke, wo kurz zuvor noch das Pärchen gesessen hatte. Konrad, der junge Mann und das Mädchen wurden vom Druck der Blitzentladung von den Beinen gerissen. Zum Glück landeten sie auf der Wiese aber relativ weich. Dann krachte ein Donnerschlag, der so laut war, dass Konrad glaubte, seine Trommelfelle würden platzen. Er holte ein paarmal tief Luft, sprang wieder auf die Beine und eilte zu dem Pärchen.

Die junge Frau und ihr Geliebter lagen noch immer verdattert am Boden, schienen aber so weit unverletzt.

»Ist euch etwas passiert?«, fragte Konrad. Die beiden standen ohne Zweifel unter Schock, denn sie brachten kein Wort hervor, schüttelten aber schließlich die Köpfe.

Konrad grinste schief. »Ich habe ja gesagt, ihr müsst dort weg«, sagte er und betrachtete schaudernd die rauchenden Überreste des gerade noch so stolzen Baumes. Dann winkte er dem Mann und der Frau noch einmal zu, drehte sich um und lief seinen Klassenkameraden hinterher. Diese hatten zwar den Blitz nicht gesehen, aber das Krachen des Einschlags und danach natürlich den gewaltigen Donnerschlag gehört.

»Woher wusstest du das?«, rief der junge Mann Konrad hinterher, doch der rannte einfach weiter.

Der Lehrer, der gerade erst sein Verschwinden bemerkte hatte, war natürlich in Sorge, und als der Junge angelaufen kam, musste dieser daher gleich noch ein zweites Donnerwetter über sich ergehen lassen. Aber das störte ihn nicht.

Sein besonderes Sensorium für Blitzeinschläge bewahrte Sammer sich auch im Erwachsenenleben – und es verstärkte sich sogar noch.

Er konnte im Umkreis von rund 50 Kilometern auf zwei bis drei Meter genau sagen, wo bei einem Gewitter ein Blitz einschlagen würde. Hätte sich jemand die Mühe gemacht, die Brandstatistik von Sammers Heimatbezirk zu durchforsten, hätte er festgestellt, dass zwar durchaus Blitze in Wohngebäude krachten, aber es kaum zu Bränden kam, weil die Feuerwehr wie durch ein Wunder immer bereits zur Stelle war. Tatsächlich gingen bei heftigen Unwettern regelmäßig anonyme Anrufe oder auch E-Mails in der Bezirksleitstelle ein, mit Ort und Uhrzeit, wo ein Blitz einschlagen würde. Anfangs hatten die Feuerwehrleute diese Meldungen als dummen Scherz eines Wichtigtuers abgetan, aber als sie zum dritten Mal an einen Ort ausrücken mussten, den der Unbekannte zuvor benannt hatte, begannen sie, die Hinweise sehr ernst zu nehmen.

Alle Versuche, den Anrufer zu enttarnen, schlugen übrigens fehl. Die Feuerwehrmänner verzichteten aber auch bewusst darauf, ihre guten Beziehungen zur Polizei zu nutzen, denn der Kommandant meinte: »Es ist schließlich kein Verbrechen, Blitzeinschläge vorauszusagen, und wenn der unbekannte Wohltäter im Verborgenen wirken will, dann soll es eben so sein!«

Als er bei der Zeitung arbeitete, war Sammers Gespür für Blitzschläge natürlich ein großer Vorteil, denn er richtete es meist so ein, dass er oder ein Fotograf zugleich mit der Feuerwehr beim Einsatzort eintrafen und somit die besten Bilder liefern konnten.

»Wie machst du das? Wie kannst du immer rechtzeitig an Ort und Stelle sein?«, fragte ihn sein Chefredakteur einmal.

Sammer grinste schief.

»Ich spüre es am Arsch«, antwortete er unfein und log dabei nicht einmal. Denn seine Narbe juckte jedes Mal höllisch, bevor ein Blitz einschlug.

Der Baummensch

Der Bauhof von Althausen wurde am nächsten Morgen von dutzenden Polizisten abgeschirmt, die unliebsame Besucher davon abhalten sollten, das Gelände zu betreten. Inzwischen waren die Mediziner eingetroffen und hatten mit der Untersuchung des Baummenschen begonnen. Der Bürgermeister wartete ungeduldig auf ihre erste Einschätzung.

Trotz strikter Nachrichtensperre hatte man den Vorfall natürlich nicht gänzlich vertuschen können. Es hatte zu viele Augenzeugen gegeben – die Autofahrer, die im Stau standen, und natürlich auch die Fußgänger, die vor oder nach dem Mann, der sich verwurzelte, den Zebrastreifen überquert hatten. Offenbar hatte aber keiner von denen, die in der Nähe gewesen waren, daran gedacht, das Geschehen mit dem Handy zu filmen. Es wurden zwar ein paar Videos ins Netz gestellt, aber sie zeigten nur wütende Menschen in einem Stau. Der Baummensch auf dem Zebrastreifen war, wenn überhaupt, nur sehr verschwommen in der Ferne zu erblicken, und die Stränge, die aus den Füßen des Mannes wuchsen, waren gar nicht zu erkennen.

Natürlich gab es Leute, die sich den Journalisten förmlich aufdrängten, ihre Geschichte zu erzählen. Aber was sie zu sagen hatten, wirkte meist nicht sehr glaubwürdig. Und jene, die tatsächlich gesehen hatten, dass dem Mann Wurzeln aus den Beinen wuchsen, hielten vermutlich den Mund, weil sie fürchteten, als verrückt abgestempelt zu werden.

Die angeblichen »Augenzeugen«, die in den Medien schließlich zu Wort kamen, spannen ihre ganz eigenen Geschichten, die mit den wirklichen Ereignissen nicht mehr viel gemein hatten.

»Ich sage Ihnen, plötzlich ist der Asphalt weich geworden, und der Mann ist mit den Füßen darin versunken. Ich habe es genau gesehen. Das hat bestimmt etwas mit dem Klimawandel zu tun! Wir sind alle unseres Lebens nicht mehr sicher. Das kann jederzeit wieder passieren. Wir werden noch alle vom Erdboden verschluckt werden«, erklärte ein Rentner.

Der Chef einer Baufirma vermutete, dass beim Asphaltieren der Fahrbahn ein Fehler unterlaufen war. »Ich bin mir sicher, dass man den Untergrund nicht ordentlich verdichtet hat, und dass dieser daher nun abgesackt ist. Das kommt eben davon, wenn man nicht die Profis engagiert. Ich hatte mich ja damals, als die Fahrbahn erneuert wurde, um den Auftrag beworben, aber die Stadt hat ihn einem auswärtigen Konkurrenten erteilt, weil der billiger war. Jetzt sieht man ja die Folgen ...!«

Vor allem auf Facebook wurden wilde Spekulationen über den Mann angestellt, der am Asphalt kleben geblieben war. Ein User verstieg sich sogar zu der Theorie, dass ein Untoter beim Versuch, durch den Asphalt an die Erdoberfläche durchzubrechen, ihn am Bein gepackt habe.

Ein anderer vertrat die Ansicht, dass schon seit Jahrhunderten Aliens unter der Erdoberfläche lauerten, die aussahen wie Baumwurzeln und die nun hervorkamen, um Menschen in die Tiefe zu reißen – als Rache für deren rücksichtslosen Umgang mit der Natur. Aber die Politik und die linkslinke Lügenpresse unterdrücke natürlich wieder einmal die Wahrheit.

»Lauter Mist«, knurrte Kummervoll, als er die Zusammenfassung der Facebook-Beiträge zu dem Vorfall überflog, die ihm ein Mitarbeiter auf sein Handy geschickt hatte. Das war eine Publicity, wie sie Althausen nun wirklich nicht brauchen konnte.

»Diese sozialen Netzwerke dienen nur zur Volksverblödung. Jeder kann darin seine abstrusen Theorien verbreiten und wird Leute finden, die ihm glauben. Manchmal habe ich das Gefühl, ich bin neuerdings von lauter Irren umgeben«, schimpfte der Bürgermeister.

Sammer nickte. »Ja, geht mir ganz genauso. Aber vermutlich waren die Irren früher auch schon da, nur wussten wir es nicht. Jetzt haben sie die Möglichkeit, ihren Unsinn zu verbreiten, und davon machen sie ausgiebig Gebrauch. Leider!«

»Woran man sehen kann, dass nicht jeder technische Fortschritt automatisch ein Segen ist«, knurrte Kummervoll. Er sah zu den Ärzten hinüber. »Ich hoffe, dass sie bald fertig sind. Ich muss vor die Presse treten und eine Erklärung abgeben, und ich hätte da gerne einige Fakten in der Hinterhand, denn was soll ich den Journalisten sonst erzählen.«

In diesem Augenblick sah er, wie sich einer der Doktoren aus der Menge der Weißkittel beim Baum löste und auf ihn zukam.

»Nun?«, fragte er ungeduldig.

»Dieser Mensch verwandelt sich zweifellos in ein hölzernes Gewächs!«, sagte der Arzt im Brustton der Überzeugung. Er war Spezialist für innere Medizin.

Der Bürgermeister schloss die Augen und zählte langsam bis zehn. »Sie wollen mir jetzt nicht sagen, dass Sie ihn zwei Stunden lang untersucht haben, nur um zu dem Schluss zu kommen, dass er zum Baum wird, denn das ist offensichtlich. Inzwischen hat er ja nicht nur Wurzeln, sondern auch seine Beine und sein Körper verwandeln sich in Holz, oder zumindest in etwas, das aussieht wie Holz. Was ich von Ihnen wissen will, ist, warum er das tut und wie wir den Prozess stoppen oder, noch besser, umkehren können.«

Der Arzt blickte betrübt zu seinen Kollegen hinüber. »Tja, das können wir Ihnen leider auch nicht sagen. Alles wäre einfacher, wenn wir ihn sezieren oder zumindest in einen Magnetresonator legen könnten, aber das ist aus verständlichen Gründen nicht möglich. Wir haben sein Blut untersucht, aber nichts Auffälliges gefunden, wenn man davon absieht, dass mikroskopisch kleine Holzpartikel darin herumschwimmen und sich offenbar systematisch im Körper verteilen. Aber das ist nicht der Auslöser seiner Verwandlung, sondern eher eine Folge davon.«

Kummervoll holte tief Luft. Die nächste Frage fiel ihm nicht leicht.

»Was wäre, wenn Sie ihm die Füße und die Unterschenkel amputierten? Ließe sich der Prozess damit aufhalten?«

Der Arzt schüttelte den Kopf.

»In diesem fortgeschrittenen Stadium der Metamorphose auf keinen Fall mehr. Wie gesagt, sein Organismus ist von Holzpartikeln infiltriert. Wir glauben, dass sie sich an den Zellen festsetzen und so deren Verwandlungsprozess vorantreiben. Mit oder ohne Beine – dieser Mann wird zum Baum!«

Der Bürgermeister nickte. Dann stellte er die Frage, die ihm schon die ganze Zeit unter den Nägeln brannte.

»Ist es ansteckend? Könnten diese … äh … Holzpartikel auf andere Menschen überspringen – womöglich wie Bazillen übertragen werden? Durch Niesen? Könnte es eine Seuche sein oder noch schlimmer: Könnten wir es … mit einem Terroranschlag zu tun haben?«

Der Arzt schüttelte den Kopf.

»Nein, ganz bestimmt nicht. Wir sind uns darüber einig, dass kein Virus und kein Bakterium die Verwandlung auslösten. Wir glauben eher, dass eine, sagen wir, Fehlfunktion im Gehirn dafür verantwortlich ist.«

Der Bürgermeister starrte ihn verständnislos an.

»Im Gehirn? Was soll das heißen?«

»Nun. Wir meinen, dass dieser Mensch« – er deutete auf die zunehmend verholzende Gestalt – »einen psychischen Prozess durchläuft, der eben auch gravierende körperliche Auswirkungen hat.«

»Sie meinen, der spinnt so gewaltig, dass er sich in Holz verwandelt?«, fragte der Bürgermeister.

Der Arzt seufzte. Politiker hatten immer eine so simple und brachiale Art, komplizierte Sachverhalte auszudrücken.

»Im Kern trifft das zu«, räumte er widerstrebend ein. »Ich würde es allerdings anders formulieren: Seine psychischen Parameter liegen stark außerhalb der Norm und bedingen dadurch eine dramatische Metamorphose seiner physischen Konstitution«, sagte der Arzt.

Kummervoll starrte ihn an.

Der Mediziner hielt seinem Blick eine Weile stand, dann seufzte er und gab sich geschlagen.

»Es ist wie Sie sagen. Dieser Mensch ist auf gewisse Weise verrückt und verwandelt sich deshalb in einen Baum«, erklärte er. Der Bürgermeister nickte. »Endlich sprechen wir die gleiche Sprache«, sagte er zufrieden. »Bleibt die Frage, wie das möglich ist?«

Der Arzt zuckte mit den Achseln.

»Um das zu beantworten, sollten wir wohl einen Psychiater beiziehen.«

Kummervoll wandte sich an seinen Sekretär: »Ich will den besten Seelenklempner, der greifbar ist, und ich will ihn innerhalb vier

Stunden hier vor Ort haben. Wenn Ihnen jemand Schwierigkeiten macht, berufen Sie sich auf den Kanzler. Wir haben in der Sache die volle Unterstützung der Regierung.«

Der Sekretär nickte und griff zum Handy.

Der Bürgermeister starrte nachdenklich auf die menschliche Topfpflanze. »Wissen wir eigentlich schon, wer er ist?«, fragte er. Sein Mitarbeiter schüttelte den Kopf.

»Ich nehme an, das würde dich auch brennend interessieren!«, sagte der Bürgermeister zu Sammer, aber als er sich zu ihm umdrehte, war der Journalist verschwunden. Kummervoll kam nicht dazu, sich darüber zu wundern, denn plötzlich ertönte vor ihm ein seltsames Geräusch – ein Laut wie von splitterndem Kunststoff.

Der Bürgermeister stöhnte auf, als er sah, dass eine Wurzel von innen die Wand des Troges durchstoßen und sich in die Wiese am Bauhofgelände gebohrt hatte.

»Na toll«, knurrte er. »Wir werden ihn noch einmal ausgraben müssen!«

Sammer hatte ein paar Minuten zuvor eine SMS erhalten, die ihn veranlasste, unauffällig vom Bauhofgelände zu verschwinden. Es waren nur zwei Worte gewesen, der Name des Mannes, der da im Trog wurzelte. In Gedanken hakte Sammer wieder einen alten Schuldschein ab. Eine Gefälligkeit, die er vor Jahren einem Polizisten erwiesen hatte, war damit beglichen. Sammer wusste, dass sein Vorsprung gering war. In ein paar Stunden würde auch Kummervoll den Namen des Mannes auf dem Tisch haben. Sammer setzte sich ins Auto und surfte mit dem I-Phone im Internet. Er war gut im Recherchieren, es kostete ihn daher nur ein paar Minuten, um herauszufinden, wo der Baummann gewohnt und wo er gearbeitet hatte. Er überlegte, ob er zu dessen Wohnung fahren sollte oder seinen Arbeitgeber aufsuchen. Die Entscheidung war leicht, denn als er den Firmennamen las, schlug sofort sein Instinkt an. Die Verwandlung hatte etwas mit dem Job des Mannes zu tun, da war sich Sammer sicher.

Er rief in der Linzer Niederlassung des international agierenden Konzerns an und warf der Sekretärin ein paar Brocken hin, die sie hellhörig genug machen sollten, um ihn mit einem Manager zu verbinden. Seine Rechnung ging auf.

»Ich werde nachfragen«, sagte die Frauenstimme am Telefon.

Es dauerte nicht lange, dann war ein Mann am Apparat. Er hielt sich nicht mit Floskeln auf. »Was wollen Sie!« Es klang kalt und befehlsgewohnt.

Sammer ließ sich nicht einschüchtern.

»Es geht um eine heikle Sache, und Ihre Firma hat bestimmt kein Interesse, deswegen ins Zentrum der medialen Aufmerksamkeit zu geraten. Ich sage nur ›Franz Kiefer‹«, erklärte er. »Ich bin ein Mitarbeiter von Althausens Bürgermeister Ferdinand Kummervoll, und rufe in seinem Auftrag an. Die Sache wird in der Öffentlichkeit für beträchtlichen Wirbel sorgen, und wir möchten uns daher zuvor gerne mit Ihnen abstimmen. Die gute Zusammenarbeit mit Ihrer Firma ist uns natürlich sehr wichtig. Mein Chef möchte, dass die Sache so wenig Staub wie möglich aufwirbelt.«

Eine Weile herrschte Stille.

Dann sagte der Mann: »Ich bin heute zufällig gerade in unserer Linzer Niederlassung. Ich erwarte Sie«.

Für Sammer war das der Beweis, dass der Manager schon von der Sache wusste. Es war bestimmt kein Zufall, dass er sich in Linz aufhielt. Vermutlich, so dachte Sammer, während er sich auf den Weg machte, hatte der Konzernchef gute Kontakte zu höheren Ebenen der Exekutive. Eine Hand wäscht die andere, nannte man das. Er kannte das ja selbst. Schließlich hatte auch er auf diese Weise den Namen des Baummannes erfahren.

Eine knappe Stunde später betrat Sammer das Firmengebäude in Linz.

Er brauchte beim Empfang nicht einmal seinen Ausweis vorzulegen, das war für ihn ein weiteres Indiz, wie nervös der Firmenchef war. Eine junge Frau führte Sammer in die oberste Etage.

Der Journalist dachte kurz daran, dass der Bürgermeister über seinen Alleingang bestimmt nicht erfreut sein würde, ganz und gar nicht, aber darauf konnte er jetzt keine Rücksicht nehmen. Das war seine Geschichte, und bei aller Freundschaft würde er nicht zulassen, dass sie ihm ein anderer Journalist vor der Nase wegschnappte.

Der CEO des Unternehmens entsprach eigentlich gar nicht dem Klischee eines eloquenten Managers. Er war klein, dick, hatte eine Glatze und wirkte ungemütlich. Obwohl die Klimaanlage auf Hochtouren lief, schwitzte er. Er begegnete Sammer mit Ablehnung, die Hand, die der Journalist ihm zur Begrüßung über den Schreibtisch hinstreckte, ignorierte er. Er blieb in seinem Sessel sitzen und musterte den angeblichen Mitarbeiter des Althausener Bürgermeisters misstrauisch. »Nun, was wollen Sie?«, fragte er.

Obwohl er sich nicht vorgestellt hatte, kannte Sammer natürlich den Namen des Mannes. Auch das hatte er im Internet recherchiert. Er hieß Michael Horn.

Sammer ließ sich auf einen Sessel sinken.

»Danke, dass Sie sich Zeit nehmen, Herr Horn«, begann er das Gespräch. »Franz Kiefer arbeitet also für Sie!« Es war mehr eine Feststellung als eine Frage. Sammer empfand es als besondere Ironie des Schicksals, dass der Mann, der sich in einen Baum verwandelte, auch noch wie ein Baum hieß.

Der Firmenchef nickte. »Ja, und?«, fragte er kühl.

»Nun, er verwandelt sich gerade in einen Baum!« sagte Sammer.

Der CEO zeigte kein Anzeichen der Überraschung. Er wusste also tatsächlich über die Einzelheiten Bescheid.

»Und wenn schon? Was hat das mit unserem Unternehmen zu tun?«

»Ihre Firma handelt weltweit mit Chemikalien, genauer gesagt, mit Unkrautvertilgungs- und Schädlingsbekämpfungsmitteln. Kann es sein, dass Herr Kiefer mit etwas Gefährlichem in Berührung gekommen ist? Etwas, das in seinem Körper eine Metamorphose ausgelöst hat?«, versuchte Sammer einen Schuss ins Blaue.

Die Miene des Managers schien zu gefrieren. »Sollten Sie oder der Bürgermeister von Althausen etwas Derartiges öffentlich behaupten, werden Sie unsere Anwälte wegen Rufschädigung in Grund und Boden klagen. Wir halten uns natürlich streng an alle gesetzlichen Auflagen. In unseren Fabriken gelten die höchsten Sicherheitsstandards. Wir haben eine Unzahl von Zertifikaten, die unseren Produkten absolute Umweltfreundlichkeit bescheinigen«, sagte er kalt.

Sammer konnte ein zynisches Grinsen nicht unterdrücken. »Ja, ich bin sicher, dass sie für die Umwelt gesünder sind als die Natur selbst«, sagte er. Er wusste aus einschlägigen Recherchen nur zu gut, wie weit sich gesetzliche Auflagen dehnen ließen, und dass die internationalen Konzerne ihre Produktionsstätten meist in jene Länder verlegten, wo es die wenigsten Auflagen gab. Und was die Beteuerung anging, dass die Produkte unbedenklich seien – Sammer war sich sicher, dass weltweit ein schwunghafter Handel mit Unbedenklichkeits-Zertifikaten betrieben wurde. Aber er war nicht hier, um mit dem Firmenchef eine Diskussion über die Machenschaften internationaler Großkonzerne zu führen.

»In welcher Form war Herr Kiefer für Sie tätig?«, fragte er.

Der Firmenchef zuckte mit den Schultern. »Er war ein Mitglied unseres Verkaufsteams. Er kam also mit den Mitteln selbst gar nicht in Berührung. In der Produktion hatte er nichts verloren.«

Sammer gab sich naiv. »Tja, dann liege ich mit meiner Vermutung wohl tatsächlich völlig daneben. Es war auch nur so ein Gedanke, weil dieser … äh … Vorgang so außergewöhnlich ist. Ein Mensch, der sich in einen Baum verwandelt, das muss man sich einmal vorstellen. Haben Sie vielleicht irgendeine Erklärung dafür?«

Der CEO lächelte ein lippenloses Lächeln.

»Ich werde mich hüten, Spekulationen anzustellen. Ich bin auch nicht dafür verantwortlich, wenn einer meiner Untergebenen beschließt, in seiner Freizeit zum Baum zu werden, und ich kann es leider auch nicht verhindern. Im Übrigen ist Herr Kiefer nicht mehr in diesem Unternehmen beschäftigt. Ich habe ihn vor zwei Stunden wegen firmenschädigenden Verhaltens fristlos entlassen. Denn Publicity, wie sie jetzt offenbar auf uns zukommt, können wir gar nicht gebrauchen. Wir sind ein seriöses Unternehmen. Soweit ich weiß, hat Herr Kiefer bislang auch keinen Einspruch gegen die Entlassung erhoben.«

Wieder dieses Lächeln, aber ein wenig breiter diesmal.

Sammer nickte. Der Konzern hatte rasch reagiert, und die zynischen Worte verrieten ihm viel über die Einstellung dieses Mannes seinen Mitarbeitern gegenüber. Er betrachtete sie als seine Untergebenen, fast wie ein mittelalterlicher Fürst.

»Ja, das ist wirklich überraschend«, stimmte er sarkastisch zu. »Haben Sie ihn persönlich gekannt?«

Der dicke Mann schüttelte den Kopf.

»Wir sind ein großes internationales Unternehmen mit sehr vielen ... Mitarbeitern. Ich pflege keinen privaten Umgang mit ihnen. Zu sagen, ich hätte Herrn Kiefer gekannt, wäre also maßlos übertrieben.«

Sammer war sich sicher, dass er beinahe wieder Untergebene gesagt hätte, sich im letzten Moment aber gebremst hatte.

»Aber er hat doch im mittleren Management gearbeitet. Sie müssen Herrn Kiefer also zumindest bei verschiedenen Meetings getroffen haben.«

Der Firmenchef nickte unwillig und seufzte.

»Natürlich. Herr Kiefer ist ... war ein sehr engagierter Mitarbeiter und auf der ganzen Welt für uns im Einsatz. Er beherrschte sieben Sprachen.«

»Das heißt, er war viel unterwegs?«

Der Chef schaute auf eine Unterlage auf seinem Tisch.

»Ja, vor allem in Afrika, aber auch in China, den USA und Südamerika. Er ist erst vorgestern aus Südostasien zurückgekehrt, wo er sich in einer Palmöl-Plantage mit eigenen Augen von der Wirksamkeit unserer Unkrautbekämpfungsmittel überzeugt hat. Eigentlich sollte er gestern Nachmittag nach Dubai weiterreisen.«

Er hielt kurz inne und sagte dann mit Entrüstung in der Stimme: »Nun ja! Wie wir wissen, hatte Herr Kiefer Dringlicheres zu tun. Ich musste kurzfristig einen Ersatzmann organisieren. Sehr unangenehm, denn die Araber schätzen es gar nicht, wenn während geschäftlicher Verhandlungen plötzlich der Ansprechpartner wechselt – und unsere Konzernleitung ebenso wenig. Da Herr Kiefer ja als Mitarbeiter zu meinem Verantwortungsbereich gehörte, wirft das natürlich auch ein etwas schiefes Licht auf mich!«

In seinen Augen blitzte einen Atemzug lang Zorn, dann hatte er sich wieder unter Kontrolle. »Doch wie gesagt, wenn jemand es vorzieht, zum Baum zu werden, statt in unserem Unternehmen eine wichtige Aufgabe zu erfüllen, ist das seine Sache. Dies ist ein freies Land!«

Für Sammer war klar, dass Horn Kiefers Verwandlung als persönlichen Affront empfand. Ein Schwall kalter Luft blies dem Journalisten ins Gesicht und ließ ihn frösteln, und er fragte sich einen Augenblick lang, ob sich die Kälte im Inneren des CEO nach außen übertrug. Doch nein. Horn hatte nur die Klimaanlage auf eine höhere Stufe eingestellt. Sammer schätzte, dass es inzwischen deutlich unter 20 Grad im Raum hatte, und dennoch glänzte auf der Stirn des Mannes vor ihm Schweiß. Ob er vielleicht Fieber hatte?

»Hat sich Kiefer in letzter Zeit irgendwie seltsam verhalten?«, fragte er. Der Manager lächelte gequält. Dieser Provinzler vor ihm hatte offensichtlich null Ahnung vom Business. Als ob er als CEO Zeit hätte, sich um das Wohlbefinden seiner Angestellten zu kümmern. Er schaute verstohlen auf die Uhr und seufzte innerlich. Das Unternehmen war eine gut geölte Maschinerie, und seine Aufgabe war es, den Bereich, für den er zuständig war, am Laufen zu halten. Wenn ein einzelnes Zahnrad dabei auf der Strecke blieb, dann wurde es ersetzt, so einfach war das. Das Zahnrad selbst war bedeutungslos.

»Was wollen Sie eigentlich von mir?«, fragte Horn misstrauisch.

Sammer lächelte verbindlich. »Das habe ich schon am Telefon gesagt. Der Bürgermeister muss mit der Sache an die Öffentlichkeit gehen, das lässt sich nicht vermeiden. Da werden sicher viele Fragen gestellt, aber wir wissen kaum etwas über Herrn Kiefer. Und sollte die Frage nach seiner Arbeitsstelle kommen, dann möchte mein

Chef aufrichtig sagen können, dass diese Verwandlung mit Ihrer Firma ganz bestimmt nichts zu tun hat. Das wird auch Ihnen möglicherweise eine Menge unangenehmer Fragen ersparen. Wir möchten aber sicher sein, dass tatsächlich niemand etwas findet, wenn er tiefer gräbt. Sie wissen ja, wie die Journalisten sind – Bluthunde alle miteinander.«

Der Chef lächelte. »Meiner Erfahrung nach hat jeder Mensch seinen Preis«, sagte er. »Aber ich kann Sie beruhigen. Das Unternehmen hat nichts mit dem zu tun, was Herrn Kiefer gerade geschieht. Aber ich hatte, wie gesagt, nur wenig Kontakt zu ihm. Vielleicht sprechen Sie mit seinen jüngeren Kollegen, die mehr mit ihm zu tun hatten.«

»Hat Kiefer Familie?«, fragte Sammer.

Wieder so eine Frage, die bewies, dass der Mann vor ihm keine Ahnung vom großen Business hatte, dachte der Manager. Er war schließlich nicht das Kindermädchen seiner Beschäftigten. Seufzend rief er den Personalchef zu sich. Der hatte offenbar schon im Vorzimmer gewartet, denn er trat sofort ein.

»Hatte Kiefer Familie?«, fragte ihn der CEO anstatt einer Begrüßung. Er wählte jetzt offenbar bewusst die Vergangenheitsform. Für ihn war dieser Mitarbeiter Geschichte, selbst wenn er sich wieder zur Gänze in einen Menschen zurückverwandeln sollte. Mit Beschäftigten, die die Tendenz hatten, Wurzeln zu schlagen, konnte er nichts anfangen. Sie gaben ein völlig falsches Signal. Um im globalen Wettstreit zu bestehen, brauchte das Unternehmen flexible Kräfte, die Tag und Nacht einsatzbereit waren, und nicht solche, die sich nicht vom Fleck rühren wollten.

Der Personalchef, ein großer, sehr dünner Mann mit blondem Haar und einer modischen roten Brille auf der Nase, schüttelte den

Kopf. »Dafür hatte er wohl keine Zeit, denn er war in den letzten fünf Jahren permanent rund um den Erdball unterwegs. Eine erstaunliche Entwicklung eigentlich. Als er bei uns anfing, war er eher noch der sesshafte Typ mit kleinbürgerlichen Vorstellungen. Job vor Ort, Häuschen mit Familie, das ganze Brimborium halt. Tja, aber er hat rechtzeitig die Kurve gekratzt. War eigentlich schon gekündigt damals, doch dann hat er es sich doch noch anders überlegt und ist Weltreisender geworden. Und er war gut – einer unserer besten Verkäufer. Er hat auch Fortbildungsseminare gehalten. Ich war aus Interesse bei dem einen oder anderen dabei. Ich sage Ihnen: Kiefer konnte Ihnen ein Pflanzenschutzmittel für einen Strauch andrehen, den Sie sich noch nicht einmal gekauft hatten. Nach dem Gespräch mit ihm führte Ihr nächster Weg dann ganz bestimmt in eine Gärtnerei!«

Der Firmenchef räusperte sich lautstark. Sie reden zu viel, hieß das wohl. Der Personalchef verstummte auch sofort. Er kratzte sich am Kopf. »Wie war noch die Frage? Ach ja: Familie! Nein, er hatte weder Eltern, noch Geschwister, noch eine Frau.«

Sammer machte sich ein paar Notizen.

»War es das jetzt?«, fragte Horn ungeduldig. Er wollte Sammer offensichtlich so schnell wie möglich loswerden. In diesem Moment öffnete sich die Tür. Die Sekretärin schaute herein. Sie wirkte verwirrt. Auf einen Wink ihres Chefs trat sie zum Schreibtisch, beugte sich hinunter und flüsterte ihm etwas ins Ohr.

Sammer nutzte diese wenigen Augenblicke, in denen der Firmenchef und der Personalchef abgelenkt waren, schnappte sich blitzschnell den Ausdruck von Kiefers Datenblatt vom Schreibtisch und ließ ihn im Ärmel verschwinden. In seiner Jugend war er ein paar Monate in eine Zirkusartistin verknallt gewesen und mit ihrer

Truppe herumgezogen. Ein Zauberer hatte ihm einige Tricks beigebracht, die Sammer heute noch regelmäßig übte – aus Spaß und vielleicht auch für einen Moment wie diesen.

Horn wandte sich ihm wieder zu, sein Gesicht eine Fratze des Zorns.

»Wer, sagten Sie, hat Sie geschickt?«, fragte er drohend.

Sammer wusste, wann es Zeit für einen taktischen Rückzug war – oder besser gesagt, für eine Flucht. Er schoss aus dem Sessel und war zur Tür hinaus, ehe die beiden Männer und die Sekretärin reagieren konnten. Der Journalist hetzte aus dem Büro zum Lift. Die Kabine stand offen. Er sprang hinein, drückte auf die Taste für das unterste Stockwerk und huschte gerade noch zwischen den zugleitenden Türen wieder hinaus. Sammer stürmte zum Treppenhaus und die Stiegen hinunter. Sechs Stockwerke lief er hinab, wartete jeden Augenblick darauf, dass die Leute des Wachdienstes sich auf seine Fersen hefteten, denn Horn hatte sie inzwischen zweifellos informiert. Bestimmt gab es auf seinem Schreibtisch einen Alarmknopf. Doch Sammer erreichte unbehelligt das Treppenende. Als er die Tür zur Eingangshalle öffnete, wich er allerdings schnell zurück ins Stiegenhaus. Beim Schalter standen der Sekretär und ein anderer Mitarbeiter des Althausener Bürgermeisters, außerdem zwei Polizeibeamte.

»Mist!«, murmelte der Journalist. Deshalb war sein Schwindel also aufgeflogen. Hätten sie nicht um eine Viertelstunde später kommen können? Jetzt erblickte Sammer auch zwei Wachleute. Einer sprach in sein Handy, dann setzten sich die beiden Richtung Treppenhaus in Bewegung. Sammer hörte über sich Stimmen und bereitete sich darauf vor, loszustürmen. Doch statt Wachmännern kam nur eine Besuchergruppe die Stiege herunter und strebte schnurstracks auf den Ausgang zu. Sammer mischte sich unauffällig unter sie, und es gelang ihm tatsächlich, sich mit ihnen an den Wachmännern vorbei aus dem Gebäude zu schwindeln und auch noch den Schranken zu überwinden, der das Firmengelände vom Besucherparkplatz trennte. Der Portier musterte ihn zwar einen Augenblick kritisch, ließ ihn aber dann doch passieren. Sammer rannte aufatmend zu seinem Auto und machte sich schnell aus dem Staub.

Ferdinand Kummervoll hatte sich vom CEO des Chemiekonzerns am Telefon einige Unfreundlichkeiten anhören müssen. Allerdings wusste Horn, dass er in dieser Sache auf die Zusammenarbeit mit Althausens Bürgermeister angewiesen war, wenn er seine Firma möglichst heraushalten wollte, daher hielt er sich zurück. Kummervoll war natürlich wütend über Sammers Alleingang, und als dieser unbeschwert in sein Büro marschierte, als sei gar nichts vorgefallen, war er drauf und dran, ihm die Faust ins Gesicht zu schlagen.

»Du siehst aus, als wolltest du mir eine reinhauen«, kommentierte Sammer auch prompt Kummervolls Gesichtsausdruck und grinste wie ein Lausebengel nach einem erfolgreichen Streich.

»Da hast du verdammt nochmal recht«, knurrte der Bürgermeister.

Sammer zog einen Stapel zerknitterter Papiere aus seinem Ärmel und warf sie auf den Schreibtisch. »Naja, vielleicht mindert das hier deinen Zorn«, sagte er.

»Was ist das?«, fragte Kummervoll.

»Kiefers Personalakte. Ich habe sie mitgehen lassen.«

Der Bürgermeister nickte und begann die Papiere durchzublättern. Er wusste, dass er sie auf legalem Weg nie in die Finger bekommen hätte.

»Und?«, fragte er. »Ich nehme doch an, du hast sie gelesen.«

Der Journalist nickte. »Nichts Auffälliges. Er hat im Außendienst gearbeitet. War auf der ganzen Welt unterwegs, heute hier, morgen da. Schöne neue Arbeitswelt eben!«

Sammer schüttelte sich, als er daran dachte, wie oft dieser Mann per Flugzeug unterwegs gewesen war. Für ihn wäre das der absolute Horror. Und dann immer aus dem Koffer zu leben, nirgendwo richtig zu Hause zu sein. Sammer genoss es, am Abend vor der Glotze zu sitzen oder in seinem Stammlokal vor einem Glas Wein. Waren es nicht diese kleinen alltäglichen Rituale, die das Leben erst lebenswert machten?

Der Bürgermeister schüttelte den Kopf.

»Du siehst das viel zu negativ. Den jungen Leuten gefällt das«, sagte er.

»Naja, Kiefer offenbar nicht. Sonst wäre er jetzt nicht ein halber Baum«, erklärte Sammer.

Ihr Gespräch fand ein abruptes Ende, weil der Bürgermeister zum Bauhof gerufen wurde. Der Psychiater war da. Sammer fuhr nicht mit, er zog es vor, zu Hause vorbeizuschauen. Er brauchte eine Dusche und etwas zu essen. Kummervoll versprach ihm aber, ihm den Bericht des Psychiaters zukommen zu lassen. Auch wenn er es natürlich nicht zugeben wollte, war es ihm ganz recht, dass Sammer die Führungsetage des Chemiekonzerns aufgescheucht hatte. Leute, die nervös waren, machten Fehler. Und Kummervoll wurde das Gefühl nicht los, dass die Firma in irgendeiner Weise etwas mit Kiefers Verwandlung zu tun hatte.

Der Psychiater musterte den Baummenschen aufmerksam. Dieser hatte die Augen geschlossen, aber er amtete – wenn auch sehr langsam. Die Ärzte hatten ihn gründlich untersucht, und ihre Expertise war eindeutig ausgefallen: Kiefer verwandelte sich in einen Baum, und der Prozess war nicht mehr umkehrbar.

»Nun?«, fragte Kummervoll ungeduldig.

Der Psychiater runzelte ärgerlich die Stirn. Was erwartete man von ihm? Wie sollte er herausfinden, was in diesem »Gerade-noch-Menschen« vorging, wenn er sich nicht mit ihm verständigen konnte.

»Da eine Unterhaltung unmöglich ist, kann ich nur spekulieren«, sagte der Psychiater.

»Na, dann spekulieren Sie mal«, forderte ihn der Bürgermeister auf.

»Es könnte sein, dass wir hier ein Resultat der gesellschaftlichen Veränderungen in den letzten Jahren vor uns haben. Von den Menschen wird in jeder Hinsicht mehr Flexibilität verlangt, örtlich, zeitlich, auch beziehungsmäßig. Es gibt kaum noch Konstanten in ihrem Leben, nichts, was ihnen Halt gibt. Und wie wir wissen, bröckelt auch die soziale Absicherung immer mehr – dementsprechend steigen natürlich die Existenzängste.«

Der Bürgermeister kam sich vor wie bei einem Vortrag am Institut für Soziologie.

»Ja, ja. Das weiß ich alles. Aber das bringt uns einer Erklärung keinen Schritt näher.«

»Doch«, sagte der Psychiater. »Denn das ist möglicherweise die Erklärung. Im Grunde ist es einfach: Je globaler die Welt, je undurchschaubarer, je unsicherer, umso mehr sehnen sich die Menschen nach Geborgenheit, nach Sicherheit, oder anders ausgedrückt … nach Verwurzelung. Vielleicht ist das, was wir hier sehen« – er deutete auf Kiefer – »nichts anderes als eine neue Form des Burnouts.

Dieser Mann verwurzelt sich – aber in einem ursprünglicheren Sinn des Wortes, als ich das je für möglich gehalten hätte.«

Kummervoll schüttelte den Kopf. »Das ist doch horrender Blödsinn. Burnout, das einen Menschen in einen Baum verwandelt. Was ist bloß mit den Leuten los? Früher haben sie ein Magengeschwür bekommen oder schlimmstenfalls Krebs. Überhaupt geht mir dieses ständige Überlastet-sein-Gejammere auf den Geist. Was sollte ich denn da sagen? Als Politiker bin ich praktisch rund um die Uhr im Einsatz, und wir werden wirklich nicht mit Glacéhandschuhen angefasst. Würde ich mir das alles so zu Herzen nehmen, was mir meine Gegner und auch die Medien ständig an den Kopf knallen, dann müsste ich schon längst in einer Gummizelle sitzen.«

Der Psychiater lächelte, ein wenig gehässig, wie der Bürgermeister fand.

»Naja, nicht jede Psyche ist gleich gestrickt, und wie Politiker ticken, wird die Wissenschaft wohl nie ganz erklären können. Da gibt es zu viele Unbekannte. Zurzeit haben wir aber auch noch längst nicht alle Prozesse in unserem Gehirn erforscht. Es vermag so viel mehr, als wir ahnen.«

Er deutete auf den Baummenschen. »Der hier ist der beste Beweis dafür!«

Der Bürgermeister seufzte.

»Das Gute daran ist also, dass es nicht ansteckend ist.«

Der Psychiater zuckte mit den Schultern.

»Nicht ansteckend im Sinne einer Epidemie. Aber ich würde nicht die Hand dafür ins Feuer legen, dass dieser Mann ein Einzelfall bleibt. Es gibt viele Leute, die an ähnlichen Ängsten leiden, wie er das vermutlich tat – und er zeigt ihnen, wenn man so will, einen Ausweg aus ihrem Dilemma. Die Botschaft, die er aussendet, lautet: Werde zum Baum und du hast Ruhe, bist sicher und alle deine Sorgen los!«

Kummervoll starrte ihn an.

»Sie wollen damit sagen, dass wir sozusagen mit Nachahmungstätern zu rechnen haben?«

Der Psychiater nickte.

»Ja, salopp formuliert könnte man das so ausdrücken! Wir wissen ja auch, dass Selbstmorde eine Sogwirkung haben und oft weitere Verzweiflungstaten nach sich ziehen.«

Der Psychiater starrte auf den Baummann. »Es gibt vermutlich Millionen von Menschen, die sich so haltlos fühlen wie dieser Baummensch!«

Der Bürgermeister seufzte. »Das alles ist völlig verrückt. Ich würde mich als Baum nicht sicherer fühlen, angesichts von Borkenkäfern, Umweltverschmutzung und … tja … Sägen!« Er grinste ironisch. »Aber immerhin – wenn tatsächlich Millionen Menschen zu Bäumen würden, würde das wenigstens die Abholzung der Urwälder bis zu einem gewissen Grad ausgleichen und unsere Ökobilanz verbessern.«

Der Psychiater konnte über diesen Scherz nicht lachen.

»Sie sind ein Zyniker – aber das hat wohl Ihr Beruf aus Ihnen gemacht. Ich würde Ihnen gerne ein paar Sitzungen anbieten, es wäre interessant, worauf wir bei einer Analyse Ihres Unterbewussten stoßen würden.«

Der Bürgermeister schüttelte entschieden den Kopf. »Das fehlte mir noch, dass ich Sie in meiner Psyche herumstochern lasse. Da gehe ich ja noch lieber beichten.«

Der Psychiater antwortete nicht, sondern schaute nachdenklich auf den Baummenschen. »Es gibt vielleicht noch eine andere

Erklärung für die Verwandlung dieses Mannes. Um einen derartig komplexen Prozess in Gang zu setzen, braucht es einen Auslöser. Meines Erachtens kommt da nur ein plötzlich auftretendes, enormes Schuldgefühl infrage. Der Mann könnte etwas gesehen haben, was ihn bis ins innerste Mark erschüttert hat und wofür er sich verantwortlich fühlte. Der Schock muss so groß gewesen sein, dass nicht nur seine Psyche, sondern auch sein Metabolismus darauf extrem reagierte …«

Am Abend ging Sammer noch einmal zum Bauhof und stand eine Weile nachdenklich vor dem Baummenschen. Er hatte den Bericht des Psychiaters gelesen. Ob an dessen Theorie wirklich etwas dran war? Sammer hielt es für möglich. Die Geheimnisse der menschlichen Psyche waren noch längst nicht enthüllt. Kiefer war deutlich gewachsen und schien nun schon bis zur Brust aus Holz zu bestehen, aber Sammer konnte erkennen, dass er noch immer atmete, wenn auch flach. Die Arme hatte der Mann nach oben gereckt, und Sammer sah, dass das Fleisch auch dort aufgebrochen war und holzartige Stränge hervorquollen.

»Äste«, flüsterte Sammer erschüttert. »Er bildet Äste aus!«

Der Mann hatte die Augen geschlossen, sein Haar hatte sich verändert, schien jetzt eine moosige Konsistenz aufzuweisen. Sammer ging ganz nahe an den Trog heran und starrte zum Gesicht des Baummenschen hinauf.

Es strahlte Ruhe aus, Gelassenheit und Frieden.

Für Sammer war das, was mit diesem Mann geschah, der reine Horror, Kiefer selbst schien es aber nicht so zu empfinden, falls er überhaupt noch wie ein Mensch fühlte und dachte. Vielleicht war ja sein Bewusstsein längst erloschen.

»Was ist geschehen? Was hat dich verwandelt?«, murmelte Sammer.

Zwei Tage später war Franz Kiefer endgültig zum Baum geworden.

Inzwischen war Sammers Geschichte erschienen, im auflagenstärksten Magazin des Landes. Sechs Seiten Hochglanz mit zahlreichen exklusiven Fotos. Das Echo war enorm. Auch ausländische Zeitungen hatten die Rechte an der Story gekauft, und Fernsehstationen aus aller Welt wollten Interviews mit Sammer machen. Ihm wurde ganz schwindlig ob seiner plötzlichen Popularität. Fernseh- und Radioteams belagerten förmlich sein Haus. Er wurde herumgereicht, und es wurden ihm für seine Fotos zum Teil astronomische Summen geboten. Seine finanziellen Sorgen gehörten mit einem Schlag der Vergangenheit an.

Aber die Sache hatte für Sammer dennoch einen etwas schalen Beigeschmack, weil er das Gefühl hatte, dass sein Ruhm aus dem Verderben und der Verzweiflung eines jungen Mannes erwuchs.

Oder war Kiefer in seiner neuen Daseinsform glücklich?

»Das werde ich wohl nie erfahren«, dachte Sammer.

Zwischenspiel

Er schaut hinab auf eine grüne Wüste. Ölpalmen, so weit das Auge reicht … ein dunkelgrünes Dach, das Hügel und Senken bedeckt. Doch es hat nichts Lebendiges an sich. Es wirkt wie ein riesiges Leichentuch, das das Land unter sich erstickt …

Er schaut hinab auf eine schwarze Wüste. Da und dort steigt noch Rauch auf, ab und an flackern noch kleine Flammen, schimmern Glutnester in der Dämmerung. Verkohlte Stämme liegen wie gefällte Riesen am Boden, die rauchenden Leichen stolzer Urwaldbäume, die sich einst majestätisch in den Himmel erhoben …

Er schaut hinab auf eine große Grube. Ein Massengrab. Darin liegen Männer, Frauen, sogar Kinder. Sie alle sind an den Nebenwirkungen der Pestizide gestorben, die sie auf den Ölpalmplantagen versprüht haben. Gift, das seine Firma herstellt und das er verkauft hat. Jetzt schwebt er direkt über der Grube und plötzlich schlagen die Toten ihre Augen auf und starren ihn an … vorwurfsvoll, anklagend …

Er schreit um Hilfe, fleht um Vergebung … doch seine Rufe verhallen ungehört! Er weiß nicht, wie er mit dieser Schuld umgehen soll, weiß nicht, wie er damit weiterleben soll …

Er hört plötzlich eine Stimme in seinem Kopf. Sie spricht leise und eindringlich. Sie nennt ihm einen Ausweg, vielleicht sogar eine Möglichkeit zur Wiedergutmachung ...

Er träumt, dass er Wurzeln schlägt, sich wie ein Baum in der Erde verankert, einfach nur dasteht ... träumt, dass er angekommen ist, endlich geborgen ... in sich ruhend ...

Er träumt von einer Photosynthese der besonderen Art. Er träumt davon, dass er Gier, Neid und Habsucht einatmet und Mitmenschlichkeit und Liebe ausatmet ...

Die Demaskierung

Zwei Monate waren vergangen, als spätabends Sammers Handy läutete. Er war gerade von einer Vortragsreise in den USA zurückgekehrt. Der Bürgermeister war am Apparat.

»Ich habe dir doch versprochen, dass du die Baum-Story exklusiv bekommst. Und ich halte mein Wort«, sagte Kummervoll.

Sammer war verwirrt. »Das hast du doch schon!«, antwortete er.

Der Bürgermeister lachte. Es klang humorlos.

»Ja, aber die Geschichte geht noch weiter. Ich könnte sie natürlich auch an jemand anderen verkaufen, aber wir kennen uns lange und du bist jetzt in der Branche berühmt. Es kann also nicht schaden, wenn künftig du mir einen Gefallen schuldest. Komm schnell auf einen Drink vorbei. Ich habe eine Neuigkeit für dich, die dich umhauen wird.«

Wenig später saßen sich die beiden Männer im Haus des Bürgermeisters gegenüber und tranken Whiskey.

»Du siehst gut aus«, sagte Kummervoll und ließ seinen Blick über Sammers neuen Anzug gleiten. »Es scheint, dass die Reportage wirklich gewinnbringend war.«

Sammer nickte. »Allerdings – und von einem Verlag habe ich jetzt auch noch einen Vorvertrag für ein Buch über den Baummenschen bekommen. Du hast nicht zufällig noch unveröffentlichtes Fotomaterial aus den letzten zwei Monaten?«

Der Bürgermeister lächelte gönnerhaft. »Ich denke, dass sich noch ein paar Bilder auftreiben lassen. Aber das, was ich dir jetzt sagen werde, ist der eigentliche Knüller und wird sicher ein sehr wichtiges Kapitel in deinem Buch.«

Sammer sah ihn gespannt an. »Ich bin ganz Ohr!«, sagte er.

»Morgen wird Kiefer vom Gericht offiziell zum Baum erklärt und, da er keine Verwandten hat, der Gemeinde übereignet!«, berichtete der Bürgermeister.

Diese Nachricht kam für den Journalisten allerdings überraschend.

»So schnell?«

Kummervoll zuckte die Achseln.

»Offenbar hat da jemand seine Finger im Spiel, oder besser gesagt, sein Scheckbuch!«

Sammer nickte nachdenklich. »Stellt sich die Frage, wer etwas davon hat, wenn Kiefer offiziell zum Baum wird. Ich sehe kein Motiv.«

Der Bürgermeister lächelte vielsagend.

»Michael Horn. Sein ehemaliger Chef. Er will der Gemeinde Kiefer, oder besser gesagt, den Baum, der er nun ist, abkaufen. Er persönlich, wohlgemerkt, nicht seine Firma. Er hat eine so unmoralisch hohe Summe geboten, dass der Gemeinderat gar nicht nein sagen kann. Du weißt ja, die Finanzen der Stadt sind nicht sonderlich rosig«, sagte er.

Sammer nickte. »Und was hat Horn mit Kiefer – äh, mit dem Baum vor?«, fragte er, nachdem er seine Überraschung überwunden hatte.

Kummervoll grinste: »Tja. Genau das ist es, was die ganze Sache für mich so verdächtig macht. Die Hauptbedingung des Deals ist nämlich, dass wir nicht danach fragen!«

Zwei Tage später saß Sammer wieder dem kleinen, dicken CEO des Chemiekonzerns gegenüber. Diesmal hatte er sich ganz offiziell angemeldet und um ein Interview gebeten, und zu seiner Überraschung hatte er sofort einen Termin bekommen. Horn empfing den Journalisten sehr freundlich und lächelte jovial.

»Da haben Sie mich aber bei unserem letzten Treffen ganz schön an der Nase herumgeführt. Sie haben Glück, dass ich nicht nachtragend bin«, sagte er zur Begrüßung, wobei der Klang seiner Stimme die Worte Lügen strafte. »Also Schwamm drüber! Schauen wir in die Zukunft! Es kommt mir sehr gelegen, dass Sie jetzt so bekannt sind, denn ich habe eine Botschaft an die Welt, und ich möchte, dass Sie sie verkünden.«

»Eine Botschaft?«, fragte Sammer.

»Ja! Eine wichtige Botschaft«, bekräftigte der Manager.

»Ich nehme an, es geht um Franz Kiefer«, vermutete Sammer.

Sein Gegenüber lächelte kalt und schüttelte den Kopf.

»Nein, es geht um den Baum, der früher einmal Franz Kiefer war. Ein Gericht hat, wie Sie offenbar ja schon wissen, festgestellt, dass er kein Mensch mehr ist, sondern nun wirklich eine Kiefer. Eigentlich witzig, finden Sie nicht? Kiefer wurde zur Kiefer.« Er lachte bellend.

Sammers Erheiterung hielt sich in Grenzen. Ausdruckslos sah er den Manager an.

»Unser Humor scheint nicht ganz auf der gleichen Wellenlänge zu liegen«, stellte Horn fest, als er sich beruhigt hatte. »Aber wie dem auch sei. Ich habe jedenfalls den Gerichtsbeschluss bei mir und auch den Kaufvertrag, mit dem ich den Baum von der Stadt erworben habe – als Privatperson. Der Gemeinderat hat dem Deal gestern zugestimmt.«

Er winkte mit zwei Packen Papier.

Sammer nickte. »Soweit kann ich Ihnen folgen. Aber was haben Sie nun vor mit diesem … Baum?«

Der CEO lächelte glücklich wie ein Kind, das vor der erleuchteten Auslage eines Spielzeugladens steht und sich aussuchen darf, was immer es will. »Sie kommen rasch auf den Punkt«, lobte Horn.

»Wissen Sie, es geht nicht an, dass Mitarbeiter unseres Unternehmens einfach zu Bäumen werden und Wurzeln schlagen. Das ist ein ganz falsches Zeichen an unsere Jugend. Was wir im Arbeitsprozess vor allem brauchen, ist Flexibilität, wenn wir im internationalen Wettbewerb bestehen wollen. Niemand soll glauben, dass er sich so einfach ungestraft davonmachen kann, nicht einmal, indem er zum Baum wird.«

Er machte eine bedeutungsschwere Pause.

»Ich musste mir von der Konzernleitung viele Vorwürfe anhören. Man hat mich persönlich für Kiefers Verhalten verantwortlich gemacht und für den Imageschaden, den er der Firma zugefügt hat. Beinahe hätte mich das den Job gekostet«, fuhr Horn dann fort. »Sie werden also verstehen, dass ich mit Kiefer noch eine sehr hohe persönliche Rechnung offen habe. Deshalb werde ich nun auch ein Exempel an ihm statuieren und will, dass die ganze Welt daran teilhat, durch die Reportage eines bekannten und seriösen Journalisten, um nur ja keinen Zweifel am Wahrheitsgehalt der Nachricht aufkommen zu lassen – da kommen also Sie ins Spiel. Danach werde ich die Nachricht auch noch in diversen Revolverblättern lancieren, über die Social Networks verbreiten und vielleicht sogar selbst ein Filmchen dazu posten«, erklärte er begeistert.

Sammer schüttelte den Kopf. »Ich weiß noch immer nicht, was Sie vorhaben«, sagte er.

Der Manager lächelte glücklich: »Ich will all diesen Arschlöchern da draußen, die glauben, sie können sich so einfach aus dem System verabschieden, vor Augen führen, dass es kein Entkommen gibt, auch dann nicht, wenn sie sich in einen Baum verwandeln. Deshalb werde ich diese Kiefer fällen und zu Zahnstochern verarbeiten lassen – und die verschicke ich dann in die ganze Welt!«

Sammers Geschichte erschien zwei Tage später wieder im größten Magazin des Landes. Auf dem Titelblatt war eine Fotomontage des grinsenden Managers zu sehen, der mit einer Motorsäge neben dem Baum posierte, der einmal Franz Kiefer war. Der Titel der Story war allerdings nicht ganz so ausgefallen, wie Horn sich das wohl vorgestellt hatte. Denn er lautete: »Die unmenschliche Fratze des Kapitalismus!«

Die Nachricht, dass Horn den Baum fällen lassen wollte, verbreitete sich wie ein Lauffeuer, und bald war in den sozialen Netzwerken die Hölle los – aber ganz anders, als der Manager erwartet hatte. Zwar gab es natürlich auch Kommentatoren, die ihm gratulierten, aber alles in allem brach ein Shitstorm über ihn und auch über das Unternehmen herein, das er repräsentierte. Und auch Menschenrechtsorganisationen und Naturschutzverbände schrien gemeinsam Zeter und Mordio. Drei Stunden nach Erscheinen des Magazins war Horn gefeuert, und das Unternehmen gab in zerknirschtem Wortlaut eine öffentliche Erklärung ab, dass der Baum natürlich keinesfalls gefällt und zu Zahnstochern verarbeitet werde. Es entschuldigte sich für den bedauerlichen Alleingang seines Ex-Mitarbeiters, der sich im Übrigen bereit erklärt habe, dem Unternehmen die Kiefer, die einst ein Mensch war, kostenlos zu überlassen – als kleine Wiedergutmachung für den angerichteten Schaden. Der Baum werde einen Ehrenplatz vor der Firmenzentrale erhalten.

Dazu kam es allerdings nicht. Auf Druck der öffentlichen Meinung wurde ein Vorschlag aufgegriffen, den Sammer in seiner Reportage gemacht hatte. Der Baum wurde in den Nationalpark Kalkalpen verpflanzt, wo vielleicht auch der Mensch, der Franz Kiefer einst gewesen war, Ruhe und Frieden finden würde …

Der Augenzeuge

Konrad Sammer stand da, den Fotoapparat in den Händen, und starrte auf die Eingeborenen, die aus der großen Hütte drängten. Offenbar hatte sich die ganze Bevölkerung des Dorfes in dieser Behausung befunden. Sammer fragte sich, ob er Zeuge irgendeines ihm unbekannten Rituals geworden war, das verlangte, so viele Menschen wie nur irgend möglich in eine kleine, kreisrunde Hütte zu quetschen. Was wusste er schon von den Göttern, die diese Eingeborenen anbeteten, und von deren womöglich verrückten Begehren.

Immer mehr Menschen quollen aus dem Eingang, so viele, dass Sammer sich beim besten Willen nicht mehr vorstellen konnte, wie sie alle in der Hütte Platz gefunden hatten. Sie mussten aufeinandergelegen haben, geschlichtet wie Brennholzscheiter, und das bis zum Dach hinauf. Sammer wunderte sich, dass keiner der Eingeborenen Verletzungen aufwies, auch die Kinder nicht. Zumindest einige Knochenbrüche wären bei so einem irrwitzigen Experiment zu erwarten gewesen.

Inzwischen hatten die Dorfbewohner Sammer umzingelt. Er bildete den Mittelpunkt eines mehrreihigen Kreises. Die Männer und Frauen starrten ihn an – neugierig, wie Sammer fand, aber nicht feindselig. Dennoch stieg ein mulmiges Gefühl in ihm auf. Bestimmt fragten sich diese Menschen, was er hier wollte, und er hatte ihnen keine vernünftige Antwort anzubieten – weil er es schlicht und einfach selbst nicht wusste. Hinzu kam, dass Sammer keine Ahnung von der Sprache dieser Ureinwohner hatte. Wie also sollte er sich mit ihnen verständigen? Der Journalist schalt sich einen Narren, dass er der ominösen Einladung in dem Brief so unvorbereitet gefolgt war. Er hatte sich ins Flugzeug gesetzt und war in Yaoundé, der Hauptstadt Kameruns, gelandet. Ganz wohl war ihm nicht dabei, denn in Kamerun gab es immer wieder Unruhen, und von einer Demokratie war das Land weit entfernt. Aber letztlich hatte die Neugier über die Bedenken gesiegt. Die Einreise verlief problemlos, und Sammer hatte die Adresse aufgesucht, die ihm in dem Schreiben genannt wurde – in der Erwartung, ein Kongress-Hotel vorzufinden, in dem er einen Vortrag halten sollte. Stattdessen war da nur ein heruntergekommenes Etablissement mit bestimmt zweifelhaftem Ruf gewesen. Spätestens zu diesem Zeitpunkt hätte er die Notbremse ziehen und wieder nach Hause fliegen sollen, dachte Sammer. Aber irgendetwas hatte ihn daran gehindert. Sein journalistischer Instinkt – zumindest hatte er sich das eine Weile eingeredet –, inzwischen glaubte er allerdings, dass es schlicht und einfach Dummheit gewesen war. Nun, diese Einsicht kam zu spät.

Sammer hatte – war das wirklich gerade mal einen halben Tag her? – den Brief gezückt, auf dem nur die zwei Worte »*Komm rasch!*« standen, und ihn dem Portier, oder was immer der Mann hinter dem schmutzigen Tresen auch war, unter die Nase gehalten. »Ich bin eingeladen worden! Ich werde erwartet«, hatte er auf Englisch so langsam und deutlich wie möglich gesagt.

Der Mann lächelte und offenbarte dabei etliche Zahnlücken und schwarze Stümpfe. Er griff zum Handy und wählte eine Nummer. Sammer verstand kein Wort der kurzen Unterhaltung, aber schließlich nickte der Mann hinter dem Tresen. Er beendete das Gespräch und suchte dann in der Ablage hinter sich herum. Als er sich Sammer wieder zuwandte, hielt er ein fleckiges Kuvert in den Händen. Der Journalist stöhnte innerlich. Nicht noch ein Brief.

»Lesen und schnell weiterreisen. Nicht trödeln!«, sagte der Mann in gebrochenem Englisch und grinste breit dabei.

Sammer öffnete den Brief an Ort und Stelle. Er enthielt nur einen kleinen Zettel mit einer weiteren Adresse, die ihn wiederum nur zu einer Zwischenstation führte. Was folgte, war eine regelrechte Schnitzeljagd durch die Stadt, wobei Sammer nicht wusste, wonach er eigentlich suchte. In ihm keimte der Verdacht auf, dass das alles nur den Sinn hatte, mögliche Verfolger oder Beobachter in die Irre zu führen und abzuschütteln. Aber wer sollte ihn verfolgen? Sammer litt bestimmt nicht an Minderwertigkeitskomplexen, aber so wichtig war er nun auch wieder nicht. Oder doch? War er hier in ein abgekartetes Spiel hineingeraten – in eine Sache, deren Tragweite er nicht durchschaute?

Schließlich traf Sammer in einer kleinen Bar endlich auf jenen Mann, der wusste, wo das Ziel seiner Reise lag. Sammer war, weil er im Flugzeug nicht schlafen konnte, inzwischen über 24 Stunden lang auf den Beinen und völlig fertig. Aber der dunkelhäutige Fremde mit dem verwegenen Dreitagebart ließ ihm keine Zeit sich auszuruhen. Er trug eine fleckige Jacke und eine Safarihose, die einige Löcher aufwies. Er musterte Sammer mit kühlen schwarzen Augen. Tief hinten schimmerte etwas … Heimtücke? Oder Mitleid? Sammer wusste es nicht genau zu deuten.

»Du hast sehr lange gebraucht, um zu mir zu kommen. Jetzt haben wir es sehr eilig!«, sagte der Mann in gutem Englisch und forderte Sammer auf, ihm aus der Bar zu folgen. Der Journalist wollte sich weigern. Es war Zeit, der Sache ein Ende zu bereiten, auszubrechen aus diesem üblen Spiel, das da mit ihm getrieben wurde.

Er öffnete den Mund, um dem Mann seine Entscheidung mitzuteilen, aber da war es plötzlich, als wischte eine unsichtbare Hand alle Zweifel und Ängste aus seinem Hirn. Von einem Lidschlag auf den anderen hatte Sammer keinerlei Bedenken mehr, sich dem Fremden anzuvertrauen. Es war richtig und notwendig, davon war er jetzt überzeugt. Sein Misstrauen war wie fortgeblasen. Er nickte dem Mann zu, und sie traten gemeinsam ins Freie. Vor der Bar stand ein alter beiger Jeep, der wirkte, als hielten nur noch Rost und Schmutz die einzelnen Teile zusammen. Sie stiegen ein und fuhren aus der Stadt hinaus. Stundenlang dauerte die Reise. Sammer nickte vor Erschöpfung immer wieder ein, bis ihn das nächste tiefe Schlagloch aus dem Sitz hob und mit dem Kopf gegen das ungepolsterte Dach des Fahrzeugs schleuderte. Bald brummte ihm so sehr der Schädel, dass er zu keinem vernünftigen Gedanken mehr fähig war.

Sie ließen rasch jegliche Spuren menschlicher Zivilisation hinter sich. Ringsum erstreckte sich eine Art Steppengebiet. Sammer wurde wieder mulmig zumute. Wohin ging die Reise, und was sollte er hier? Bestimmt gab es hier draußen kein Kongresshotel. Aber letztlich war es ja auch nur Sammers Vermutung gewesen, dass er zu einer Tagung eingeladen war. Im Brief hatte nichts über den Zweck der Reise gestanden.

Plötzlich hielt der Fahrer den Jeep an.

Sammer sah sich neugierig um. Nur Wildnis ringsum. Vermutlich machten sie also nur eine Pinkelpause. Sammer war durchaus froh, sich ein wenig die Beine vertreten zu können, beschloss aber, in der Nähe des Jeeps zu bleiben. Wer konnte wissen, welche Tiere sich hier herumtrieben.

Der Fahrer machte keine Anstalten, den Wagen zu verlassen.

Sammer sah ihn fragend an.

Der Mann lächelte. »Für dich ist hier Endstation!«, sagte er.

Sammer schluckte. »Was?«, fragte er.

Der Mann nickte heftig. »Endstation. Du musst hier aussteigen!«, sagte er nochmals.

Sammer fühlte, wie ihm ein Schauder über den Rücken lief, und Angst kochte in ihm empor.

»Endstation?«, wiederholte er. Das klang gar nicht gut. Er verstand sich selbst nicht mehr. Wie hatte er dem Mann so einfach vertrauen können. Bestimmt steckte er mit Banditen unter einer Decke und hatte ihn hierhergebracht, um ihn an sie auszuliefern. Und er, Idiot der er war, war ihm gefolgt wie ein williges Opferlamm.

Sammer lächelte bitter. Wenn die Ganoven für ihn Lösegeld erpressen wollten, würden sie eine böse Überraschung erleben. Denn es würde niemand zahlen. Einen Augenblick später wurde ihm klar, was das bedeutete: Er war ein toter Mann.

Sammer sah den Fahrer böse an und überlegte, ob er sich auf ihn stürzen sollte, solange dessen »Geschäftspartner« noch nicht eingetroffen waren. Aber der Kerl wirkte sehr kräftig, und bestimmt hatte er eine Waffe griffbereit.

»Nun, wo bleiben Ihre Kumpane?«, fragte Sammer.

Der Mann schaute ihn verständnislos an. Dann schien er zu begreifen und lächelte breit.

»Nein. Niemand will dir etwas tun. Wenn ich das vorgehabt hätte, wäre ich nicht stundenlang mit dir durch den Busch gefahren. Ich habe nur die Anweisung, dich hier abzusetzen!«

»Von wem?«, fragte Sammer.

»Ich weiß es nicht«, sagte der Mann wieder. »Ich bekam einen Brief mit Instruktionen. Außerdem war Geld im Kuvert – mein Honorar«, antwortete der Mann.

Sammer griff nach der Tür des Jeeps.

»Ich will hier aber nicht aussteigen: Ich will, dass Sie mich zurück in die Stadt bringen. Ich zahle auch gut dafür. Das Doppelte von dem, was Sie schon erhalten haben!«, sagte er.

Der Fahrer schüttelte den Kopf.

»Das geht nicht. Wenn der Brief einfach per Post gekommen wäre, ja dann …! Aber er lag plötzlich vor mir auf dem Tisch, obwohl die Türen meines Hauses verschlossen waren und ich mich allein im Raum befand. Ich war nur aufgestanden, um mir einen Becher Wasser zu holen – und da war er plötzlich. Kein Mensch hätte ihn ungesehen hinlegen können.«

Er machte eine bedeutungsschwere Pause.

»Du musst wissen, wir sind ein Volk, das seine Geister achtet!«

Sammer seufzte. Das wurde immer verrückter. Jetzt waren also sogar schon Geister im Spiel. Bestimmt war der Mann auf irgendeinen Trick hereingefallen, aber Sammer erkannte an seinem Gesichtsausdruck, dass es aussichtlos war, ihn davon überzeugen zu wollen. Er versuchte, Zeit zu gewinnen.

»Was soll ich hier! Hier ist nichts!«

Der Mann deutete in die Steppe hinaus.

»Im Brief steht, du sollst Richtung Süden gehen. Dort ist dein Ziel!«

Er warf Sammer einen Kompass zu. »Zur Orientierung!« sagte er.

Sammer wusste, dass es keinen Sinn hatte, noch länger mit dem Mann zu diskutieren. Er würde ihn nicht mit zurück nehmen, und er sah auch keine Möglichkeit, ihn dazu zu zwingen.

»Können Sie Ihre Geister fragen, was ich tun soll, wenn ein Löwe Appetit auf mich haben sollte?«, fragte er ironisch.

Der Mann machte ein ernstes Gesicht, schloss die Augen, legte den Kopf schief und tat, als lauschte er intensiv in sich hinein oder auch in die Steppe hinaus.

Dann nickte er plötzlich heftig. Als er die Augen wieder öffnete, grinste er.

»Die Geister sagen: Wenn ein Löwe dich verfolgt, sollst du schneller laufen als er!«

Sammer schaute dem Jeep nach, bis die Staubwolke, die er am Horizont aufwirbelte, wieder in sich zusammengesunken war. Was sollte er nun tun? Tatsächlich in den Busch hinausgehen?

Während er noch mit sich rang, fühlte er, wie seine Zweifel plötzlich schwanden. Als habe erneut jemand in sein Hirn hineingegriffen und sie einfach weggewischt. Er verstand nicht, woher diese plötzlichen Sinneswandel kamen, die er in letzter Zeit hatte. War er vielleicht unter Drogen gesetzt oder hypnotisiert worden, sodass er jetzt einem von Fremden festgelegten Drehbuch folgte und nur glaubte, noch einen eigenen Willen zu haben? Er seufzte schicksalsergeben. Es war im Grunde egal. Er war hier und musste das Beste aus seiner Situation machen.

Sammer marschierte los, denn welchen Sinn hätte es schon gehabt, an Ort und Stelle stehenzubleiben. Der Journalist blickte immer wieder auf den Kompass und hielt sich in Richtung Süden, wie der Fahrer gesagt hatte. Bald darauf stieß er auf das Dorf.

Und da stand er jetzt, in einem der vermutlich entlegensten Winkel der Erde, und war von Eingeborenen umringt. Sammer verhielt sich ganz still und betrachtete die Menschen aus halb geschlossenen Lidern. Sie waren alle sehr dürr, als hätten sie in den letzten Wochen nicht viel zu essen bekommen. Vor allem die Kinder waren nur noch Gerippe, und Sammer fragte sich unwillkürlich, was sie eigentlich noch am Leben hielt? Wovon ernährten sich diese Menschen? Sammer konnte sich nicht erinnern, auf der Fahrt hierher Vieh oder grüne Pflanzen gesehen zu haben. Sie mussten allesamt der Dürre zum Opfer gefallen sein.

Doch trotz ihrer ausgemergelten Körper wirkten diese Leute im Augenblick recht … Sammer fiel kein anderer Ausdruck ein als … satt. So als hätten sie gerade eine üppige Mahlzeit genossen.

Sammer überlegte, was er tun sollte. Er hielt den Fotoapparat in den Händen und es juckte ihn, ein paar Aufnahmen zu machen. Andererseits wollte er die Eingeborenen nicht reizen.

In diesem Moment trat ein uralter Mann aus der kleinen Hütte – und diese löste sich hinter ihm einfach in Luft auf. Verdutzt starrte Sammer auf die Stelle, wo sie eben noch gewesen war.

Und der alte Mann schaute nicht weniger verwundert … auf Sammer.

Eine Weile herrschte Stille, dann sagte der Alte mit tiefer Stimme:

»Wer bist du, und was willst du hier?«

Sammer war noch viel zu sehr mit dem plötzlichen Verschwinden der Hütte beschäftigt, um sofort auf die Frage antworten zu können.

»Die Hütte«, sagte er. »Wo ist sie hin?«

Der Alte zuckte gleichgültig mit den Schultern. »Die Götter geben, die Götter nehmen«, sagte er ergeben.

Sammer musterte den Mann. Er hatte langes weißes Haar, das aber schon etwas schütter wirkte, und eine Hakennase. Sein Gesicht war von tiefen Falten durchzogen. Doch sie machten es nicht alt, sie gaben ihm Autorität. Zwei strahlend blaue Augen taxierten Sammer ebenso genau, wie er umgekehrt den alten Mann musterte.

»Die Götter geben, die Götter nehmen«, wiederholte Sammer murmelnd dessen Worte. Er beneidete diesen Eingeborenen um dessen Lebenseinstellung. Einen solchen Grad an Gelassenheit oder Schicksalsergebenheit wünschte er sich auch manchmal. Damit hätte er einige Stürme seines Lebens sicher besser überstanden, als es der Fall gewesen war. Unwillkürlich musste er an den Moment zurückdenken, als ihm seine damalige Frau eröffnete, dass sie sich in einen Jüngeren verliebt habe und ihn verlassen werde.

»Warum?«, hatte Sammer gefragt. Und sie hatte ihm schonungslos die Wahrheit offenbart: »Er ist ein Hengst! Und er mag jedes Kilo an mir.«

Sammer hatte gewusst, dass sie mit ihrem Sexualleben schon lange nicht mehr zufrieden war. Offenbar war ihre Libido wesentlich stärker ausgeprägt als seine. Er hatte ihre Beschwerden nicht so ernst genommen. Natürlich hatte das Nachlassen seines sexuellen Verlangens Sammer auch selbst beunruhigt, zumal er keine eindeutige Erklärung dafür fand. Lag es daran, dass er alt wurde, oder daran, dass seine Frau inzwischen weitaus mehr Rundungen aufwies, als ihm lieb waren – und das leider an den falschen Stellen? Er hatte versucht, sie das eine oder andere Mal – seiner Meinung nach sehr dezent und schonend – darauf hinzuweisen. Sie hatte es aber immer sehr ungnädig aufgenommen. »Ich weiß schon, worauf du stehst. Auf schlanke Frauen mit großen Brüsten. Aber schau dich doch selbst einmal in den Spiegel – warum sollte so eine Frau dich wollen?« Mit dieser Frage hatte sie ihn jedes Mal rasch zum Schweigen gebracht.

Sammer wusste natürlich, dass sie mit ihrem Einwand Recht hatte. Aber eine Wahrheit, die einem ins Gesicht geschleudert wird, tut weit mehr weh als eine, die man in den eigenen Hinterkopf verbannt hat. Damals hatte er längst nicht mehr seinem Idealbild entsprochen. In einer festen Beziehung wurde man einfach träge, und es war ihm nicht gelungen, sein Wohlstandsbäuchlein in Schach zu halten. Der Geist war ja willig gewesen, der Leib aber allzu oft hungrig und durstig.

Inzwischen hatte er aber wieder sein Idealgewicht. Die Trennung hatte ihn zum Training motiviert. Schließlich war er nun wieder auf dem freien Markt, und wie hatte ein Freund es einmal unverblümt ausgedrückt: »Wenn du zum Schuss kommen willst, musst du selbst in Schuss sein!«

Aber im Grunde waren diese verbalen Scharmützel nur Geplänkel an einer Nebenfront gewesen, das hatten Sammer und seine Frau genau gewusst. Sie wollte Kinder, und er konnte sie ihr aufgrund seiner psychischen Blockade nicht schenken. Vielleicht war es ein Kindheitstrauma, das ihn davon abhielt, Nachwuchs in die Welt zu setzen. Was, wenn er sterben würde und seine Kinder einem Dasein ohne Vater auslieferte? Das konnte und wollte er nicht verantworten. Zwar hatte seine Großmutter versucht, die Lücke, die der Tod seiner Eltern hinterlassen hatte, zu füllen, aber das war letztlich einfach unmöglich.

Sammers Frau hatte ihn verlassen, und schon ein Jahr später hatte er gehört, dass sie nun mit ihrem neuen Partner ein Kind bekommen habe. Sammer hatte verblüfft festgestellt, dass er ihr dieses Glück von ganzem Herzen gönnte. Das war neu. Bislang hatte er eher mit Verbitterung an das Scheitern seiner Ehe und seine Ex gedacht.

Jemand räusperte sich.

Sammers Gedanken kehrten zurück in das Dorf irgendwo im Busch. Verblüfft starrte er auf den alten Eingeborenen. Mit einer einzigen Bemerkung hatte dieser in ihm mehr Reflexion über seine Ehe ausgelöst und ihm die Gründe für deren Scheitern deutlicher vor Augen geführt, als es sein Psychotherapeut in einer 200-stündigen, teuren Therapie vermocht hatte.

»Wer bist du, und was willst du hier?«, fragte der Alte noch einmal.

Erst jetzt registrierte Sammer verblüfft, dass der Mann in einem ihm gänzlich unbekannten Idiom gesprochen hatte – und er die Worte dennoch so problemlos verstand, als würden sie in seinem Kopf simultan gedolmetscht. Hier gingen sehr seltsame Dinge vor sich.

»Ich heiße Sammer, Konrad Sammer!«, sagte er. »Ich bin Journalist und komme aus Österreich. Ich wurde hierher ... äh ... eingeladen!«

Offenbar verstand auch der Alte ihn, aber wenn er darüber ebenfalls erstaunt war, so zeigte er es nicht. Er trug ein Pokerface zur Schau, wie es Sammer noch selten gesehen hatte. In den Spielhöllen dieser Welt wäre dieser Eingeborene bestimmt rasch zu einer großen Nummer aufgestiegen.

Der alte Mann schüttelte den Kopf.

»Wir haben dich nicht eingeladen«, betonte er.

Sammer steckte den Fotoapparat in die Tasche und zog stattdessen den Brief hervor, den er bekommen hatte. »Wer hat mir dann das geschrieben?«, fragte er.

Er entfaltete das Blatt und starrte verblüfft darauf.

Statt »*Komm rasch!*« standen da jetzt drei andere Worte:

»Siehe und verkünde!«

Sammer hatte durchaus schon immer ein gewisses Faible für das Absurde und auch das Übersinnliche gehabt, aber in diesem Augenblick hatte er einmal mehr das beunruhigende Gefühl, dass da irgendeine Teufelei im Gang war, die er nicht durchschaute.

»*Siehe und verkünde!*«, las er laut.

Das klang sehr stark nach dem Tonfall, in dem Gottheiten ihren Propheten Befehle erteilten. Hatte Jehova nicht so ähnlich zu Jeremiah gesprochen? »Verkünde ihnen alles, was ich dir auftrage!«, hatte er gesagt. Sammer wusste das so genau, weil er sich im Laufe seines Theologiestudiums nach der Lektüre von Franz Werfels faszinierendem Roman einmal intensiv mit dieser alttestamentarischen Gestalt beschäftigt hatte. Aber bestimmt ließen sich auch in den alten Schriften anderer Kulturen ganz ähnliche Formulierungen finden, mit denen Götter Menschen ihre Aufträge erteilten.

Der alte Mann starrte lange auf den Zettel, ohne sich zu rühren.

Sammer fragte sich, ob er wohl dieselben Worte sah. Und konnte er überhaupt lesen? Was immer der Alte auch wahrnahm, als er endlich den Kopf hob, sah er Sammer direkt in die Augen.

»Du bist gesandt, also sei uns willkommen«, sagte er.

Sammer fühlte sich ganz und gar nicht wohl in seiner Haut. Wenn er ein Bote war, dann stellte sich nicht nur die Frage, wessen, sondern auch zu welchem Zweck?

»*Siehe und verkünde!*«

Was sollte das heißen? Sammer konnte nicht glauben, dass irgendein höheres Wesen oder womöglich gar Gott dahintersteckte. Der hätte sich für seine Zwecke doch sicher keinen Skeptiker und Zyniker wie ihn ausgesucht.

»Ich habe so rein gar nichts von einem Propheten an mir«, dachte Sammer. Denn die waren doch alle in jeder Hinsicht asketische Menschen gewesen. Sammer fiel unwillkürlich die erste heiße Liebesnacht mit »seiner« Mumie ein. Nein, mit Askese hatte er wirklich nichts am Hut. Und auch sein Drang, die Welt zu verbessern, war nur sehr gering ausgeprägt. In seiner Studienzeit war das anders gewesen. Irgendwo in einem Kasten in seiner Wohnung gab es bestimmt noch ein paar Artefakte aus jener Zeit. Ein Che-Guevara-Leibchen, ein Palästinensertuch und eine verstaubte Ausgabe von Marx' Kapital. Damals hatte er gemeinsam mit seinen Kommilitonen den Kapitalismus kritisiert und eine Welt gefordert, in der alle Menschen gleich wären und ein Anrecht auf Nahrung und Wohnung hätten, allein aufgrund der Tatsache, dass sie existierten. Im Grunde war Sammer noch immer dieser Ansicht. Aber der Zug der Zeit war in die andere Richtung gefahren. Der Kapitalismus hatte diese Welt überrollt. Rechte hatte nur der, der Leistung bringen konnte, und wer reich war, hatte die meisten Rechte.

Sammer fragte sich manchmal, ob er nicht in einer Art Endzeit lebte. Die Klimaveränderungen, religiöser Fanatismus und die Fluchtbewegung jener, die durch Krieg und Hunger aus ihrer Heimat vertrieben wurden und die gar nichts mehr hatten, auf der einen Seite. Die Habgier der Eliten und das Festhalten der privilegierten Länder an ihrem Wohlstand, den sie nicht teilen wollten, auf der anderen Seite. Dieser Planet, dachte Sammer fatalistisch, glich einem Pulverfass. Und die Lunte brannte schon.

Sammer hatte sich allerdings damit abgefunden, dass er im großen Drama dieser Welt nur die Rolle eines Zuschauers innehatte. Klar kaufte er Fair-Trade-Produkte, spendete für Flüchtlinge, wählte keine populistische Rechtspartei und bemühte sich alles in allem nach Kräften ein Gutmensch zu sein, auch wenn diese Bezeichnung zunehmend als Schimpfwort benutzt wurde. Aber lieber ein Gutmensch, sagte sich Sammer, als ein Arschloch.

Sammer gab sich keinen Illusionen hin. In Wirklichkeit war er nur ein Rädchen im gut geölten Getriebe des Kapitalismus, das gar keine Chance hatte, sich in die entgegengesetzte Richtung zu drehen oder auch nur stehenzubleiben. Er war allein durch seine Geburt in Österreich auf die Butterseite dieser Welt gefallen und machte sich mitschuldig an der Ausbeutung von Menschen in anderen Ländern – auch wenn er das nicht wollte. Aber in diesem Fall hieß es sehr richtig: mitgefangen, mitgehangen.

Sammer seufzte und wandte seine Aufmerksamkeit wieder dem Alten vor sich zu, der ihn aufmerksam betrachtete. Der Journalist setzte ein etwas gezwungenes Lächeln auf. Er war müde von der Reise und im Grunde einfach nur froh darüber, dass ihm von diesen Menschen vorerst zumindest keine Gefahr drohte.

Der Alte gab ihm mit einem Wink zu verstehen, dass er ihm folgen solle, und Sammer kam der Aufforderung gerne nach. Ihm wurde plötzlich wieder bewusst, dass er in Schweiß gebadet war. Die Sonne brannte noch immer unerbittlich heiß vom Himmel, obwohl es schon später Nachmittag sein musste.

»Schatten«, murmelte Sammer. »Ich brauche dringend Schatten!«

Der Medizinmann führte ihn in seine Hütte.

Er bedeutete ihm, sich hinzusetzen, und Sammer ließ sich auf einer der geflochtenen Matten am Boden nieder. Der Alte setzte sich ihm gegenüber, nahm ein paar Kräuter aus einer hölzernen Schüssel und zündete sie an. Sie verströmten einen merkwürdigen, intensiven Duft, der sofort die ganze Hütte erfüllte.

Sammer schnüffelte misstrauisch. Was war das? Vielleicht eine Art Rauschgift?

Tatsächlich spürte er schon nach einigen Atemzügen eine seltsame Leichtigkeit im Kopf. Alle Sorgen, alle Fragen waren nicht mehr so drängend wie noch kurz zuvor. Stattdessen erfüllte Sammer ein wohliges Gefühl der Geborgenheit. Hier war er so sicher wie in »Abrahams Schoß«.

Schon wieder ein biblischer Vergleich. Sehr seltsam. Die Bibel, dachte Sammer behäbig, kam ihm in letzter Zeit verdächtig oft in den Sinn.

Der Medizinmann schaute ihn an und nickte zufrieden:

»Und jetzt erzähl mir, wer du bist«, sagte er.

Zu jeder anderen Zeit hätte er Sammer damit in arge Bedrängnis gebracht. »Wer bist du?«

Das war eine höchst philosophische Frage, denn was war die Essenz seiner Person?

Doch jetzt begann Sammer einfach zu erzählen und hatte dabei das Gefühl, sich selbst zuzuhören. Er sprach über seine Kindheit, seine Jugend, über Begebenheiten und Gedanken, über die er noch nie mit jemandem geredet hatte. Er breitete sozusagen seine ganze Vita vor diesem Eingeborenen aus. Er erzählte vom Verlust seiner Arbeitsstelle und von den Ängsten, die das in ihm auslöste, erzählte von dem Mann, der vor seinen Augen auf einer Straße wurzelte und kurz darauf zum Baum wurde. Zuletzt berichtete er, wie er ins Dorf gekommen war – und dass er den Grund, warum er hier war, tatsächlich nicht kannte.

Der Medizinmann saß die ganze Zeit da wie eine Statue, blinzelte nicht und – zumindest kam es Sammer so vor – atmete nicht einmal. Er hörte mit einer Aufmerksamkeit zu, die Sammer das Gefühl vermittelte, als gäbe es nichts Wichtigeres auf der Welt als ihn und seine Lebensgeschichte. Nur wenn er beim Erzählen einmal ins Stocken geriet, regte sich der Medizinmann und zündete ein weiteres Büschel Kräuter an …

Sammer erwachte aus einem unruhigen Schlaf, in dem ihn baumgewordene Menschen eine dunkle Straße hinuntergejagt hatten und ihm aus einer Wolke heraus eine Stimme zurief:

»Es gibt kein Entkommen, denn du bist auserwählt!«

Sammer hatte bohrende Kopfschmerzen und brauchte eine Weile, bis er sich in der Wirklichkeit zurechtfand. Er lag auf der Matte am Boden der primitiven Hütte des Medizinmannes.

Als er sich aufrichtete, hatte er das Gefühl, jeden einzelnen Knochen zu spüren. In seiner Jugend war er gerne getrampt und hatte so manche Nacht auf hartem Untergrund verbracht – doch das war vorbei. Mit über 50 sollte ein Mann das Recht haben, in seinem eigenen Bett zu schlafen, dachte er und bekam prompt Gewissensbisse. Die Menschen hier im Dorf wussten vermutlich noch nicht einmal, wie ein richtiges Bett aussah. Sammer seufzte. Er würde die Ungerechtigkeit nicht aus der Welt schaffen können.

Der Journalist hatte Durst und war hungrig. Er schnappte sich seinen Rucksack, nahm einen großen Schluck aus seiner Wasserflasche und einen kleineren aus seinem Weihwasserflachmann. Er musste rationieren, denn es war nicht abzusehen, wann er an Nachschub kommen würde. Sammer stopfte sich einen Müsliriegel in den Mund, dann fühlte er sich besser.

Jetzt fiel ihm auch wieder ein, was ihm der Medizinmann in der Nacht erzählt hatte. Nachdem Sammer mit seinem Bericht fertig gewesen war, hatte ihm der alte Mann – er hieß Tau, was »Löwe« bedeutete – von der Not der Menschen im Dorf berichtet, von der Hitze, die alles verbrannte, und dass es keine Nahrung gebe. Und dann …! Sammer runzelte die Stirn. Was war das nochmal für eine seltsame Geschichte gewesen? Von einer Hütte, die plötzlich erschienen war und in der alle Bewohner zu essen und zu trinken bekommen hatten?

Sammer schüttelte den Kopf. Vermutlich hatte er diesen Teil nur geträumt, denn irgendwann war er aus Erschöpfung einfach umgekippt und eingeschlafen. Und der Teufel mochte wissen, was der Alte für Kräuter verbrannt hatte. Bestimmt hatten sie halluzinogene Wirkung.

Sammer kroch zum Eingang der Hütte und schlug die Matte zur Seite.

Helligkeit stach ihm in die Augen, und er musste sie mit der Hand beschatten, bis sie sich an das Licht gewöhnt hatten. Sammer hatte offenbar sehr lange geschlafen, dem Stand der Sonne nach musste es schon fast Mittag sein.

Ihm bot sich ein seltsames Bild. Die Eingeborenen hatten sich im Kreis rund um den Dorfplatz aufgestellt. Manche hielten sich große, dürre Blätter wie Sonnenschirme über den Kopf. Sie alle summten eine seltsame Melodie und wiegten sich im Takt dazu. Sie schienen auf etwas zu warten. Sammer kroch aus der Hütte und richtete sich auf. Die Geräusche, die er dabei verursachte, veranlassten den Medizinmann, der ganz vorne stand, sich umzuschauen. Sein Blick war tadelnd, und auf seiner Stirn standen unwillige Falten. Sammer hob entschuldigend die Hände. Er fragte sich, ob er irgendein mysteriöses religiöses Ritual gestört habe. Manche der Eingeborenen wirkten auf ihn tatsächlich so, als seien sie in eine Art Trance gefallen.

Sammer beschloss, einfach abzuwarten, was sich aber als gar nicht so einfach erwies. Schon nach kurzer Zeit rann ihm der Schweiß in Bächen über Stirn und Rücken. Er überlegte, ob er in den Schatten eines Baumes zurückweichen sollte, auch wenn er durch den Lärm, den er dabei verursachen würde, erneut die Missbilligung Taus auf sich zog. Wenn er hier wie ein nasser Sack umfiel, würde er auch Lärm machen. Sammer verspürte bereits ein leichtes Schwindelgefühl.

Er wollte sich gerade in Bewegung setzen, als die Hütte erschien – aus dem Nichts und von einem Augenblick auf den anderen.

Sammer schloss die Augen und öffnete sie wieder.

Es war ohne Zweifel jene Hütte, die er schon am Vortag gesehen hatte.

Aber wie ließ sich ihr Verschwinden und ihr Erscheinen erklären? Eine optische Täuschung?

Irgendetwas in der Art musste es wohl sein, dachte Sammer und hörte plötzlich eine Stimme in seinem Kopf »*Du Kleingläubiger*« sagen.

»Was?« fragte er und lauschte in sich hinein. Doch da war nichts.

»Ich muss hier bald weg, sonst schnappe ich noch über«, murmelte Sammer.

Er konzentrierte sich auf die Hütte. Sie war nicht größer als die Behausungen ringsum und unterschied sich auch nicht von ihnen, wenn man davon absah, dass Sammer nirgends einen Eingang erkennen konnte. Doch da trat der Medizinmann an sie heran, und wo eben noch eine Wand gewesen war, zeigte sich nun eine mit einer Grasmatte verhängte Öffnung. Sammer sah, wie der alte Mann ohne Zögern ins Innere trat. Die Eingeborenen folgten ihm, einer nach dem anderen. Der Journalist zückte seinen Fotoapparat und schoss ein paar Bilder. Immer mehr Menschen verschwanden in dem einfachen Bau und Sammer fragte sich, wie sie sich alle so schnell hineinquetschen konnten. Die Hütte musste jetzt schon heillos überfüllt sein.

Was wollten die Eingeborenen dort drinnen?

Sammer fiel wieder ein, was Tau ihm erzählt hatte – von einer Hütte, die die Menschen speiste. Hatte er das also nicht geträumt?

Inzwischen stand Sammer allein auf dem Dorfplatz. Er gab sich einen Ruck, ging zur Hütte, ergriff mit einer Hand die Grasmatte und zog sie zur Seite. Er wollte nur einen kurzen Blick ins Innere werfen, doch plötzlich verspürte er einen Sog, der in regelrecht hineinzog. Staunend sah Sammer, wie geräumig die Hütte war, sehr viel größer, als sie von außen wirkte. Die Eingeborenen saßen am Boden und aßen. Vor ihnen standen Schüsseln mit einer Art Brei oder auch Eintopf.

Sammer wusste nicht, was er von all dem halten sollte. Er machte einige Fotos, dann ging er durch die Hütte und setzte sich in der Nähe des Medizinmannes auf den Boden. Tau nickte ihm kurz zu. Er hatte seine Schüssel gerade geleert, stellte sie vor sich hin, und der staunende Journalist sah, wie sie verschwand. An ihrer Stelle erschien eine Schüssel voll Milch. Sammer schaute vor sich auf den Boden. Doch vor ihm materialisierte sich kein Essen aus dem Nichts. Die Hütte gewährte offenbar nur jenen ihre Hilfe, die sie wirklich benötigten. Staunend sah Sammer, wie Mütter, die kein Fleisch auf den Rippen hatten, ihre Babys mit vor Milch prallen Brüsten stillten, doch kaum hatten die Kinder sich sattgetrunken, erschlafften diese wieder. Erneut machte er ein paar Fotos, schielte dabei zu Tau hinüber, der aber offenbar keine Einwände dagegen hatte.

»Siehe und verkünde«, dachte Sammer. Ja, er hatte jetzt wirklich etwas zu erzählen, wenn er wieder zuhause war. Doch wer würde ihm diese Geschichte glauben?

Die ersten Eingeborenen verließen die Hütte, und auch Sammer verspürte plötzlich den unwiderstehlichen Drang, hinauszugehen. Der Journalist begriff, dass dies kein Ort war, an dem man länger als nötig verweilen konnte – oder durfte. Sammer schlüpfte durch die Grasmatte. Hinter ihm folgte als Letzter der Medizinmann … und die Hütte verschwand.

Sammer drehte sich um und ging mit ausgestreckten Armen auf den Platz zu, wo sie eben noch gestanden hatte, in Erwartung, gegen ein jetzt unsichtbares Hindernis zu stoßen. Doch da war nichts. Die Hütte war tatsächlich fort.

»Eine optische Täuschung fällt also weg!«, murmelte Sammer.

Er sah, dass ihn ein paar Kinder nachäfften und mit ausgetreckten Armen dahinstolzierten, so steif wie Zombies in einem dieser sinnlosen Filme. Als sie seine Blicke bemerkten, lachten sie laut und stoben davon. Sammer schmunzelte. Was doch eine warme Mahlzeit ausrichten konnte, und wie viele Lebensgeister sie weckte.

Sammer folgte dem Medizinmann in den Schatten eines großen Baumes, wo sie sich niederließen.

»Woher kommt die Hütte?«, fragte Sammer den alten Mann.

»Die Götter haben sie uns geschickt«, antwortete Tau.

»Die Götter? Welche Götter?«

Der Medizinmann runzelte die Stirn.

»Die Götter!«, wiederholte er entschieden. »Die Götter, die für alle Menschen Sorge tragen.«

Sammer staunte. Offenbar nahmen diese Eingeborenen an, dass ihre Götter universale Verantwortung übernahmen.

»Warum tun sie das?«, fragte er.

»Wir haben zu ihnen gebetet, uns zu erretten!«, sagte der Medizinmann.

Sammer schüttelte den Kopf. »Wenn sie euch jetzt helfen, warum lassen sie dann zuvor überhaupt eine derartige Hitze zu, die euch alles nimmt? Das ergibt doch keinen Sinn!«

»Sie haben die Erde für uns geschaffen, aber das heißt nicht, dass sie über jeden Regentropfen Macht ausüben«, antwortete der Alte.

Sammer staunte über den aufgeklärten Verstand des Schamanen. Er selbst war natürlich davon überzeugt, dass der Planet Produkt eines kosmologischen Evolutionsprozesses war, für die Hütte hatte er allerdings keine wissenschaftliche Erklärung parat. Wer kam außer Gott für dieses Wunder infrage? War vielleicht Magie im Spiel, oder waren außerirdische Mächte am Werk, die sich entschlossen hatten, in die Entwicklung der Menschen einzugreifen? Oder hatte die irdische Technologie schon so einen hohen Stand erreicht, dass Derartiges möglich war? Wenn, dann konnte das wohl nur in den USA der Fall sein. Vielleicht war es auch eine Kombination von beidem, dachte Sammer. Außerirdische und irdische Technologie. Was war 1947 in Roswell wirklich geschehen? War tatsächlich ein Ufo abgestürzt? Und war es vielleicht erst vor Kurzem gelungen, seine Hinterlassenschaft zu enträtseln? Aber warum sollten die Amerikaner gerade Eingeborenen in einem afrikanischen Dorf zu Hilfe eilen?

Sammer wusste, dass er das Rätsel dieser Hütte nicht würde lösen können. Aber immerhin konnte er aufschreiben, was er gesehen und erlebt hatte, und er konnte es mit Fotos untermauern.

»Siehe und verkünde!«, murmelte er. Und das tat er denn auch.

Er nahm seinen Laptop aus dem Rucksack und begann zu tippen.

Mehrere Tage vergingen, und immer um die Mittagszeit erschien die Hütte, um die Menschen zu speisen. Sammer fragte sich, wie lange er noch im Dorf bleiben sollte. Er hatte alles gesehen und alles dokumentiert, und er brannte regelrecht darauf, seine Geschichte an eine Zeitung zu schicken. Er war sich sicher, dass sie ähnliche Wellen schlagen würde wie die Story mit dem Baummenschen. Aber hier in dieser abgelegenen Gegend gab es natürlich keine

Internetverbindung. Auch die Frage, wer ihn hierhergeführt hatte, stellte sich ihm immer drängender. Denn Sammer war sich sicher: Wer immer es war, musste von dieser wunderlichen Hütte gewusst haben und konnte ihm daher auch erklären, was es damit auf sich hatte.

Zuerst musste er aber einmal von hier wegkommen. Sein Handy hatte keine Verbindung, er konnte sich nicht abholen lassen.

Am folgenden Abend saß Sammer noch spät draußen vor der Hütte und starrte zu den Sternen hinauf. Sie waren hier so hell, wie er sie kaum je zuvor gesehen hatte. Dort, wo er lebte, war dafür einfach die Lichtverschmutzung zu groß. Am Himmel stand der Vollmond. Die helle Kugel kam Sammer in dieser Nacht besonders groß vor, fast als habe Luna die Umlaufbahn verlassen und sei der Erde näher gerückt. Der Zyniker in ihm ließ Sammer grinsen. »Wenn der Mond herabstürzt, dann wäre das immerhin ein Untergang mit einem Paukenschlag«, murmelte er.

Er holte, wie so oft in den letzten Tagen, das Pergamentstück aus der Brusttasche und las die einfache Botschaft, die darauf stand.

»Siehe und verkünde!«

Sammer gestand sich ein, dass sein rationales Weltbild in den letzten Monaten einen ziemlichen Knacks bekommen hatte.

Um ihn herum passierten Dinge, die einfach nicht erklärbar waren, und er schien auf geheimnisvolle Art und Weise darin verwickelt zu sein. Das war natürlich aufregend, aber auch anstrengend. Gerade in diesem Augenblick hätte er viel lieber zuhause auf der Couch gesessen, sich Kartoffelchips in den Mund geschoben und sich irgendeine dieser doofen amerikanischen Krimiserien reingezogen.

»Ich bin einfach nicht der Abenteurertyp«, murmelte Sammer.

In der Nacht wurde er von einer lauten, harten Stimme aus dem Schlaf gerissen. »Dieses Dorf wird geräumt. Ihr habt zwei Stunden Zeit, zusammenzupacken. Ihr könnt hier nicht bleiben. Wir bringen euch an einen Ort, wo es Wasser und Nahrung gibt. Es geschieht alles nur zu eurem Besten«, sagte der Mann und überführte sich mit seinen nächsten Worten gleich selbst der Lüge. »Wer sich weigert, wird mit Gewalt abtransportiert«, dröhnte es aus einem Megafon.

Sammer schüttelte die Benommenheit ab und kroch aus der Hütte. Das Dorf wurde von Scheinwerfern in gleißende Helligkeit getaucht. Geblendet versuchte Sammer zu erkennen, was vor sich ging, und erschrak. Rund um das Dorf waren Militärjeeps und Lastwagen aufgefahren, sogar zwei Panzer konnte der Journalist erkennen. Soldaten mit Maschinenpistolen im Anschlag hatten einen undurchdringlichen Ring um die kleine Ansiedelung gezogen.

Die Eingeborenen drängten sich am Dorfplatz um den Medizinmann zusammen, der offenbar beruhigend auf sie einredete. Sammer kroch in die Hütte zurück, stopfte einer plötzlichen Eingebung folgend seine Habseligkeiten in den Rucksack und nahm ihn mit hinaus. Er überlegte auch kurz, seinen Fotoapparat zu zücken, ließ es dann aber. Er war sich ohnehin nicht sicher, wie die Soldaten auf einen Ausländer reagieren würden, da war es vermutlich besser, wenn er nicht auch noch eine Kamera in den Händen hielt. Womöglich wäre das der Provokation zu viel. Sammer war kein Kriegsberichterstatter, und er hatte wenig Lust, das erste Opfer in einem Konflikt zu sein, dessen Ursache er nicht einmal kannte. Vermutlich war es wieder einmal einfach so, dass die Mächtigen sich von den Armen nahmen, was sie wollten, ohne Rücksicht darauf, was aus diesen wurde. Sammer schüttelte angewidert den Kopf. Er sah, dass nun auch die Eingeborenen zu ihren Hütten zurückkehrten, um ihre wichtigsten Habseligkeiten herauszuholen.

Er ging zum Medizinmann hinüber.

»Was geht hier vor?«, fragte er.

»Die Regierung will hier einen Nationalpark errichten. In Wahrheit geht es wohl um ein Safarihotel für Jäger – reiche Touristen aus reichen Ländern«, sagte der Eingeborene bitter. »Wir haben uns bisher geweigert zu gehen, obwohl man uns schon oft bedroht hat. Jetzt meint man wohl, dass wir durch die Hitze geschwächt sind und dass unser Widerstandsgeist gelitten hat. Das will die Regierung offenbar ausnutzen.«

»Glauben Sie, dass die Soldaten tatsächlich Gewalt anwenden würden?«

Der Medizinmann nickte nur.

»Was wollen Sie jetzt tun?«, fragte Sammer.

»Warten und hoffen«, sagte Tau kryptisch.

Die Minuten vergingen.

Die Menschen scharten sich wieder um den alten Mann. Er hob flehend die Hände zum Himmel, und alle anderen Dorfbewohner taten es im gleich. Inzwischen war die Morgendämmerung angebrochen, und Sammer zückte nun doch den Fotoapparat und machte Aufnahmen. Der alte Mann mit den hoch erhobenen Händen wirkte wie der Prototyp einer archaischen Figur, die ihre Götter um Hilfe anflehte.

Dann erschien die Hütte am Dorfplatz.

Wie immer war sie von einem Augenblick zum anderen einfach da. Sie war kleiner als sonst, weil der Ring, den die Dorfbewohner rund um das Zentrum des Dorfplatzes bildeten, wenig Raum ließ.

Sammer sah den Medizinmann lächeln und begriff, dass dieser wohl darum gefleht hatte, die Behausung möge auftauchen. Tau schlug die Grasmatte zurück, und sofort strömten die Menschen an ihm vorbei ins Innere. Noch bevor sich die Soldaten einen Reim auf das seltsame Geschehen machen konnten, war der Großteil der Dorfbewohner schon in der Hütte.

»Halt!«, rief da endlich die Stimme aus dem Lautsprecher. »Was tut ihr da. Bleibt sofort stehen!«

Auch der Befehlshaber der Soldaten hatte offenbar eine Weile gebraucht, um seine Überraschung zu überwinden. Sammer wusste aus eigener Erfahrung, wie verblüffend es war, immer mehr Eingeborene in der kleinen Behausung verschwinden zu sehen. Die Eingeborenen achteten nicht auf das Geschrei des Soldaten, sondern drängten weiter in die Hütte. Zum Glück konnte der Mann sich offenbar nicht sofort dazu entschließen, seinen Leuten Feuerbefehl zu geben, was vermutlich auch daran lag, dass die Dorfbewohner ihm in der Hütte ja nicht entkommen konnten, sondern eigentlich in der Falle saßen. Sammer und Tau waren die Letzten, die die Behausung betraten. Der Journalist warf einen Blick zurück und sah, dass die Soldaten jetzt mit den Waffen im Anschlag näherkamen. Er schoss schnell ein Foto, dann ließ der Medizinmann die Decke vor den Eingang gleiten. Die Menschen hatten sich diesmal nicht gesetzt. Sie standen. Es war still in der Hütte, nicht einmal die Kinder quengelten.

»Kommt sofort heraus!«, hallte draußen die Stimme des Anführers aus dem Lautsprecher.

Als sich nichts rührte, hörte Sammer seinen Befehl an die Soldaten. »Stürmt die Hütte!«

Fußgetrappel, dann Stille.

»Da ist keine Öffnung«, erklang dann eine ratlose Stimme.

»Was soll das heißen«, brüllte der Befehlshaber ins Megafon.

»Der Eingang ist verschwunden«, antwortete der Soldat. Seine Stimme klang verunsichert.

»Dann brecht ein Loch in die Wand«, brüllte der Anführer.

Eine Weile war es still, dann erschütterte ein Schlag mit einem schweren Gegenstand die Hütte, und noch einer, und noch einer! Doch so sehr die Soldaten draußen sich offenbar abmühten, sie hatten keinen Erfolg. Die Wände der Behausung hielten stand.

»Das ist unmöglich. Hier geht es nicht mit rechten Dingen zu. Vielleicht sind Dämonen am Werk«, hörte Sammer einen der Soldaten rufen. Andere pflichteten ihm bei. Offenbar war in diesem Land auch im Militär Aberglaube weit verbreitet. Es überraschte Sammer immer wieder, wie schnell Menschen doch bereit waren, an Zauberei zu glauben, auch wenn er es in diesem konkreten Fall gut nachvollziehen konnte.

»Ruhe«, brüllte der Anführer. Seine Stimme klang, als sei er jetzt außer sich vor Wut.

Seine nächsten Worte waren direkt an die Dorfbewohner gerichtet.

»Kommt heraus, oder ihr habt euch die Folgen selbst zuzuschreiben. Ihr habt zwei Minuten Zeit«, brüllte der Mann.

Keiner der Eingeborenen rührte sich. Sie standen wie angewurzelt da, fast so wie der Mann, der damals – Sammer schien es eine kleine Ewigkeit her zu sein – auf der Straße in seiner Heimatstadt Wurzeln geschlagen hatte. Auch Sammer verharrte regungslos an Ort und Stelle, obgleich er wusste, dass es Wahnsinn war, was sie hier taten. Die Aggressivität in der Stimme des Befehlshabers ließ ihn das Schlimmste befürchten.

Sammer schaute Tau an. »Du riskierst das Leben deiner Leute. Ihr müsst hinausgehen, sonst werden sie schießen«, sagte er mit flehender Stimme.

Der Medizinmann stand hoch aufgerichtet da, wie ein Monument der Unbeugsamkeit.

»Was immer auch geschieht, ist der Wille der Götter. Dies ist unser Land, das Land unserer Vorfahren. Wir gehen hier nicht freiwillig weg.«

»Den Göttern seid ihr doch völlig gleichgültig«, schrie Sammer voller Verzweiflung. Seltsamerweise fürchtete er in diesem Augenblick nicht mehr um sein eigenes Leben. Es waren die Eingeborenen, um die er sich sorgte, die Kinder vor allem. »Kein Gott wird euch helfen. Ihr müsst aufgeben, sonst sterbt ihr!«

Der Medizinmann schaute ihn missbilligend an.

»Du bist ein Bote, und dennoch hast du keinen Glauben!«, stellte er fest.

In diesem Moment hörte Sammer in seinem Kopf wieder eine Stimme.

»*Da hat er völlig recht*«, sagte sie.

Sammer schüttelte sich. Das war ein Albtraum, und er wollte daraus aufwachen. Jetzt!

»Ich bin kein Bote und ganz sicher nicht von irgendeinem Gott gesandt. Ich weiß nicht, wer oder was mich hierhergeschickt hat. Aber ich weiß, dass es eine blöde Idee war zu kommen. Ich könnte zuhause in meinem Haus sitzen, ein Glas Wein trinken und noch viele gemütliche Jahre vor mir haben. Stattdessen werde ich heute sterben. Wenn mich ein Gott hierhergeschickt hat, dann muss er ein zynischer Bastard sein.«

Der Medizinmann schüttelte den Kopf.

»Du bist ein Bote. Du trägst das Zeichen. Ich habe es gesehen!«

Sammer starrte ihn verwirrt an.

»Zeichen, was für ein Zeichen?«

»Das Zeichen des Blitzes!«

Jetzt verstand Sammer.

»Ach, dieses Zeichen. Das habe ich schon seit meiner Geburt. Damals wurde ich von einem Blitz getroffen. Das hat nichts mit irgendeinem Gott zu tun! Das war Zufall!«

Tau blickte ihn durchdringend an, dann fragte er: »Warum wehrst du dich dagegen, auserwählt zu sein?«

Sammer kam nicht mehr zu einer Antwort.

Denn jetzt drang von draußen lautes Motorengeräusch in die Hütte, dann hörte man ein Krachen wie von berstenden Ästen. Sammer wusste, was das bedeutete: Die Panzer rückten an und wälzten dabei Behausungen, die ihnen im Weg standen, einfach nieder.

Der Journalist hielt den Atem an. Würden die Soldaten tatsächlich schießen?

In diesem Augenblick wurden die Wände durchsichtig. Es war inzwischen hell draußen, und Sammer sah seinen Verdacht bestätigt. Die Panzer waren vor der Hütte aufgefahren. Sie standen einander genau gegenüber – einer an der Vorderseite, einer an der Rückseite. Dazwischen hatten Soldaten den Ring geschlossen. Sie gaben durch nichts zu erkennen, dass auch sie die Eingeborenen jetzt sehen konnten. Also waren die Wände offenbar nur in eine Richtung transparent.

Dann erblickte Sammer den Mann mit dem Megafon. Er war nicht sehr groß, vielleicht 1,70 Meter, und trug eine Uniform mit vielen Orden. Sammer hob den Fotoapparat und zoomte sein

Gesicht heran. Er hatte einen großen Schnauzbart und tote Augen, deren grausamer Blick Sammer einen Schauder über den Rücken trieb.

»Zum letzten Mal. Kommt heraus. Wir haben Befehl, euch wegzuschaffen, lebend oder, wenn es sein muss, auch tot!«

In der Hütte rührte sich niemand.

Waren die Eingeborenen wirklich so gottesfürchtig, waren sie so kaltblütig oder einfach starr vor Angst und Entsetzen? Vielleicht war ihnen ja auch längst egal, was geschah. Sie hatten in den letzten Wochen und Monaten so viel durchgemacht, hatten gehungert und Familienmitglieder, Freunde und Bekannte sterben gesehen.

»Wie viel Leid kann ein Mensch überhaupt ertragen?«, murmelte Sammer. Er wäre am liebsten hinausgelaufen und hätte den Kommandanten niedergeschlagen. Doch er war kein Held, und er hatte auch nicht die geringste Aussicht, ihn lebend zu erreichen. Stattdessen machte er Großaufnahmen des Befehlshabers, just in dem Augenblick, in dem dieser seinen Arm hob. Das Foto seines wutverzerrten Gesichts sollte später um die Welt gehen.

Die Soldaten legten ihre Maschinenpistolen an.

Die Sekunden dehnten sich zu kleinen Ewigkeiten.

Sammer starrte wie gebannt auf die Gewehrläufe.

»Sie werden uns alle erschießen«, dachte er entsetzt. »Ich werde draufgehen. Hier und jetzt!«

Sammer hatte sich durchaus manchmal gefragt, wie er wohl einst abtreten würde. Beim Sex oder nach einem Herzinfarkt mit dem Gesicht in der Klomuschel – diese Vorstellung hatte auch einen gewissen Charme. Im Grunde war er aber doch davon ausgegangen, einmal friedlich in seinem Bett zu sterben. Die Szenerie hier hatte er ganz bestimmt nicht auf der Rechnung gehabt.

Die Hand des Kommandanten fiel nach unten.

Die Maschinengewehre ratterten los – und die Zeit gefror.

Sammer sah unzählige Kugeln in Zeitlupentempo auf sich zukommen. Er sah sich um. Auch die Eingeborenen waren wie erstarrt, sogar Tau. Offenbar war er der Einzige, der dem normalen Zeitablauf enthoben war. Sammer nützte die Gelegenheit und machte Fotos der Kugeln und der Menschen in der Hütte. Wieder einmal war es, als würde ihn dabei ein fremder Wille steuern. Er kam nicht einmal auf den Gedanken zu fliehen, obwohl er es jetzt vermutlich vermocht hätte.

Und dann verlief plötzlich die Zeit wieder normal. Die Kugeln peitschten heran.

Sammer schrie, und mit ihm schrien auch die Dorfbewohner.

Die unsichtbaren Wände der Hütte stellten für die Geschosse kein Hindernis dar. Sammer sah, wie Kugeln seinen Körper regelrecht durchsiebten, in Brust und Bauch eindrangen und am Rücken wieder austraten. Doch da war kein Blut, und er spürte auch keine Schmerzen. Es war, als hätte sein Körper den Geschossen keinen Widerstand geboten, ja, als wären diese einfach durch ihn hindurchgeglitten wie durch einen Geist.

Plötzlich hörte Sammer Schmerzensschreie.

Er sah sich um. Die Dorfbewohner standen da wie zuvor, keiner von ihnen schien Schaden genommen zu haben. Die Kugeln hatten die Behausung und alle Menschen darin tatsächlich passiert, ohne Schaden anzurichten. Getroffen hatten sie dann allerdings die Soldaten auf der Rückseite der Hütte. Zum Glück lag auch von diesen keiner tot auf dem Boden, wenn auch die meisten blutige Hände hatten. Die Geschosse ihrer Kameraden hatten offenbar nur ihre Waffen unschädlich gemacht, was im Grunde unmöglich war, es sei denn, ein höherer Wille hatte ihren Flug gelenkt. Sammer war in diesem Augenblick durchaus bereit, an ein Wunder zu glauben.

Der Journalist blickte zum Befehlshaber hinaus, der noch immer nicht zu begreifen schien, dass hier Kräfte am Werk waren, denen er nichts entgegenzusetzen hatte. Er gab den Panzern das Zeichen zum Feuern. Das Donnern war ohrenbetäubend, und der unglaubliche Vorgang wiederholte sich. Die Granaten rasten durch die Hütte hindurch, als sei sie gar nicht da, und dann auf den Panzer auf der anderen Seite zu. Doch bevor sie einschlugen, gefror wieder die Zeit – und diesmal nicht nur für Sammer. Auch die Besatzungen der beiden Kampfmaschinen blieben handlungsfähig und begriffen das drohende Unheil. Die Deckel über den Luken klappten auf, die Männer kletterten heraus und sprangen von den Fahrzeugen. Dann lief die Zeit wieder normal und die Granaten schlugen ein.

Der Kommandant stand noch immer wie erstarrt nahe bei einem der Panzer. Er hatte sich keinen Zentimeter fortbewegt, vielleicht aus Trotz, vielleicht aber auch, weil er die Gefahr nicht begriff, in der er schwebte? Sammer stieß einen Warnruf aus, doch der Mann hörte ihn nicht.

Ein dünnes, scharfkantiges Trümmerstück raste auf ihn zu und köpfte ihn.

Sammer verfolgte den Flug des Kopfes, der ein paar Meter vom Torso entfernt auf den Boden prallte, noch ein Stück rollte und endlich still lag. Das Gesicht des Befehlshabers war Sammer zugewandt und zeigte einen ungläubigen, aber auch ängstlichen Ausdruck.

Sammer ging in die Knie und kotzte auf den Boden der Hütte.

Dass der Kommandant an diesem Tag der einzige Tote war, konnte sich Sammer auch später nur mit dem Eingreifen einer höheren Macht erklären. Er sah die Soldaten zu ihren Fahrzeugen laufen.

Den Kopf und den Körper ihres toten Anführers nahmen sie mit. Dann rasten die Wagen davon, als sei der Teufel hinter ihnen her. Und vielleicht, dachte Sammer, war er das in gewisser Weise ja auch.

Jetzt kam Bewegung in die Eingeborenen, die das Geschehen bisher reglos und lautlos verfolgt hatten. Auf ein Nicken Taus hin begannen sie die Hütte zu verlassen. Sammer ließ sich von der Menge nach draußen treiben, vorbei an den brennenden Wracks der beiden Panzer und einigen zerstörten Behausungen. Plötzlich hörte er es in seinem Rucksack piepsen.

Er ging zu einem Baum, setzte sich, lehnte sich mit dem Rücken an den Stamm und zog seinen Computer hervor. Irritiert sah er, dass das Gerät lief, dabei war er sicher gewesen, es ausgeschaltet zu haben, um Akku zu sparen. Sammer gab sein Codewort ein und sah, dass er eine E-Mail bekommen hatte.

Verwundert klickte er auf die Netzanzeige. »Kein Netzwerk verfügbar«, las er da.

Sammer runzelte die Stirn und öffnete die E-Mail. Sie zeigte keinen Absender an.

Die Botschaft war kurz:

»*Du hast gesehen! Nun verkünde!*«, las Sammer.

Eine Weile saß er einfach nur da und versuchte zu verarbeiten, was er in den letzten Stunden erlebt hatte. Jetzt reagierte auch sein Körper auf die Geschehnisse. Seine Arme und Beine begannen zu zittern, wohl eine Nachwirkung der ausgestandenen Todesangst.

Er atmete tief ein und aus und schaute zum blauen Himmel empor. Die Sonne stand schräg am Horizont und tauchte das Land in heimeliges Licht. Nie war sie Sammer so schön erschienen wie in diesen Augenblicken.

»Die Götter haben uns bewahrt«, hörte Sammer eine tiefe Stimme hinter sich. Er war so in sich versunken gewesen, dass er die Annäherung Taus gar nicht bemerkt hatte. Der alte Mann ließ sich im Schneidersitz neben ihm nieder.

Sammer nickte langsam. »Sieht so aus«, sagte er.

»Du wirkst aber eher, als hättest du einen Dämon gesehen!«, sagte der Medizinmann.

Sammer lachte, es klang ein wenig hysterisch.

»Einen? Es war eine ganze Horde. Was sich hier zugetragen hat, übersteigt meinen Verstand bei Weitem.«

»Dann versuche es mit dem Herzen zu begreifen.«

Sammer nickte langsam. »Ich habe gerade eine Botschaft erhalten«, erklärte er.

»Von deinem Gott?«

Sammer schaute nachdenklich auf den Bildschirm. Der Medizinmann hatte treffsicher einen wunden Punkt der modernen Gesellschaft angesprochen, für die die Computer längst zu Götzen geworden waren. Die Sache mit der E-Mail allerdings war etwas ganz anderes.

»Ich weiß nicht, von wem sie kommt!«, sagte er.

»Was sollst du tun?«, fragte Tau.

Sammer drehte den Bildschirm herum, sodass der Medizinmann die Botschaft lesen konnte, in welcher Schrift auch immer sie für ihn darauf erschien.

»Und?«, fragte Tau.

»Ich werde aufschreiben, was sich hier zugetragen hat, und den Text mit den Fotos an eine Zeitung schicken«, sagte er.

Der Buschmann nickte. »Das ist gut. Die Welt muss von uns erfahren, denn nur dann haben wir vielleicht eine Chance, unser

Land zu behalten. Wenn international moralischer Druck auf unsere Regierung ausgeübt wird, wird sie es nicht wagen, uns zu vertreiben.«

Sammer staunte wieder einmal über die Begrifflichkeit, die dieser einfache Mann verwendete. Aber er wusste ja schon längst, dass in Tau weitaus mehr steckte, als das einfache Äußere vermuten ließ. Der Analyse des Eingeborenen stimmte Sammer indessen nicht zu. Der großen Welt dort draußen, da war sich der Journalist sicher, war das kleine Dorf völlig egal. Sie würde keine Notiz davon nehmen, wenn die Soldaten es von der Landkarte radierten. Mehr als eine kurze Nachricht wäre es den Medien nicht wert. Es gab derzeit so viele Krisenherde. Die Öffentlichkeit – Sammer fragte sich, was man darunter eigentlich zu verstehen hatte, vielleicht die Meinung der von den Rechten als »Gutmenschen« beschimpften Gesellschaftsgruppe in den demokratischen Ländern des Westens? – wusste kaum mehr, worüber sie sich zuerst empören sollte. Andererseits war die Geschichte, die sich in diesem kleinen Dorf in Kamerun zugetragen hatte, so erstaunlich, dass sie durchaus Interesse wecken mochte, wenn sie öffentlich wurde. Und vielleicht war es ja wirklich seine Aufgabe, davon zu erzählen. Wie er die Ereignisse schildern sollte, ohne in Verruf zu geraten, ein kompletter Spinner zu sein, das wusste Sammer allerdings noch nicht.

Nach langer Überlegung entschied er sich daher, keine Reportage zu schreiben, sondern die Geschichte mit einfachen Worten so darzustellen, wie sie sich zugetragen hatte, ohne Ausschmückungen, aber auch ohne Versuch, die mysteriösen Elemente wie die Hütte oder den erfolglosen Angriff der Soldaten irgendwie zu erklären. Schnörkellos und mit journalistischer Sachlichkeit stellte er die Fakten dar und untermauerte sie mit seinen erstaunlichen Fotos – etwa von den unzähligen Gewehrkugeln, die auf die Hütte zuflogen, und natürlich vom zornerfüllten Gesicht des nun toten Kommandanten.

Dann schickte er die Story an renommierte Fernsehstationen, Zeitschriften und Zeitungen, die auch seine Geschichte über den Baummenschen gebracht hatten. Die war ja in gewisser Weise nicht weniger absurd gewesen und hatte sich doch als wahr erwiesen. Sammer hoffte, bei den Verantwortlichen der Medien daher nun einen gewissen Vertrauensbonus zu genießen.

Die E-Mails gingen problemlos hinaus, obwohl sein Computer noch immer keinen Netzempfang anzeigte. Sammer seufzte: noch so ein unerklärliches Detail.

Er klappte den Laptop zu und stieß geräuschvoll die Luft aus.

»Es ist vollbracht!«, rief er dann und warf theatralisch die Arme in die Höhe wie ein Sprinter nach dem Olympiasieg.

Gegen Abend desselben Tages kam der Mann, der Sammer ins Dorf gebracht hatte, mit seinem Jeep vorbei, um ihn abzuholen.

»Ich habe Nachricht erhalten, dass du abreisen möchtest«, sagte er grinsend, als Sammer ihn fragte, warum er ausgerechnet jetzt auftauchte. »Du weißt ja, wie das geht. Ein Brief aus dem Nirgendwo.«

Sammer verabschiedete sich von Tau: »Ich wünsche euch alles Gute. Vielleicht macht meine Geschichte die Weltöffentlichkeit ja tatsächlich in einer Weise auf euch aufmerksam, die eure Regierung daran hindert, euch das Land wegzunehmen.«

»Wir sind in der Hand der Götter«, sagte der alte Mann.

Sammer nickte. »Natürlich!« Er konnte die Skepsis nicht ganz aus seiner Stimme verbannen.

Der Medizinmann lächelte. »Du Kleingläubiger. Dir stehen große Überraschungen bevor«, prophezeite er.

Sammer sah ihn fragend an. »Was heißt das?«

Er rechnete nicht mit einer klaren Antwort, und er bekam sie auch nicht.

»Du wirst sehen«, sagte der Alte nur. Dann umarmte er Sammer spontan – und das war schon die erste Überraschung.

Die Reise zur Hauptstadt verlief ohne Zwischenfälle.

Sammer befürchtete allerdings, dass man dort schon auf ihn warten würde. Bestimmt hatten die Soldaten einen Bericht abgeliefert, und ganz sicher war darin auch der weiße Mann in dem Dorf erwähnt worden. Doch sie wurden auf ihrer Fahrt durch die Stadt kein einziges Mal angehalten, obwohl viel Militär auf den Straßen zu sehen war.

Der Fahrer brachte Sammer direkt zum Flughafen und drückte ihm ein Ticket nach Österreich in die Hand.

»Das war Teil der Post, die ich bekommen habe«, sagte er.

Sammer nickte. Er hatte es aufgegeben, sich noch über irgendetwas zu wundern.

Er nahm seinen Rucksack und verabschiedete sich, dann betrat er das Flughafengebäude.

Bewaffnete Soldaten mit grimmigen Gesichtern erwarteten die Eintretenden. Sammer schluckte, als er auf den Kontrollposten zuging. Er stellte seinen Rucksack ab und hob die Hände, um sich durchsuchen zu lassen. Doch die Soldaten würdigten ihn kaum eines Blickes.

»Jaja, schon gut. Steh uns nicht im Weg. Du bist nicht der, den wir suchen. Wir warten auf einen ausländischen Journalisten«, sagte ein Soldat.

Sammer starrte ihn entgeistert an, dann auf seine Laptoptasche und den Fotoapparat, den er um den Hals hängen hatte. Konnte jemand noch mehr wie ein ausländischer Journalist aussehen?

Unwillkürlich fiel ihm die Szene in einem Star-Wars-Film ein, in der Jedi-Ritter Obi wan Kenobi mithilfe der Macht Soldaten so beeinflusste, dass sie ihn und Luke Skywalker einfach ziehen ließen. Allerdings war hier weit und breit kein Jedi in der Nähe.

»Ach … ach so!«, brachte er schließlich hervor.

»Na los, verschwinde schon!«, knurrte der Soldat ungeduldig.

Sammer überwand seine Starre, schnappte sich seinen Rucksack und machte sich auf den Weg zum Flugzeug. Er entspannte sich aber erst, als die Maschine abgehoben hatte.

»Da habe ich wohl gerade noch ein kleines Wunder erlebt«, murmelte er.

Im Vergleich zu den Ereignissen im Busch war es tatsächlich nur ein kleines gewesen.

Mercedes

Als Sammer in Wien-Schwechat aus dem Flugzeug stieg, war seine Story die Topmeldung zahlreicher Fernsehstationen und auch der großen Zeitungen der Welt. Sammer hatte sein Handy abgestellt gehabt, und als er es nun einschaltete, hörte es gar nicht mehr auf zu piepsen und zu brummen, so viele Nachrichten und Mitteilungen über versäumte Anrufe kamen herein. Sammer seufzte. Da wartete wohl viel Arbeit auf ihn. Aber im Augenblick sehnte er sich nur nach seinem Haus, einem heißen Bad und einem Glas Rotwein.

Doch als Sammer, nachdem er sich bei der Gepäckausgabe seinen Rucksack abgeholt hatte, Richtung Ausgang strebte, prallte er erschrocken zurück, denn dort hatte sich eine Rotte Journalisten und Fotografen versammelt. Da Sammer im Flugzeug keine berühmte Persönlichkeit gesehen hatte, die einen solchen Auflauf erklärt hätte, lag wohl der Schluss nahe, dass seine Berufskollegen auf ihn warteten. So viel also zu seinem gemütlichen Abend.

»Sind das Ihre Fans?«, fragte ihn eine helle Stimme.

Sammer drehte sich um. Hinter ihm stand jene Frau, die ihm bereits im Flugzeug aufgefallen war. Sie hatte schräg vor ihm gesessen, und Sammer war nicht umhingekommen, sie immer wieder verstohlen zu betrachten. Schon ihr Profil hatte ihn fasziniert, doch jetzt war er von ihrem Gesicht regelrecht hingerissen. Hätte man ihm die Aufgabe gestellt, das Antlitz der Aphrodite zu beschreiben – genau so hätte er es wohl geschildert. Eine gerade, aber anmutige Nase, volle, herzförmige Lippen, hohe Wangenknochen, kleine Ohren und wunderbar geschwungene Brauen über blaugrauen, unergründlich tiefen Augen.

Sammer riss sich nur mit Mühe von ihrem Anblick los. Er kam sich vor wie ein Schuljunge, der auf dem Pausenhof völlig unerwartet einem für ihn unerreichbaren, aber vergötterten Mädchen aus einer höheren Klasse gegenüberstand. Er grinste schief.

»Fans ist vielleicht nicht ganz der richtige Ausdruck«, sagte er.

Sie war inzwischen neben ihm. Ihr glattes brünettes Haar hatte sie zu einem Pferdeschwanz zusammengebunden, und das ließ sie vermutlich ein wenig jünger wirken, als sie tatsächlich war. Sammer schätzte sie auf Anfang vierzig, aber ihr Gesicht war noch faltenlos. Als sie lächelte, bildeten sich kleine Grübchen in ihren Wangen.

»Sie ist zum Niederknien«, dachte Sammer.

Die Frau deutete mit dem Kopf in Richtung der Journalisten.

»Nun, auf jeden Fall scheinen Sie sehnsüchtig erwartet zu werden«, sagte sie.

Sammer nickte griesgrämig. »Ja, und leider sehe ich keine Möglichkeit, mich an ihnen vorbeizuschwindeln.«

»Haben Sie etwas zu verbergen?«

»Welcher Mensch hat das nicht?«, fragte Sammer lächelnd. Dann schüttelte er den Kopf. »Ich hätte im Augenblick einfach nur gern meine Ruhe! Sie könnten mich nicht in Ihrem Koffer versteckt aus dem Flughafen schmuggeln?«, fragte er scherzhaft.

Sie sah ihn einen Moment lang nachdenklich an, dann kramte sie in einer ihrer Taschen und zog einen großen Strohhut hervor. »Für meinen Koffer sind Sie dann doch etwas zu groß, außer Sie können sich so zusammenfalten wie ein Schlangenmensch. Aber vielleicht gibt es da ja eine andere Möglichkeit. Wissen Sie, ich spiele mit meinen kleinen Neffen manchmal Sichtbar-Verstecken. Da wird ein Gegenstand einfach im Raum aufgestellt – aber an einem Ort, wo man ihn nicht vermutet. Er ist dann gar nicht so leicht zu entdecken. Eine ähnliche Methode könnte jetzt vielleicht helfen. Die Journalisten halten nach einem einzelnen Mann Ausschau, nicht nach einem Pärchen, das gerade aus dem Urlaub kommt. Wäre das nicht einen Versuch wert?«, fragte sie.

Noch bevor er antworten konnte, setzte sie ihm den Strohhut auf den Kopf.

»Warum wollen Sie das für mich tun?«, fragte er, als er seine Verblüffung überwunden hatte.

Sie lächelte. »Nun, ich hoffe, dass Sie mich hinterher zu einem wunderbaren Essen einladen, oder zumindest auf einen Drink«, antwortete sie und zwinkerte verheißungsvoll. Sammer fand sie einfach unwiderstehlich. Sie strahlte eine Gelassenheit aus, die ohne Zweifel Resultat eines gesunden Selbstbewusstseins war. Sammer wusste nicht so recht, wie ihm geschah. Da stand diese wunderbare Frau und flirtete ganz ungeniert mit ihm. Er hatte keine Komplexe und hielt sich selbst nicht für unattraktiv, aber dass eine derartige Schönheit ihm Avancen machte, das war ihm dann doch fast etwas unheimlich. Andererseits: Sollte man die Feste nicht feiern, wie sie fallen?

Er drückte den Strohhut tiefer in die Stirn und lächelte. »Okay. Der Deal gilt, wenn ich tatsächlich unerkannt hinauskomme. Sie suchen das Lokal aus, ich zahle«, sagte er.

Sie lachte und hakte sich bei ihm unter. Gemeinsam strebten sie dem Ausgang zu.

»Ach, dieses fürchterliche Wetter bei uns«, rief sie und warf einen missbilligenden Blick durch die Glasfront des Flughafens nach draußen. »Ich fürchte, dein schöner, neuer Strohhut wird nass werden, Schatz.«

Sammer wollte sie schon fast ermahnen, nicht so laut zu sein, ließ es dann aber. Denn damit hätten sie wohl erst recht Aufmerksamkeit auf sich gezogen. Er folgte mit den Augen ihrem Blick. Tatsächlich nieselte es leicht.

»Das macht nichts. In deiner Gegenwart scheint immer die Sonne«, sagte er schmalzig und meinte es auch ganz genau so. Diese Frau hatte eine so fröhliche Ausstrahlung, dass die Welt Sammer plötzlich heiterer und heller erschien.

»Oh, du bist ein alter Charmeur«, flötete sie, stellte sich unvermutet auf die Zehen und küsste ihn kurz auf die Lippen.

»Je auffälliger man sich benimmt, umso weniger Aufsehen erregt man«, flüsterte sie Sammer dabei verstohlen zu. Sie warf den Kopf in den Nacken und lachte laut, dann gingen sie unbehelligt an den Journalisten vorbei, die von Sammer keine Notiz nahmen – aber seiner Begleiterin bewundernde bis unverschämte Blicke zuwarfen. In Sammer keimte der Verdacht, dass er nackt und mit Laptop und Kamera vor ihnen hätte herumtanzen können, und sie hätten ihn dennoch nicht wahrgenommen.

Als sie das Flughafengebäude verlassen hatten, winkte er ein Taxi herbei.

»Sehen Sie. Hat doch prima funktioniert!«, sagte seine Begleiterin und lächelte.

Sie stiegen ein. Sammer schaute verträumt in ihre Augen.

»Was ist?«, fragte sie und holte ihn damit zurück in die Wirklichkeit.

»Ich finde dich hinreißend und möchte mit dir in ein Hotel fahren«, waren die Worte, die ihm auf der Zunge lagen, doch stattdessen erklärte er zahm: »Der Taxifahrer, er braucht noch die Adresse des Lokals ...!«

Sie lotste das Taxi zu einem gemütlichen Gasthaus mit gutbürgerlicher österreichischer Küche. Im Wagen hatten sie Smalltalk gemacht, zumal ja der Fahrer alles mithören konnte.

Jetzt, da sie sich allein gegenübersaßen, kam Sammer nicht umhin, wieder in ihren tiefen Augen zu versinken. Und sie wich seinem Blick nicht aus.

Plötzlich wurde ihm bewusst, dass er noch nicht einmal ihren Namen kannte.

»Wie heißen Sie eigentlich?«, fragte er.

»Mercedes Waters«, sagte sie.

»Waters?«, fragte er. »Sind Sie Amerikanerin?

Sie nickte. »Dort geboren, aber inzwischen lebe ich schon lange in Österreich.«

»Mercedes ist ein schöner Vorname«, sagte er.

»Ja, und ich bin natürlich nicht nach dem Auto benannt, sondern nach dem Lied. Mercedes Benz. Meine Eltern waren hoffnungslose Janis-Joplin-Fans«, erklärte sie.

Sammer lächelte. Natürlich konnte er mit diesem Namen etwas anfangen. Er war alt genug dazu. Janis Joplin war eine Blues-Sängerin mit einer unverkennbaren Stimme gewesen, die 1970 mit 27 Jahren gestorben war – zu viel Alkohol, zu viele Drogen. Der Song wurde erst nach ihrem Tod veröffentlicht und war einer ihrer größten Hits.

»Und sind Sie auch so aufmüpfig und unangepasst, wie Janis das war?«, fragte er Mercedes.

Sie schaute schuldbewusst drein und schüttelte den Kopf.

»Ich glaube nicht. Ich trinke mäßig, nehme keine Drogen und hatte in der Schule immer die besten Noten. Ich fürchte, ich war für meine Eltern eine Enttäuschung auf der ganzen Linie.«

Sammer fand ihr Lachen unwiderstehlich. Er konnte sich nicht sattsehen an ihr, und ihr entging das ganz offensichtlich nicht.

Er hüstelte unbehaglich. »Was machen Sie eigentlich beruflich?«, fragte er, um sich selbst abzulenken.

Sammer war in Interviewtechnik geschult genug, um ihr kurzes Zögern zu registrieren. Als müsste sie sich erst zurechtlegen, was sie preisgeben wollte.

»Ich arbeite als Problemlöserin für weltweit tätige Unternehmen«, antwortete sie dann.

»Problemlöserin?« fragte er. »Klingt sehr mysteriös. Was genau soll ich darunter verstehen?«

»Naja, Sie wissen schon. Wenn es irgendwo kriselt und zu Konflikten in der Belegschaft oder auch mit Regierungsstellen kommt, werde ich gerufen und versuche, die Sache geradezubiegen. Ich spreche sechs Sprachen fließend und vier weitere recht passabel. Das ist meiner Arbeit natürlich sehr förderlich.«

»Das heißt also, Sie sind eine Art Mediatorin?«

Sie lächelte, schelmisch wie ihm schien. »Ja, im weitesten Sinne bin ich wohl eine Mediatorin!«, sagte sie dann.

Sammer dachte, dass er nun genauso schlau war wie zuvor. Sie wich seinen Fragen aus, das war ihm klar. Aber warum? Hatte sie etwas zu verbergen? Andererseits: Warum sollte sie auch einen Wildfremden – denn das war er letztlich noch immer – haarklein darüber aufklären, was sie tat.

»Und wie heißt Ihre Firma?«, fragte Sammer.

»Ich arbeite allein und freiberuflich, auf Auftragsbasis.«

Wieder eine ausweichende Antwort.

»Klingt spannend!«, sagte er.

Sie nickte. »Aber offenbar ist es nicht halb so interessant wie das, was Sie tun. Warum haben die Journalisten auf Sie gewartet?«

Sammer überlegte einen Augenblick. »Sagen wir so. Ich hatte in letzter Zeit das Glück, an Orten zu sein, wo sich seltsame Dinge ereigneten, und, nun ja, exklusiv darüber berichten zu können. Damit habe ich einige Aufmerksamkeit auf mich gezogen«, erklärte er, und es machte ihm Spaß, ihrer Frage genauso auszuweichen wie sie zuvor den seinen. Dieses Spiel beherrschte er auch.

Doch da schlug sie sich plötzlich mit der flachen Hand gegen die Stirn.

»Klar. Jetzt weiß ich, warum Sie mir so bekannt vorkommen. Sie sind der, von dem der Bericht über dieses Dorf stammt mit der geheimnisvollen Hütte, in der die Eingeborenen umsonst zu essen bekamen. Waren da nicht seltsame Ereignisse bei einem Angriff von Soldaten? Ich habe einen Beitrag im Fernsehen gesehen, als ich in Johannesburg auf das Flugzeug gewartet habe«, rief sie. »Und man hat auch Ihr Foto gezeigt.«

Sammer nickte. Er wusste, dass Mercedes in der südafrikanischen Stadt ins Flugzeug gestiegen war, denn sie war ihm gleich aufgefallen. Umgekehrt hatte sie ihm beim Einsteigen aber nicht mehr als einen flüchtigen Blick geschenkt. Dafür sah sie ihm jetzt tief in die Augen.

»Ich sitze also mit einer richtigen Berühmtheit am Tisch«, sagte sie.

Er winkte ab. »Diese Formulierung halte ich für weit übertrieben!«

»Tja, auf jeden Fall sind Sie ein Mann, dessen Gegenwart frau Aufregung und Abenteuer verspricht. Daher denke ich, ich sollte Sie nicht so einfach wieder aus meinem Leben verschwinden lassen«, erklärte sie mit einem gekonnten Augenaufschlag.

Sie hatte Aufregung gesagt, aber es hatte wie Erregung geklungen.

»Sie flirtet schon wieder mit mir!«, dachte Sammer verblüfft. Konnte es wirklich sein, dass diese Göttin Interesse an ihm als Mann hatte? Oder hatte sie es auf etwas anderes abgesehen?

»Sie fragen sich jetzt bestimmt gerade, ob ich mich nur wegen Ihrer Berühmtheit an Sie heranmachen will?«

Sammer fühlte sich ertappt. »Der Gedanke ist mir durch den Kopf gegangen«, gab er zu.

Sie zog einen Schmollmund. »Sehe ich tatsächlich so oberflächlich aus?«, fragte sie.

»Nein, um ehrlich zu sein: Sie sehen zum Anbeißen aus«, antwortete er spontan.

Sie lächelte und beugte sich über den Tisch zu ihm herüber. Ihr Kleid wölbte sich nach vorne und gewährte ihm einen großzügigen Blick auf den Ansatz ihre Brüste.

»Und würden Sie mich denn gerne anknabbern?«, flüsterte sie.

Sammer spürte, wie er rot wurde. Doch bevor er etwas erwidern konnte, schob sie den Kopf noch weiter vor und ihre Lippen streiften leicht die seinen. Dann ließ sie sich abrupt zurück auf ihren Stuhl sinken.

»Ich denke, wir sollten irgendwo hingehen, wo es gemütlicher ist. Hast du es eilig, nach Hause zu kommen, oder wirst du die Nacht noch in Wien verbringen – in einem Hotel vielleicht?«

Sie war übergangslos in die vertrauliche Anrede gewechselt.

Sammer schwirrte der Kopf. Er hatte vorgehabt, die Stadt zu verlassen, doch jetzt nicht mehr. »Ich werde im Hotel übernachten«, sagte er.

Sie lächelte verheißungsvoll.

»Sehr schön. Ich nämlich auch«, sagte sie.

Als Sammer am nächsten Tag im Zug nach Hause saß, fühlte er sich wie ein verliebter Teenager.

Die Nacht mit Mercedes war unbeschreiblich gewesen, und er hatte jetzt noch das Gefühl, dass die Hormone in seinem Körper Achterbahn fuhren.

Sammer hatte nicht gewusst, dass körperliche Liebe so sein konnte, so intensiv, so echt, dass sie jede einzelne Faser zum Vibrieren brachte. Er war nicht unerfahren, war verheiratet gewesen und hatte natürlich auch davor und danach mit Frauen geschlafen, aber Mercedes ... sie war wie ein – ihm fiel kein treffenderer Vergleich ein – sie war im Bett ein wahrer Vulkan.

Danach hatte sie ihn natürlich gefragt, was es mit der seltsamen Tätowierung auf seiner rechten Pobacke auf sich hatte.

Sammer hatte gelacht. »Das ist kein Tattoo, sondern ein Andenken an meine Geburt. Damals schlug ein Blitz ins Haus ein und traf mich just in dem Augenblick, als ich in diese Welt rutschte. Man nennt das eine Lichtenberg-Figur. Ich habe mich so daran gewöhnt, dass ich sie manchmal schon vergesse.«

»Sie ist wunderschön!«, sagte Mercedes.

»Es gibt bestimmt hässlichere Narben«, meinte Sammer nüchtern.

»Sie ist wie nicht von dieser Welt!«, erklärte Mercedes. »Wow. Mein Freund ist der Mann mit der Blitznarbe!«

Sammer wurde ganz warm ums Herz, denn sie hatte »mein Freund« gesagt. Doch er ging auf ihren scherzhaften Ton ein: »Wehe, du sagst auch nur einmal Harry zu mir!«, drohte er mit erhobenem Zeigefinger.

Die Berufung

Sammer erwachte von einem grellen Licht, das die geschlossenen Rollläden seines Schlafzimmers durchdrang und auch durch seine Augenlider stach. Er blinzelte, was ein Fehler war, denn die gleißende Helligkeit schien sich förmlich in seine Netzhaut zu brennen. Sammer stöhnte gequält auf, presste die Augen fest zusammen und schlug auch noch die Hände vors Gesicht. Nur langsam setzte sein bewusstes Denken ein. Er war zu Hause in seinem Schlafzimmer, und eigentlich sollte es hier stockfinster sein.

Sammer nahm langsam die Hände herunter und richtete sich im Bett zu einer sitzenden Position auf, hielt aber die Augen geschlossen. Dann riskierte er es, sie einen Spalt breit zu öffnen und presste die Lider aufstöhnend sofort wieder fest zu.

»Was zur Hölle …«, brummte Sammer.

Und plötzlich war da wieder diese tiefe, eindringliche Stimme in seinem Kopf, die er schon bei seinem Ausflug ins tiefste Afrika vernommen hatte.

»*Nein, ganz im Gegenteil*«, sagte sie.

Sammer schüttelte sich und versuchte, sich an den Vorabend zu erinnern. Hatte er zu tief ins Glas geschaut und träumte deswegen nun schlecht? Nein, er war völlig nüchtern zu Bett gegangen. Er öffnete die Augen erneut, allerdings nur einen winzigen Spalt breit, und linste in sein Schlafzimmer. So war die Helligkeit zumindest einigermaßen erträglich. Sammer fragte sich, ob ein Auto von der Straße abgekommen und in seinen Garten gerast war und ob dessen Scheinwerfer nun direkt in sein Haus leuchteten. Aber nein, nicht einmal damit war diese gleißende Helligkeit zu erklären. Es schien eher so, als hätte jemand den Flutlichtturm eines Fußballfeldes direkt vor sein Schlafzimmerfenster hingepflanzt.

Sammer beschloss, der Sache auf den Grund zu gehen, und schwang die Beine aus dem Bett. Dabei wurde ihm zum ersten Mal bewusst, dass das Licht flackerte. Ein Adrenalinstoß jagte durch seine Adern.

»Feuer«, schoss es ihm durch den Kopf. Etwas brannte da draußen. Vielleicht doch ein Auto, das nach einem Unfall in Flammen aufgegangen war? Brennender Treibstoff mochte die Helligkeit erklären. Vielleicht waren Menschen in Gefahr und womöglich auch sein Haus. Was, wenn der Wagen explodierte? Sammer sprang auf, rannte durch den Gang zur Haustür und im Pyjama und mit bloßen Füßen hinaus in den Vorgarten.

Dort blieb er stehen, als sei er gegen eine Betonwand geprallt.

Da war kein Auto.

Stattdessen stand die mannshohe Forsythie in Flammen.

Sprachlos schaute Sammer auf den brennenden Busch. Entweder hatten sich seine Augen nun an die Helligkeit gewöhnt, oder sie war weniger gleißend. Es war das seltsamste Feuer, das der Journalist je erblickt hatte, und er hatte im Laufe seiner Berufsjahre schon viele gesehen. Er war nur einen knappen Meter davon entfernt, und dennoch verspürte er keine Hitze, und da war auch kein Rauch. Zudem schien die Forsythie durch die Flammen keinen Schaden zu nehmen. Sie wirkte eigentlich wie immer – wenn man eben einmal davon absah, dass sie brannte.

»Wie der Dornenbusch«, dachte Sammer, dem unwillkürlich der uralte biblische Filmklassiker einfiel, in dem Charlton Heston den Moses spielte.

»*Ein Dornenbusch war leider nicht zur Hand*«, sagte die Stimme in Sammers Kopf.

Er griff sich mit beiden Händen an den Schädel.

»Was zum Teufel geht hier vor«, knurrte er.

»*Teufel, Hölle … du denkst in die völlig verkehrte Richtung*«, sagte die Stimme tadelnd. »*Nicht Satan ist Mose im Dornenbusch erschienen, sondern …*«

Sie überließ es Sammer, den Satz zu vollenden, und der tat es auch automatisch.

»… Gott«, murmelte er.

»*Ja*«, rief die Stimme fröhlich und fügte dann schmunzelnd hinzu: »*Ich bin sehr froh, dass wir keinen Telefonjoker brauchten!*«

Da begann Sammer hysterisch zu lachen.

Er sank vor dem brennenden Busch zu Boden und lachte und lachte, bis er völlig außer Atem war. Dann schlug er die Hände vors Gesicht, und plötzlich schüttelte ihn ein heftiges Schluchzen. Es dauerte lange, bis er sich beruhigte, und danach fühlte er sich nicht erleichtert, sondern vor allem verwirrt. Wann hatte er zum letzten Mal geweint? Vermutlich als seine Großmutter starb, und das war inzwischen 30 Jahre her. Verlor er jetzt auch noch die Kontrolle über seine Gefühlswelt?

Andererseits war es wohl einfach zu viel gewesen, was in den letzten Monaten über ihn hereingebrochen war. Zuerst der Rauswurf bei der Zeitung, dann der Baummensch, dann diese seltsame Hütte im Dorf der Buschleute, die Nahrung spendete und vor Panzergeschossen schützte …! Sammer hatte zu viel eigentlich Unmögliches erlebt und jetzt setzte ein brennender Busch in seinem Garten, der nicht verbrannte, all dem noch die Krone auf.

»Vielleicht liege ich ja längst in einer Klinik, mit Medikamenten zugedröhnt, und habe nur Wahnvorstellungen«, murmelte Sammer. Aber lautete die Faustregel nicht, dass einer, der darüber nachdenken konnte, ob er überschnappte, seine fünf Sinne noch beieinanderhatte?

Er setzte sich mühsam auf und starrte auf den brennenden Busch.

»*Geht's wieder?*«, fragte die Stimme in seinem Kopf mitfühlend.

Sammer stöhnte erneut auf.

»Wer bist du?«, fragte er.

»*Du hast es vorhin gerade selbst gesagt*«, antwortete die Stimme.

»Gott?«, fragte Sammer ungläubig. »Das ist Unsinn. Wenn du wirklich Gott wärst, was solltest du dann ausgerechnet von mir wollen? Ich gehe nicht in die Kirche. Ich glaube nicht einmal wirklich an dich!«, wandte Sammer ein.

»*Bist du dir sicher?*«, fragte die Stimme.

Nein, ganz sicher war sich Sammer zugegebenermaßen nicht. Zwar glaubte er nicht an den Gott der Christen und auch nicht an jenen der Muslime. Aber der Gedanke, dass es vielleicht doch ein höheres Wesen gab, war ihm in manchen Situationen seines Lebens schon tröstlich gewesen. Nur wollte er das jetzt auf gar keinen Fall zugeben.

»Was willst du von mir?«, knurrte er, um vom Thema abzulenken.

»*Dich berufen!*«, sagte die Stimme feierlich.

Sammer lachte heiser. »Berufen? Du willst einen Priester aus mir machen? Na, ich glaube, der Zug ist abgefahren!«, erklärte er.

»*Nein, zum Priester eignest du dich wirklich nicht*«, sagte die Stimme milde.

»Was willst du dann von mir?«, fragte Sammer.

Eine Weile herrschte Stille in seinem Kopf, dann sagte die Stimme, diesmal sehr ernst und erhaben. »*Du sollst mein Prophet sein!*«

Jetzt war Sammer sprachlos – was ja eigentlich nicht gerade die beste Voraussetzung für einen Propheten war. Er schlug sich mit der Handfläche gegen die Stirn, als wollte er sich die Stimme aus dem Kopf schlagen. Der Schmerz bewies ihm zumindest, dass er nicht träumte.

Er und ein Prophet?

Plötzlich musste er lachen.

Was für ein Gott war das, der ausgerechnet ihn zu seinem Sprachrohr machen wollte. Konrad Sammer, Lokaljournalist und Publizist, verhinderter Theologe, laut eigener Diagnose bindungsunfähig, Gelegenheitstrinker und Fatalist, der zwar durch unglaubliche Vorkommnisse in den letzten Monaten zu einiger Berühmtheit und Wohlstand gekommen, aber nach eigenem Empfinden eigentlich eine verkrachte Existenz war.

Ausgerechnet so einen Mann wollte dieser Gott zu seinem Sprecher machen?

Sein Personalmangel musste wirklich eklatant sein.

»Oder er hat nicht alle Tassen im Schrank«, murmelte Sammer.

»*Sagtest du etwas?*«, fragte die Stimme. Sammer dachte, dass es keinen Sinn habe zu leugnen. Wenn da tatsächlich Gott sprach, wusste dieser ohnehin, was er dachte.

»Du musst verrückt oder sehr verzweifelt sein, wenn du ausgerechnet mich zum Propheten auserkoren hast«, erklärte er daher respektlos. »Und außerdem, welcher Gott bist du überhaupt? Der

der Juden, der Christen, der Moslems, der Buddhisten, der Indianer oder vielleicht die Naturgottheit eines indigenen Volkes?«

»*Ihr Menschen glaubt, alles in Regeln und Systeme pressen zu müssen. Katholisch, muslimisch, buddhistisch … ihr Kleingläubigen. Dabei bin ich so viel mehr. Ich bin das Leben in all seinen Ausformungen.*«

Sammer nickte. Er hatte mit all den theologischen Spitzfindigkeiten der verschiedenen Religionen nie viel anfangen können. Er hielt es da lieber mit seinem Hausverstand. Und der sagte ihm, wenn es tatsächlich einen Gott gab, dann musste der für alle Menschen da sein.

Sammer hörte die Stimme in seinem Kopf leise lachen.

»*Dein Hausverstand funktioniert. Genau das ist auch der Grund dafür, warum meine Wahl wohl offenbar doch nicht so schlecht ist*«, sagte sie.

Sammer holte tief Luft. Plötzlich kochte Wut in ihm hoch.

»Weißt du überhaupt, was auf der Erde los ist, wie viel Ungerechtigkeit herrscht und wie viele Menschen im Namen Gottes sterben – in deinem Namen also, wenn du wirklich Gott sein solltest, was ich übrigens noch immer stark bezweifle. Und du lässt das alles zu, sitzt auf deinem hohen Thron und schaust dir das Treiben der Menschen an. Bist erbarmungslos, verschließt die Augen vor all dem Leid. Sag mir, warum sollte ich dein Prophet sein wollen?«

Eine Weile herrschte Stille, dann antwortete die Stimme sehr ernst:

»*Damit das alles aufhört!*«

Sammer lachte auf.

»Du bist Gott. Schnipp mit den Fingern, und es ist vorbei!«

»*Ich habe keine Finger. Und hättest du es wirklich gerne so einfach? Würde das euch Menschen nicht zu völlig fremdgesteuerten Wesen redu-*

zieren? Wo bliebe dann das von euren Philosophen so geliebte Konzept der Freiheit, die Möglichkeit, zwischen Gut und Böse zu entscheiden – und letztlich das Gute zu wählen? Ich bin kein Despot. Aber ich will den Menschen … Denkanstöße geben.«

»Warum klopfst du nicht wenigstens jenen auf die Finger, die skrupellos die Umwelt und andere Menschen ausbeuten?«

»*Das will ich ja. Mit deiner Hilfe!*«

Sammer lachte humorlos.

»Wer wird schon auf mich hören!«

»*Du bist kein ganz Unbekannter mehr. Es war kein Zufall, dass du zweimal zur richtigen Zeit am richtigen Ort warst. Und sollten sie dir dennoch kein Gehör schenken, dann werde ich noch ein wenig nachhelfen.*«

»Was soll ich sagen?«

»*Du sollst die Ungerechtigkeit, die Habgier und den Hass an den Pranger stellen und Menschlichkeit einfordern!*«

»Man wird mich mundtot machen oder sogar abknallen.«

»*Das ist das Berufsrisiko des Propheten, das war schon immer so. Ich zwinge dich nicht!*«

»Nein?«

»*Nein, du kannst weiterleben wie bisher und zuschauen.*«

»Du wirst dir dann jemand anderen suchen.«

»*Nein, ich werde dann auch nur zuschauen.*«

»Das hört sich jetzt aber doch sehr nach Erpressung an.«

»*Kennst du die Geschichte mit dem einen Gerechten, dessentwegen die Welt nicht vernichtet wurde?*«

»Aus der Bibel? Ja, sicher.«

»*Vielleicht bist du ja in dieser Zeit dieser Gerechte.*«

Sammer lachte bitter.

»Aber ich bin kein Gerechter. Ich achte zu wenig auf die Umwelt, ich spende zu wenig für die Armen und ich kaufe Kleider und Nahrungsmittel, die Menschen anderswo für Hungerlöhne produzieren. Wie soll ich mich jetzt hinstellen und andere zur Umkehr aufrufen? Sie werden mich einen Lügner und Heuchler nennen. Und das zu Recht!«

»*Nur weil du bisher falsch gehandelt hast, heißt das nicht, dass du künftig nicht das Richtige tun kannst. Niemand ist perfekt*«, sagte die Stimme nachsichtig.

»Du doch schon, oder?«, antwortete Sammer.

»*Ah, das ist eine interessante Frage, der wir tatsächlich auf den Grund gehen sollten. Sieh dir die Schöpfung an. Ist sie perfekt?*«

»Wohl eher nicht!«

»*Kann dann ihr Schöpfer perfekt sein?*«

»Ihr Schöpfer? Du willst mir jetzt aber nicht die Geschichte von Adam und Eva aufs Auge drücken, oder? Die haben wir wissenschaftlich doch längst hinter uns gelassen. Sagt dir der Begriff Urknall etwas?«

»*Aber wie kam es zum Urknall? War das vielleicht ein bewusster Willensakt von einem oder etwas, das vorher schon da war? Doch zurück zur eigentlichen Frage. Was wir ebenfalls bedenken sollten, ist dieser Aspekt: Wäre eine perfekte Schöpfung nicht auch unendlich fade? Es gäbe in ihr ja keine Zukunftsvision, denn wohin soll sich Perfektes noch entwickeln? Das wirft wiederum die Frage auf, ob sie von ihrem Schöpfer vielleicht ganz bewusst unvollendet ins Sein entlassen wurde? Und wäre das dann nicht eigentlich doch der Beweis dafür, dass er selbst perfekt ist? Weil er die Größe und die Weitsicht hatte, etwas Unvollendetes zu erschaffen?*«

»Du hättest Rechtsanwalt werden sollen. Du verdrehst einem das Wort im Mund. Aber angenommen, dem wäre so. Warum ist dir die

Welt jetzt auf einmal doch zu unfertig, oder entwickelt sie sich nicht so, wie du erhofft hattest?«

»*Unperfektes hat leider die Tendenz, aus dem Ruder zu laufen. Hat nicht ein kluger Mann einmal gesagt: Alles, was schiefgehen kann, wird auch schiefgehen?*«

Sammer nickte. »Das ist Murphys Gesetz, und glaube mir, es stimmt!«

Die Stimme ignorierte seinen Einwand.

»*In einer vollendeten Welt könnte nichts schiefgehen, aber in einer unvollendeten, oder wir könnten auch unerlösten Schöpfung sagen, ist die Tendenz zum Chaos, ich würde es ja das Böse nennen, offenbar ständig steigend.*«

»Ja«, murmelte Sammer und zählte auf: »Trump, Putin, Erdogan, Orban …!

»*Die Menschheit droht, falsch abzubiegen, es bedarf also hin und wieder eines kleinen Schubses in die richtige Richtung.*«

»Und ich soll ihr diesen Schubs geben?«

»*Vorerst sollst du nur verkünden, dass es Zeit zur Umkehr und Besinnung auf die wahren Werte ist! An den richtigen Orten und den richtigen Leuten!*«

Sammer fasste sich an den schmerzenden Kopf.

Er fühlte sich plötzlich unendlich müde.

»Ich brauche Bedenkzeit.«

»*Brauchst du die?*«

»Naja, man wird nicht jeden Tag zum Propheten berufen! So ein Job will überlegt sein!«

»*Ich gebe dir sieben Tage!*«

»Sehr sinnig! Ich hätte nicht gedacht, dass Gott so einen schrägen Humor hat.«

»*Woher hätten ihn dann die Menschen?*«

Sammer seufzte. Dieser Gott, wenn er denn wirklich Gott war, was Sammer stark bezweifelte, hatte es faustdick hinter den Ohren.

»*Laut Bibel habe ich für die Schöpfung nicht länger als sieben Tage gebraucht. Da werden sie dir wohl auch für deine Entscheidung genügen. Im Übrigen hast du ja einen guten Ratgeber!*«, sagte die Stimme.

Sammer runzelte die Stirn.

»Wer soll das sein? Jeder, dem ich von dieser Geschichte hier erzähle, wird mich für verrückt halten!«

»*Ich meine keinen anderen Menschen, sondern dein Gewissen!*«

Der Widerspenstige

Sammer erwachte mit einem lauten Schrei und setzte sich im Bett auf.

Er rieb sich die Augen. Dann sprang er auf und lief barfuß und im Pyjama hinaus in den Vorgarten. Die Forsythie sah aus wie immer.

Nichts deutete darauf hin, dass der Strauch in der Nacht in Flammen gestanden hatte.

Sammer fragte sich, ob ihn Wahnvorstellungen heimsuchten. Ihm fiel plötzlich ein, dass ja seine Großmutter väterlicherseits im Alter an einer Art Schizophrenie gelitten hatte. Angeblich hatte sie ständig behauptet, in ihrem Kopf irgendwelche Stimmen zu hören, die ihr verrückte Dinge befahlen. Und hatte sie zuletzt nicht sogar erklärt, sie sei die neue, wenn auch nicht mehr jungfräuliche Jeanne d'Arc und habe im Auftrag Gottes die Welt von den raffgierigen Kapitalisten zu befreien? Sie landete letztendlich in der Klapsmühle.

Sammer wusste nicht allzu viel darüber, denn er hatte kaum Kontakt mit der väterlichen Linie der Familie. Seine Großmutter mütterlicherseits, bei der er aufwuchs, hatte Begegnungen gemieden. Es war nach dem Tod seiner Eltern zu einem Zerwürfnis gekommen, aber worum es da ging, hatte er nie ergründen können und sich auch nicht wirklich darum bemüht. Die Kunde von der verrückten Großmutter war aber damals sogar bis an seine Kinderohren gedrungen.

Jetzt fragte sich Sammer, ob er deren Gebrechen vielleicht geerbt hatte. Nur weil sein Vater davon verschont geblieben war, hieß das ja nicht, dass er die Anlage dazu nicht in sich trug. Manche Krankheiten übersprangen bekanntlich Generationen, um dann umso unerbittlicher zuzuschlagen. Zudem war sein Vater jung gestorben, vielleicht war sie bei ihm nur deshalb noch nicht zum Ausbruch gekommen.

Es gab aber auch noch einen anderen möglichen Grund für seine Halluzinationen – den Blitz, der ihn bei seiner Geburt getroffen hatte. Vielleicht, so dachte Sammer, hatte er ja nicht nur eine Narbe am Po hinterlassen, sondern auch Schäden in seinem Gehirn angerichtet. Sammer hatte schon früher darüber im Internet recherchiert. Dabei war er auf Fachartikel gestoßen, in denen es hieß, dass vom Blitz getroffene Menschen manchmal erst viele Jahre danach psychische Beeinträchtigungen zeigten. Konnte das der Grund für die Stimme sein, die er hörte?

Sammer kratzte sich ratlos am Kopf und dann an seiner Kehrseite. Die Blitznarbe juckte plötzlich wie verrückt. Er ging ins Haus, machte sich eine Tasse Kaffee und trank in kleinen Schlucken.

Danach fühlte er sich besser.

In einem seit vielen Jahren eingeübten Reflex griff er nach dem Weihwasserflachmann und setzte ihn an die Lippen. Doch er trank nicht, sondern hielt inne und hob die Flasche nachdenklich vor die Augen. Konnte es sein, dass das viele Weihwasser Spuren hinterlassen hatte? Verursachte es in zu großen Mengen genossen vielleicht religiöse Wahnvorstellungen? Egal, dachte Sammer und nahm einen Schluck. Das Weihwasser war ihm eine liebe Gewohnheit und in gewisser Weise auch eine Verbeugung vor seiner Großmutter, die ihn großgezogen hatte – ein Ritual, durch das sie ihm bis zum heutigen Tag nahe war.

Sammer schaute durchs Fenster hinaus auf die Forsythie und schüttelte die düsteren Gedanken ab. Er war völlig klar im Kopf, und das nächtliche Erlebnis war bestimmt nur ein verrückter Traum gewesen. Sein Unterbewusstsein hatte die unglaublichen Ereignisse der letzten Wochen und Tage offenbar zu einem besonders schrägen Szenario verarbeitet.

Er musste plötzlich über sich selbst lachen. »Eine brennende Forsythie, aus der Gott spricht. Was für ein Quatsch!«

Und beinahe wäre es ihm sogar gelungen, die Sache als Hirngespinst abzutun, hätte da nicht plötzlich eine tiefe, freundliche Stimme in seinem Kopf gefragt: *»Bist du dir da ganz sicher?«*

Noch am selben Tag ging Sammer zum Arzt. Er war ein Freund aus Studienzeiten und schob ihn schnell einmal zwischen zwei Terminen ein.

»Du hast ein wenig durch den Wind geklungen am Telefon. Was ist los?«, fragte der Mediziner.

Sammer saß da und überlegte, wie er am besten beginnen sollte. Sollte er gleich mit der Tür ins Haus fallen und sagen »Gott hat mich berufen!«, oder sollte er zuerst einmal um den heißen Brei herumreden? Sammer entschloss sich für die diplomatische Variante.

»Ich fühle mich in letzter Zeit … eigenartig.« Er lachte holprig. »Und … manchmal glaube ich, eine … Stimme in meinem Kopf zu hören.« Die letzten Worte murmelte er zögerlich, so unangenehm war ihm dieses Geständnis.

Der Arzt sah Sammer nachdenklich an.

»Wie ich in den Medien verfolgen konnte, sind dir in letzter Zeit einige seltsame Dinge passiert. Dieser Baummensch, das ist schon aus der Distanz schwer zu glauben, ich habe die Fachartikel darüber studiert. Wenn man ganz nahe an so einer Geschichte dran ist, dann kann es schon sein, dass der Verstand ein wenig aus dem Takt gerät«, sagte er. »Dann noch die Sache mit dieser seltsamen Hütte – und vergessen wir nicht, dass du von Soldaten mit Waffen bedroht worden bist. Es würde mich nicht wundern, wenn du Überlastungserscheinungen zeigst.«

Der Mediziner nahm eine kleine Stablampe und leuchtete Sammer in die Augen. Dann ließ er ihn einige Übungen machen, etwa den Finger aus einiger Entfernung gerade zur Nase führen.

Schließlich schüttelte er den Kopf. »Neurologisch ist alles unauffällig, soweit ich das anhand dieser einfachen Untersuchungen beurteilen kann. Hast du öfter Kopfschmerzen?«

Sammer verneinte.

»Diese Stimme. Kannst du verstehen, was sie sagt?«

Sammer zögerte, dann nickte er.

»Allerdings«, sagte er düster.

»Und sind es sinnvolle Sachen?«

Sammer täuschte einen Hustenanfall vor, um Zeit zu gewinnen.

Was sollte er auf diese Frage antworten. War »Du sollst mein Prophet sein!« eine sinnvolle Aussage?

»Jein«, sagte er schließlich.

Der Arzt sah ihn abwartend an. Offenbar ging er davon aus, dass Sammer das noch konkretisieren würde. Aber der machte keine Anstalten dazu.

»Hm«, sagte der Mediziner schließlich. »Ich denke, ich sollte dich genau durchchecken. Machen wir mal einen Blutbefund. Du musst aber eine Weile warten.«

Sammer nickte. Nachdem der Arzt ihn zur Ader gelassen hatte, ging er ins Wartezimmer.

Dort saßen einige andere Patienten. Sammer blätterte lustlos in einem Magazin.

»*Du verschwendest nur deine und meine Zeit!*«

»Was?«, fragte Sammer und schaute den Mann neben sich fragend an.

Der wirkte verdutzt: »Ich habe nichts gesagt.«

Da begriff Sammer, dass er wieder die Stimme in seinem Kopf gehört hatte.

»Ich habe wirklich Probleme«, murmelte er.

Schließlich rief ihn sein Freund erneut zu sich.

Der Blutbefund war fertig, und nun machte er auch noch eine Elektroenzephalografie

Die Ergebnisse waren eindeutig: »Du bist körperlich kerngesund«, sagte der Arzt.

Sammer nickte. Er hatte im Grunde nichts anderes erwartet, denn er fühlte sich gut – zumindest physisch.

»Ja, aber die Stimme!«, sagte er und gab nun doch ein wenig mehr preis. »Sie unterhält sich mit mir!«

Der Arzt sah ihn abwartend an.

»Naja, genaugenommen ist es eher so, dass sie mir Anweisungen gibt«, erklärte Sammer.

Jetzt schaute sein Freund beunruhigt drein. »Ich hoffe, sie befiehlt dir nicht, irgendwas Dummes zu tun. Dich wo hinunterzustürzen oder vielleicht gar eine Bombe auf harmlose Menschen zu werfen.«

Sammer schüttelte den Kopf.

»Nein, nichts dergleichen!«

»Was dann?«

»Naja, sie will mich … rekrutieren!«

Der Arzt war jetzt ehrlich verblüfft.

»Rekrutieren – für die Armee? Für den IS womöglich? Nimmst du Drogen? Bist du irgendwo hineingeraten?«, fragte er dann alarmiert.

»Nein«, sagte Sammer.

Sein Freund wurde ungeduldig. »Lass dir doch nicht alles aus der Nase ziehen. Wenn ich dir helfen soll, dann musst du mir schon sagen, was mit dir los ist. Also, was will die Stimme?«

Sammer holte tief Luft, dann sagte er:

»Sie will, dass ich ihr Prophet werde!«

Der Arzt starrte ihn eine Weile mit offenem Mund an.

»Du willst jetzt aber nicht behaupten, dass es ...«, er brach ab.

»Doch«, stieß Sammer fatalistisch hervor. »Es ist Gott, der zu mir spricht!«

Und als bedürfte es einer offiziellen Bestätigung, erklang plötzlich wieder die tiefe Stimme in seinem Kopf. Sie sagte nur ein Wort:

»*Amen!*«

Der Arzt glaubte ihm nicht, natürlich nicht. Sammer konnte es in seinen Augen lesen.

»Ich weiß zwar, dass du Theologie studiert hast, aber ich habe nicht gewusst, dass du so gläubig bist«, erklärte er vorsichtig.

»Ich bis gestern Nacht auch nicht«, knurrte Sammer.

Der Arzt runzelte die Stirn.

»Und von welchem Gott sprechen wir hier?«

»Ich glaube, er hält sich für den einzigen!«, sagte Sammer.

Sein Freund schaute ihn ernst an. »Wir wissen beide, dass du dir das nur einbildest. Oder?«

»Und wenn nicht?«, fragte Sammer, der plötzlich Lust hatte zu provozieren. »Hättest du es vor vier Monaten für möglich gehalten, dass sich ein Mann in einen Baum verwandelt? Und doch ist es geschehen.«

Er seufzte gequält. »Was ist, wenn es tatsächlich Gott ist, der zu mir spricht?«

»In dem Fall wäre es wohl besser, du würdest das alles einem Priester erzählen. Das wäre dann ja eher dessen Fachgebiet.«

Sammer schüttelte den Kopf.

»Ich kenne keinen Priester, zumindest nicht so gut, dass ich darüber mit ihm sprechen wollte. Und ich glaube auch nicht, dass mir irgendjemand diese Story abkaufen würde!«

Der Arzt musterte ihn. »Du meinst, es gibt keinen, der dumm genug ist – außer mir?«

»So habe ich das nicht … du bist schließlich mein Arzt!«

Sein Freund winkte ab. »Ich weiß. Aber irgendwie habe ich das Gefühl, dass ich noch immer nicht die ganze Geschichte kenne. Da ist doch nicht nur diese Stimme, oder? Da gibt es noch mehr. Los. Rede schon. Ich will jetzt alles hören, vom Anfang bis zum Ende.«

Sammer holte tief Luft. Und dann erzählte er dem Arzt von der Forsythie, die in der Nacht lichterloh brannte und am Morgen völlig unversehrt war.

Als er geendet hatte, schüttelte sein Freund den Kopf.

»Mannomann. Wie man es auch dreht und wendet, du hast wirklich ein Problem! Entweder ist gerade dein Verstand dabei, sich aus dem Staub zu machen, oder du bist tatsächlich ein Auserwählter. In beiden Fällen bist du nicht zu beneiden«, sagte er.

Sammer grinste schief.

»Jetzt weiß ich, warum du Allgemeinmediziner bist. Bei deinem Einfühlungsvermögen wärst du ein lausiger Psychologe.«

Der Arzt lachte, dann straffte er sich.

»Apropos Psychologe. Gehen wir die Sache professionell an. Ich werde dir jetzt erst einmal ein Beruhigungsmittel verschreiben und auch ein Antidepressivum. Es wird ein paar Tage dauern, bis die Wirkung einsetzt. Dann werden wir ja sehen, ob du vielleicht nur überlastet bist und die Stimme von selbst verschwindet. Wenn nicht, würde ich dir aber dringend empfehlen, dich an einen Psychiater zu wenden. Ich kenne da einen guten Mann. Ich werde dir seine Adresse aufschreiben. Im Übrigen wäre es vernünftig, wenn du in den nächsten Tagen Aufregung vermeidest.«

Sammer legte den Kopf schief?

»Ich wollte auch in den letzten Monaten keine Aufregung, aber ich habe momentan das Gefühl, sie sucht mich. Zeit zum Däumchen drehen werde ich in den nächsten Tagen bestimmt nicht haben. Nach der Reportage über die Buschmenschen und ihr geheimnisvolles Restaurant rennen mir die Kollegen die Tür ein!«

Er schaute kurz auf sein Handy und hielt es dem Arzt hin.

Es zeigte 55 neue Nachrichten. »Die sind allein in den zwei Stunden hereingekommen, die ich nun bei dir sitze!«

Der Arzt grinste. »Tja, Propheten waren eben schon immer gefragte Leute!«, sagte er.

»Ja, du mich auch!«, knurrte Sammer.

Zwischenspiel

Stimmen am Telefon.

»Haben Sie Kontakt mit dem Subjekt aufgenommen?«

»Ja.«

»Hat es Verdacht geschöpft?«

»Nein, ich denke nicht.«

»Haben Sie schon etwas in Erfahrung bringen können?«

»Im Augenblick geht es noch darum, Vertrauen zu gewinnen. Ich muss sehr vorsichtig vorgehen.«

Kurze Stille.

Dann wieder die erste Stimme, mit leichtem Tadel.

»Lassen Sie sich nicht zu viel Zeit. Wir brauchen Ergebnisse. Wir müssen wissen, ob das Subjekt eine Gefahr darstellt, und ob es etwas mit dieser Hütte zu tun hat. Wenn ja, müssen wir es rechtzeitig neutralisieren.«

»Ich werde alles tun, was notwendig ist, um den Auftrag erfolgreich abzuschließen.«

Nun schwingt ein drohender Unterton in der ersten Stimme:

»Das hoffe ich. Das hoffe ich sehr …«

Das Outing

Sammers Arztbesuch war inzwischen fünf Tage her, und da sich die Stimme bislang nicht mehr gemeldet hatte, begann er vorsichtig zu hoffen, dass die Tabletten vielleicht doch Wirkung zeigten. Arbeitsmangel hatte er nicht. Er beantwortete unzählige Anfragen von Kollegen, gab Telefoninterviews und vereinbarte Termine mit Kamerateams, die mit ihm einen Fernsehbeitrag über die Vorfälle in dem afrikanischen Dorf machen oder auch über den Baummenschen sprechen wollten. Außerdem rief sein Verleger an und fragte, wie er denn mit seinem neuen Buch vorankomme. Man müsse die augenblickliche Publicity nützen und so schnell wie möglich ein zweites Werk auf den Markt bringen.

»Ich habe mich noch nicht einmal dazu entschlossen, ein zweites zu schreiben«, sagte Sammer leicht genervt.

Einen Moment herrschte Stille. Dann sagte der Verleger: »Nun, dann wird es höchste Zeit, dass du das tust und anfängst. Ich melde mich nächste Woche wieder. Wäre schön, wenn du dann schon das Konzept für das erste Kapitel für mich hast«, sagte er und legte auf.

Sammer konnte über so viel Ignoranz nur den Kopf schütteln.

Er wandte sich wieder seinem Schreibtisch zu, auf dem sich Papiere stapelten. Ausgedruckte E-Mail-Anfragen. Er arbeitete nicht gerne am Bildschirm. Da war er altmodisch. Doch durch die vielen Ausdrucke verlor er erst recht den Überblick. Er seufzte. Er würde nicht mehr dazu kommen, sie nach Wichtigkeit zu sortieren und somit seiner neuen Assistentin die Arbeit ein wenig zu erleichtern.

Nachdem er aus Wien zurückgekehrt war, war ihm rasch klargeworden, dass er all die Anfragen nicht alleine bewältigen konnte. Darum hatte er kurz entschlossen ein Anforderungsprofil für eine persönliche Assistentin in ein Internet-Job-Portal gestellt. Schon eine Stunde später hatte er 15 Bewerbungen. Noch am selben Tag bestellte er zwei Interessentinnen zu sich. Beide hatten laut Unterlagen gute Computerkenntnisse und Erfahrung als Sekretärinnen, beide kamen aus der Gegend. Die eine war jung und hübsch und aufgeweckt, die andere war mittleren Alters und bedächtig. Vom Aussehen fiel sie eher in die Kategorie »graue Maus«. Das gab den Ausschlag für sie. Sammer konnte derzeit keine Ablenkung gebrauchen, und außerdem gab es da jetzt ja Mercedes, auch wenn er nicht wusste, ob ihre Romanze in einer Beziehung münden würde oder nur ein kurzes Strohfeuer war.

Die Frau hieß Anna Müller, war nicht verheiratet und hatte auch keine Kinder. Offenbar lebte sie allein. Sie wirkte ein wenig introvertiert und gab nur sehr wenige Informationen über sich selbst preis, als Sammer sie bat, doch ein wenig von sich zu erzählen. Aber als das Telefon läutete und sie probeweise abnahm, erteilte sie dem Anrufer kompetent und professionell Auskunft und hielt dessen Anliegen in einem komprimierten, klar verständlichen Vermerk fest.

Also stellte Sammer sie ein.

Zwei Vormittage war sie nun schon an der Arbeit. Das hatte zwar nicht ausgereicht, um das Chaos zu beseitigen, das Sammer in den letzten Monaten angerichtet hatte, aber Frau Müller, wie er sie nannte, hatte es zumindest geschafft, Ansätze einer Ordnung sichtbar zu machen.

Sammer hatte dabei das Gefühl gehabt, mehr im Wege zu stehen, als hilfreich zu sein. Darum hatte er ihr einen Haustürschlüssel überreicht und ihr vorgeschlagen, sie könne ja auch arbeiten, wenn er nicht zugegen sei. Er habe volles Vertrauen in sie. Und das hatte er auch tatsächlich. Sie war zu bieder und wohl auch zu einfältig, um nur einen Funken krimineller Energie in sich zu tragen. Außerdem war sie offenbar streng katholisch, was er aus dem großen silbernen Kreuz schloss, das vor ihrer Brust hing und jeder Klosterschwester zur Ehre gereicht hätte. Sammer war sich sicher, dass ihn Frau Müller weder bestehlen noch hintergehen würde.

Er warf einen Blick auf die Uhr. Es war schon elf, er musste sich also bald auf den Weg nach Wien machen. Er war von einer privaten Fernsehstation zu einer Diskussionssendung eingeladen worden. Thema: »Die Wissenschaft und das Unfassbare. Wie erklärbar ist die Welt?«

Bevor er aufbrach, musste er aber noch einiges erledigen. Wie mit Frau Müller besprochen, tippte er noch kurz einen Rohentwurf für ein Tarifschema in den Computer – mit jenen Summen, die er künftig für Interviews, Bilder oder auch Berichte zu verlangen gedachte. Bislang hatte er es eher den Interessenten überlassen, das Honorar festzulegen, und nur dann nachverhandelt, wenn dieses ihm im Vergleich zu anderen Angeboten gar zu niedrig erschien. Nun zog er einen Mittelwert heran, um zu einem brauchbaren System zu kommen. Er kramte in einem der Papierstapel auf dem Schreibtisch und fand die Blätter, wo er festgehalten hatte, wer ihm bisher welche Summen gezahlt hatte, und auch jene drei Zettel, auf denen notiert stand, wem er noch eine Honorarnote schicken musste, mit Höhe der Forderung und Adresse des jeweiligen Empfängers. Sammer hoffte, dass Frau Müller seine Schrift würde entziffern können.

Er tippte noch eine Nachricht für sie in den Computer mit der Bitte, die Liste abzuarbeiten.

Als er fertig war, war es 12.30 Uhr.

Jetzt hatte er es eilig, um 13.35 Uhr ging der Zug nach Wien.

Eigentlich hatte Sammer nach seinem »Berufungserlebnis« ja die Teilnahme an der Diskussion absagen wollen, dann aber darauf vergessen, und nachdem die Stimme in seinem Kopf verstummt war, sah er auch keinen Grund mehr dafür. Sammer stellte sich auf eine harte Auseinandersetzung ein. Für die Wissenschaftler ging es schließlich um nicht weniger, als den Beweis zu liefern, dass ihre Zunft den Menschen auch weiterhin eine rationale Erklärung für alles geben konnte, was auf dem Erdenrund geschah, und sei es auch noch so außergewöhnlich. Sammer hatte natürlich ein wenig über seine beiden Kontrahenten recherchiert. Sie vertraten eine Hardcore-Wissenschaft. Ihr Credo lautete: »Wir sagen euch, wie die Welt funktioniert. Auch scheinbar unerklärliche Phänomene haben letztlich simple Ursachen. Man muss sie nur finden!«

Vor wenigen Monaten hätte Sammer den Wissenschaftlern vermutlich noch durchaus zugestimmt. Aber jetzt nicht mehr! Ein Mensch, der sich in einen Baum verwandelte, eine Hütte, die erschien und wieder verschwand und Menschen speiste – der Journalist war überzeugt davon, dass sich die Wissenschaft an diesen Phänomenen die Zähne ausbeißen würde.

Und dann war da ja auch noch die brennende Forsythie in seinem Garten.

Aber darüber würde Sammer wohlweislich schweigen.

»*Schade eigentlich*«, sagte plötzlich die tiefe Stimme in seinem Kopf.

Sammer stöhnte auf. »Ich hatte geglaubt, dich los zu sein!«, knurrte er.

Die Stimme lachte. »*Nein, ich warte immer noch auf deine Entscheidung*«, sagte sie.

Sammer ließ sich in einen Sessel sinken und stützte den Kopf in beide Hände.

Vorbei mit der Hoffnung, dass die Pillen die Stimme aus seinem Kopf vertreiben könnten. Sie schien ihm so real wie der Baummensch.

»Was, wenn es wahr ist?«, murmelte Sammer. »Was, wenn ich wirklich berufen bin? Was, wenn ich mir das alles nicht einbilde? Was, wenn Gott tatsächlich existiert und mich auserwählt hat?«

Plötzlich verspürte er in der Herzgegend einen schweren Druck, und seine Hände begannen zu zittern. Eine Panikattacke. Der Gedanke, dass er tatsächlich zum Propheten berufen sein könnte, machte ihm noch mehr Angst als die Möglichkeit, den Verstand zu verlieren. Denn wenn Gott oder irgendein übernatürliches Wesen ihn für seine Zwecke einzusetzen gedachte, was würde dann aus seinem Leben, aus seinen Wünschen und Träumen?

Diese Frage wiederum brachte Sammer dazu, sich ein paar unbequemen Einsichten zu stellen. Sein Leben? Was war das eigentlich? Hatte er sich nicht die meiste Zeit einfach nur treiben lassen? Einen Plan, wohin der nächste Tag oder das nächste Jahr ihn bringen sollte, hatte er doch schon lange nicht mehr. Natürlich hatte er sich als junger Mann den gängigen Klischees hingegeben – heiraten, Karriere machen, einen Baum pflanzen. Aber seine Ehe hatte letztlich in einem Desaster geendet und ihm nur die Einsicht gebracht, dass er unfähig war, längere Beziehungen zu führen. Er war zu Ich-bezogen und zu wenig bereit, sich auf einen anderen Menschen einzulassen – nicht aus Böswilligkeit, sondern eher aus Bequemlichkeit und aus Unachtsamkeit. Aber das machte es nicht besser.

Sammer atmete einige Male tief aus und ein und spürte, wie der Druck in der Brust nachließ. Seine Hände zitterten aber nach wie vor. Er stand auf, holte die Beruhigungstabletten aus seiner Jacke, nahm gleich zwei in den Mund und spülte sie mit einem Glas Wasser hinunter. Dann schaute er auf die Uhr. Allerhöchste Zeit, sich auf den Weg zu machen. Einen Augenblick lang spielte Sammer mit dem Gedanken, anzurufen und sich kurzfristig krank zu melden. Aber er war zu sehr Journalist, um sich das zu gestatten. Das konnte er seinen Kollegen vom Privatsender nicht antun. Er war ein wichtiger Teil dieser Diskussion und garantierte für Einschaltquoten. Mit seiner Zusage hatte er das akzeptiert. Sammer wollte auch nicht riskieren, in der Branche als unzuverlässig abgestempelt zu werden. Zwar schwamm er jetzt auf der Erfolgswelle, aber das konnte sich rasch wieder ändern. Vielleicht brauchte er später einmal den einen oder anderen guten Kontakt. Es war nie verkehrt, wenn man noch einen Gefallen einfordern konnte. Das hatte ja schon die Geschichte mit dem Baummenschen bewiesen. Ohne seinen guten Draht zum Bürgermeister wäre er nie zu all seinen exklusiven Informationen und Bildern gekommen.

Seufzend ging er ins Schlafzimmer, um sich umzuziehen.

»Können wir eine Vereinbarung treffen?«, fragte er in Gedanken die Stimme.

Keine Antwort. Das ärgerte Sammer. »Ich bin dafür, du hältst die Klappe, bis dieser Abend vorbei ist«, sagte er daher respektlos.

Wieder keine Antwort!

»Nun ja. Wer schweigt, stimmt bekanntlich zu!«, brummte der Journalist.

Die Diskussion verlief genau so, wie Sammer vermutet hatte. Er hatte vor ihrem Beginn noch einmal zwei Beruhigungspillen genommen und fühlte sich dennoch aufgekratzt. Seit er die Stimme am Nachmittag wieder gehört hatte, hatte er irgendwie das Gefühl, selbst eine tickende Zeitbombe zu sein. Konnte er sich dessen, was er tat, noch sicher sein? Was, wenn er vor laufenden Kameras in irgendeiner Form entgleiste und sich wie ein Irrer benahm? Sammer musste immer wieder gegen leichte Panikattacken ankämpfen. Er versuchte, langsam und tief zu atmen und sich auf die Diskussion zu konzentrieren.

»Natürlich wissen wir nicht, wie es kommt, dass ein Mensch sich in einen Baum oder etwas Ähnliches verwandelt. Aber über kurz oder lang werden wir es herausfinden. Wir vermuten irgendeinen Gendefekt. Nur weil wir es mit einem völlig neuen Krankheitsbild zu tun haben, welches wir im Augenblick noch nicht wissenschaftlich erklären können, heißt es nicht, dass es keine physischen Ursachen dafür gibt. Es mag fünf oder fünfzig Jahre dauern, aber wir werden dahinterkommen. Vergessen wir nicht: Für einen Menschen im Mittelalter wäre elektrisches Licht ein Wunder gewesen – und dennoch ist die Funktionsweise einfach zu erklären, wenn man sie kennt.«

Sammer spürte Widerspruch in sich aufsteigen. Er räusperte sich, und der Moderator erteilte ihm willig das Wort. »Der Vergleich scheint mir doch etwas sehr platt«, sagte der Journalist und vergaß für den Augenblick seine Ängste. »Ein Mensch ist viel komplexer als Technik, und ich bin mir sicher, dass die Verwandlung nicht von einem Gendefekt ausgelöst wurde. Und was die Hütte betrifft, die erscheint und wieder verschwindet, so gibt es dafür schon gar keine technische Erklärung. Da müssen andere Kräfte im Spiel sein.«

Der zweite Wissenschaftler meldete sich.

»Rein theoretisch ist das Konzept der zeitlosen räumlichen Versetzung von Materie durchaus bekannt«, sagte er. »Es ist ja auch schon gelungen, durch die Quanten-Teleportation Informationen von einem Teilchen zu einem anderen zu transportieren. Was die Übertragung fester Körper betrifft, stehen wir zwar noch ganz am Anfang, aber es wäre grundsätzlich denkbar, dass bei dieser Hütte eine sehr fortgeschrittene, uns weit überlegene Technologie zur Anwendung kommt.«

»Sie meinen das Beamen, wie in Star-Trek? Da müsste dann also wohl außerirdische Technik im Einsatz sein. Ist es das, was Sie uns sagen wollen? Müssen wir vielleicht gar eine klingonische Invasion befürchten?«, fragte der Moderator süffisant.

»Ich meine fortgeschrittene Technik«, beharrte der Wissenschaftler.

»Nun, und woher sollte diese kommen, wenn Menschen nicht dazu fähig sind, sie herzustellen?«, hakte der Moderator nach.

»Das ist nicht die Fragestellung dieser Sendung«, sagte der Wissenschaftler ärgerlich. »Sie werden mich hier nicht zu irgendeiner unbedachten Spekulation verleiten. Es geht allein darum, ob eine andere Erklärung der seltsamen Phänomene möglich wäre als – nun sprechen wir es doch einmal deutlich aus – eine Art Magie. Und dazu sage ich ja!«

Der Moderator wandte sich an Sammer.

»Sie waren beide Male direkt vor Ort. Haben Sie einen Hinweis auf außerirdisches Wirken gefunden?«

Sammer lächelte.

»Nein. Da muss ich Sie enttäuschen, kein ET, keine Vulkanier, keine Sturmtruppen und auch keine Jedi-Ritter.«

Das Publikum lachte – und nicht nur, weil es eine entsprechende Regieanweisung erhielt.

Der Wissenschaftler murmelte etwas Unverständliches. Es klang nicht freundlich.

»Was haben Sie dann für eine Erklärung für die Vorgänge?«, fragte der Moderator.

Sammer dachte kurz nach.

»Es gibt in diesem afrikanischen Dorf einen weisen, alten Mann, der hat zu mir gesagt: Die Götter geben es, die Götter nehmen es!«, antwortete er dann.

»Sie wollen uns also sagen, dass Gott die Hand im Spiel hat?«, bohrte der Moderator sofort nach. Sammer sah ihm in die Augen und fühlte sich an einen Jagdhund erinnert, der die Witterung einer Beute aufgenommen hat. Er musste jetzt auf der Hut sein und ganz genau überlegen, was er antwortete. Er öffnete den Mund, um zu erklären, dass man ja eigentlich gar nicht für alles eine rationale Erklärung brauche. Man solle die Dinge doch so stehen lassen und akzeptieren, dass es mehr zwischen Himmel und Erde gab, als der menschlichen Vernunft zugänglich war. Das müsse nicht automatisch mit Gott zu tun haben. Aber da sagte die Stimme in seinem Kopf plötzlich: *»Einen besseren Zeitpunkt, dich zu outen, wirst du kaum finden. Und eigentlich hast du dich ja längst dafür entschieden, mein Prophet zu sein.«*

»Unsinn«, wollte Sammer antworten, aber stattdessen hörte er sich selbst verblüfft sagen:

»Ja, das will ich. Ich denke, Gott hat zumindest bei dem Geschehen rund um diese Hütte eindeutig mitgewirkt.«

»Woher wollen Sie das wissen?«, fragte der Moderator

»Weil er es mir mitgeteilt hat!« Sammer konnte selbst kaum glauben, was er da sagte.

»Er hat zu Ihnen gesprochen?«, hakte der Mann erstaunt nach.

Sammer hatte Angst vor dem, was jetzt kommen würde. Aber wer A sagte, der musste auch B sagen.

»Ja, denn er hat mich zu seinem Propheten auserkoren und beauftragt, der Menschheit eine Botschaft auszurichten!«

Das brachte den Moderator nun doch für einen Moment aus dem Konzept. Mit offenem Mund saß er da und starrte Sammer an. Dann horchte er in sich hinein. Sammer wusste, dass er nun über das Mikrophon im Ohr Anweisungen von der Regie bekam. Die Sendung drohte aus dem Ruder zu laufen, also griff man von außen ein. Sammer sah, wie der Moderator tief Luft holte und sich dann straffte.

»Habe ich das richtig verstanden? Sie haben eine Botschaft von Gott für uns?«

Seine Stimme troff bei diesen Worten nur so vor Sarkasmus.

Sammers Kopf nickte, obwohl er am liebsten aufgesprungen und davongelaufen wäre. Was zur Hölle tat er da. Die Folgen für ihn waren unabsehbar.

»Da bin ich aber gespannt! Und ich nehme an, unsere Zuseher auch. Man bekommt ja nicht alle Tage Post von oben – nämlich von ganz oben«, sagte der Moderator und deutete mit dem Kopf Richtung Himmel. Das Publikum im Saal lachte.

»Also, lassen Sie hören!«, forderte der Mann gönnerhaft. Sammer begriff, dass er von der Regie den Auftrag bekommen hatte, seine Aussage ins Lächerliche zu ziehen und ihr damit die Sprengkraft zu nehmen. Aber war das, was er hier tat, nicht tatsächlich lächerlich?

Sammer war einen Moment lang versucht, die Notbremse zu ziehen und zu erklären, dass man ihn falsch verstanden habe, dass er natürlich keine Botschaft von Gott verkünden werde. Aber er konnte nicht. Etwas in ihm hatte sich längst dafür entschieden zu tun, was getan werden musste. Er würde gegen das, was falsch lief auf der Erde, auftreten. Das hatte eigentlich gar nicht so viel mit Gott und dessen Angebot zu tun. Es war ihm einfach selbst eine Herzensangelegenheit.

Er erhob sich, und als er sprach, war ihm, als legte ihm jemand die Worte regelrecht in den Mund, ja, als sei es die Stimme in seinem Kopf, die da eigentlich redete:

»Höret meine Worte!

Die Schöpfung ward in eure Hände gegeben, damit ihr sie hegt und pflegt, damit sie gedeihe und sich weiterentwickle. Ihr aber tragt nicht Sorge für den Planeten, nicht für die unschuldigen Geschöpfe, die auf ihm leben, nicht einmal für euresgleichen. Ihr beutet diese Erde aus, ohne an jene zu denken, die nach euch folgen. Kehrt um!

Gebietet den Konzernen Einhalt, die Raubbau an der Natur betreiben, die Urwälder verbrennen und aus Gewinnsucht den Lebensraum von Millionen Menschen und Tieren zerstören.

Empört euch gegen ein Wirtschaftssystem, dessen oberstes Prinzip die Gier nach Geld ist!

Begehrt auf gegen eine Politik, deren einziges Bestreben der Machterhalt ist.

Fallt jenen in den Arm, die andere unterdrücken und versklaven.

Nicht Gold oder Geld bestimmen den Wert eines Menschen!

Rechte und Würde erlangt er allein durch seine Geburt!

Erkennt die Zeichen!

Auf dass nicht das Verderben über euch komme!
Denn es ist nahe!«

Als Sammer verstummte, herrschte einen Moment lang Totenstille.

Ihm selbst war, als erwachte er aus einer Art Traum. Er zitterte plötzlich. Er wusste nicht, woher die Worte gekommen waren. So redete er normalerweise doch nicht.

»Was habe ich getan!«, murmelte er. »Das wird mein Leben völlig auf den Kopf stellen!«

Er wünschte sich plötzlich, alles zurücknehmen zu können, wünschte sich, er säße gemütlich zu Hause im Schaukelstuhl. Doch es war zu spät.

Der Schaden war angerichtet.

»*Es ist kein Schaden. Etwas Großes hat begonnen*!«, sagte die Stimme in seinem Kopf.

»Es ist zu groß für mich«, flüsterte Sammer.

Da fing der Moderator zu lachen an, unsicher zuerst, dann aber merklich hämisch. Und schließlich begann er demonstrativ zu klatschen.

»Ein toller Auftritt!«, sagte er. »Eine Botschaft von Gott. Sehr gut. Sehr schön formuliert. Fast biblisch. Wenn dadurch auch ein wenig altmodisch. Was aber besonders auffällt: Gott scheint offenbar ein Linker zu sein!«, erklärte er süffisant und erntete damit vereinzelte Lacher im Publikum. Die meisten Gäste saßen allerdings noch immer wie versteinert und mit offenen Mündern auf ihren Plätzen.

Der Moderator wartete einen Moment auf eine Antwort Sammers, dann fuhr er fort: »Das hat sich eher angehört wie das Programm von Umwelt- und Menschrechtsorganisationen und nicht wie göttliche Gebote. Die Frage ist auch, was wird Gott tun, wenn die Menschen nicht auf seine Forderungen reagieren, falls sie authentisch sind. Ich nehme doch an, es wird – so unwahrscheinlich das für Herrn Sammer vielleicht auch klingen mag – den einen oder anderen geben, der nicht glaubt, dass er ein Prophet ist und eine Botschaft Gottes verkündet.«

Er wandte sich wieder direkt dem Journalisten zu.

»Angenommen, jemand würde behaupten, Sie sind ein Schwindler – nicht, dass ich das hier tue – aber was würden Sie dem Betreffenden antworten? Können Sie beweisen, dass Sie auserwählt wurden? Vielleicht haben Sie ja eine Urkunde«, er lächelte süffisant, »oder gar eine Steintafel? Geben Sie uns doch irgendein Zeichen, oder noch besser, einen Beweis, dass Sie ein Prophet sind!«

Sammer dachte unwillkürlich an die brennende Forsythie in seinem Garten, aber dies war ganz bestimmt nicht der geeignete Moment, um darüber zu sprechen.

»Ich könnte ein kleines Wunder gebrauchen«, dachte Sammer. Aber jetzt, da er hoffte, die Stimme werde zu ihm oder noch besser für ihn sprechen, schwieg sie natürlich.

Der Journalist sah auf einem Bildschirm sein eigenes Gesicht in Großaufnahme. Er hatte Schweißperlen auf der Stirn und sah ein wenig fiebrig aus. Er wirkte krank oder wie ein Fanatiker. Sammer begriff, dass er dabei war, seine Glaubwürdigkeit und seinen guten Ruf zu verspielen. Aber jetzt eine Kehrtwendung zu machen wäre völlig falsch gewesen. Ihm blieb nur die Flucht nach vorne. Er gab sich einen Ruck. Er musste versuchen, die Situation irgendwie zu entspannen. Schließlich war er ja nicht auf den Mund gefallen und in einem Zweikampf in Zynismus, wie ihn der Moderator gerade begonnen hatte, war er nicht wehrlos.

Er lächelte süffisant.

»Sie scheinen aus einer Beamtenfamilie zu stammen, die dokumentenhörig ist. Haben Sie jemals davon gehört, dass Propheten im Alten Testament einen Ausweis bei sich trugen?«, fragte er und fügte rasch hinzu: »Ich muss hier gar nichts beweisen. Ich habe den Auftrag bekommen, eine Botschaft zu verkünden, und das habe ich getan. Wenn die Menschen sie nicht hören wollen, ist das ihre Sache!«

»Werden wir dann von Gott bestraft?«, fragte der Moderator.

Sammer lächelte dünn.

»Sehen Sie sich um auf der Welt. Kriege, Terror, Klimawandel. Gott braucht uns nicht zu bestrafen, wir schaffen es ganz allein, diesen Planeten und damit auch uns selbst zugrunde zu richten! Er braucht eigentlich nur zuzuschauen.«

Einer der Wissenschaftler mischte sich ein.

»Wenn Sie mich fragen, dann hat Herr Sammer psychische Probleme, vielleicht sogar Wahnvorstellungen. Man sollte ihn auf seine Zurechnungsfähigkeit hin untersuchen!«

»Das sagt ausgerechnet der, der uns einreden will, dass Außerirdische bei der ominösen Hütte ihre Finger im Spiel haben. Im Übrigen wusste ich gar nicht, dass Sie auch Psychiater sind. Aber herzlichen Dank für die Diagnose«, konterte Sammer bissig.

»Fortgeschrittene Technologie! Ich sprach von fortgeschrittener Technologie, nicht von außerirdischer, Sie Möchtegern-Prophet!«

»Meine Herren, ich muss Sie doch bitten, sachlich zu bleiben«, rief der Moderator dazwischen.

Sammer lächelte. »Ich bin durchaus sachlich. Nehmen wir doch einmal an, die Botschaft, die ich verkündet habe, käme nicht von Gott. Wären die Forderungen deshalb falsch? Eine Welt, in der die Menschenwürde hochgehalten wird, in der nicht Reiche auf Kosten von Armen immer reicher werden? Ich finde, das sind doch Ziele, wie sie eigentlich jede verantwortungsvolle Politik anstreben müsste. Eine geeinte, friedliche Welt, in der jeder Mensch seinen Platz und sein Auskommen hat, alleine durch die Tatsache seiner Existenz«, sagte Sammer.

Ein Teil des Publikums klatschte, aber nur ein kleiner.

Es gab auch viele Buhrufe, und jemand schrie »Sozialromantiker!«, ein anderer »linker Fantast!«

Sammer war mit sich zufrieden. Er glaubte, ganz gut die Kurve gekratzt und von der Berufungsgeschichte ein wenig abgelenkt zu haben. Aber er hatte seine Rechnung ohne die Regie im Hintergrund oder ohne den Moderator gemacht. Denn der wandte sich direkt an ihn und dachte offenbar nicht daran, ihn vom Haken zu lassen.

»Sie sind uns noch eine Antwort schuldig. Sind Sie ein Bote Gottes? Sind Sie ein Prophet?«

»*Ich wüsste eine geeignete Antwort*«, hörte da Sammer wieder die Stimme in seinem Kopf.

»Ah, jetzt bist du wieder da. Nun?«, fragte er in Gedanken.

Die Stimme sagte es ihm. Sammer musste unwillkürlich grinsen. »Warum nicht«, dachte er. »Wenn ich hier schon untergehe, dann wenigstens mit Pauken und Trompeten.«

Er erhob sich langsam und wiederholte dann die Worte, die die Stimme ihm eingegeben hatte. Es waren jene Worte, die Martin Luther der Legende nach 1521 beim Reichstag in Worms gesprochen hatte:

»*Hier stehe ich und kann nicht anders! Gott helfe mir!*«

Sammer sah Mercedes das kleine Lokal betreten und atmete erleichtert auf.

Er war froh gewesen, dass der Kellner ihn nicht erkannt hatte. Offenbar hatte dieser die Sendung nicht gesehen. Sammer bat ihn um einen etwas abseits gelegenen Tisch, denn nach dem Desaster im Fernsehstudio wollte er so wenig Aufsehen wie möglich erregen. Nach seinem Lutherspruch – vielleicht war er ja doch keine so gute Idee gewesen – war die Situation im Studio eskaliert.

»Ich sage ja, er ist verrückt«, hatte einer der Wissenschaftler empört geschrien und verlangt, dass man Sammer auf der Stelle verhafte, weil er ihn verdächtigte, ein religiöser Eiferer vom Schlag eines IS-Terroristen zu sein. »Er ist gefährlich für sich selbst und auch für andere. Wer weiß, wozu er in seinem Wahn fähig ist. Wurde er durchsucht, bevor er ins Studio kam? Nicht, dass er einen Sprenggürtel trägt!«

»Ich bin nicht verrückt, aber Sie sind ein Idiot!«, rief Sammer hitzig.

Der Moderator sah unglücklich drein und bereute vermutlich jetzt schon, Sammer mit seiner Frage so in die Enge getrieben zu haben. Offenbar wusste er nicht, wie er die Lage in den Griff bekommen sollte. Dann lauschte er erneut auf die Anweisungen der Regie, nickte heftig und hob begütigend die Hände.

»Ich bitte Sie, meine Herren. Beruhigen wir uns doch alle wieder!«

»Beruhigen? Ich will mich nicht beruhigen. Und ich werde nicht mit einem Verrückten weiter hier sitzen«, schrie der Wissenschaftler, sprang auf und rannte aus dem Studio.

»Meine Güte. Für einen Mann, der ständig so auf Rationalität pocht, ist er aber sehr impulsiv«, sagte Sammer ironisch.

Der zweite Wissenschaftler fühlte sich von dieser Bemerkung natürlich provoziert.

»Entgegen der hier offenbar vorherrschenden Meinung leben wir nicht fernab des realen Lebens in unseren Elfenbeintürmen. Wir versuchen, die Welt so zu begreifen, wie sie ist«, sagte er mit erhobener Stimme. »Und sie funktioniert nach strengen Naturgesetzen, das ist erwiesen. Ich bin vielleicht nicht so emotional wie mein Kollege, aber wie er sehe ich keinen Anlass, weiter mit einem Mann zu diskutieren, der uns entweder auf den Arm nehmen will oder ein religiöser Fanatiker ist, der sich tatsächlich für berufen hält. In meinen Augen ist das jedenfalls – um Dickens' Ebenezer Scrooge zu bemühen – alles Humbug!«

Er stand auf und ging. Jetzt saßen sich nur noch Sammer und der Moderator gegenüber. Dieser hatte sich inzwischen wieder gefangen, schaute aber sehr verdrießlich drein. Dann straffte er sich und lächelte, wenn auch gequält, in die Kamera.

»Meine Damen und Herren. Sie sehen, so spannend und aufregend kann Live-Fernsehen sein. Tja, da uns die Diskutanten leider abhandengekommen sind, müssen wir unsere Sendung vorzeitig beenden.«

Er warf Sammer einen giftigen Blick zu, dann lächelte er wieder in die Kamera. »Ich hoffe aber, Sie sind nächste Woche wieder dabei. Damit verabschiede ich mich von Ihnen mit der ungeklärten Frage, warum unser selbst ernannter Prophet dieses abrupte Ende der Sendung eigentlich nicht vorausgesehen hat?«

Kaum waren die Kameras ausgeschaltet, sprang der Moderator von seinem Stuhl auf, und für einen Moment schien er auf Sammer losgehen zu wollen. »Sie Idiot haben die ganze Sendung geschmissen! Ein Prophet – was für ein Schwachsinn. Wenn Sie das tatsächlich glauben, dann gehören Sie in eine Klapsmühle. Verschwinden Sie sofort aus meinem Studio!«

Sammer ließ sich das nicht zweimal sagen. Er war froh, hier wegzukommen, denn im Grunde war genau das Horrorszenario eingetreten, das er sich vorher in seinen schlimmsten Visionen ausgemalt hatte. Er überlegte, wie sein Auftritt auf die Zuschauer gewirkt haben musste. Er hatte sich ohne Zweifel lächerlich gemacht oder gar selbst zum Irren abgestempelt. Sammer kochte innerlich vor Zorn. Er würde dieser Stimme in seinem Kopf bei nächster Gelegenheit einige unschöne Dinge sagen.

Aber der Journalist ärgerte sich auch über den Moderator. Was glaubte dieser aufgeblasene Kerl eigentlich, wer er war? Sammer hatte die Studiotür schon erreicht, da drehte er sich noch einmal um. »Wissen Sie, Sie sollten mir eigentlich dankbar sein«, sagte er und lächelte gespielt freundlich. »Denn zum ersten Mal war Ihre Sendung nicht stinklangweilig!«

Mercedes sah sich, als sie das Restaurant betrat, suchend um. Sammer hob den Arm und winkte.

Sie sah ihn und kam auf ihn zu. Er erhob sich und lächelte ihr unsicher entgegen. Wie würde sie sein Verhalten in der Fernsehdiskussion kommentieren? Hielt sie ihn ebenfalls für übergeschnappt und war nur gekommen, um ihre Romanze zu beenden, bevor sie so richtig begonnen hatte?

Mercedes lächelte ebenfalls, aber schelmisch. »Ich muss sagen, du verstehst dich wirklich auf starke Auftritte«, sagte sie. »Wie hast du es geschafft, deine Stimme so eindrucksvoll klingen zu lassen? Die primäre Frage, die sich mir seit Ende der Show allerdings stellt, lautet: Müssen Propheten eigentlich zölibatär leben?«

Sammer lachte befreit. Sie nahm das Ganze offensichtlich mit Humor. »Nein, ich denke nicht. Zumindest hat das die Stimme bisher nicht von mir verlangt, denn dann hätte ich diesen Job natürlich abgelehnt.« Er ergriff ihre Hand und küsste sie. »Ich bin sehr froh, dass du mich nicht für verrückt hältst, auch wenn das, was ich gesagt habe, vermutlich völlig irrsinnig geklungen hat.«

Sie schüttelte den Kopf. »Nein, für mich hat es sich eher wie die Vision einer besseren Welt angehört! Und wenn man verrückt sein muss, um daran zu glauben, dann bin ich es auch gerne!«

Sammer sah sie dankbar an. »Ich denke, dass ich dir dennoch die eine oder andere Erklärung schuldig bin«, sagte er.

Mercedes nickte, und sie setzten sich. Dann erzählte Sammer ihr die ganze Geschichte – auch den Teil mit der brennenden Forsythie, den er bisher für sich behalten hatte. Er berichtete ihr aber auch vom Irrsinn seiner Großmutter väterlicherseits und von den Spätfolgen, die Blitzopfer in ihrem Leben eingeholt hatten. Nachdem er geendet hatte, schaute er sie fragend an.

»Nun, was glaubst du? Bin ich verrückt?«

Sie wiegte nachdenklich den Kopf. »Vielleicht nicht direkt verrückt, aber ein schräger Typ bist du auf jeden Fall.« Sie seufzte theatralisch. »Es ist wohl das Drama meines Lebens, dass ich genau auf diese Art Männer stehe.«

»Heißt das, dass du nicht sofort das Weite suchst?«

Sie lächelte. »Ich sehe keinen Grund dafür. Du bist offenbar überzeugt, dass die Stimme kein Traum ist. Und irgendwie kann ich nicht anders, als dir zu glauben. Die Frage ist, wie es nun weitergehen soll. Was wirst du tun?«

Sammer lächelte gequält.

»Ich habe keine Ahnung. Ich werde mich zuhause verkriechen, bis der Wirbel vorüber ist und ich wieder aus den Schlagzeilen bin. Ich muss in Ruhe nachdenken, sofern mir die Stimme … oder

Gott, oder wer immer da tatsächlich zu mir spricht, nicht einen Strich durch die Rechnung macht. Bisher weiß ich ja nicht, was konkret meine Aufgabe als Prophet wäre. Aber ich nehme an, die Stimme wird es mir noch sagen.«

Mercedes sah ihn an.

»Also ich finde das aufregend. Und mir ist plötzlich etwas eingefallen!«

»So?«, fragte er neugierig. »Was denn?«

»Ich hatte noch nie Sex mit einem Propheten.«

»Du bist unmöglich, weißt du das?«

Sie nickte treuherzig.

Code Christmastree

Sammer hatte befürchtet, dass sein Haus von Paparazzi belagert sein könnte, aber als er am nächsten Nachmittag heimkam, war weit und breit kein Fotograf zu sehen. Anscheinend hatte sein Auftritt in dem Privatsender gar nicht so hohe Wellen geschlagen, wie er befürchtet hatte, was eigentlich auch logisch war bei all den seltsamen und durchgeknallten Typen, die tagtäglich in Realityshows und diversen Diskussionsrunden auftraten. Sammer begriff, dass er wohl seine eigene Popularität und Wichtigkeit ein wenig überschätzt hatte. Natürlich berichteten viele Zeitungen über die Sendung und den angeblichen Propheten, aber nicht auf der ersten Seite. Manchen war er gerade einmal eine Kurznachricht wert.

Sammer wusste nicht genau, ob er gekränkt oder froh darüber sein sollte.

Frau Müller war da, als er das Haus betrat. Sie begrüßte ihn zurückhaltend, wie es ihre Art war. Er ging ins Bad, um zu duschen. Als er danach im bequemen Trainingsanzug ins Wohnzimmer kam, stellte sie eine dampfende Tasse vor ihn auf den Tisch.

»Sie sehen so aus, als könnten Sie einen Kaffee vertragen«, sagte Frau Müller.

Sammer nickte. »Offenbar können Sie Gedanken lesen. Danke.«

Sie lächelte schwach. Aber anstatt sich wieder an ihre Arbeit zu machen, blieb sie abwartend neben dem Tisch stehen. Sammer nahm einen großen Schluck Kaffee. Frau Müller schien mit sich zu ringen, schließlich sagte sie: »Ich habe Sie gestern im Fernsehen gesehen.«

Zwischen ihren Augen stand jetzt eine steile Falte – ob missbilligend oder nur nachdenklich, vermochte Sammer nicht zu deuten.

»Glauben Sie wirklich, dass Sie von Gott auserwählt wurden?«, fragte sie.

»Wäre das denn so schwer vorstellbar?«, stellte Sammer eine Gegenfrage.

Frau Müller musterte ihn kritisch. »Sie haben so gar nichts von einem Priester an sich!«

Sammer musste lachen. »Da haben Sie allerdings recht.«

Sie war im Grunde eine einfache Frau mit einem konservativen Weltbild, in das er sich wohl nur schwer einordnen ließ. »Aber vielleicht hat Gott mich ja gerade deswegen ausgewählt.«

Sie schüttelte tadelnd den Kopf.

»Sie machen sich über alles lustig. Aber der Glaube ist nichts, womit man Scherze treiben sollte«, sagte sie streng.

Sammer holte tief Luft und nickte dann.

»Ich bin ganz Ihrer Meinung, Frau Müller«, stimmte er ihr zu und überlegte irritiert, dass er ihren Vornamen vergessen hatte. »Aber ich erlaube mir in dieser Sache keinen Scherz. Ich schwöre es Ihnen, bei allem, was mir heilig ist, dass ich nicht weiß, was mit mir passiert. Auf jeden Fall ist da eine Stimme, die zu mir spricht und behauptet, Gott zu sein. Und glauben Sie mir: Diese Prophezeiung gestern habe nicht ich erfunden, die Stimme hat sie mir eingegeben. Ich weiß nicht, wohin das alles führt. Aber vielleicht gibt es ja auch eine ganz einfache Erklärung: dass ich nämlich schlicht und einfach den Verstand verliere und Halluzinationen habe«, sagte er und versuchte, dabei nicht allzu verzweifelt zu klingen.

Er sah Frau Müller aufrichtig an »Ich würde es unter den momentanen Umständen durchaus verstehen, wenn Sie nun kündigen möchten.«

Sie stand eine Weile schweigend da und schien angestrengt zu überlegen. Aber dann schüttelte sie den Kopf. »Ich bin keine Frau, die davonläuft, wenn es einmal schwierig wird«, sagte sie, und in ihrer Stimme schwang Mitgefühl, als sie hinzufügte. »Ich glaube, dass Sie im Grunde Ihres Herzens ein ganz anständiger Kerl sind. Nur vielleicht ein wenig irregeleitet. Aber ich werde für Sie beten.«

Am Abend setzte sich Sammer an den Computer.

Frau Müller hatte in der Aufarbeitung seines Chaos schon beträchtliche Fortschritte gemacht und eine Art Systematik entwickelt, die einfach zu handhaben war. Sie hatte sie ihm auch noch in groben Zügen erklärt, bevor sie nach Hause ging. Sammer war froh, als sie endlich fort war. Er brauchte Zeit alleine, um seine Gedanken zu ordnen.

Eine Weile widerstand er der Versuchung, aber dann klickte er doch auf Facebook. Dort war das Video von seinem Auftritt in der Show bereits ein paar tausend Mal aufgerufen worden. Die Bandbreite der Kommentare war vielfältig. Sie reichte von: »Völlig irre!«, »Rübe ab!«, »In die Klapse mit dem Spinner« über »Endlich einer, der die Wahrheit sagt!« und »Gott hat zu uns gesprochen!«, bis hin zu eindeutigen und blasphemischen Angeboten in der Art von »Ich will ein Kind von dir. Lass uns einen neuen Messias machen!«, meist sogar mit Nacktfotos hinterlegt.

Sammer hatte eigentlich keine Lust, sich all diesen Müll anzusehen, andererseits wollte er aber wissen, was die Menschen dachten – und Facebook deckte eben einen Teil des Spektrums ab.

Den sogenannten Qualitäts-Zeitungen war auf ihren Internetseiten sein Auftritt meist nur eine kleine Notiz wert. Aber als er seine E-Mails durchforstete, wurde Sammer klar, dass sein Outing in der Branche doch weite Kreise zog, denn er hatte viele Absagen von seriösen Medien bekommen, die mit ihm eigentlich eine Hintergrundgeschichte zu den Vorkommnissen in dem afrikanischen Dorf hatten machen wollen. Offenbar waren sie nun nicht mehr daran interessiert, und es lag der Schluss nahe, dass das mit seinem Auftritt als Prophet zusammenhing.

»Großartig«, murmelte Sammer. »Bestimmt hält mich jetzt die halbe Branche für einen Spinner.«

»*Du bist nicht der erste Prophet, der nicht gehört und nicht verstanden wird*«, sagte in diesem Moment die Stimme in seinem Kopf. Sammer konnte sich nicht dazu überwinden, sie Gott zu nennen. Für ihn würde sie einfach »die Stimme« bleiben.

Sammer holte tief Luft.

»Ah, da bist du ja wieder. Herzlichen Dank auch, dass du mich gestern lächerlich gemacht hast.«

»*Wo bleibt der Galgenhumor, dessen du dich so gerne rühmst?*«, fragte die Stimme.

»Stellt dir vor, der ist mir vergangen. Glaubst du wirklich, dass du mit so altmodischen biblischen Formulierungen heutzutage noch Eindruck schinden kannst? So redet doch kein Mensch mehr. Wäre es nicht klüger, mit Bildern zu arbeiten? Flutwellen, Vulkanausbrüchen, Feuer, das vom Himmel regnet, das ganze Brimborium halt. Damit könntest du bestimmt mehr erreichen.«

»*Ich glaube kaum*«, sagte die Stimme und klang tatsächlich ein wenig eingeschnappt. »*Denn solche Bilder sehen die Menschen in jedem zweitklassigen Katastrophenfilm. Natürlich könnte ich auch einfach E-Mails mit meinen Botschaften verschicken oder sie auf Facebook posten, doch sie würden in der Flut der Nachrichten und der Fake-News untergehen. Die Sprache, die du als altmodisch bezeichnest, erregt zumindest Aufmerksamkeit.*«

Sammer glaubte nicht so recht daran, aber er war ja nur der Nachrichtenübermittler. »Mich würde interessieren, was du mit meinem Auftritt gestern überhaupt zu erreichen hofftest?«

»*Die Dinge in Gang bringen!*«, antwortete die Stimme.

»Welche Dinge!«

»*Du wirst sehen!*«

Sammer schnaufte. Die Geheimniskrämerei ging ihm auf die Nerven. »Geht es vielleicht ein bisschen konkreter?«, fragte er ärgerlich, doch er erhielt keine Antwort. Sammer stieß einen Fluch aus. Gott, wenn er es denn tatsächlich war, behandelte ihn wie ein kleines, unmündiges Kind.

»Die Wahrheit ist dem Menschen zumutbar«, rief Sammer wütend. »Das hat Ingeborg Bachmann gesagt. Eine kluge Schriftstellerin. Du solltest ihre Bücher lesen!«

Wieder keine Antwort.

»Wir müssen unbedingt an unserer Kommunikation arbeiten!«, knurrte Sammer.

Dann wurde er abgelenkt, weil am Bildschirm eine APA-Eilmeldung erschien.

Die Überschrift elektrisierte ihn förmlich.

»*Baummensch vor dem Weißen Haus!*«

Niemand konnte später sagen, wie der Mann es geschafft hatte, unbemerkt auf den Rasen vor dem Amtssitz des amerikanischen Präsidenten zu gelangen. Aber da stand er nun mit hoch erhobenen Armen und völlig reglos. Als die Sicherheitskräfte auf ihn aufmerksam wurden – es schien ihnen, als sei er praktisch aus dem Nichts aufgetaucht – gaben sie natürlich sofort Alarm. Eine Gruppe bewaffneter Agenten näherte sich dem Unbekannten mit den Pistolen im Anschlag. Womöglich war er ja ein Selbstmordattentäter und trug eine Bombe am Leib. Hätten seine Züge in diesem Augenblick auch nur den Hauch eines Verdachts aufkommen lassen, er könnte aus einem arabischen Land stammen und daher Moslem sein, die Agenten hätten in ihrer Nervosität vermutlich ein Zielschießen auf ihn veranstaltet. Aber der Mann schien stattdessen das Fleisch gewordene Klischee eines typischen Amerikaners zu sein. Er war wohl um die 60, sein Haar war weiß, er trug Jeans und ein kariertes Hemd, das über dem gewaltigen Bauch spannte, der wohl ein Resultat von zu vielen Big Macs und zu viel Bier war. Der Mann war vermutlich ein Farmer, zumindest ließen seine schwieligen Hände darauf schließen, dass er harte körperliche Arbeit gewohnt war.

»Sir«, rief einer der Agenten. Er hießt Larry Soderman, war seit Jahren im Weißen Haus stationiert und der Leiter dieses Sicherheitstrupps. »Legen Sie sich sofort auf den Boden und verschränken Sie die Hände hinter dem Kopf.«

Der dicke Mann reagierte nicht. Er machte aber auch keine verdächtige Bewegung. Seine Arme blieben zum Himmel hoch gestreckt, die Finger weit gespreizt. Fast sah es aus, als wollte er den Segen Gottes erflehen. Soderman fragte sich, ob er vielleicht doch ein religiöser Fanatiker war, wenn auch einer von christlicher Provenienz.

»Sir! Wenn Sie unseren Anordnungen nicht Folge leisten, dann müssen wir Gewalt anwenden!«, rief er eindringlich.

Der Mann schien ihn überhaupt nicht wahrzunehmen. Er stand einfach nur da. Der Agent war ihm jetzt so nahe, dass er ihm in die Augen sehen konnte. Der Blick des Eindringlings schien durch ihn hindurch in die Ferne zu gehen.

»Ich glaube, der ist zugedröhnt. Der bekommt überhaupt nichts mit«, sagte Soderman. Dann stieß er ruckartig den rechten Arm in die Höhe. »Zugriff«, hieß das.

Die Agenten hatten den Weißhaarigen inzwischen umstellt, und einer von ihnen schoss nun mit einer Elektropistole mehrere Projektile auf ihn ab. Starke Stromstöße fluteten durch den Körper des Mannes, und eigentlich hätte er längst zuckend auf dem Rasen liegen müssen. Doch er stand so reglos und unbeeindruckt da, als spürte er die Entladungen überhaupt nicht.

»Verflucht! Was ist da los?«, schrie der Agent, der geschossen hatte.

»Abbruch«, rief Soderman und gab gleichzeitig zwei anderen Männern Zeichen mit den Fingern. »Dann machen wir es eben auf die gute alte Methode«, murmelte er, als sich die beiden Agenten zugleich auf den Weißhaarigen stürzten und versuchten, ihn zu Boden zu reißen. Doch es war, als wären sie gegen eine Wand gerannt. Der Oberkörper des Mannes wankte zwar wie ein Baum im Wind, aber die Agenten vermochten den Eindringling nicht umzuwerfen. Stattdessen landeten sie selbst zu seinen Füßen.

»Was zum Teufel …«, stieß Soderman hervor.

Einer der beiden Agenten, die den Mann angesprungen hatten, hatte sich inzwischen wieder aufgerappelt und winkte ihn hektisch herbei.

»Sir. Sie müssen sich da etwas ansehen«, rief er, und in seiner Stimme schwangen Ekel und Grauen. Der Agent kniete mit bleichem Gesicht vor dem Weißhaarigen und starrte auf dessen Füße. Soderman trat zu ihm, bückte sich und schaute hinab.

»Fuck!«, sagte er inbrünstig, denn der Anblick, der sich ihm bot, war bizarr.

Die Schuhe des Mannes waren aufgeplatzt, und dicke braune Stränge hatten sich daraus hervorgeschoben und in die Wiese gebohrt.

»Sind das … Wurzeln?«, fragte der Agent.

Soderman nickte langsam. Dann nahm er sein Handy und drückte eine Taste.

Die Verbindung mit dem Hauptquartier kam sofort zustande.

»Was ist los?«, fragte eine strenge Stimme.

»Code Christmastree!«, antwortete Soderman.

Der Präsident tobte.

Sein Stab wusste, dass er, vorsichtig ausgedrückt, nicht immer zu rationalen Entscheidungen neigte, aber so hatten die Mitarbeiter ihn noch nie erlebt. Offenbar nahm er es als persönliche Beleidigung, dass es ein Bürger wagte, sich auf seinem heiligen Rasen zu verwurzeln.

»Vermutlich ein verdammter Demokrat!«, schrie der Präsident. »Gesindel sind sie, allesamt!«

»Äh, nein Sir«, warf einer seiner Berater ein. »Wir konnten inzwischen die Identität des Mannes ermitteln. Es handelt sich um Howard Hughes. Ein Farmer aus Florida. Er ist ein eingetragener Republikaner. Hat noch nie eine andere Partei gewählt, sagt seine Frau.«

Der Präsident warf ihm einen bitterbösen Blick zu.

»Und wenn er Abraham Lincoln persönlich wäre! Niemand, wirklich niemand, schlägt ohne meine ausdrückliche Erlaubnis auf meinem Rasen Wurzeln!«, brüllte er und stürmte aus dem Oval Office. Er rannte durchs Weiße Haus und hinaus auf die Wiese.

Vor dem Baum blieb er schließlich wutschnaubend stehen.

»Eine Axt!«, rief er seinem Beraterstab zu, der ihm natürlich auf dem Fuß gefolgt war.

Die Leute sahen einander ratlos an.

»Es gibt hier keine Axt«, sagte schließlich der Stabschef.

Der Präsident musterte ihn ungnädig. »Ich bin der Präsident des mächtigsten Landes der Welt, aber meine Mitarbeiter sind unfähig, mir eine Axt zu beschaffen? In fünf Minuten halte ich sie in den Händen, oder Sie können sich um einen neuen Job umsehen!«

»Jawohl, Mr. President!«, sagte der Stabschef und nahm unwillkürlich Haltung an.

Dann drehte er sich um. »Beschaffen Sie mir eine Axt. Und zwar schleunigst! Sonst können Sie sich morgen bei der Heilsarmee anstellen«, bellte er nun seinerseits einen Untergebenen an. Der Mann wurde blass und rannte davon.

Der Präsident war inzwischen näher an den Baummenschen herangetreten, der deutlich gewachsen war.

Er sah ihm ins Gesicht, das schon sehr holzig wirkte.

»Was willst du mir mit dieser Aktion sagen?«, knurrte der Präsident wütend. »Bist wohl einer dieser verrückten Ökofreaks, die ständig nur vom Klimawandel faseln. Aber ich falle nicht auf diese Verschwörungstheorie herein.« Er wandte sich zu seinem Stab um und hob dozierend den Zeigefinger, als spräche er zu einem interessierten Publikum in einem Vortragssaal. »Die globale Erwärmung wurde von und für die Chinesen erfunden, um die US-Produktion zu hemmen und wettbewerbsunfähig zu machen!«, sagte er und richtete seinen Blick wieder auf den Farmer. »Ich vermute, dass dich irgendjemand geschickt hat. Vielleicht sollst du eine Warnung sein, aber ich werde dir zeigen, was ich davon halte.«

Er trat näher an den Baummenschen heran, öffnete ungeniert seine Hose und pinkelte an den Stamm, in den sich die Beine des alten Mannes inzwischen verwandelt hatten. Die Metamorphose ging rasend schnell vor sich. Der Präsident drehte sich zu seinen Mitarbeitern um, sah eine Frau, die mit undefinierbarem Gesichtsausdruck auf sein bestes Stück schaute, und fragte grinsend: »So etwas siehst du nicht alle Tage, hä?«

Zum Glück kam in diesem Augenblick der Agent mit der Axt angerannt und drückte sie dem Stabschef in die Hand, der sie wiederum dem Präsidenten hinhielt, was diesen von der angeekelt dreinschauenden Mitarbeiterin ablenkte. Er schloss seine Hose und ergriff das Beil.

»Gehen Sie zur Seite«, sagte der Mann, der sich gerne selbst als Anführer der ›freien Welt‹ bezeichnete. »Offenbar muss ich hier ja wieder einmal alles ganz alleine machen.«

Er holte weit aus und schlug die Axt mit aller Kraft gegen den Stamm. Doch die Schneide drang nicht ein, sondern federte zurück, als wäre sie auf Gummi getroffen, und knallte mit der stumpfen Seite mit voller Wucht gegen das Schienbein des völlig überraschten Präsidenten.

Seltsamerweise gelang es den hochgerüsteten amerikanischen Sicherheitsdiensten später nie zu ermitteln, welcher der Agenten mit seinem privaten Handy gefilmt hatte, wie der Präsident jammernd und schreiend auf einem Bein über den Rasen des Weißen Hauses hüpfte und dabei ganz und gar keine staatsmännische Figur abgab. Ebenso wenig wurde jemals aufgedeckt, auf welchen Wegen das Video in Windeseile auf Facebook gelangt war. Dort wurde es innerhalb weniger Stunden viele Millionen Mal angeklickt, und auch alle großen Fernsehstationen sendeten die Aufnahme im Hauptabendprogramm. Die ganze Welt lachte über den Präsidenten.

Während der selbsternannte Anführer der »freien Welt« über den Rasen davonhüpfte, hob der Stabschef das Beil auf und schaute nachdenklich auf den alten Mann, der sich immer mehr in einen Baum verwandelte.

Auch das Gesicht erschien ihm inzwischen schon sehr holzig, und trotzdem hätte der Stabschef in diesem Augenblick seinen Kopf darauf verwettet, dass ein schadenfrohes Grinsen über die starren Züge huschte.

Es gelang nicht, den Baum vom Rasen des Weißen Hauses zu entfernen. Ausgraben war unmöglich, weil die Wurzeln bereits zu tief reichten, und Umsägen ging auch nicht, weil sich die Kunde von dem Baummenschen rasend schnell herumsprach und sich bald hunderte Demonstranten einfanden, die forderten, dass ihm kein Leid zugefügt werden dürfe.

Im letzten Moment stoppte der Präsident daher den schon befohlenen Einsatz von Flammenwerfern, die Hughes den Garaus machen sollten. Seine Popularitätswerte waren derzeit ohnehin im Keller, und seine Berater warnten ihn eindringlich davor, die öffentliche Meinung noch mehr gegen sich aufzubringen, zumal eine rasch durchgeführte Umfrage ergab, dass die Mehrheit der Amerikaner dafür war, den Baummenschen in Ruhe zu lassen.

Der Präsident fügte sich zähneknirschend.

»Dieser … Baum« – es klang wie ein Fluch – »ist ein ständiger Affront. Er zeigt der ganzen Welt, dass ich nicht einmal Manns genug bin, meinen eigenen Rasen zu verteidigen. Wie soll uns da noch irgendjemand als militärische Großmacht ernst nehmen?«, knurrte er.

Die Tür öffnete sich, und ein junger Mann trat ein. Er flüsterte dem Stabschef etwas zu, und auf dessen Gesicht erschien plötzlich ein erleichtertes Lächeln.

»Was soll das blöde Grinsen?«, bellte der Präsident ungnädig.

»Gute Nachrichten, Sir«, antwortete der Stabschef frohlockend.

»Auf dem Roten Platz wurzelt auch ein Baummensch, und ebenso auf dem Tian'anmen-Platz in Peking.«

Die Zahl der Baummenschen wuchs beständig. Von zehn auf zwanzig, auf fünfzig, auf hundert. Jeden Tag schienen ein paar neue dazuzukommen. Die Weltgesundheitsorganisation hatte eine Pandemie-Vorwarnstufe ausgerufen. Man konnte nicht ausschließen, dass da doch ein neuartiges Virus am Werk war. Wenn, dann gelang es allerdings nicht, diesem auf die Spur zu kommen. Dazu hätte man einen der Bäume sezieren müssen, aber das wagte keine Regierung. Sammer verfolgte die Entwicklung mit Interesse. Er hatte sich vorerst einmal zuhause eingeigelt.

Allerdings besuchte er regelmäßig »seinen« Baummenschen im Naturpark, um sich mit ihm zu unterhalten, auch wenn es sehr einseitige Gespräche waren.

»Was hat euch verändert und warum? Dient ihr einem höheren Zweck?«, fragte Sammer ein um das andere Mal. Der Baummensch, der einmal Franz Kiefer war, gab keine Antwort. Wie auch? Sein Gesicht bestand jetzt aus dicker Rinde. Mund, Nase und Augen waren nur noch zu erahnen, wenn man wusste, wo man sie suchen musste. Sammer hatte keine Ahnung, was ihn immer wieder zu Kiefer trieb, jedenfalls übte dieser aber eine beruhigende Wirkung auf ihn aus. Alle Probleme schienen in seiner Nähe viel kleiner und leichter zu lösen. Alle Sorgen, sogar die Angst, verrückt zu werden, waren wie weggewischt. Kiefer schien etwas Friedfertiges auszustrahlen, und Sammer fühlte sich in seiner Gegenwart – er fand keine besseren Worte, um es auszudrücken – »heil«.

Zumindest bis zu jenem Moment, in dem sich die Stimme wieder meldete.

»*Ich habe einen Auftrag für dich!*«, sagte sie.

Die Wölfe

»homo homini lupus«
(Zitat des römischen Komödiendichters Titus Maccius,
bekannt geworden durch Thomas Hobbes)

Giselher Sauermann war ein erfolgreicher Hedgefonds-Manager.

Er war der Wolf unter den Wölfen. Niemand wusste genau, wie hoch sein Privatvermögen war, vielleicht nicht einmal er selbst. Er hatte das Geld so angelegt, dass es sogar für einen Finanzspezialisten beinahe unmöglich war, die Wege, die es nahm, nachzuverfolgen.

Sauermann hatte schon einige Prüfungen der Finanzbehörden hinter sich. Die Beamten waren sich sicher, dass er krumme Dinge drehte, aber sie hatten ihm bislang nichts nachweisen können – weder Steuerhinterziehung noch Betrug. Sauermann tat nichts, um ihren Verdacht zu zerstreuen, eher im Gegenteil. Er schien sich über die Hilflosigkeit der Staatsdiener zu amüsieren.

Den Großteil seines Vermögens hatte Sauermann während der Weltwirtschaftskrise 2009 gemacht. Als Hedgefonds-Manager hatte er auf fallende Kurse verschiedener Unternehmen gesetzt. Und sie waren abgestürzt. Manche sogar ohne sein Zutun, aber darauf allein hatte er sich nicht verlassen, sondern tatkräftig nachgeholfen:

Er streute an den richtigen Orten und zur richtigen Zeit Gerüchte, dass diese oder jene Firma ein Problem habe und kurz vor der Zahlungsunfähigkeit stehe. Zugleich stieß er gezielt Aktien des Unternehmens ab, sodass es wie ein Panikverkauf aussah. Schließlich bestach er auch noch den einen oder anderen Politiker, damit dieser in einem Zeitungsinterview bestätigte, dass er in Insiderkreisen auch schon von Problemen des Unternehmens gehört habe. Diese Mischung verfehlte ihre Wirkung nur selten. Der Kurs rasselte nach unten, und Sauermanns Kontostand stieg.

Der Hedgefonds-Manager fühlte sich in jenen Wochen und Monaten wie ein Puppenspieler, der die Marionetten am glatten Parkett der Finanzwelt nach seinem Willen tanzen lassen konnte. Er war damals ein neuer Komet am Börsenhimmel, und als viele andere glänzende Gestirne vom Firmament stürzten, hatte er sich dort gehalten. Inzwischen war er längst zu einem Fixstern geworden – weil er einen Riecher für gute Geschäfte hatte und weil er sich von Regelungen und Gesetzen nicht mehr als unbedingt nötig einengen ließ.

Sauermann verdiente gut mit Spekulationen auf Nahrungsmittel. Dass anderswo auf der Erde dadurch Lebensmittelpreise in astronomische Höhen getrieben wurden und Menschen hungerten, störte ihn nicht. »Diese Welt ist kein gerechter Ort, und niemand hat bei seiner Geburt freie Kost und Logis vertraglich zugesichert bekommen. Jeder muss für sich selbst sorgen!«, lautete die Maxime seines Handelns.

Sammer hatte sich schlau gemacht, mit wem er es da zu tun bekam.

Als ihn die Stimme aufforderte, einen Termin mit Giselher Sauermann zu vereinbaren, hatte er zuerst nicht gewusst, wer das war, obwohl ihm der Name bekannt erschien.

»Wozu soll ich mit dem Mann reden?«

»Hast du nicht ein Zeichen von mir verlangt?«, fragte die Stimme.

Sammer fügte sich. Er hatte die Erfahrung gemacht, dass er bei ihren Diskussionen ohnehin immer den Kürzeren zog. Also hatte er sich über Sauermann informiert. Inzwischen war ihm klar, dass dieser Mann zur skrupellosen Finanzelite Europas, wenn nicht sogar der ganzen Welt gehörte. Sammer machte sich allerdings keine großen Hoffnungen, dass der Finanzhai sich tatsächlich dazu herablassen würde, ihm ein Interview zu geben, auch wenn er es inzwischen zu einer gewissen Bekanntheit gebracht hatte – nicht zuletzt durch seine Propheten-Nummer.

Tatsächlich kam es wie erwartet: Er habe keine Zeit für Spinner und Sektierer, ließ Sauermann ihm über seine Sekretärin unverblümt ausrichten.

Doch der Zufall eilte Sammer in Gestalt von Mercedes zu Hilfe.

Sie war soeben von einer kurzen Geschäftsreise nach Amerika zurückgekommen, über die sie Sammer nichts Näheres hatte berichten wollen. Immer wenn er sie nach ihrer Arbeit fragte, antwortete sie ausweichend, dass ihre Auftraggeber absolute Diskretion von ihr verlangten. Sammer fand es ein wenig kränkend, dass sie so wenig Vertrauen zu ihm hatte. Er machte im Gegenzug aus seinem Herzen keine Mördergrube und berichtete Mercedes von der Abfuhr durch Giselher Sauermann.

Mercedes lächelte. »Das hätte ich dir gleich sagen können. Ich bin ihm schon ein paarmal begegnet. Ein sehr unangenehmer Mensch, Egoist, Narzisst. Hält die ganze Welt für einen Selbstbedienungsladen, der nur dazu da ist, seine Bedürfnisse zu erfüllen. Ich weiß nicht, warum deine Stimme will, dass du dich mit ihm triffst. Aber ich glaube, ich kann da etwas arrangieren. Zufällig bin ich übermorgen nahe Salzburg zu einem Treffen von wichtigen Leuten aus der internationalen Finanzwelt eingeladen. Ich soll für einen Kunden dort eine … unangenehme Sache regeln … und mich zugleich ein wenig umhören, also die neuesten Gerüchte aufschnappen. Du weißt ja, Informationen sind in der Hochfinanz eine sehr wichtige Währung. Ich denke, ich könnte dich als meinen Begleiter reinschmuggeln. Die Wahrscheinlichkeit, dass du dort auf Sauermann triffst, ist sehr hoch.«

Sammer sah sie staunend an. Er fragte sich einmal mehr, in welchen Kreisen die Frau, die er liebte, eigentlich verkehrte, und was in aller Welt er an sich hatte, dass sie sich mit ihm abgab. Sie war ihm doch in jeder Hinsicht eine Nummer zu groß.

Mercedes schien seine Gedanken zu erraten. »Ich bin nur ein einfaches Mädchen, das so tut, als gehörte es zu den Reichen und Schönen und tanzte mit ihnen um das goldene Kalb, aber im Grunde sehnt es sich nur Geborgenheit und Liebe«, sagte sie und zog ihn zu sich heran. »Wenn du mitwillst zu Sauermann, dann musst du dir jetzt den Eintritt verdienen …!«

Zwei Tage später betraten sie abends eine Luxusvilla nahe Salzburg. Sammer hatte noch nie ein derart protziges Anwesen gesehen, und der so unverschämt zur Schau gestellte Reichtum verursachte ihm fast Übelkeit und machte ihn nervös. Er fühlte sich klein und unwichtig. Auch wenn er gelernt hatte, sich in gehobenen Kreisen zu bewegen, war er doch in der Tiefe seines Herzens der Junge vom Land geblieben. Sammer trug einen nagelneuen, teuren Designer-Anzug und fühlte sich darin wie verkleidet. Aber Mercedes hatte auf dieser Aufmachung bestanden. Das werde in den Kreisen erwartet, in die sie ihn jetzt einzuführen gedenke. Mercedes selbst sah atemberaubend aus. Sie trug ein enges, knöchellanges rotes Kleid mit tiefem Ausschnitt, der alles verhieß und doch nichts preisgab. Ihr Make-up unterstrich nur ihre natürliche Schönheit. Die Gratwanderung zwischen zu viel und zu wenig beherrschte sie auch in dieser Hinsicht perfekt.

»We go to a party and everyone turns to see this beautiful lady that's walking around with me …«, stimmte Sammer unwillkürlich einen alten Clapton-Hit an. Mercedes lächelte.

Hinter der Eingangstür der Villa stand ein bulliger Mann im schwarzen Anzug und verlangte ein wenig rüde, die Einladung zu sehen. Dabei taxierte er Mercedes und sagte in Sammers Richtung: »Eigentlich ist es nicht üblich, selbst … äh … weibliche Gesellschaft mitzubringen. Die Damen werden natürlich vom Gastgeber beigestellt!«

Sammer wusste nicht, was er darauf antworten sollte, aber Mercedes kam ihm ohnehin zuvor.

»Schätzchen, wenn du des Lesens mächtig bist, dann schau dir die Einladung an. Sie lautet nämlich auf meinen Namen. Also wenn hier jemand eine«, sie lächelte anzüglich, »Begleitung mitbringt, dann bin ich das«, sagte sie. Sammer kam zum Schluss, dass sie durchaus geübt darin war, mit Leuten in herablassendem Tonfall zu sprechen. »Und wenn du uns jetzt ganz schnell hineinlässt, dann werde ich vielleicht vergessen, deine Unverschämtheit beim Gastgeber zu erwähnen«, fügte Mercedes eisig hinzu. Sammer sah, wie der Mann, der eben noch die Einladung studiert hatte, plötzlich bleich wurde und hastig den Weg frei machte. »Verzeihen Sie. Das konnte ich nicht wissen. Meiner Information nach sind heute nur Herren zugelassen.«

Mercedes musterte ihn mit einem Blick, als sei er ein ekelerregendes Insekt.

»Nun, dann sind deine Informationen eindeutig falsch!«, sagte sie, ging auf die Tür zum nächsten Raum zu und trat hindurch. Sammer folgte ihr und blieb im nächsten Moment wie angewurzelt stehen. Er wusste nicht, was er von dieser Party erwartet hatte, aber das, was er jetzt zu Gesicht bekam, ganz sicher nicht: Mercedes hatte ihn auch mit keinem Wort vorgewarnt. Im Raum herrschte lautes Stimmengewirr, das immer wieder von schrillem Lachen und Stöhnen übertönt wurde. Sammer tat sich schwer, zu schätzen, wie viele Männer und Frauen sich in diesem bestimmt 300 Quadratmeter großen Saal aufhielten. Sie lehnten an Wänden, lümmelten in Fauteuils, saßen oder lagen auf Sofas, und manche hockten sogar am Boden. Die meisten Männer hatten die Jacken ihrer teuren Anzüge abgelegt und einige auch schon ihre Hemden. Die Frauen waren durchwegs barbusig. Sammer sah aber auch ein paar, die überhaupt keine Kleidung mehr trugen. Eine nackte Frau holte gerade ungeniert den erigierten Penis eines Mannes aus der Hose und beugte sich darüber. Sammer spürte, dass ihm Schamesröte in die Wangen stieg. Er war nicht prüde, aber was hier abging, das war neu für ihn. Er ließ seinen Blick durch den Raum schweifen. Niemand schien sich am Tun des Pärchens zu stören, stattdessen schauten viele sogar interessiert zu.

Sammer kam sich vor wie ein Voyeur. Er wusste nicht recht, wie er die Wirkung, die die Szene auf ihn hatte, einordnen sollte. Er fand sie abstoßend und doch faszinierend zugleich.

Mercedes ergriff seinen Arm. Als er sich ihr zuwandte, sah er ein schelmisches Lächeln auf ihrem Gesicht. Sie amüsierte sich offenbar über seine Verwirrung und Verlegenheit.

»Tja, es ist immer ein Nachteil, wenn man zu spät zu einer Party kommt. Die anderen sind dann schon in so ausgelassener Stimmung, dass man den Vorsprung kaum mehr aufholen kann«, sagte sie ironisch.

Sammer sah sie fragend an.

»Bist du öfters auf solchen ... äh ... Partys?«, fragte er. Er hatte sich bisher nie Gedanken darüber gemacht, ob sie ihm auf ihren Geschäftsreisen eigentlich treu war. Er wusste, dass er keinen Anspruch darauf hatte, denn obwohl ihre Beziehung schon etliche Wochen dauerte, hatten sie sich bislang gegenseitig keinerlei Verpflichtung auferlegt. Sie trafen sich unregelmäßig. Doch jetzt wurde Sammer plötzlich klar, dass er auf jeden anderen Liebhaber rasend eifersüchtig wäre. In der Tiefe seines Herzens war er eben ein konservativer, altmodischer Mann.

Mercedes sah ihn treuherzig an.

»Nur, wenn ich es nicht vermeiden kann«, sagte sie, wie üblich seiner Frage ausweichend.

»Oh – da drüben ist der Gastgeber.« Sie zog Sammer mit sich, während dieser noch darüber nachdachte, was die Formulierung »nicht vermeiden kann«, wohl bedeutete.

Der Hausherr, ein dicklicher, kleiner Mann mit Glatze, war zu Sammers Erleichterung noch vollständig bekleidet. Es wäre ihm doch peinlich gewesen, einem Mann ohne Hose förmlich vorgestellt zu werden.

»*Hier geht es ja zu wie in Sodom und Gomorrha*«, glaubte er die Stimme in seinem Kopf zu hören. Vielleicht war es aber auch nur sein eigener Gedanke.

»Hallo Katharina«, sagte der Gastgeber zu Mercedes, als sie bei ihm anlangten. »Schön, dass du es einrichten konntest, und schade, dass du erst jetzt kommst.« Er zeigte bedauernd auf die halbnackte Frau, die er ihm Arm hielt. »Wenn ich mir ganz sicher gewesen wäre, dass du meiner Einladung folgst, hätte ich mich natürlich für dich aufgespart.«

Mercedes lächelte strahlend.

»Natürlich, Matthias. Und wie immer hätte ich dir einen Korb geben müssen.«

Er verzog das Gesicht zu einer schmerzlichen Grimasse.

»Du kannst dir nicht vorstellen, wie ich unter deiner Zurückweisung leide. Wirst du mein Werben denn nie erhören?«

Mercedes lächelte nun ein Lächeln, das alles Mögliche bedeuten konnte und in Sammer prompt Wut auf den Lackaffen vor sich emporkochen ließ. Als ahnte Mercedes seine Stimmung, hakte sie sich bei ihm ein.

»Darf ich dir meinen Begleiter vorstellen. Konrad Sammer! Er ist … ein Freund!«

Und an Sammer gewandt sagte sie: »Das ist Matthias Gablieri. Er ist beruflich …«, sie zögerte einen winzigen Moment, »… nun, sagen wir, einfach unverschämt reich!«

Der Mann lachte laut und vulgär und streckte Sammer die Hand entgegen. Er hatte einen schwammigen Händedruck, doch Sammer sah, dass die braunen Augen ihn wachsam musterten.

»Sammer«, sagte Gablieri. »Mir ist, als hätte ich den Namen schon einmal gehört. Sammer … aber ja doch, Sie sind dieser Journalist und angebliche Prophet, der die Welt verbessern will!«

Er hob plötzlich die Arme und rief laut:

»Darf ich einen Augenblick um Ihre Aufmerksamkeit bitten, geschätzte Damen und Herren. Wir haben heute einen heiligen Mann in unseren Reihen. Konrad Sammer, den Propheten! Ich bitte Sie also alle, die Contenance zu wahren! Wir wollen ihn ja nicht vor den Kopf stoßen. Nicht, dass er uns am Ende verflucht!«

Allgemeines Gelächter war die Antwort darauf, doch es ebbte rasch ab. Die meisten Leute kümmerten sich nicht weiter um Sammer, ein paar warfen ihm aber durchaus interessierte Blicke zu.

Mercedes drohte Gablieri mit dem Zeigefinger.

»Das war nicht sehr nett, Matthias! Ich fürchte, zur Strafe wirst du nun noch länger darauf warten müssen, dass ich dich eines Tages vielleicht erhöre!«

Er lächelte kummervoll, und Sammer ertappte sich bei der Vorstellung, wie er ihm mit einem schnellen Faustschlag die Nase brach.

»*Na, na!*«, sagte die Stimme in seinem Kopf tadelnd.

»Ja, die kleinen Sünden straft Gott wirklich sofort! Nicht wahr? Ich bin untröstlich, Cherie«, erklärte Gablieri in diesem Augenblick und deutete dann auf Sammer. »Und jetzt sag mir, warum du ihn mitgebracht hast. Er ist doch wohl nicht als deine Anstandsdame hier, liebste Katharina.«

Mercedes schüttelte den Kopf.

»Wie immer kann man dir nichts vormachen. Nein, ich habe ihn mitgebracht, weil er Giselher Sauermann kennenlernen will. Und du weißt ja, es ist schwer, bei ihm einen Termin zu bekommen! Darum wollte ich die Gelegenheit nutzen, die beiden bekanntzumachen. Ist er hier?«

Der Mann nickte. »Ja, als ich ihn zuletzt sah, hat er sich in … charmanter Begleitung« – er lächelte das halbnackte Mädchen neben sich an und begann mit einer Hand ihre Brüste zu streicheln – »… in eines der Schlafzimmer zurückgezogen …!«

Sammer blickte ans andere Ende des Raumes, wo fünf Türen zu sehen waren.

»In welches?«, fragte er.

Matthias Gablieri lachte. »Das mittlere Zimmer. Hätte es eine Nummer, dann wäre es bestimmt die 666, die Zahl des Teufels – um falsche oder auch echte Propheten abzuwehren!«

Er musterte Sammer: »Reden Sie tatsächlich mit Gott? Wenn ja, dann sagen Sie ihm, dass ich nicht an ihn glaube! Schon lange nicht mehr. In der Welt, in der ich lebe, gibt es keinen Gott – oder vielleicht doch … diesen hier!« Ungeniert holte er ein Säckchen aus seiner Jackentasche, das eindeutig Kokain enthielt, streute sich ein wenig davon auf den Handrücken und zog es wie Schnupftabak in die Nase. Sammer hatte schon davon gehört, dass Rauschgiftkonsum in der Finanzwelt gang und gäbe war, aber es nicht wirklich geglaubt.

Gablieri lächelte. »Oh, jetzt sind Sie schockiert. Aber dazu besteht kein Grund. Sie müssen wissen, das Zeug hilft mir, bei meinen Geschäften einen klaren Kopf zu bewahren, und abends befördert es mich ohne Umweg durch das Fegefeuer ins Paradies«, sagte er und bot Sammer auch eine Prise an.

Der schüttelte den Kopf.

Der Gastgeber zuckte mit den Schultern.

»Nun denn, ihr beiden. Tut, was ihr tun müsst, und dann vergnügt euch. Das Leben ist kurz genug!« Er wandte sich der Frau in seinem Arm zu, führte sie zu einem Sofa, streute Kokain auf ihre Brustwarzen und begann genüsslich daran zu saugen.

Sammer sah sich im Raum um. Die Stimmung wurde immer ausgelassener. Einige Paare kopulierten inzwischen ungeniert miteinander. Männer und Frauen standen um sie herum und feuerten sie an. Sie alle waren entweder betrunken oder durch Drogen benebelt. Sammer fand die Szenerie abstoßend.

Mercedes zog ihn am Arm und deutete auf die mittlere Tür am Ende des Raumes.

»Na los. Schauen wir, ob wir Sauermann dort tatsächlich finden!«

Sie wollte losgehen, doch er hielt sie zurück.

»Katharina?«, fragte er.

Sie lächelte. »Tja, da bin ich dir wohl eine Erklärung schuldig. Ich arbeite nie unter eigenem Namen, sondern verwende, man könnte sagen: Künstlernamen. Das hilft mir, Beruf und Privatleben zu trennen. Aber ich denke, wir reden besser später darüber. Jetzt gibt es Wichtigeres zu tun.«

Sammer nickte, aber während sie den Raum durchquerten, fragte er sich, wer die Frau neben ihm eigentlich war. Ein beunruhigender Gedanke schoss ihm durch den Kopf. Was, wenn er auch nur ein Auftrag war? Was, wenn sie sich nur mit ihm eingelassen hatte, weil ihn jemand unter Beobachtung halten wollte? Was, wenn Mercedes auch nur ein Künstlername war?«

»Ja«, dachte Sammer, »wir werden ein Gespräch führen, und dabei werde ich einige Antworten einfordern, auch auf die Gefahr hin, sie durch mein Misstrauen zu verletzen und schlimmstenfalls zu verlieren. Besser als die Ungewissheit!«

Sie hatten die Tür erreicht, und Mercedes klopfte. Als keine Reaktion kam, öffnete sie sie ungeniert.

Auf dem Bett lag ein völlig angezogener Mann. Nur sein Penis ragte aus der Hose, und eine junge, nackte Frau war dabei, ihn sanft zu massieren. Der Mann hatte die Augen geschlossen, der Ausdruck auf seinem Gesicht war genießerisch.

Die Frau starrte die beiden Störenfriede entgeistert an.

Mercedes gab ihr mit einem Wink zu verstehen, dass sie verschwinden solle.

»Wir unterbrechen Sie nur höchst ungern bei Ihrer … Besprechung, Herr Sauermann ... aber das Geschäft geht eben vor!«, sagte sie.

Der Mann auf dem Bett öffnete die Augen und musterte Sammer und Mercedes mit kaltem Blick. Ungeniert betastete er seinen steifen Penis, schob ihn seufzend in die Hose und setzte sich auf.

»Was wollen Sie von mir?«

Er fixierte Sammer. »Sie kommen mir bekannt vor. Ach, ich weiß schon. Sie sind dieser Spinner, der Stimmen hört. Meine Sekretärin hat Ihnen doch unmissverständlich mitgeteilt, dass ich mit Ihnen nichts zu bereden habe.«

Sammer nickte. »Das Problem dabei ist allerdings, dass ich Ihnen durchaus etwas zu sagen habe!«

Mercedes mischte sich ein.

»Nun gut, Jungs. Mich braucht ihr ja dann nicht mehr. Ich habe selbst noch ein paar wichtige Gespräche zu führen, also lasse ich euch in Ruhe plaudern.«

Sie ging hinaus und schloss die Tür. Sauermann stand auf und machte Anstalten, ihr zu folgen.

»Halt!«, sagte Sammer mit einer Stimme, die nicht allein die seine war. Es lag eine Autorität darin, die ihn selbst überraschte und den Hedgefonds-Manager förmlich an Ort und Stelle zu bannen schien.

Sammer trat zwischen Sauermann und die nun geschlossene Tür. Er fühlte maßlose Verachtung für diesen Mann. »Es sind Menschen wie Sie, die diese Welt mit ihrer Gier und ihrer Herzlosigkeit zu einem kalten und finsteren Ort machen und verhindern, dass die Schöpfung sich zum Guten entwickelt«, sagte er.

Sauermann lächelte spöttisch.

»Oh, eine Predigt! Hat Ihnen das Ihr angeblicher Gott eingesagt? Wissen Sie eigentlich, wie albern Sie wirken? Ein Prophet. In Wahrheit sind Sie doch nur ein kleiner, mieser Wichtigtuer.«

Sammer schnaubte wütend.

»Ja, das hätten Sie gerne. Tatsache ist: Ich brauche keinen Gott dazu, um einen skrupellosen Geschäftemacher zu erkennen, wenn ich ihn vor mir sehe. Arschlöcher wie Sie widern mich an. Ihnen sind alle anderen Menschen egal. Sie sehen nur ihren eigenen Vorteil und gehen dafür über Leichen! Sie machen sich vielleicht nicht selbst die Hände schmutzig, aber Sie ruinieren andere Leute, und ich bin mir sicher, dass Sie den einen oder die andere tatsächlich schon in den Tod getrieben haben.«

Sauermann lachte. »Und Sie meinen, dass Sie ein Recht haben, über mich zu urteilen? Sie, ein Spinner, der sein eigenes Leben nicht auf die Reihe bekommt und einen göttlichen Auftrag erfindet, um sich wichtig zu machen? Sie sind armselig, und Sie sind ein Verlierer«, sagte er. »Ich werde Ihnen jetzt etwas über diese Welt erzählen, das Ihnen die Augen öffnet. Jeder Mensch ist in Wahrheit ein Egoist, und alle, die etwas anderes behaupten, tun das nur, um ihre eigene Schwäche zu übertünchen. Es herrscht ein erbarmungsloser Konkurrenzkampf. Das ist ein Naturgesetz, das bis heute gilt. Und die Starken fressen die Schwachen. Diese haben deshalb Konstrukte und Hirngespinste wie Nächstenliebe und Demokratie mit all ihren Sozialgesetzen erfunden, um die Mächtigen damit zu knebeln. Das ist die Realität, ob sie Ihnen gefällt oder nicht.«

Er trat ans Fenster und blickte hinunter auf die Straße. Dann winkte er Sammer zu sich. »Sehen Sie da unten diesen Penner. Er verbraucht nur unnötig Ressourcen, Wasser und Sauerstoff. Aber was ist sein Nutzen für die Menschheit? Er bringt uns als Art nicht voran. Es waren immer die Eliten, die dafür gesorgt haben, dass wir uns weiterentwickeln. Von ihren Errungenschaften haben dann immer auch jene profitiert, die es gar nicht verdient hätten.«

Sammer sah ihn fassungslos an. Für ihn war es unbegreiflich, dass jemand so denken konnte. »Was Sie da sagen, ist Sozialdarwinismus in Reinkultur. Sie meinen also, Finanzjongleure wie Sie, die nie etwas produziert oder geschaffen haben, sondern nur mit fiktiven Werten handeln und vom Elend anderer Menschen reich werden, seien die Krone der Schöpfung?«

Er schüttelte angewidert den Kopf. »In meinen Augen ist nicht dieser arme Kerl ein Parasit, sondern Sie, weil sie sich ungerechtfertigt das aneignen, was die von Ihnen so verachteten kleinen Menschen mit ihrer Hände Arbeit schaffen. Und überhaupt: Was ist mit den zukünftigen Generationen? Wir tragen auch für sie eine Verantwortung.«

Sauermann lachte verächtlich.

»Die moralische Keule. Natürlich. Glauben Sie wirklich, Menschen, die vor 200 Jahren gelebt haben, haben auch nur einen Gedanken daran verschwendet, wie es uns heute gehen wird. Vielleicht haben sie an ihre Kinder gedacht, eventuell noch an ihre Enkelkinder. Aber das Motto der meisten lautete doch: Nach mir die Sintflut! Und das ist auch richtig so. Wenn man es auf dieser Welt zu etwas bringen will, dann braucht man einen gesunden Egoismus.«

Sammer war erschüttert. »Ich kann nicht erkennen, was gesund daran sein soll, für den eigenen Vorteil das Leben anderer Menschen zu vernichten!«

Sauermann verzog die Lippen zu einem wölfischen Grinsen.

»Weil Sie ein Narr sind!«

»Homo homini lupus«, murmelte Sammer unwillkürlich.

»Was?«, fragte Sauermann. Er schien keine klassische Bildung genossen zu haben.

»Der Mensch ist dem Menschen ein Wolf«, übersetzte Sammer. »Thomas Hobbes hat das gesagt. Ein englischer Philosoph, der im 17. Jahrhundert lebte. Und lange vor ihm schon der römische Komödiendichter Titus Maccius Plautus im dritten Jahrhundert vor Christi Geburt. Sie wollten damit ausdrücken, dass der größte Feind des Menschen der Mensch sei. Ihre These lautet kurzgefasst: Jedes Individuum trachtet nach seinem Vorteil und der Sicherung seiner eigenen Bedürfnisse und strebt Macht über andere an.«

Sauermann nickte anerkennend.

»Scheinen ja kluge Männer gewesen zu sein, und ihrer Zeit weit voraus«, sagte er.

Sammer schüttelte den Kopf.

»Ich für meinen Teil will an eine Welt glauben, in der die Liebe die treibende Kraft ist.«

Sauermann lachte. »Liebe deinen Nächsten wie dich selbst. Was war von einem angeblichen Propheten auch schon anderes zu erwarten. Aber das ist sentimentaler religiöser Quatsch. Alle, die diesem Unsinn anhängen, sind doch nur die Marionetten einer undefinierten höheren Macht. Ich aber bin frei und selbstbestimmt!«

Sammer musste lachen.

»Als ob die Finanzmärkte nicht längst mystisch verbrämt worden wären. In Wahrheit ist doch das Geld der Götze, den Sie und Ihresgleichen anbeten. Und er ist ein gnadenloser Gott und Zuchtmeister.«

Sauermann lächelte dünn. »Vielleicht. Aber er verleiht mir auch Macht und Besitz. Ich kann mir kaufen, was ich will: Villen, Autos, Koks und Frauen.«

Er musterte Sammer mit kalten Augen. »Wenn ich will, kann ich mir auch deinen Tod kaufen!«, sagte er plötzlich zum Du wechselnd. »Jederzeit! Den dafür nötigen Betrag bezahle ich sozusagen aus der Handkassa.«

Sammer hielt dem grausamen Blick stand.

Dann lachte Sauermann plötzlich laut: »Das war natürlich nur ein Scherz. Wäre doch wirklich schade um dich. So viele Propheten hat die Welt ja schließlich nicht und ich finde dich echt drollig.«

Er beugte sich zu Sammer vor und murmelte verschwörerisch: »Im Grunde genommen sind wir ja vielleicht sogar Kollegen. Du musst wissen, dass ich mich selbst auch für auserwählt halte, wenn auch vom Gott Mammon. Ich predige sozusagen sein Evangelium.«

Er richtete sich hoch auf. »Ich habe mich anfangs selbst gewundert, wie leicht mir der Aufstieg gelang. Aber ich bin einfach klüger und schneller und auch skrupelloser als meine Konkurrenten. Ich habe die Mechanismen des Finanzmarktes besser begriffen als sie. Und deshalb habe ich Erfolg.« Sauermann streckte demonstrativ die Arme in die Höhe. »Wenn ich es in deine Sprache übersetzen wollte, dann würde ich sagen, dass meine Hände gesegnet sind«, rief er. »Alles, was sie anfassen, wird zu Gold!«

In diesem Augenblick fühlte Sammer plötzlich eine Aufwallung von Macht in sich. Fast war es, als habe ihn gerade wieder ein Blitz getroffen. Da war auf einmal eine Kraft in ihm, die weit über die seine hinausging. Er streckte nun ebenfalls die Hände in die Höhe, in einer Geste, die beinahe wirkte, als wollte er Sauermann segnen.

»Dann soll es auch so sein!«, sagte Sammer, und wieder sprach er mit einer Stimme, die dunkler und kräftiger war als seine eigene. »Und es soll dir und deinesgleichen zur Warnung dienen! Euer Weg ist der falsche!«

Sauermann schüttelte den Kopf.

»Mann, du bist wirklich ein Irrer!«, sagte er. »Mir reicht es jetzt!«

Er drängte sich an Sammer vorbei, der rasch zur Seite wich, fast als hätte er Angst, mit dem Hedgefonds-Manager in Berührung zu kommen.

Dann war Sauermann an der Tür und griff nach der Klinke.

Im selben Augenblick verwandelte diese sich in Gold …

Und Sammer hörte die Stimme in seinem Kopf sagen: »*Es hat begonnen!*«

Midas Söhne

Die Medien hatten eine neue Sensation.

»Midas Söhne«, lautete die Headline vieler Internetforen und Online-Ausgaben von großen Zeitungen am nächsten Morgen, und auch Fernsehstationen berichteten über die Menschen, die alles, was sie mit ihren Händen berührten, zu Gold werden ließen.

Sammer und Mercedes hatten in dem Tumult, den Sauermann verursacht hatte, ungehindert die Villa verlassen. »Lasst euch auf keinen Fall von ihm anfassen. Seine Hände bringen den Tod«, hatte Sammer den Anwesenden beschwörend zugerufen, bevor sie hinausgeeilt waren. Er hoffte, dass das genügte, um den Leuten klar zu machen, welche Gefahr der Mann nun darstellte. Zum Glück schienen alle die Warnung beherzigt zu haben. Zumindest war in den Berichten im Internet nichts davon zu lesen, dass ein Mensch in Gold verwandelt worden wäre. Inzwischen hatte man Sauermann längst in der Quarantäne-Station eines Spitals isoliert.

Und er war nicht der einzige Betroffene.

Verstreut über den Globus waren noch sechs weitere Hedgefonds-Manger vom Midas-Syndrom befallen. Die Skrupellosesten der Skrupellosen, oder wie es ein Journalist später in einer Reportage ausdrückte: »Die Piranhas im Haifischbecken«.

Auch sie verwandelten alles, was sie anfassten, in Gold, mit Ausnahme ihres eigenen Körpers, dessen, was sie am Leib trugen, und, wie Sammer später erfuhr, zum Glück auch von Lebewesen. Vermutlich war das der Grund dafür, warum in der Villa bei Salzburg niemand zu Schaden kam.

Sammer tat es fast ein wenig leid, dass Sauermanns eigener Körper von dem Fluch ausgenommen war. Die Vorstellung, wie er sich vor dem Pissoir an den Pimmel griff und dieser plötzlich zu Gold wurde, hatte durchaus etwas Erheiterndes.

Sammer schüttelte ob solcher Gedanken schuldbewusst den Kopf über sich selbst. Es war falsch, sich am Leid eines anderen zu ergötzen, sogar, wenn es sich dabei um eine Kröte wie Giselher Sauermann handelte, der vermutlich unzählige Menschen in den Ruin getrieben hatte.

Die Medien bezeichneten die »Krankheit«, an der die sieben Hedgefonds-Manager litten, als »Midas-Syndrom«, was Sammer durchaus passend fand. Doch im Vergleich zu dem griechischen König hatten die Hedgefonds-Manager noch Glück gehabt. Denn Midas verwandelte tatsächlich alles, was er berührte, in Gold – auch mit dem Mund. Er konnte daher nicht einmal mehr Nahrung zu sich nehmen und drohte zu verhungern. Sauermann und seine Leidensgenossen konnten essen, sofern sie die Lebensmittel nicht vorher mit ihren Händen berührten. Sie brauchten jemanden, der sie fütterte, aber sie konnten überleben. Midas hatte die Götter um Gnade angefleht und wurde erhört. Sie nahmen den Fluch von ihm.

»Tja, in diesem Punkt ist Sauermann allerdings schlechter dran«, murmelte Sammer. »Denn ich habe keine Ahnung, wie man die Sache rückgängig machen kann.«

Der Journalist seufzte. Er hätte gerne begriffen, was da geschehen war. War es wirklich Gott, der Sauermann bestraft hatte? Und wenn ja, wollte er, Sammer, dann tatsächlich der Prophet eines so grausamen

Gottes sein? Dass zum gleichen Zeitpunkt noch sechs andere Hedgefonds-Manager dieses Schicksal erlitten, sprach freilich dagegen, dass er überhaupt etwas mit dem Vorfall zu tun hatte. Vielleicht war es nur Zufall gewesen, dass er gerade bei Sauermann war, als diesen der Fluch oder was auch immer traf. Andererseits war da diese Aufwallung von Macht gewesen, die er verspürt hatte. Sammer wünschte sich, die Stimme in seinem Kopf würde zu ihm sprechen und eine Erklärung abgeben. Aber sie schwieg wieder einmal beharrlich und ließ ihn im Dunkeln tappen.

Er legte das Tablet, auf dem er sich die Zeitungsberichte angesehen hatte, zur Seite. Ein wenig wunderte er sich ja darüber, dass die Sache so schnell an die Öffentlichkeit gelangt war. Aber andererseits war ein so spektakulärer Vorfall auch nicht leicht geheimzuhalten, noch dazu, wenn so viele Leute anwesend waren wie in der Villa nahe Salzburg. In den Berichten stand übrigens, es habe sich bei der Party um eine hochkarätige Benefizveranstaltung gehandelt! Sammer lächelte verächtlich. Von wegen!

Neben ihm rührte sich Mercedes im Bett. Sie und Sammer waren die halbe Nacht hindurch gefahren, bis sie in den Göstlinger Alpen zur abgelegenen Berghütte eines seiner wenigen Freunde gelangt waren. Sammer hatte einen Schlüssel. Er hoffte, dort eine Weile untertauchen zu können. Beide waren todmüde ins Bett gefallen, aber Sammer fand keinen Schlaf. Er war zu aufgewühlt.

Er schlüpfte vorsichtig aus dem Bett, um Mercedes nicht zu wecken. Nackt trat er hinaus vor die Hütte. Es war warm. Er lehnte sich an das Holz und lauschte in sich hinein.

Die Stimme schwieg nach wie vor. Und plötzlich fühlte Sammer, wie ihm Tränen in die Augen schossen.

Er ging in die Knie und umfasste sie mit den Händen. Er presste das Gesicht gegen die Beine, um sein Schluchzen zu unterdrücken. Wie hatte sein Leben nur so aus dem Ruder laufen können? Was geschah mit ihm, was geschah rund um ihn herum? Auf einmal musste er an seine Ex-Frau denken. War nicht in Wirklichkeit seit dem Tag, an dem sie ihn verlassen hatte, alles in seinem Leben trist und öde? Warum hatte er es nicht geschafft, sie an sich zu binden? Sie hatte immer wieder beklagt, dass er sie nicht an sich heranlasse. »Du errichtest Mauern um dich. Ich dringe nicht zu dir durch. Wer bist du da drinnen«, hatte sie gesagt und mit dem Finger gegen seine Brust getippt. Er hatte nie wirklich verstanden, was sie von ihm wollte oder von ihm erwartete. Er hatte sich eine Zeitlang wirklich bemüht, sich ihr zu öffnen, doch nie diesen Mitteilungsdrang verspürt, den sie sich ersehnte. Vielleicht hatte er aber auch nur deswegen nicht aussprechen können, was er fühlte, weil er sich darüber einfach selbst nicht im Klaren gewesen war. Seine Weigerung, ein Kind zu zeugen, hatte letztendlich den Ausschlag für ihre Trennung gegeben und dafür, dass sie sich einen anderen suchte, aber sie war nicht der einzige Grund dafür gewesen. Sie hatten sich zuvor schon auseinandergelebt.

Sammer überlegte, wie sein Leben wohl verlaufen wäre, wenn er sich doch dazu hätte überreden lassen, ein Baby mit ihr zu haben. Vielleicht hätte er ja gelernt, seine Angst um dieses zerbrechliche Leben zu bändigen, vielleicht wäre er an der Verantwortung sogar gewachsen und zur Ruhe gekommen. Stattdessen saß er hier nackt und flennend vor einer Hütte und wartete, dass eine Stimme in seinem Kopf zu ihm sprach.

»Ich habe es wirklich weit gebracht«, murmelte er selbstkritisch.

Als er die Hütte wieder betrat, war Mercedes wach. Ihre Haare waren zerzaust und ihr Gesicht noch von den Strapazen der langen Fahrt gezeichnet. Dennoch sah sie hinreißend aus. Sie lag im Bett und stützte den Kopf auf die rechte Hand. Die Decke war hinuntergerutscht und gewährte Sammer freien Blick auf ihre Brüste. Verlangen, sie zu berühren, durchzuckte ihn. Er legte sich zu ihr, unterließ es aber, sie an sich zu ziehen. Er wusste, dass sie zuerst reden mussten. Sie schaute ihn ernst an.

»Wie?«, fragte sie. Nur dieses eine Wort.

Sammer wusste genau, was sie meinte. Wie hast du es angestellt, dass Sauermanns Hände plötzlich alles in Gold verwandeln, was sie berühren? Während der Fahrt hatten sie geschwiegen, zu erschüttert von den Ereignissen. Aber jetzt mussten sie darüber sprechen. Sammer bewunderte wieder Mercedes' Talent, ohne Umschweife auf den Punkt zu kommen. Leider hatte er selbst nicht die geringste Ahnung, was geschehen war.

Er grinste schief. »Ich bin ein Prophet, schon vergessen?«

Ein Anflug von Ärger über seine ausweichende Antwort huschte über ihr Gesicht, aber dann lächelte sie. »Ich habe das bisher nicht so ernst genommen, sondern eher für eine – sagen wir – liebenswerte Marotte gehalten«, erklärte sie.

Sammer nickte. »Nun, eines ist zumindest sicher. Wenn ich dafür verantwortlich bin, dann ist das, was ich Sauermann angetan habe, ganz bestimmt nicht liebenswert.«

Mercedes vollführte eine verächtliche Geste mit der Hand.

»Er ist eine habgierige Schlange. Es trifft keinen Unschuldigen«, sagte sie mitleidlos. »Aber du weichst meiner Frage aus: Wie hast du es gemacht?«

»Ich habe keine Ahnung«, sagte Sammer wahrheitsgemäß.

Dann versuchte er, Mercedes zu beschreiben, was er in jenen dramatischen Augenblicken vor Sauermanns Verwandlung gefühlt hatte, diese Anwandlung von Macht.

Sie sah ihn nachdenklich an.

»Bist du dir wirklich sicher, dass Gott mit dir redet und du seinen Willen erfüllst? Könnte das alles nicht eine Folge des Blitzes sein, der dich als Baby getroffen hat? Wer weiß, welche Partien deines Gehirns er aktiviert hat, die bei anderen Menschen brachliegen. Auch wenn die Behauptung, wir würden nur zehn Prozent unseres Potenzials nützen, ein Mythos ist, so schöpfen wir es doch ganz bestimmt nicht voll aus.«

Sammer seufzte.

»Ich weiß nicht, wessen ich mir überhaupt noch sicher bin. Was mir in den letzten Monaten passiert ist, spottet im Grunde jeder rationalen Beschreibung. Angefangen von diesem jungen Mann, der zum Baum geworden ist, bis hin zu unserem Goldhändchen. Ich komme mir vor wie der Hauptdarsteller in einem surrealen Film, der von einer unwirklichen Szene in die nächste taumelt.«

»Tatsache ist, dass du jetzt auch noch die Behörden am Hals haben wirst. Wenn Sauermann wieder einigermaßen bei Verstand ist, wird er dich beschuldigen. Und selbst wenn man ihm nicht glaubt, wird man dich auf jeden Fall einvernehmen wollen«, sagte Mercedes.

Sammer nickte. Das war ihm längst klar, deshalb waren sie ja auch in diese abgelegene Berghütte geflüchtet. Er brauchte Zeit zum Nachdenken, bevor er sich einem Kreuzverhör stellte. Er musste sich eine plausible Geschichte zurechtlegen. Sollte er alles abstreiten? Und wenn, was eigentlich genau? Er wusste ja selbst nicht, was passiert war, beziehungsweise wie es passiert war. Sammer kam zu dem Schluss, dass es wohl tatsächlich am besten war, wenn er sich dumm stellte.

»Ich werde so tun, als könnte ich mir die ganze Sache nicht erklären, was im Grunde ja auch richtig ist«, sagte er.

Mercedes stimmte ihm zu. »Für den Anfang ist das wohl das Beste. Die Behörden können dir nichts nachweisen und daher auch nichts anhängen. Du hast ihn ja nicht tätlich bedroht und nicht einmal berührt. Er könnte sich diese ... äh ... Krankheit ... sonst wo eingefangen haben.«

»Das denke ich auch. Im Übrigen ist da etwas, was du noch gar nicht weißt. Sauermann ist nicht der Einzige, der vom sogenannten Midas-Syndrom, wie die Zeitungen es getauft haben, befallen ist. Es sind noch andere Hedgefonds-Manager betroffen, verstreut auf der ganzen Welt. Und mit denen hatte ich ja nachweislich keinen Kontakt. Sauermanns Behauptung, dass ich etwas mit der Sache zu tun habe, wird also auf tönernen Füßen stehen. «

»Es gab noch weitere Fälle?«, fragte Mercedes erstaunt. »Wie viele?«

»Sechs – zumindest sind das alle, die bisher bekannt sind.«

Mercedes sah ihn bedeutungsvoll an.

»Insgesamt also sieben. Ist das nicht in vielen Religionen eine heilige Zahl?«

Sammer nickte. »Ja. Schließlich wurde laut Bibel die Welt in sieben Tagen erschaffen.«

Mercedes nickte. »Apropos. Was sagt eigentlich deine Stimme zu all dem?«

Sammer lachte kurz auf und hob die Hände zu einer dramatischen Pose.

»Es hat begonnen!«, sagte er dann pathetisch. Der Versuch, seiner Stimme jenen bedeutungsschweren Klang zu verleihen, mit dem der angebliche Gott zu ihm sprach, misslang ihm aber. »Das war, als Sauermann die Türklinke in Gold verwandelte, ihr bisher einziger

Kommentar. So lästig sie vorher oft war, übt sie sich nun, da einige Erklärungen angebracht wären, in vornehmer Zurückhaltung.«

»Und was tun wir jetzt?«, fragte Mercedes.

Sammer seufzte. »Ich weiß es nicht. Ich würde gerne Frau Müller kontaktieren, um zu erfahren, ob vielleicht schon die Polizei bei mir zuhause aufgetaucht ist. Aber ich wage es nicht, eine E-Mail zu schreiben. Keine Ahnung, wie schnell man danach den Standort dieses Tablets orten könnte. Anrufen ist überhaupt unmöglich.«

»Doch«, sagte Mercedes. »Ich habe für solche Fälle immer ein Wertkartenhandy dabei.«

Sammer sah sie staunend an.

»Für solche Fälle? Wie oft warst du denn schon in so einer Situation?« Einmal mehr wurde ihm bewusst, wie wenig er eigentlich über diese schöne Frau wusste.

Sie bedachte ihn mit einem treuherzigen Augenaufschlag. »Dies hier ist einzigartig. Aber als Beraterin für Firmen in Krisensituationen ist es schon das eine oder andere Mal vorgekommen, dass ich kommunizieren musste, ohne Gefahr zu laufen, abgehört zu werden.«

Sie zog einen Schmollmund. »Weißt du eigentlich, dass dein Misstrauen allmählich kränkend wird?«

Er schloss kurz die Augen.

»Verzeih«, sagte er dann mit aller Aufrichtigkeit, zu der er in diesem Moment fähig war. Denn ganz ausgeräumt waren seine Zweifel nach wie vor nicht. Doch Mercedes ließ Sammer vom Haken, kramte in ihrer Handtasche und zog ein Handy daraus hervor, das sie ihm überreichte.

»Danke«, sagte er. Dann wählte er seine Festnetznummer.

Es läutete nur ein einziges Mal, dann hob Frau Müller ab.

»Ja?«, sagte sie. Nichts sonst, und es klang misstrauisch.

»Sammer hier«, antwortete er.

»Na endlich. Wo sind Sie? Wann kommen Sie zurück? Seit heute Morgen ist hier die Hölle los. Ständig rufen Leute an und wollen Sie sprechen. Ihr E-Mail-Account geht fast über, und vor ein paar Minuten war sogar die Polizei hier und hat nach Ihnen gefragt. Haben Sie etwas angestellt?«, sprudelte Frau Müller hervor.

»Beruhigen Sie sich«, sagte Sammer. »Ich habe nichts angestellt. Ich bin nur leider in einen Vorfall verwickelt, der die Aufmerksamkeit der Behörden erregt hat. Das ist alles.«

Einen Moment lang herrschte Stille.

»Und Sie sind sicher, dass Sie nichts verbrochen haben? Denn sonst müsste ich sofort kündigen. Wissen Sie, ich habe die Berichte gesehen, über den armen Mann, der alles, was er angreift, in Gold verwandelt. Haben wirklich Sie ihm das angetan? Ich will nicht in dunkle Machenschaften verwickelt werden. Nicht auszudenken, was meine Nachbarinnen dazu sagen würden. Ich könnte mich ja nicht mehr auf die Straße wagen.«

Sammer fühlte sich einen Moment lang irritiert von dem, was Frau Müller gesagt hatte, aber er wusste nicht warum.

»Machen Sie sich keine Sorgen«, sagte er in beruhigendem Tonfall. Ich habe nichts Unrechtes getan, und es wird sich bald alles aufklären. Aber jetzt brauche ich Ihre Hilfe. Sagen Sie, wird das Haus beobachtet?«

»Natürlich nicht. Warum sollte jemand das tun?«, fragte sie schon wieder misstrauisch. »Das heißt, jetzt wo Sie es sagen: Gelegentlich schwirrt eines dieser kleinen ferngesteuerten Flugdinger draußen herum.«

»Eine Drohne?«, fragte Sammer.

»Ja, so nennt man sie wohl«, sagte Frau Müller.

Sammer ließ die Idee fallen, seinem Zuhause heimlich einen kurzen Besuch abzustatten.

Offenbar stand es tatsächlich unter Beobachtung. Sauermann musste gegenüber den Behörden also geplaudert haben. Bestimmt gab er ihm die Schuld an dem, was ihm widerfahren war.

Frau Müller wurde das Schweigen offenbar zu lang.

»Wo sind Sie? Wann kommen Sie wieder? Was soll ich all den Leuten sagen?«, fragte sie.

Sammer überlegte. »Sagen Sie ihnen, dass ich mich in kurzer Zeit selbst zu Wort melden werde. Und beantworten Sie auch alle E-Mailanfragen entsprechend.«

Einen Moment lang herrschte Stille. »Kann ich Ihnen sonst irgendwie helfen? Sie sind so ein netter Mann. Ich kann nicht glauben, dass Sie in kriminelle Machenschaften verwickelt sind. Erzählen Sie mir, was passiert ist«, sagte sie dann.

Sammer musste schmunzeln.

»Ich kann Ihnen nur sagen, dass sich in meinem Leben derzeit sehr unüberschaubare Dinge ereignen. Aber ich bin sicher, dass sich bald alles in Wohlgefallen auflösen wird«, tischte er ihr eine glatte Lüge auf.

Aus den Augenwinkeln sah er Mercedes gestikulieren. Er drehte sich zu ihr herum. Sie fuhr sich mehrmals mit dem Finger über den Hals. Offenbar wollte sie, dass er das Gespräch beendete.

»Ich melde mich bald wieder. Versprochen«, sagte er.

»Nein, legen Sie noch nicht auf. Ich habe noch so viele Fragen. Es sind auch Rechnungen gekommen. Was ist damit? Und ich muss mit Ihnen auch noch über einige offene Honorarnoten sprechen. Das ist wichtig«, sagte Frau Müller.

Mercedes wiederholte ihre Geste. Drängend diesmal. »Mach Schluss!«, flüsterte sie fast lautlos, damit Frau Müller ihre Stimme nicht hören konnte. Sammer zögerte. Es gab tatsächlich einige Dinge, die er mit seiner Sekretärin besprechen sollte. Plötzlich schnellte Mercedes' Hand nach vorne, entzog ihm das Handy und drückte die Aus-Taste.

»Was soll das?«, fragte er ärgerlich.

»Wenn schon Drohnen über dein Haus fliegen, dann sind bestimmt Geheimdienste am Werk, und die haben auch Mittel, um den Standort eines Wertkartenhandys recht schnell auszumachen. Im Übrigen hatte ich das Gefühl, dass dich deine Sekretärin hinhalten wollte.«

»Frau Müller? Nein. Da siehst du Gespenster. Sie ist ein sehr einfaches Gemüt.«

»Vielleicht wurde sie unter Druck gesetzt, dich so lange wie möglich am Apparat zu halten. Vielleicht stand ja ein Polizist neben ihr«, sagte Mercedes.

Sammer konnte das nicht ausschließen, wollte es aber nicht so recht glauben.

»Was machen wir jetzt?«, fragte er.

Sie stand auf und zog sich an.

»Einen Spaziergang!«, sagte sie.

Mercedes überraschte Sammer mit bequemer Kleidung, die sie aus ihrer Tasche fischte. »Ich bin gerne auf alle Eventualitäten vorbereitet«, sagte sie.

Er schüttelte den Kopf. »Das kenne ich nur aus Bond-Filmen. Bist du vielleicht eine Agentin?«

Sie lächelte nur und küsste ihn.

Auch eine Art, einer Antwort auszuweichen, wenn auch eine sehr angenehme, dachte Sammer.

Mercedes durchsuchte die Hütte und fand verschiedene brauchbare Utensilien, darunter eine Wanderausrüstung mit einem Zweimann-Zelt. »Du solltest deinen Freund bei Gelegenheit auf ein feudales Essen einladen«, empfahl sie Sammer. Dann drängte sie zur Eile: »Ich fürchte, dass man diesen Ort schon im Visier hat. Wir sind hier nicht mehr lange sicher.« Sie verließen die Hütte durch die Hintertür, wo die Bäume dicht an den Holzwänden standen, und stiegen im Sichtschutz des Waldes einige hundert Meter bergan. Dort bezogen sie Stellung. Von ihrem erhöhten Standpunkt aus konnten sie mit einem Feldstecher, den sie ebenfalls in der Hütte gefunden hatten, gut überblicken, was sich dort tat. Und sie mussten nicht lange warten. Bald huschten Gestalten in Tarnanzügen heran, die jede Deckung ausnutzten. Sie trugen Gewehre. Sammer überlief ein kalter Schauer.

»Als wäre ich ein Schwerverbrecher!«, murmelte er.

Mercedes schüttelte den Kopf. »Alles halb so wild. Das ist keine Spezialeinheit, sonst würden wir die Männer nicht sehen. Offenbar stufen sie dich noch nicht als große Gefahr ein. Trotzdem sollten wir rasch verschwinden«, sagte sie und schnappte sich den Rucksack. »Zum Glück kenne ich mich hier ein wenig aus. Ich habe mit Freunden schon öfter Wandertouren in dieser Gegend gemacht.«

Sammer kam bald zu dem Schluss, dass »ein wenig auskennen« die Untertreibung des Jahrhunderts war. Mercedes führte Sammer auf schmalen Pfaden durch unwegsames Gelände. Eigentlich hatte er ihr den Rucksack abnehmen wollen, aber sie war davongestürmt, bevor er etwas sagen konnte. Rasch war er zu der Einsicht gelangt, dass sie ihm, was Fitness anbelangte, deutlich überlegen war, denn er hatte auch ohne schweres Gepäck Mühe, mit ihr Schritt zu halten. Als es Nacht wurde, schlugen sie auf einer kleinen Wiesenfläche das Zelt auf. Mächtige Baumkronen sorgten für Sichtschutz von oben. Mehrmals hatten sie ein verdächtiges Summen gehört und waren sofort im Unterholz in Deckung gegangen. Mercedes war überzeugt, dass sie mit Drohnen gesucht wurden. Aber in der letzten Stunde war Ruhe eingekehrt.

»Ich glaube, sie haben es inzwischen aufgegeben. Zum Glück hatten sie anscheinend keine Fluggeräte mit Wärmebildkameras im Einsatz. So wichtig scheinst du ihnen also doch nicht zu sein«, sagte Mercedes.

Er schaute sie mit ernster Miene an.

»Woher weißt du alle diese Dinge. Wer bist du wirklich?«, fragte er.

»Ich bin, was ich dir gesagt habe. Eine Krisenmanagerin für internationale Konzerne.«

»Und was sind das für Krisen? Solche, wo man von bewaffneten Truppen verfolgt wird?«

Mercedes lächelte. »Ich bevorzuge es doch, Probleme am Verhandlungstisch zu regeln. Aber lange vor diesem Job war ich einige Jahre beim Militär und habe in einer Spezialeinheit gedient. Daher weiß ich Dinge, die Normalbürger nicht wissen, und Drohnen sind überhaupt ein Hobby von mir. Da kenne ich mich aus. Ich habe selber ein paar hochwertige Exemplare zuhause.«

»Falls es notwendig ist, für einen Auftraggeber ein wenig Spionage zu betreiben?«, fragte Sammer.

Mercedes sah ihn beleidigt an.

»Natürlich agiert man in meinem Metier manchmal in einer gesetzlichen Grauzone. Du willst in mir aber wohl unbedingt eine Kriminelle sehen«, sagte sie frostig.

Sammer seufzte. »Dann sag mir doch, was du tatsächlich tust und wer deine Auftraggeber sind.«

Sie schüttelte den Kopf.

»Verschwiegenheit ist in meiner Branche das oberste Gebot. Es ist nicht so, dass ich dir nicht vertraue. Aber was du nicht weißt, kannst du nicht erzählen. Ich will dir nichts unterstellen, doch eine falsche Bemerkung am falschen Ort, die an die falschen Ohren dringt, könnte mich kompromittieren. Dann wäre ich beruflich erledigt.« Sie sah ihn abschätzend an. »Im Übrigen bin ich mir sicher, dass auch du ein paar Geheimnisse vor mir hast«, stellte sie dann fest.

Das konnte Sammer nicht abstreiten. Er nahm Mercedes in die Arme. Anfangs sträubte sie sich, aber dann ließ sie es zu. Er schaute ihr in die Augen. Sie erwiderte seinen Blick. Sammer staunte einmal mehr, wie hinreißend sie aussah. »Es tut mir leid, ich bin völlig durcheinander«, sagte er, zögerte einen Moment und fügte hinzu: »Aber ich liebe dich!«

Jetzt lächelte Mercedes.

»Ich weiß«, sagte sie.

Sammer sammelte Brennholz, und sie riskierten es, ein Feuer anzumachen und sich eine heiße Suppe zu kochen. Danach wusch er in einem kleinen Bach, der in der Nähe der Lichtung vorbeirauschte, das Geschirr. Seine Gedanken wirbelten, und schuld daran war natürlich Mercedes. »Ich weiß«, hatte sie auf seine Liebeserklärung hin nur gesagt, nicht »Ich liebe dich auch!«, wie er erhofft, nein, erwartet hatte.

Sammer seufzte. Er wusste einfach nicht, was er von dieser Frau halten sollte. Er war ihr verfallen, aber sie spielte offenbar nur mit ihm.

Als er ins Zelt kroch, lag Mercedes schon im Schlafsack.

Sie sah ihm zu, wie er sich bis auf die Unterwäsche auszog.

»Weitermachen«, hörte er sie da plötzlich flüstern. Er drehte sich zu ihr um. Sie hatte ihren Kopf aus dem Schlafsack gesteckt und schaute ihn keck an.

Langsam zog er sich das Shirt über den Kopf und streifte schließlich die Unterhose ab. Ihr lüsterner Blick hatte genügt, um ihn zu erregen, und sein Glied ragte steil empor.

Sie öffnete einladend ihren Schlafsack. Sie war nackt.

Es wurde ein stürmischer Akt.

Sammers Müdigkeit war plötzlich wie verflogen, und Mercedes war im Bett ohnehin eine Wildkatze. Endlich ließen sie erschöpft voneinander ab, und Sammer spürte, wie ihn wohlige Müdigkeit durchrieselte. Der Schlaf hielt ihn schon fest in seinen Armen, als er Mercedes murmeln zu hören glaubte: »Ich liebe dich auch, Dummerchen!«

Oder hatte er das schon geträumt?

Der Gezeichnete

Sammer schlief nicht lange. Er erwachte, weil Mercedes' Kopf auf seinem Arm lag und dieser gefühllos geworden war. Außerdem waren da so viele Gedanken, die ihn nicht zur Ruhe kommen ließen. Die Stimme, die Berufung. Nachts erschien ihm das alles noch surrealer als bei Tageslicht.

Er löste sich vorsichtig von Mercedes und drehte ihr den Rücken zu.

Einmal mehr fragte er sich, ob er in Wirklichkeit nicht in einer psychiatrischen Klinik lag, mit Medikamenten zugedröhnt und in einer Scheinwelt gefangen. Vielleicht hatte ja wirklich der Blitz, der ihn als Kind traf, nach Jahren noch eine fatale Wirkung entfaltet. Die Berichte über Opfer, die an Spätfolgen bis hin zu Wahnvorstellungen litten, gingen ihm nicht aus dem Kopf.

Wer vom Blitz getroffen wurde, war sein Leben lang gezeichnet – das war eine unumstößliche Tatsache, die Sammer schon früh in seinem Leben zu akzeptieren gelernt hatte. Da war zum einen natürlich die große, farnförmige Narbe auf seinem Hinterteil, da war zum anderen aber auch jene unwiderstehliche Faszination, die Blitze auf ihn ausübten, obwohl sie ihn zugleich auch mit maßlosem Schrecken erfüllten.

Wenn nachts draußen ein Unwetter tobte und die Großmutter, die zwar mit der Kirche nicht viel am Hut hatte, aber im Grunde ihres Herzens doch ein frommer Mensch war, im Schein einer geweihten Kerze auf dem Tisch ein Rosenkranzgesätz nach dem anderen vor sich hingemurmelt hatte, dann hatte der kleine Konrad seine Nase an die Fensterscheibe gepresst, um die Blitze vom Himmel zucken zu sehen.

»Geh dort weg«, fauchte die Großmutter ihn jedes Mal zwischen zwei Strophen an, und es klang fast so, als seien diese Worte ritueller Teil ihres Gebets. »Du forderst den Blitz heraus. Es reizt ihn, wenn er dich sieht!«

Sammer kam damals zu dem Schluss, dass seine Großmutter die Blitze offenbar für denkende Wesen hielt, die nur darauf aus waren, dort einzuschlagen, wo sie hinter Fensterscheiben vorwitzige Kindernasen erspähten.

Der kleine Konrad blieb, die Rügen der Großmutter geflissentlich ignorierend, dennoch am Fenster hocken, und sie machte auch nie Anstalten, ihn von dort wegzuzerren. Der Bub wusste instinktiv, dass ihm keine Gefahr drohte, und mit der Zeit konnte er dann ja im Voraus erspüren, wann und wo ein Blitz einschlagen würde. Beunruhigend für ihn war von da an nur ein Gedanke: Was sollte er tun, wenn er irgendwann die Gewissheit in sich fühlen sollte, dass der nächste Blitz ihn treffen würde? Konnte er dann diesem Schicksal durch einen Ortswechsel entrinnen, vielleicht, indem er sich im Keller versteckte?

Oder würde der Blitz ihn überall finden?

Sammer kam letztlich zu dem Schluss, dass es keinen Sinn machte, darüber nachzugrübeln. Er würde im Fall des Falles einfach seinem Bauchgefühl vertrauen müssen. Zudem war die Wahrscheinlichkeit, im Laufe des Lebens vom Blitz getroffen zu werden, zwar etwas höher, als beim Lotto 6 aus 45 zu gewinnen, aber das Risiko, dass eine Person dieses Unglück gleich zweimal ereilte, schien doch überschaubar. Dass es vorkam, wusste Sammer natürlich auch. Den Rekord hielt offenbar der Amerikaner Roy Sullivan, den gleich achtmal ein Blitz erwischt hatte. Man nannte ihn deshalb auch den »Blitzableiter von Virginia«. Am Ende starb er allerdings durch eine Kugel. Ob er seinem Leben selbst ein Ende gesetzt hatte, weil er die Angst vor einem weiteren Blitzschlag nicht mehr ertragen konnte, oder ob er ermordet wurde, konnte nie geklärt werden.

Übrigens gab es tatsächlich auch mindestens einen Menschen, der – so hatte Sammer zumindest gelesen – in seinem Leben sowohl vom Blitz getroffen wurde als auch einen Lottosechser landete: den Kanadier Peter McCathie.

Sammer hätte nichts dagegen gehabt, der zweite Mensch auf Erden zu sein, der das fertigbrachte, zumal er den unangenehmeren Teil ja schon hinter sich hatte.

Manchmal fragte sich Sammer, ob er den Blitzen auf geheimnisvolle Weise wesensverwandt war und sie ihn deshalb so faszinierten. Wer wusste schon, was diese gewaltige Energie in seinem Leib tatsächlich angerichtet hatte, vielleicht hatte sie ja seine Genstruktur grundlegend verändert oder seine Zellen mit einer Art Himmelsenergie vollgepumpt, die die Wissenschaft noch gar nicht kannte. Vielleicht war das auch der Grund dafür, warum er vorauszusagen vermochte, wann und wo ein Blitz einschlagen würde.

Sammer erinnerte sich daran, dass in seiner Jugendzeit sein ganzer Körper manchmal kribbelte, als sei unter seiner Haut eine Armee von Ameisen mit vielen tausend Beinchen auf dem Marsch von den Zehen bis hinauf zum Hirn. Gelegentlich war ihm dann auch schwindelig geworden und schwarz vor Augen. Er hatte sich das als Kind nicht erklären können und insgeheim befürchtet, er trage eine bösartige Krankheit in sich oder neige zu epileptischen Anfällen. Inzwischen glaubte Sammer allerdings, dass das Phänomen eine Nachwirkung des Blitzschlags war, der zweifellos feine Nervenenden in seinem Leib geschädigt hatte. Vermutlich hatten sie sich in der Pubertät, als sein Körper vor Vitalität nur so strotzte, zum Teil regeneriert – mit physischen Nebenerscheinungen.

Wofür er nie eine Erklärung gefunden hatte, wenn man die Theorie der Himmelsenergie einmal ausschloss, war sein lauter Herzschlag, der in seiner Jugend sogar einmal ein Orchester aus dem Takt gebracht hatte. Sammer war sehr froh gewesen, als es ihm gelang, die Lautstärke durch mentale Kontrolle einzudämmen. Anfangs war ihm das sehr schwergefallen, weil er einen winzigen Teil seiner Aufmerksamkeit immer auf diese Aufgabe richten musste, und das hatte es ihm vor allem in der Schule schwer gemacht, sich auf den Unterricht zu konzentrieren. Doch mit der Zeit war es ihm so selbstverständlich geworden wie anderen Menschen das Tragen einer Brille. Tatsächlich musste er sich jetzt umgekehrt anstrengen, wenn er sein Herz wieder laut schlagen lassen wollte. Das tat er manchmal nachts, wenn er sich friedlos fühlte, denn der gleichmäßige Takt hatte dann eine beruhigende Wirkung auf ihn.

Einen erkennbaren physischen Grund für sein lautes Herzklopfen gab es offenbar nicht. Sammer hatte einmal starke Schmerzen in der Brust simuliert, sodass der Arzt eine MR-Untersuchung anordnete. Diese hatte aber keine Besonderheiten ergeben. Sammers Herz unterschied sich organisch nicht von denen anderer Menschen.

Blieb zuletzt natürlich noch die Möglichkeit, dass der laute Herzschlag akustischer Ausdruck seiner Berufung war. Seine Großmutter und seine Eltern hatten ja fest an sein Auserwähltsein geglaubt. Sammer hatte hingegen immer daran gezweifelt, und je mehr Jahre vergingen, ohne dass in seinem Leben tatsächlich etwas Bedeutsames geschah, umso mehr hatte sich seine Skepsis zur Gewissheit verdichtet. Bis plötzlich diese Stimme in seinem Kopf war und von sich behauptete, Gott zu sein und ihn schon bei seiner Geburt zum Propheten erkoren zu haben.

Natürlich hatte Sammer nachgeforscht. Blitze spielten bei Gotterscheinungen und Berufungserlebnissen in allen Kulturen eine durchaus wichtige Rolle, aber dass einer der Propheten dabei direkt getroffen worden wäre, hatte er nirgendwo gelesen. Vermutlich war den meisten Göttern das Risiko, ihren Auserwählten noch vor Dienstantritt in ein Aschehäufchen zu verwandeln, dann doch zu groß gewesen.

In den meisten Religionen wurde der Blitz einem Gott als Symbol seiner Macht zugeordnet. Zeus war bei den Griechen der, der Blitze auf seine Feinde schmetterte, bei den Germanen fuhr Thor mit seinem Streitwagen über den Himmel und schleuderte dabei ebenfalls Blitze zur Erde. Und sogar der Gott der Bibel tat seinen Groll oft mit Blitz und Donner kund. Manche frühen Kulturen hielten Blitze für Schlangen, die vom Himmel herunterstießen, ein Vergleich, der Sammer nicht sonderlich gefiel, weil ihn diese Geschöpfe stets mit Misstrauen und Abscheu erfüllten. Wieder andere Völker sahen im Blitz einen Phallus, der niederfuhr und Leben vernichtete, aber auch spendete. Auch mit diesem Bild konnte Sammer wenig anfangen. Die Vorstellung, bei seiner Geburt sozusagen penetriert worden zu sein, war für ihn doch eher verstörend.

Sammer hatte im Laufe seines Lebens viel zum Thema Blitz gelesen, darunter auch frühe Erklärungsversuche des Phänomens, die ohne Mystik auskamen. Die Ionier hatten als Ursache dafür Wind angenommen, der in einer dichten Wolke eingeschlossen war.

Wenn deren Hülle zerriss, dann schimmerte das Licht des Himmels durch die Öffnung – eben ein Blitz.

Aristoteles glaubte, dass sich aus feuchten Erdausscheidungen in Verbindung mit Wärme Wolken bildeten und entzündeten – was den Blitz ergab. Die Philosophenschule der Stoa vermutete bereits, dass ein Blitz durch gegenseitige Reibung der Wolken entstand – so wie Feuer entfacht wurde, wenn man zwei Hölzer aneinanderrieb. Damit kam sie der Wahrheit schon ziemlich nahe, fand Sammer.

Er kannte natürlich auch die neuzeitliche wissenschaftliche Erklärung für Blitze. In Gewitterwolken wurden durch das rasche Aufsteigen von feuchtwarmen Luftmassen leichte, kleine Eiskristalle in große Höhen transportiert, während die im Vergleich dazu schweren Wassertröpfchen unten blieben. Durch die Reibungsprozesse luden sich Erstere positiv und Letztere negativ auf. Das ging eine Weile gut, aber irgendwann wurde die Spannung zu hoch und dann knallte es, was hieß, dass sich der Ladungsunterschied in Form eines Blitzes entlud.

Sammer fragte sich manchmal auch, was für ein Blitz es gewesen sein mochte, der ihn getroffen hatte. Ein Linienblitz, zickzackartig und mit vielen kleinen Verästelungen, der aber dennoch zielgerichtet direkt vom Himmel ins Haus seiner Eltern und dort in seine rechte Pobacke fuhr? Oder ein Perlschnurblitz, der aus vielen, nur einige Meter langen Segmenten bestand, die wie aufgefädelte Feuerkugeln wirkten?

Sammer tendierte zu Letzterem, denn rein optisch gab ein Perlschnurblitz ohne Zweifel wesentlich mehr her als ein Linienblitz, und bei einem so bedeutenden Ereignis wie der Berufung eines Propheten würde eine Gottheit doch sicher eher klotzen und nicht kleckern.

Leider gab es keine Augenzeugen, die er nach dem Aussehen des Blitzes, der vom Himmel in das Haus seiner Eltern und dort in seine Pobacke gefahren war, befragen konnte.

Die Variante Kugelblitz schloss Sammer übrigens kategorisch aus. Zum einen stellten die Physiker Josef Peer und Alexander Kendl von der Universität Innsbruck ohnehin infrage, ob es Kugelblitze überhaupt gab, oder ob nicht einfach lange Blitzeinschläge durch ihre starken magnetischen Felder Leuchteindrücke im Kopf erzeugten – womit Kugelblitze letztlich eine Art Sinnestäuschung wären. Zum anderen hätte es ein Kugelblitz, falls es ihn doch gab, wohl kaum durch den Schornstein geschafft, ohne das ganze Haus in die Luft zu sprengen.

Sammer dachte an seine Großmutter und war sich sicher, dass sie ob all dieser Erklärungsversuche missbilligend den Kopf geschüttelt hätte. »Diese schlauen Doktoren wissen längst nicht alles. Ich kann dir nur raten, die Blitze nicht zu reizen!«, hätte sie gesagt.

Diese Empfehlung war auf jeden Fall nicht verkehrt, dachte Sammer und schlief ein.

»*Bist du bereit?*«, fragte die Stimme.

Sie riss Sammer aus einem unruhigen Schlummer. Er schreckte hoch, war im ersten Moment desorientiert und wusste nicht, wo er sich befand. Dann fiel es ihm wieder ein. Irgendwo in den Alpen in einem kleinen Zelt. Sammer fluchte leise. Er fühlte sich wie gerädert.

»Wozu bereit?«, fragte er leise, um Mercedes nicht zu wecken. Es hätte vermutlich auch genügt, wenn er die Frage nur gedacht hätte, aber an diese Art der Kommunikation musste er sich erst gewöhnen.

»Es ist bald Mitternacht. Die ideale Zeit, um Menschen aufzurütteln. Sie müssen erkennen, was schief läuft in dieser Welt, und dass sie die Verantwortung nicht einfach auf andere oder die Umstände abwälzen können.«

»Und wie soll das geschehen?«

»Ihnen fehlt das Mitgefühl, darum müssen sie mitfühlen!«, antwortete die Stimme.

Sammer schüttelte den Kopf.

»Ich verstehe kein Wort!«

Die Stimme klang amüsiert. *»Nun, das ist nicht das erste Mal, seit du erwählt wurdest! Tu einfach, was ich dir sage!«*, erklärte sie und forderte Sammer dann auf, das Zelt zu verlassen und einen nahen Hügel hinaufzusteigen. Es ging steil bergauf, und Sammer schnappte sich unterwegs einen Holzstecken zur Unterstützung. Zum Glück war Vollmond, und so konnte der Journalist den Boden recht gut erkennen. Schließlich trat er aus dem Wald auf einen hohen Felsen hinaus und schaute auf das Tal hinab, das sich im blassen Mondlicht vor ihm ausbreitete.

Sammer blieb stehen.

»Tritt vor und strecke deinen Stab aus!«, sagte die Stimme.

Sammer zögerte. »Das ist kein Stab, das ist nur ein Holzstecken, den ich gefunden habe«, wandte er ein. Die Stimme ignorierte es.

»Strecke deinen Stab aus!«, befahl sie erneut.

Sammer hatte Sorge, sich lächerlich zu machen, andererseits war aber weit und breit niemand, der ihn sehen konnte. Also befolgte er die Anweisung. Er ging so weit an den Rand des Felsens heran, wie es seine zwar nicht stark ausgeprägte, aber doch vorhandene Höhenangst zuließ, und streckte in einer dramatischen Geste den Stab in die Höhe – vielleicht nicht ganz so pathetisch, wie einst

Charlton Heston als Moses in einer alten Bibelverfilmung das rote Meer teilte – aber fast.

Sofort quoll aus der Spitze ein grünlicher Nebel hervor, kroch hinunter ins Tal, dicht am Waldboden zwischen die Bäume – und dann in alle Himmelsrichtungen davon.

»Was ist das?«, fragte Sammer.

»*Das sind unbequeme Wahrheiten*«, sagte die Stimme bedeutungsschwer.

Unbequeme Wahrheiten

Sabine Schneider gab viel Geld für Klamotten aus. Sie war eine Schnäppchenjägerin wie aus dem Bilderbuch, immer auf der Suche nach einem neuen, schicken Outfit, und je billiger, desto besser. Woher die Kleidung kam, wo sie gefertigt wurde, wer sie unter welchen Arbeitsbedingungen nähte, darüber machte sie sich keine Gedanken. Sie lebte in ihrer kleinen Welt mit Mann, Tochter und einem Haus in einer Vorstadtsiedlung. Sie hatte genug mit ihrem eigenen Leben zu tun, die globalen Probleme konnte sie nicht lösen. Zudem hatten ihr ihre Eltern schon als Kind eingetrichtert, dass Menschen, denen es schlecht ging, meist unfähig oder faul oder beides zusammen waren. Auf jeden Fall waren sie an ihrem Unglück zu 99 Prozent selbst schuld, und daher war Mitleid überflüssig. Ihr Vater hatte nicht einmal den heiligen drei Königen die Tür geöffnet, wenn sie Anfang Jänner durch die Siedlung zogen, um Spenden für die Armen in südlichen Ländern zu sammeln. »Wir hier müssen uns unser Geld auch hart verdienen. Wir haben nichts zu verschenken«, hatte er gesagt, und das hatte sich Sabine gemerkt. Ihr Vater arbeitete schwer für sein Einkommen. Dass es aber auch Menschen gab, die schon aufgrund ihrer Startbedingungen chancenlos waren, sich einen gewissen Wohlstand oder zumindest ihr tägliches Brot zu erwerben, blendete er völlig aus. Er war ein Tischler, der trefflich mit Holz umgehen konnte und einen Blick dafür hatte. Nur das ideologische Brett vor dem eigenen Kopf, das nahm er nicht wahr. Aber das geht vielen Menschen so.

Sabine arbeitete Vollzeit als Sekretärin. Nach Christinas Geburt war sie in Karenz gewesen und dann einige Jahre lang Teilzeit beschäftigt. Aber inzwischen war ihre Tochter dreizehn Jahre alt und Sabine wieder voll in den Job eingestiegen, obwohl er ihr keine Freude bereitete. Das lag vor allem an ihrem cholerischen Chef, der seine Untergebenen oft anbrüllte. »Ihr dürft das nicht so ernst nehmen. In Wirklichkeit hat er ein goldenes Herz. Er kann es halt nur nicht zeigen«, erklärte ihnen die Obersekretärin ein ums andere Mal. Ihr gegenüber hielt sich der Chef auch tatsächlich zurück, aber wohl nur aus Sorge, sie sonst zu verlieren, denn sie war es, die den Laden zusammenhielt. Alle anderen waren austauschbar. An diesem Tag hatte der Chef Sabine wieder einmal wegen einer Nichtigkeit angebrüllt. Eine Freundin hatte sie angerufen, um ihr einen Termin für ein Treffen am nächsten Tag zu bestätigen. Das Gespräch hatte nicht einmal eine halbe Minute gedauert, doch ausgerechnet da war der Chef aus seinem Büro gekommen. Sein Gesicht war sofort rot angelaufen, und er hatte geschrien, dass er sie nicht für Privatgespräche bezahle, und wenn er sie noch einmal dabei erwische, könne sie sich einen anderen Job suchen. Das hätte Sabine längst getan, wenn es so leicht gewesen wäre, anderswo eine Anstellung zu finden, doch die wirtschaftliche Lage war alles andere als rosig, und Sekretärinnen standen beim Arbeitsamt Schlange.

Sabine war den Tränen nahe gewesen, doch sie wusste, dass sie nicht weinen durfte, weil das den Chef bestimmt nur noch wütender machte. Es war weniger das Gebrüll als die Ungerechtigkeit, die ihr so zusetzte. Es gab Kolleginnen, die jede Stunde eine Zigarette rauchen gingen. Aber das hatte ihnen der Chef, der selbst ein starker Raucher war, noch nie vorgeworfen, obwohl diese Pausen doch viel mehr Arbeitszeit beanspruchten als ihr kurzes privates Telefonat.

Nach Dienstschluss fuhr Sabine ins Einkaufszentrum. Christina war bei einer Freundin zu Besuch, also hatte sie Zeit. Und Einkaufen war Frustabbau. Sie schlenderte durch die Kleidergeschäfte und fand tatsächlich das eine oder andere Schnäppchen. Schmucke Mode zum Tiefstpreis. Mit zwei prall gefüllten Tragtaschen kehrte sie schließlich heim. Ihr Mann schüttelte nur den Kopf. »Du bringst uns noch einmal um Haus und Hof mit deiner Einkaufswut«, sagte er. »Tun dir die Kinder in der dritten Welt nicht leid, die das alles um einen Hungerlohn nähen müssen?«

Sabine zuckte nur mit den Schultern. »Wenn ich es nicht kaufe, kauft es jemand anders. Für diese Kinder ändert sich dadurch gar nichts. Außerdem halte ich die Medienberichte für übertrieben. Du weißt ja, diese Journalisten müssen aus allem eine Sensationsstory machen. Fake-News sind eben in. Bestimmt sind die Arbeitsbedingungen in diesen Kleiderfabriken gar nicht so schlecht«, sagte sie und dachte dabei an ihren eigenen cholerischen Chef. Sie selbst hatte es auch nicht leicht, warum sollte sie Menschen bemitleiden, die sie nicht kannte?

Paul, ihr Mann, staunte immer wieder darüber, wie seine eigentlich doch kluge Frau, was Gesellschaftspolitik anbelangte, mit solchen Scheuklappen durch die Welt gehen konnte. Andererseits hatte sie natürlich recht. Auch er trug Kleidung von Handelsketten, von denen man wusste, dass sie in Bangladesch und anderen Ländern produzieren ließen, wo die Arbeiter im Grunde nur Sklaven waren. Und mehr, als sich den Luxus eines gelegentlichen schlechten Gewissens zu erlauben, tat er auch nicht dagegen.

Sabine hätte Paul gerne von dem Vorfall im Büro erzählt, aber sie wusste, dass er solche Dinge nicht tragisch nahm und den Chef verteidigen würde. Das hatte sie schon bei früheren Gesprächen erfahren müssen.

»Er hat halt viel um die Ohren. Du darfst nicht jedes Wort auf die Goldwaage legen und vor allem nicht alles gleich persönlich nehmen. Wenn er einmal schreit, dann lass ihn doch. Leg dir eine dickere Haut zu und denk dir von mir aus, er ist ein Idiot. Aber sag es ihm bitte nicht!«

Das war seine Standardantwort auf ihre Klagen. An diesem Abend verzichtete Sabine daher darauf, sich zu beschweren. Paul hatte es in der Arbeit auch nicht einfach, angesichts des Sparkurses, der in seiner Bank gefahren wurde. Etliche Mitarbeiter waren schon gekündigt worden, ob er selbst auch um seinen Job bangte, wusste Sabine nicht. »Ich will dich nicht damit belasten«, sagte er, wenn sie ihm diesbezüglich Fragen stellte. Dabei hätte sie gerne mit ihm darüber gesprochen, um ein wenig mehr an seinem Leben teilzuhaben. Manchmal dachte Sabine, dass sie im Grunde wie in einer Wohngemeinschaft zusammenlebten, mit gelegentlichem Sex. Viel zu sagen hatten sie einander nicht.

Aber an diesem Abend wollte Sabine nicht Probleme wälzen. Stattdessen veranstaltete sie, nachdem Christine heimgekommen war, eine kleine Modenschau für ihren Mann. Sie hatte auch einige Kleider für ihre Tochter gekauft, die gar nicht genug davon im Schrank haben konnte. In diesem Punkt war sie Sabine sehr ähnlich. Paul ließ die Präsentation willig über sich ergehen, mit einem Auge seine zwei – wie er sagte – »bezaubernden Mädchen« bewundernd und mit dem anderen auf das Fußballspiel im Fernsehen linsend. Nachdem Christina ins Bett gegangen war, gönnte sich Sabine noch ein Glas Wein und verfolgte lustlos das Geschehen am Bildschirm. Das Spiel war leider in die Verlängerung gegangen.

Gegen 23 Uhr schlüpfte sie auch ins Bett und spielte auf ihrem Tablet Sudoku. Als Paul endlich kam, legte sie es zur Seite und sah ihn hoffnungsvoll an. Vielleicht hatte er ja heute wieder einmal Lust. Doch er knurrte nur grantig: »Diese Deppen haben verloren«, zog sich seinen Pyjama an, legte sich hin, gab Sabine noch einen Kuss auf die Wange und drehte ihr dann den Rücken zu. Sie seufzte und schaltete das Licht aus. Eine Weile lag sie noch wach und grübelte darüber, warum Paul sie wohl nicht mehr so sexy fand wie in früheren Jahren, in denen er kaum einen Abend die Hände von ihr lassen konnte. Schließlich schlief sie ein. Den grünlichen Nebel, der um Mitternacht durch das gekippte Fenster ins Schlafzimmer kroch, sah sie nicht mehr ...

Ein wütendes Brüllen ließ Sabine hochschrecken. Sie sah sich verwirrt um. Sie saß auf einem harten hölzernen Hocker vor einem kleinen Tisch mit einer Nähmaschine darauf. Plötzlich versetzte ihr jemand mit der flachen Hand einen Schlag auf den Hinterkopf. »Hast du nicht gehört, du faules Stück? Du sollst arbeiten!«, brüllte der Mann, der hinter Sabine stand. Sie drehte den Kopf ein wenig zur Seite und musterte ihn aus den Augenwinkeln. Ihr Blickfeld war seltsam eingeschränkt, und Sabine begriff, dass sie ein Kopftuch trug. Der Mann war dick und hatte eine Glatze. Aus seinem feisten Gesicht linsten sie kleine Schweinsäuglein unter buschigen Augenbrauen böse an. Das T-Shirt des Mannes spannte über dem Bauch. Seine Hose war fleckig.

Sabine fühlte einen Schauer der Angst über ihren Rücken laufen. Automatisch griffen ihre Hände nach dem Kleid, das vor ihr auf dem Tisch lag. Sie begann, mit der Maschine den Saum einzunähen, und wunderte sich, dass sie das konnte. Sie hatte selbst wenig Erfahrung mit dem Nähen, sie kaufte Kleider lieber, aber ihre Finger schienen jetzt wie von selbst zu wissen, was zu tun war. Vor lauter Verblüffung darüber geriet ihr die Naht dennoch unregelmäßig. Der Vorarbeiter hatte sich halb über sie gebeugt, um ihr Tun genau zu beobachten. »Willst du das Kleid ruinieren?«, brüllte er. »Was ist los mit dir, du Schlampe? Wenn du nicht arbeiten willst, verschwinde. Ich bekomme hundert andere, die gern deinen Platz einnehmen wollen, und die bestimmt alle besser nähen als du.«

Sabine spürte Panik in sich aufsteigen. Nein, das durfte nicht passieren. Sie durfte diesen Job nicht verlieren, sie brauchte ihn, damit ihre Familie überleben konnte. Eine Furcht flutete in ihr empor, wie sie sie noch nie verspürt hatte. Aber waren das überhaupt ihre eigenen Gefühle? Sabine kam es vor, als würde ihr in diesen Augenblicken ein fremdes Leben mit fremden Empfindungen übergestülpt, ja, als sei ihr Geist in einen fremden Körper gefahren und sie zu einer anderen Person geworden. Tatsächlich waren die Finger, die das Kleid hielten, nicht ihre, sie waren länger und die Haut war viel dunkler. Sabine wagte es, den Kopf zu heben und ihren Blick durch die Halle streifen zu lassen. Da saßen dutzende andere Frauen an Nähmaschinen. Sie musste in einer Art Kleiderfabrik sein.

»Nein, nein, bitte. Ich tue alles«, hörte Sabine eine klägliche Stimme und begriff, dass es ihre eigene war, genauer gesagt, die Stimme des Körpers, in dem sie steckte. Sie trug ein dünnes Kleid, und der dicke Mann legte ihr nun eine Hand auf die Schulter und ließ diese dann ungeniert in Richtung ihrer Brüste gleiten. Er beugte sich tief zu ihr herab. Sein Atem roch ranzig, und Sabine spürte Übelkeit in sich aufsteigen. »Das ist gut. Wenn deine Schicht vorbei ist, dann komm zu mir. Dann werden wir besprechen, was du tun kannst«, raunte er ihr ins Ohr und zwickte sie in die rechte Brust! Sabine unterdrückte einen Schrei des Ekels und biss die Zähne fest zusammen.

Der Mann lachte. »Und jetzt mach deine Arbeit. Aber ordentlich«, sagte er. »Die Kunden in Europa stellen hohe Qualitätsansprüche!« Er warf ihr noch einen lüsternen Blick zu, der ihr die Schamesröte ins Gesicht trieb, und ging weiter die Reihen der Tische entlang. Sabine beugte sich über das Kleid und begann wieder zu nähen. Da hörte sie plötzlich eine dünne, ängstliche Stimme: »Mama«, sagte diese. »Wo sind wir hier? Was ist passiert?«

Sabine fuhr herum und sah am Tisch hinter sich ein fremdes kleines Mädchen sitzen. Und doch wusste sie, dass dieses zugleich ihre Tochter Christina war. Auch sie trug ein Kopftuch und ein dünnes Stoffkleid. Sabine konnte einen gequälten Aufschrei nicht unterdrücken. Wie waren sie nur an diesen schrecklichen Ort geraten. War das alles nur ein böser Traum? Aber es fühlte sich so real an.

»Mama?«, rief Christina wieder. Sabine hörte, dass sich die Schritte des Aufsehers näherten. »Leise. Wir reden später. Jetzt musst du nähen!«, raunte sie ihrer Tochter zu und hoffte dabei, dass auch Christina plötzlich wusste, wie das ging, obwohl sie es noch nie in ihrem Leben versucht hatte. Offenbar war dem so. Sabine hörte erleichtert, wie hinter ihr die Nähmaschine zum Leben erwachte. Die Schritte des Aufsehers waren verhallt. Sabine wusste, dass er nun neben Christina stand. Sie riskierte es, kurz nach hinten zu schauen, und sah, dass der Blick des dicken Mannes auf den Ausschnitt ihrer Tochter gerichtet war, oder besser des Mädchens, das nun ihre Tochter war. Dort zeigte sich bereits eine leichte Wölbung der Brüste. Auf dem Gesicht des Aufsehers erschien ein gieriger Ausdruck, und er leckte sich mit der Zunge über die Lippen. Dann sah er plötzlich hoch und begegnete Sabines Blick. Ein wölfisches Grinsen stahl sich auf seine Züge. »Zum Nähen ist deine Kleine nicht zu gebrauchen«, sagte er und hob das Kleid auf, das auf Christinas Tisch lag. »Aber bestimmt hat sie andere Qualitäten. Bring sie nachher gleich mit in mein Büro!« Er grinste anzüglich.

Sabine arbeitete verbissen, nähte Kleid um Kleid. Die Stunden zogen sich endlos dahin. Ihr Rücken schmerzte von der gebeugten Haltung, sie hatte Hunger und Durst. Immer mehr Wissen über die Frau, in deren Körper sie nun offenbar steckte, sickerte in ihr Bewusstsein. Sie hieß Ayesha. Ihr Mann hatte in einer Zuckerfabrik gearbeitet und war vor zwei Monaten bei einem Unfall ums Leben gekommen. Das wusste auch der Aufseher, und darum war Ayesha in seinen Augen nun Freiwild. Ihm war klar, dass sie wirklich alles dafür tun würde, ihre Arbeitsstelle zu behalten.

Ayesha hatte sich nicht erlauben können, lange um ihren Mann zu trauern. Sie musste sich und ihre beiden Töchter durchbringen. Zum Glück war die Ältere, Koenda, schon dreizehn Jahre alt und konnte daher in der Fabrik anfangen. Ayesha hätte viel gegeben, um ihrer Tochter dieses Los noch ein, zwei Jahre ersparen zu können, aber mit ihrem Verdienst allein hätten sie nicht überleben können. Schon die Miete für ihre Wellblechhütte kostete mehr als Ayeshas halben Lohn.

Sabine stöhnte innerlich auf, als sie begriff, dass diese Frau nur umgerechnet 15 Euro im Monat verdiente. Der Mindestlohn lag offiziell bei 30 Euro, aber er wurde nur von wenigen Fabriksbesitzern bezahlt. Die 15 Euro reichten zum Existieren, aber nicht zum Leben.

Sabine spürte plötzlich Schuldgefühle in sich aufsteigen. Paul hatte Recht gehabt. Mit ihren Schnäppchenkäufen hatte sie dazu beigetragen, die schlimme Situation dieser Näherinnen zu zementieren. Es gab keinen Ausweg für sie. Wer sich auflehnte, wurde entlassen, wer sich einer Gewerkschaft anschloss, lief Gefahr, von bezahlten Schlägertrupps zu Tode geprügelt zu werden.

Sabine fühlte die Verzweiflung der Frau, als sei es ihre eigene, und auch die Angst um ihre Töchter. Um sie zu beschützen, würde sie sich dem Vorarbeiter hingeben, denn das war es, was er von ihr wollte. Schlimmstenfalls würde sie ihm auch Koendas Unschuld opfern. Hauptsache, sie behielten ihre Arbeit und konnten überleben. Nur das zählte.

Sabine hatte keine Uhr, aber sie wusste trotzdem genau, dass sie inzwischen fünfzehn Stunden in dieser Fabrik saß. Nur einmal hatte sie aufstehen und zur Toilette gehen dürfen – immer in der Angst, der Vorarbeiter könnte ihr vielleicht auflauern. Inzwischen war sie so erschöpft, dass sie kaum noch einen klaren Gedanken fassen konnte, aber sie arbeitete weiter. Wie eine Maschine. Und Christina tat es ebenso. Hin und wieder gab sie einen klagenden Laut von sich, der Sabine schier das Herz zu zerreißen drohte. Sie hoffte, dass ihr Martyrium bald enden würde. Dann würde sie sich heimschleppen, der jüngeren Tochter etwas zu essen kochen und für ein paar Stunden in einen ohnmachtsähnlichen Schlaf fallen, bevor sie wieder in die Fabrik gehen mussten. Es war ein Kreislauf des Grauens.

Dann endlich ertönte eine laute Sirene. Arbeitsschluss. Die Frauen erhoben sich. Auch Sabine stellte ihre Maschine ab. Plötzlich stand der Vorarbeiter neben ihr und grinste. »Ich dachte, ich hole euch ab, damit ihr unsere Verabredung nicht vergesst«, sagte er.

Sabine wurde plötzlich speiübel und sie erbrach sich auf die Schuhe des Vorarbeiters. Der schrie auf, und sein Gesicht lief vor Wut knallrot an. Er hob die Hand zum Schlag, doch da ertönte von oben her plötzlich ein knirschendes Geräusch. Der Vorarbeiter erstarrte und schaute hinauf. Einen Augenblick später krachte ein Teil der Decke herunter. Sabine sah, wie ein großes Trümmerstück den Vorarbeiter unter sich begrub. Dann war da nur noch Staub. Etwas traf sie am Arm. Sabine spürte den Knochen brechen und schrie.

»Wir werden sterben«, dachte sie, dann bekam sie einen harten Schlag gegen den Kopf, der ihr Denken auslöschte.

»Mama, Mama«, rief eine verzweifelte Stimme. Sabine tauchte aus der Schwärze empor und schlug die Augen auf. Vor ihr hockte das Mädchen, das jetzt Christina war, und zog an ihrem unverletzten Arm. Sabine setzte sich mühsam auf. »Was ist passiert?«, fragte sie, dann fiel ihr alles wieder ein. »Die Fabrik ist eingestürzt«, beantwortete sie ihre Frage selbst. Sie musterte ihre Tochter. Das Mädchen hatte eine blutige Schramme an der Stirn, schien sonst aber unversehrt zu sein. Plötzlich ertönte wieder jenes unheilvolle Knirschen. Erst jetzt nahm Sabine den Lärm wahr. Menschen schrien panisch, andere vor Schmerz. Sabine richtete sich auf und ignorierte das Schwindelgefühl, das sie erfasste, ebenso wie die Schmerzen in ihrem gebrochenen Arm. Jetzt ging es ums Überleben. »Wir müssen hier raus, so schnell wie möglich«, sagte sie. Da flammte ein kleines Stückchen entfernt plötzlich ein Feuer auf. Bei einer umgestürzten Nähmaschine war es offenbar zu einem Kurzschluss gekommen, und die Funken hatten ein Kleid in Brand gesteckt. Sabine sah, wie die Flammen auf andere Kleider übersprangen, die am Boden lagen. Sie setzte sich in Bewegung und stolperte mit Christina an der Hand durch die Fabrik. Sie kamen an den leblosen Körpern von Frauen vorbei, die von herabstürzenden Betontrümmern erschlagen worden oder von oberen Stockwerken heruntergefallen waren. In der Decke klaffte ein großes Loch.

Das Prasseln der Flammen wurde lauter. Sabine fand sich plötzlich in einer Menschenmenge wieder, die in panischer Angst Richtung Türen wogte. Genährt von Kleidern und großen Stoffballen wuchsen sich die Flammen hinter ihnen zu einer wahren Feuersbrunst aus. Die Menschenmenge brandete gegen den Ausgang wie Wellen gegen einen Felsen im Meer. Die Türen waren verschlossen. Frauen wurden dagegengepresst, hämmerten mit ihren Fäusten auf das Holz ein und schrien verzweifelt um Hilfe. Wer zu Boden fiel, wurde von den Nachdrängenden zu Tode getrampelt. Dann, endlich, öffneten sich die Türen. Über die Körper ihrer toten Kolleginnen hinweg kletterten panische Näherinnen ins Freie. Sabine und Christina wurden von einer Welle aus Leibern regelrecht aus der Fabrik gespült. Sie hatten das Glück gehabt, im Erdgeschoß zu arbeiten. Sabine warf einen Blick zurück auf das Gebäude. Es war vier Stockwerke hoch. Jene in der dritten oder vierten Etage hatten keine Chance zu entkommen. Wieder ertönte das fürchterliche Knirschen. Sabine hielt Christinas Hand noch immer gepackt und zog sie hinter sich her, weg von dem Gebäude, so weit weg wie möglich. Noch einmal knirschte es, und dann brach die Fabrik mit einem ohrenbetäubenden Krachen vollends in sich zusammen. Sabine und Christina hatten so viel Abstand gewonnen, dass die herumwirbelnden Trümmer sie nicht mehr erreichten, wohl aber die enorme Staubwolke. Die Welt wurde grau. Der Staub deckte alles zu – wie ein Leichentuch.

So standen sie da, jede ein Stück Stoff, das Sabine aus ihrem Kleid gerissen hatte, vor den Mund gepresst, mühsam nach Atem ringend und weinend vor Schmerz und Entsetzen. Es dauerte lange, bis der Staub sich legte. Wo die Fabrik gestanden hatte, waren nur noch Trümmer. Es herrschte jetzt Totenstille. Sabine war starr vor Entsetzen. Hunderte Menschen mussten gestorben sein. Sie ließ ihren Blick über die grausige Szenerie schweifen und sah plötzlich, gar nicht weit entfernt, den dicken Vorarbeiter. Er war blutüberströmt, aber er hatte es ins Freie geschafft. So viele unschuldige Näherinnen waren gerade umgekommen, aber dieses Aas hatte überlebt! »Da sag nochmal einer, Gott sei gerecht!«, murmelte Sabine und schloss die Augen.

Als sie sie wieder öffnete, stand sie zuhause in ihrem Schlafzimmer. Das Bett ihres Mannes war leer. Offenbar war er schon zur Arbeit gegangen. Also war alles nur ein böser Traum gewesen?

Auf dem Gang erklang ein Geräusch. »Mama«, hörte Sabine Christinas Stimme. Sie klang dünn und weinerlich. Dann erschien ihre Tochter in der offenen Tür. Sabine schrie erschrocken auf und schaute an sich hinunter. Genau wie Christina trug sie ein einfaches Baumwollkleid, und sie beide waren über und über mit Betonstaub bedeckt.

Vom Wert eines Menschen

Alix Perrin war der aufgehende Stern am internationalen Fußballhimmel. Der 21-jährige Franzose hatte sich mit großartigen Leistungen ins Rampenlicht gespielt, und nun hatte ein spanischer Großclub seinem Verein 80 Millionen Euro Ablöse geboten. Natürlich würde man ihn ziehen lassen, und das hieß für Alix, dass er selbst künftig monatlich eine halbe Million Euro verdienen würde, was für ihn eine unvorstellbare Summe war.

Alix war in ärmlichen Verhältnissen in einem Pariser Vorort aufgewachsen. Seine Großeltern waren einst aus Surinam eingewandert. Sein Vater arbeitete in einer Fabrik, seine Mutter ging putzen, dennoch war das Geld immer knapp. Aber obwohl sich die Familie den Mitgliedsbeitrag kaum leisten konnte, meldete der Vater den kleinen Alix schon mit sechs Jahren bei einem Fußballverein an. »Das ist, wenn er das nötige Talent hat, seine einzige Chance, diesem Elend zu entfliehen«, wischte er die Einwände seiner Frau vom Tisch.

Die Trainer begriffen rasch, dass sie in dem kleinen Alix tatsächlich einen Rohdiamanten hatten und dass der Fußball seine große Leidenschaft war. Bald gab es für den Buben nichts anderes mehr. Intellektuell war Alix eher einfach gestrickt, und die Grundschule bestand er nur mit Mühe. Aber sobald er den Fußballplatz betrat, ging eine sichtbare Veränderung mit ihm vor, als verwandelte er sich innerhalb von Sekunden in einen anderen Menschen. Tatsächlich gab es wenige andere Spieler, die ein Match so »lesen« konnten wie Alix. Er schien die Absichten seiner Gegenspieler immer weit im Voraus zu durchschauen, ähnlich wie die großen Schachmeister die Züge ihrer Herausforderer voraussahen. Mit seinen Dribblings spielte er die Verteidiger regelrecht schwindlig. Sie waren wie ein Tanz, dessen Choreografie Alix erst im Tun entwarf und der für die Verteidiger völlig unberechenbar war. Seine Pässe kamen mit einer Präzision, die die Kommentatoren jedes Mal zu Begeisterungsstürmen hinrissen.

Alix lebte Fußball. Alles andere war für ihn unwichtig. Dass seine Eltern sich die Ausrüstung regelrecht vom Mund absparten, bekam er kaum mit. Doch ihre Entbehrungen machten sich bezahlt. Schon mit 15 Jahren verdiente Alix mehr als sein Vater, mit 18 Jahren spielte er bei einem Verein in der ersten französischen Liga und rückte damit dem großen Geld immer näher. Schon nach der ersten Saison regnete es Angebote aus dem Ausland, und sein Verein erhöhte das Gehalt, um ihn zu halten. Inzwischen kassierte Alix 100.000 Euro im Monat, aber das war nichts im Vergleich zu dem, was die Spanier ihm nun boten.

Den Kontakt zu seinen ehemaligen Freunden im Pariser Vorort hatte Alix längst abgebrochen. Ihre Welt war nicht mehr die seine. Er war dem Elend entkommen. Schnelle Autos, schöne Frauen und natürlich Fußball … nichts anderes zählte jetzt in seinem Leben. Wie ungerecht er es früher empfunden hatte, dass seine Familie so arm war und andere Menschen so unermesslich reich waren, daran erinnerte er sich kaum noch. Er stellte sich auch nicht die Frage, was denn an ihm so besonders sei, dass jemand bereit war, 80 Millionen Euro für ihn zu bezahlen. Diese Summe war ohnehin so abstrakt, dass er sie sich nicht vorzustellen vermochte. Die Frage, wie viel Leid mit diesem Geld gelindert werden könnte, stellte er sich auch nicht. Was ging ihn auch das Unrecht auf dieser Welt an? Er war Fußballer. Das war seine Bestimmung. Eine gerechtere Gesellschaftsordnung zu schaffen war Aufgabe der Politiker.

In der Nacht vor seinem Abflug nach Spanien war Alix natürlich nervös. Lange konnte er nicht schlafen und wälzte sich in seiner Luxussuite in einem Hotel nahe dem Pariser Flughafen unruhig hin und her. Dann endlich schlummerte er ein. Den grünlichen Nebel, der um Mitternacht durch das gekippte Fenster in sein Zimmer kroch, sah er nicht mehr ...

Alix stand auf dem Rasen eines großen Fußballstadions. Es war riesig, die Tribünen ragten so hoch empor, dass es ihm schien, als verlören sich die obersten Ränge in den Wolken. Alix vermochte nicht zu schätzen, wie viele Menschen hier wohl Platz hatten. Hunderttausend? Nein, viel mehr. Vielleicht sogar eine Million. Alix starrte hoch zu den Rängen. Sie waren alle besetzt, doch er sah keine Menschen, sondern nur körperlose Gesichter. Sie reihten sich aneinander – eines dicht an das andere – bis ganz hinauf. Dort waren sie so fern, dass er sie nur noch als winzige verwaschene Flecken wahrnehmen konnte. Aber Alix wusste, dass sie alle ihn anstarrten, denn er konnte ihre Blicke fühlen. Alix verspürte aber nicht jene Begeisterung, mit der ihn die Fußballfans sonst bei jedem Match bedachten, nein, jedes einzelne dieser abertausenden Augenpaare schien eine stille Anklage auszustrahlen.

Ein Schauder lief ihm über den Rücken.

Er wollte hier weg und blickte sich nach einem Ausgang um. Doch da war keiner, und als Alix versuchte, einen Schritt zu tun, war ihm auch das unmöglich. Er schien an der Mittellinie förmlich festgewachsen zu sein.

Dann schwebte plötzlich eines der Gesichter zu ihm herab auf den Rasen und blieb direkt vor ihm in der Luft hängen. Alix starrte in zwei große dunkle Augen, die sich unvermittelt wie Spiralen zu drehen begannen, und er fühlte, wie sein Geist in sie hineingerissen wurde.

Plötzlich war er nicht mehr Alix Perrin, sondern …

… Amaru war in Nigeria geboren und aufgewachsen. Von seinen acht Brüdern und Schwestern hatten fünf das zehnte Lebensjahr nicht erreicht. Schon ab sechs Jahren hatten sie auf der Kautschukplantage schuften müssen, auf der ihr Vater arbeitete. Amarus Geschwister waren an Unterernährung und Erschöpfung gestorben. Zwei von ihnen, die Pestizide versprühten, um die Bäume vor Schädlingen zu schützen, hatten starken Husten bekommen und nach ein paar Tagen zusammen mit großen gelblichen Eiterbatzen auch ihr Leben ausgespuckt.

Auch Amaru war dem Tod damals oft viel näher gewesen als dem Leben. Lange vor Sonnenaufgang war er mit seinem Vater hinausgegangen in die Plantage, um die Rinde der Kautschukbäume anzuritzen. In kleinen Rinnsalen floss ihr milchiger Saft dann in Behälter, die sie an den Stämmen angebracht hatten. Das dauerte Stunden. 25 volle Eimer Kautschuksaft hatte Amarus Vater täglich abzuliefern, was bedeutete, dass er hunderte Bäume »melken« musste. Lieferte er weniger, wurde sein Lohn gekürzt. Ließ er einen Eimer fallen, musste er dafür bezahlen. Ohne die Hilfe seiner Kinder hätte Amarus Vater die Quote niemals erfüllen können, aber auch so reichte sein Verdienst kaum zum Überleben. Amaru hatte keine Träume. Sein Leben bestand aus harter Arbeit, Hunger und Mühsal.

Und dann kamen die Boko Haram …

Amaru wurde aus dem Schlaf gerissen, als plötzlich ein uniformierter Mann in ihre Hütte stürmte und dem Vater ein Gewehr an die Brust setzte. »Alle raus! Sofort!«, brüllte er, und seine Stimme duldete keinen Widerspruch. Die Mutter sprang auf und scheuchte die Kinder ins Freie. Hinter ihnen folgten der Vater und der Soldat, der ihn noch immer mit dem Gewehr bedrohte. Auf dem Dorfplatz wurden Erwachsene und Kinder voneinander getrennt, nur die Babys blieben bei den Müttern. Die kleineren Kinder kreischten, und die Eltern riefen verzweifelt ihre Namen.

Da krachte plötzlich ein Schuss. In der eben einsetzenden Dämmerung sah Amaru einen großen Mann in Uniform mit einem schwarzen Turban auf dem Kopf mitten auf dem Dorfplatz stehen, die linke Hand mit der Pistole gegen Himmel gestreckt. In der Rechten hielt er eine Peitsche. Schlagartig kehrte Stille ein, nur ein paar kleine Kinder schluchzten noch leise.

Der Mann ließ die Pistole sinken und seinen Blick über die Dorfbewohner gleiten. Amaru sah die Abscheu auf seinem Gesicht. »Ihr seid eine Schande für den Islam, weil ihr euch der wahren Lehren Allahs verschließt. Wir alle sind seine Werkzeuge, und unser einziger Nutzen besteht darin, Gotteskrieger zu sein und für ihn die Welt zu erobern und zu beherrschen!«, schrie er.

Niemand antwortete, keiner wollte diesen Mann mit den kalten Augen auf sich aufmerksam machen. Aber dann sah Amaru zu seinem Entsetzen, wie sich sein Vater nach vorn drängte und ein paar Meter vor dem Anführer der Soldaten stehenblieb. Demütig senkte er den Kopf und sagte leise: »Wir sind einfache Menschen, Herr. Wir versuchen, getreulich nach den Geboten des Koran zu leben, aber wir sind keine Kämpfer.«

Der Gotteskrieger musterte ihn eine Weile wortlos, dann zog er ihm mit einer blitzschnellen Bewegung die Peitschenschnur quer über das Gesicht. Amaru sah die Haut seines Vaters aufplatzen. Ein blutiger Striemen zog sich von der Stirn bis hinunter zum Kinn. Die Wucht des Schlages warf ihn auf die Knie. Blut tropfte ihm in die Augen, aber er wischte es mit einer fast beiläufigen Bewegung fort. Kein Laut des Schmerzes kam über seine Lippen, und für einen Wimpernschlag sah Amaru widerwillige Anerkennung über das Antlitz des Boko-Haram-Kämpfers huschen. Aber dann verzerrte es sich vor Verachtung und Zorn.

Mit drei langen Schritten war er bei Amarus Vater, riss dessen Kopf an den Haaren in die Höhe und setzte ihm die Pistole an die Schläfe. Der Junge stieß einen entsetzten Schrei aus. Der Mann mit dem schwarzen Turban fuhr herum. Seine kalten Augen taxierten Amaru, und ein böses Lächeln spielte auf seinen Lippen.

»Ah, das ist wohl dein Sohn«, sagte er. »Das ist gut. Ich werde ihn jetzt etwas Wichtiges lehren!« Er zog den Vater auf die Beine und zerrte ihn an den Haaren über den Dorfplatz. Vor Amaru zwang er ihn wieder zu Boden. Fast automatisch kniete sich auch der Junge hin. Amaru schaute in die Augen seines Vaters und erblickte darin Trauer, aber kein Entsetzen.

»Hört meine Worte!«, schrie der Boko-Haram-Kämpfer. »Alle Gläubigen sind Krieger Gottes! Und wer nicht kämpfen will, ist ein Verräter und unnütz!«

Ein Schuss krachte, und Blut und Hirn spritzten Amaru ins Gesicht. Dann kippte der Körper des Vaters zur Seite.

Es dauerte einige Atemzüge, bis das Grauen über Amaru kam. Er heulte wie ein Tier und wollte sich mit dem Ärmel seines Gewandes über das Gesicht wischen, doch der Mörder seines Vaters war mit einem Schritt bei ihm und hielt ihn fest. Er sagte nichts, schaute ihn nur mit seinen kalten Augen an, und der Junge begriff, dass er sterben würde, wenn er es wagte, sich zu reinigen.

Tagelang erlaubten die Boko Haram ihm nicht, sich zu waschen, und noch viele Jahre später fuhr Amaru manchmal nachts schreiend empor und wischte sich mit den Händen panisch über das Gesicht, weil er glaubte, dass noch immer Hirn und Blut seines Vaters darauf klebten.

Die Boko Haram erschossen an jenem Morgen alle Männer, Frauen, Babys und die ganz kleinen Kinder. Die älteren Mädchen wurden von den Soldaten an Ort und Stelle vergewaltigt. Dann verfrachteten sie sie mitsamt den übrigen Kindern auf Lastwagen und Jeeps.

»Ihr werdet für uns arbeiten und für uns kämpfen!«, sagte der Anführer.

Tagelang dauerte die Fahrt zum Hauptquartier. Amaru war nicht bei Sinnen. Er war in eine Art Schockstarre verfallen. Er wollte sterben. Als die Straße einmal dicht an einem Abgrund vorbeiführte, ließ er sich ansatzlos rücklings aus dem Jeep kippen. Er hörte den wütenden Aufschrei des Soldaten, der die Aufgabe hatte, die Gefangenen zu bewachen, dann prallte er auf steinigen Boden und rollte sich überschlagend den steilen Abhang hinunter. Schüsse krachten, und Kugeln spritzten neben ihm in den Boden, doch keine traf. Dann schlug Amaru mit dem Kopf gegen einen Stein, und es wurde dunkel.

Als er die Augen aufschlug, blieb es finster. Die Nacht war hereingebrochen. Amaru lauschte. Kein Laut war zu hören, die Boko Haram waren ohne ihn weitergefahren. Vermutlich hatten sie ihn für tot gehalten oder waren sich zumindest sicher gewesen, dass er krepieren würde und es sich daher nicht lohnte, den Abhang hinunterzuklettern, um ihm den Fangschuss zu geben.

Vorsichtig setzte Amaru sich auf. Er hatte viele Abschürfungen davongetragen, und sein ganzer Körper schmerzte, aber es schien wie durch ein Wunder nichts gebrochen zu sein. Er hob die Hand zum Hinterkopf, und als er sie sich vor die Augen hielt, klebte Blut daran. Schlagartig war die Erinnerung an seinen Vater da, und er begann, mit dem staubigen Ärmel hektisch über sein Gesicht zu wischen, spuckte auf den Stoff, wischte und wischte.

Später konnte Amaru nicht sagen, wie lange er so gesessen und versucht hatte, mit dem Blut und dem Hirn seines Vaters auch das Entsetzen wegzuwischen. Irgendwann war er aufgestanden und losgegangen, weiter, immer weiter.

Er arbeitete für Essen, wenn er Arbeit fand, sonst bettelte er, und manchmal stahl er auch. Es dauerte viele Tage, doch eines Morgens stand er vor dem Meer. Mit 50 anderen Flüchtlingen baute er aus Holztrümmern ein Floß und vertraute sich den salzigen Fluten an. Er hatte nichts mehr zu verlieren, und Leute, die er auf seinem Weg getroffen hatte, hatten ihm erzählt, dass jenseits des Meeres das Paradies Europa liege, wo jeder Mensch frei sei und jeden Tag genug zu essen bekomme …

Als das Floß unterging, kam ein Schiff der italienischen Küstenwache und nahm die Überlebenden auf. Amaru war einer von fünf, die aus dem Meer gezogen wurden. Einige Wochen verbrachte er in einem Lager in Lampedusa, dann gelang es ihm, sich von dort abzusetzen und auf verborgenen Pfaden nach Frankreich durchzuschlagen, wo er wieder aufgegriffen wurde. Viele endlose Wochen darbte er im Flüchtlingslager in Dünkirchen, hungernd, frierend, ohne Perspektive. In der Nacht, als verzweifelte Asylwerber das Lager niederbrannten, konnte er abtauchen. Obdachlos und ohne Papiere schlug er sich als Schwarzarbeiter durch. Längst hatte er begriffen, dass ihm der Zugang zum Paradies Europa verwehrt blieb! Die Menschen, die hier lebten, sahen in ihm nur eine Bedrohung ihres eigenen Wohlstandes. Für ihn war zuhause kein Platz gewesen, und hier wollte ihn auch niemand haben.

Wie Feuer brannte sich die Erkenntnis in sein Hirn und seine Seele: »Ich bin nichts wert!«

»Ich bin 80 Millionen Euro wert«, keuchte Alix Perrin und schreckte aus einer Art Trance auf. Dem Fußballer war, als hätte er all die Schrecken und das Elend, die Amaru erleiden musste, selbst durchlebt.

Erzählungen seiner Großeltern fielen Alix ein. Sie stammten aus Surinam und waren über Französisch-Guayana nach Frankreich gekommen. Er konnte sich daran erinnern, dass einmal bei einer Familienfeier ihre Flucht zur Sprache gekommen war, die Ängste, die sie dabei ausgestanden hatten, die Not, die sie in ihrem Land litten und später auch in Frankreich. Denn sie wurden nicht mit offenen Armen empfangen, sondern mit Misstrauen und Ablehnung. Perrin dachte an seine Autos, an seine teure Kleidung, seine goldene Uhr und plötzlich schämte er sich. Er selbst war der Armut entflohen, aber er hatte nie daran gedacht, auch andere daraus zu erlösen, von seinen Eltern einmal abgesehen.

Ein anderes Gesicht kam von den Rängen herab, und wieder wurde Alix in ein Leben voll Armut, Schrecken und ohne Ausweg hineingezogen.

Die Gesichter wechselten in rascher Folge, und der Fußballstar sah Kinder verhungern, sah Frauen und Männer an unmenschlichen Arbeitsbedingungen zu Grunde gehen, sah Elend und unbeschreibliche Not.

Irgendwann brach er weinend auf dem Spielfeld zusammen.

»Genug, es ist genug«, wimmerte er.

Doch immer neue Gesichter schwebten herab, um ihre Geschichten zu erzählen, und alle endeten mit der bitteren Erkenntnis: »Ich bin nichts wert!«

Und jedes Mal durchzuckte Alix Perrin wie ein Peitschenhieb der Gedanke: »Ich bin 80 Millionen Euro wert!«

Dann endlich war es vorbei.

Das Gesicht, das ihm eben seine traurige Geschichte erzählt hatte, schwebte hinauf in die Ränge, und kein anderes nahm seinen Platz ein.

Alix keuchte erleichtert. Er hätte keinen weiteren Bericht über Gräuel und Unrecht ertragen.

»80 Millionen Euro«, murmelte er … und erwachte.

Alix brauchte eine Weile, bis er wusste, wo er sich befand. Er lag in einem Hotelzimmer in Paris. Vor dem Bett standen seine gepackten Koffer, denn morgen würde er nach Spanien fliegen.

Er war ein gefeierter Fußballstar auf dem Weg nach ganz oben. Alix stand auf und wankte ins Badezimmer. Er fühlte sich wie gerädert. Er wusch sich das Gesicht und schaute in den Spiegel. Nichts hatte sich für ihn geändert. »Du hast nur einen bösen Traum gehabt«, murmelte er, und doch wollte das Gefühl der Schuld nicht von ihm weichen.

Alix liebte seinen Beruf, liebte Fußball. Er wollte spielen, und er wollte natürlich auch viel Geld verdienen und seinen Reichtum genießen. Über die Mechanismen hinter dem Sport, die letztlich auch nur eine Spielart des Raubtierkapitalismus waren, hatte er nie nachgedacht.

Natürlich konnte er als einzelner Fußballer auch nichts dafür, und doch war er Teil eines kranken Systems, das für einen Menschen, der gut mit einem Ball umgehen konnte, Unsummen zahlte, während anderswo unschuldige Kinder verhungerten. Und war es nicht völlig widersinnig, dass in vielen Ländern Menschen mit geringem Einkommen ihr letztes Geld zusammenkratzten und sich eine teure Eintrittskarte kauften, nur um vielfachen Euro-Millionären dabei zusehen zu dürfen, wie sie auf einem Spielfeld einem Ball nachliefen – und dabei für eineinhalb Stunden ihr eigenes Elend zu vergessen?

Waren Fußballspiele nicht die moderne Version der Gladiatorenkämpfe, die dazu dienten, das Volk ruhig zu halten und Aggressionen zu kanalisieren, die sich sonst womöglich als Aufschrei gegen die Ungerechtigkeit des Kapitalismus entladen hätten? Und waren er und alle anderen Spieler trotz oder gerade wegen ihres enormen Einkommens nicht eigentlich Sklaven des Geldes?

Alix Perrin begriff, dass er in dieser Nacht seine Unschuld verloren hatte.

Er schaute in den Spiegel und erblickte darin Amarus Gesicht.

»Ich bin keine 80 Millionen Euro wert,« flüsterte Alix.

Land unter Palmen

Corina Wagner war Single und zufrieden damit. Sie war 28 Jahre alt und Chefin einer Werbeagentur mit zehn Angestellten. Ihr Liebesleben beschränkte sich auf gelegentliche One-Night-Stands. An Interessenten dafür mangelte es nie, denn Corina war mit ihren roten Haaren, der klassisch geschwungen Nase, den ausdrucksstarken braunen Augen und ihrem perfekt geformten Körper mit großen Brüsten eine Erscheinung, die viele männliche Blicke auf sich zog. Bestimmt wäre auch der eine oder andere ihrer Liebhaber an einer längerfristigen Beziehung interessiert gewesen. Doch Corina wollte keine zweite Zahnbürste und auch keinen Rasierapparat in ihrem Bad, sie wollte sich nicht dafür rechtfertigen müssen, wenn sie wieder einmal ein Wochenende einfach durcharbeitete, und auch nicht dafür, wenn sie am Abend spontan mit ihren Freundinnen in einem Lokal abhing. Eine fixe Partnerschaft war ihr einfach zu kompliziert.

Corina aß meist auswärts, und wenn sie zuhause war, kochte sie nur selten. Sie hasste es. Ihre Mutter hatte sie als Teenager immer gezwungen, ihr zu helfen. »Damit du später einmal deinen Mann gut versorgen kannst. Denn die Liebe geht durch den Magen«, hatte sie ihr dabei wieder und wieder erklärt. Corina, damals 15 Jahre alt, war an allem Möglichen interessiert gewesen, aber ganz bestimmt nicht an der Zubereitung von Mahlzeiten oder an Gesprächen über ihren zukünftigen Ehemann. Und was die Liebe betraf, die durch den Magen ging: Wenn sie sich den immer größer werdenden Bauch ihres Vaters ansah, dachte Corina, dass ihm etwas weniger Liebe gut tun würde. Laut wagte sie das nicht zu sagen, auch nicht scherzhaft, weil sie wusste, dass er sehr empfindlich auf derartige Anspielungen reagierte. Letztlich hatte ihre Mutter mit ihren Versuchen, Corina das Kochen schmackhaft zu machen, nur das Gegenteil erreicht. Mit 18 hatte sie den kleinen Ort, in dem sie aufgewachsen war, verlassen und kehrte nur zurück, wenn es sich nicht vermeiden ließ – an den großen kirchlichen Feiertagen also.

Wenn Corina ein Wochenende in ihrer Wohnung verbrachte, was selten genug vorkam, dann aß sie Fertigspeisen – Pizzen, Suppen, Lasagne, Nudelgerichte. Es gab aber auch Tage, an denen sie sich nur von Müsli, Schokoladecreme, Waffeln und Chips ernährte. Ihrer Figur tat das keinen Abbruch, was wohl daran lag, dass sie oft sehr in ihrer Arbeit aufging und daher unbeabsichtigte Entschlackungstage einlegte.

»Ich kann essen, was und wie viel ich will, ich nehme nicht zu«, erklärte Corina ein ums andere Mal ihren neidischen Freundinnen, die alle mit den allseits gefürchteten bösen Wichtelmännchen zu kämpfen hatten, die sich nachts in ihre Wohnungen schlichen und ihre Kleider enger nähten, sodass sie am Morgen, wenn sie sie anzogen, überall spannten und zwickten.

Für Lebensmittel gab Corina nicht viel Geld aus, dafür aber für Kosmetikartikel – Cremes, Lippenstifte, Parfums und anderes mehr. Das Teuerste war ihr da gerade gut genug. Corina war der Ansicht, dass eine Frau ihren natürlichen Teint durch Make-up noch unterstreichen sollte, und es hatten schließlich nicht nur Models und

Filmstars ein Anrecht darauf, sich schön zu machen. Außerdem hatte ihr Aussehen ihr schon das eine oder andere Mal geholfen, beim Ringen um einen Werbe-Auftrag einen Konkurrenten auszustechen. Corina besuchte einmal im Monat eine Beauty-Farm, absolvierte Schminkkurse und war über die neuesten Kosmetikprodukte am Markt natürlich immer auf dem Laufenden.

An diesem Abend stand ihr der Sinn allerdings weder nach Schminken noch nach Ausgehen. Sie und ihr Team hatten am Vortag einen großen Auftrag erfolgreich abgeschlossen und das auch gebührend gefeiert. Corina war direkt vom Lokal wieder zur Arbeit gegangen. Jetzt hatte sie Ringe unter den Augen, mit denen sie sich nicht mehr in der Öffentlichkeit zeigen wollte, war außerdem hundemüde und beschloss daher, sich vor den Fernseher zu legen und auf Netflix ein paar Folgen ihrer Lieblingsserie anzusehen. Sie aß eine Fertigpizza und machte es sich dann auf der Couch gemütlich. Noch bevor die erste Sendung zu Ende war, schlief sie ein. Den grünlichen Nebel, der um Mitternacht durchs geöffnete Fenster in ihr Schlafzimmer waberte, sah sie nicht mehr …

Als Corina Wagner auf den Balkon ihrer Wohnung trat, die im dritten Stock eines Mehrparteienhaues lag, blieb sie wie angewurzelt stehen. Sie schloss die Augen, holte ein paarmal tief Luft und öffnete sie wieder. Aber sie hatte keine Halluzinationen. Die Welt war eine andere geworden. Der Wohnblock, in dem Corina lebte, war mit zwei anderen in einem Linzer Vorort am Rande einer Siedlung errichtet worden, die zum größten Teil aus Einfamilienhäusern mit Gärten bestand, die alle in den 70er-Jahren erbaut worden waren. Die meisten Gebäude waren allerdings inzwischen saniert und mit

Wärmeschutz und neuer Fassade versehen worden. Von ihrem Balkon aus hatte Corina einen guten Überblick über die Siedlung – oder besser gesagt: hatte gehabt … denn jetzt ragte vor ihr ein Urwald auf.

Von den Häusern war kaum mehr etwas zu sehen. Sie waren hinter einer Wand aus dicken braunen Stämmen verschwunden. Es schien, als wären über Nacht in allen Gärten, auf allen Grünflächen der Siedlung und sogar aus dem Asphalt der Parkplätze und Straßen Palmen in die Höhe gesprossen. Oben auf einem der Stämme hing sogar ein demoliertes Auto. Offenbar war es der Pflanze im Wege gewesen, als sie mit Urgewalt aus dem Boden brach, und sie hatte das Fahrzeug regelrecht aufgespießt.

Corina schauderte und fragte sich, was wohl passiert wäre, wenn eine der Palmen direkt unter ihrem Haus gekeimt hätte. Vermutlich stünde sie dann nicht mehr hier auf dem Balkon. Der Gedanke war so beunruhigend, dass sie ihre Wohnung verließ, die Treppe hinunterhastete und ins Freie lief. Sicher war sicher. Vielleicht wuchsen ja noch weitere Bäume.

Vom Boden aus wirkten die riesigen Palmen auf die junge Frau allerdings gleich noch ein Stück bedrohlicher. Corina spürte einen Anflug von Klaustrophobie und begann zu keuchen, als würden die Bäume nicht nur allen Platz, sondern sogar die Luft zum Atmen für sich beanspruchen. Sie schloss die Augen und versuchte sich zu beruhigen. Erst als sie glaubte, für den Anblick einigermaßen gewappnet zu sein, öffnete sie sie wieder und betrachtete eine der Palmen in ihrer Nähe genauer. Sie versuchte zu schätzen, wie hoch der Stamm war. 15 Meter bestimmt, vermutlich sogar noch höher, und die Blätter, die oben daraus hervorsprossen, waren ebenfalls einige Meter lang. Am Ende des Stammes erblickte Corina riesige Büschel voller rötlich schimmernder, etwa walnussgroßer Früchte.

Die Palmen standen dicht an dicht, und ihre Blätter hingen wie ein grünes Dach über dem Gelände und verwehrten Corina den Blick zum freien Himmel. Seltsamerweise schien allerdings die Hauptstraße, die aus der Siedlung hinausführte, von den Bäumen verschont geblieben, fast so, als wollten diese die Menschen nicht daran hindern, den Ort zu verlassen. »Als ließen sie uns einen Fluchtweg offen …«, schoss es Corina durch den Kopf.

»Was zum Teufel …«, hörte sie da hinter sich plötzlich eine laute, krächzende Männerstimme. Sie drehte sich nicht um. Sie wusste, dass es der Typ von der Wohnung unter ihr war, der da gesprochen hatte. Er war ein Mittvierziger, der vermutlich gerade in einer Midlifecrisis steckte und ihr, wenn sie sich begegneten, lüstern auf die Brüste starrte, sogar wenn seine Frau dabei war.

Immer mehr Menschen kamen nun aus dem Haus und auch aus den Gebäuden ringsum und starrten verblüfft oder erschrocken auf das Bild, das sich ihnen bot.

»Einer dieser blöden Bäume steht direkt auf der Einfahrt zur Tiefgarage. Wie sollen wir unsere Autos da herausbringen«, knurrte der Mittvierziger. Er hatte braunes Haar, das sich auf der Stirn schon lichtete, und trug eine altmodische Brille mit eckigen Gläsern. Seine Nase war groß und gerötet. »Eine Schnapsnase«, dachte Corina jedes Mal, wenn sie ihn sah. Seine Augen waren klein und stechend. Corina verspürte eine fast körperliche Abneigung gegen diesen Mann.

Jetzt schüttelte sie verständnislos den Kopf. Wie beschränkt konnte man eigentlich sein, fragte sie sich. Angesichts des Palmenwaldes, der sich vor ihren Augen ausbreitete, war die Garagenzufahrt wohl nur ein sehr kleines Problem.

»Ich glaube, ich hole meine Motorsäge« knurrte der Mann.

Jetzt konnte Corina sich nicht mehr zurückhalten. »Um was zu tun? Die nächste Palme umzuschneiden und auf unser Haus stürzen zu lassen?«, fragte sie süffisant und erntete murmelnden Beifall der Umstehenden. Niemand mochte den Mann, den seine Frau auch in der Öffentlichkeit »Heinzi« nannte, aber es wollte sich auch niemand offen mit ihm anlegen. Vermutlich lag es an seiner Ausstrahlung, dachte Corina. Er hatte etwas Brutales und Primitives an sich und deshalb gingen ihm die Leute so gut wie möglich aus dem Weg. Auch Corina war nicht wohl bei dem Gedanken, sich ihn zum Feind zu machen, andererseits musste ihm aber auch jemand eine Grenze setzen.

Heinzi starrte Corina böse an, verzichtete erstaunlicherweise aber auf eine Antwort. Sie glaubte ihn jedoch etwas murmeln zu hören, das wie »blöde Schlampe« klang.

»Wir sollten die Polizei rufen, oder die Feuerwehr«, schlug eine ältere Frau vor, die Corina nur vom Sehen kannte. Sie wohnte im Erdgeschoß und lebte sehr zurückgezogen. Sie schminkte sich viel zu aufdringlich. Corina wertete das als Zeichen, dass sie sich mit dem Älterwerden schwertat. Doch ihr Versuch, die Spuren, die die Jahre in ihrem Gesicht hinterließen, zu übertünchen, machte es nur schlimmer. Der Vorschlag der Frau war auch nicht wesentlich besser als jener mit der Motorsäge. Corina war es durch die Leitung ihrer Agentur gewohnt, die Führung zu übernehmen, und sie tat dies daher auch jetzt ganz selbstverständlich.

»Ich denke, dass Feuerwehr und Polizei sicher schon bemerkt haben, was los ist. Die Palmen sind ja nicht zu übersehen. Vermutlich können sie sich derzeit vor Notrufen kaum erwehren, und sie könnten uns wohl auch nicht erreichen. Nur weil hier kein Baum auf der Hauptstraße steht, heißt das ja nicht, dass überall ein Durchkommen ist.«

»Sie meinen, diese schrecklichen Bäume sind auch noch woanders gewachsen?«, fragte die Frau erschrocken.

Corina nickte. »Naja, es ist anzunehmen, dass die Palmen nicht nur bei uns stehen, sondern in ganz Linz«, sagte sie.

Ein junger Mann mit viel zu viel Pomade im schwarzen Haar, der die Mansardenwohnung gemietet hatte und, wie Corina wusste, in einer Bank arbeitete, hielt demonstrativ sein Handy in die Höhe, auf dem er offenbar gerade die neuesten Nachrichten abgerufen hatte, und nickte zustimmend.

»Sie hat recht«, knurrte er. »Die ganze verdammte Stadt ist ein Urwald!«

Tatsächlich hatten die Palmen die oberösterreichische Landeshauptstadt regelrecht okkupiert. Sie standen in Parks und Grünanlagen, in Blumenbeeten und sogar in den Rondeaus der Kreisverkehre. Damit nicht genug, hatten sie aber auch an vielen Stellen Asphalt und Beton durchbrochen. Die Landstraße und der Hauptplatz glichen einem Urwald, auch die Donaulände war von Palmen regelrecht überwuchert, und sogar den Pöstlingberg hatten die riesigen Bäume erobert. Einige schmiegten sich frevelhaft eng an die Fassade der Wallfahrtskirche. Nur die Donaubrücken waren frei und wirkten wie letzte verzweifelte Bollwerke der modernen Zivilisation, die an beiden Seiten des Flusses von der rohen Naturgewalt belagert und belauert wurden. Das öffentliche Leben in der Stadt war praktisch zum Erliegen gekommen. Viele Leute konnten nicht einmal ihre Häuser verlassen, weil direkt vor ihren Türen Palmen aufragten. In den höheren Etagen hatten sich Blätter oft wie unbarmherzige Invasoren durch die Fensterscheiben gebohrt. Menschen waren aber zum Glück nicht zu Schaden gekommen, ja fast sah es so aus, als seien die Palmen darauf bedacht gewesen, niemanden zu gefährden.

Im Krisenstab im Bürgermeisteramt wertete man es als Wunder, dass die Bäume bei ihrem unkontrollierten Wachstum keine Gasleitung beschädigt hatten. Man war haarscharf an einer Katastrophe vorbeigeschrammt.

Corina hatte sich per Internet einen Überblick über die Lage verschafft. Offenbar waren ausschließlich große Städte von der Palmeninvasion betroffen, das allerdings nicht nur in Österreich, sondern auch in anderen europäischen Ländern, sowie in den USA, in Russland und China.

Der Linzer Bürgermeister hatte inzwischen das Bundesheer angefordert, und der Bundeskanzler die Stadt zum Katastrophengebiet erklärt – ebenso wie Wien, Salzburg und Innsbruck, die auch von Palmen regelrecht erobert worden waren. Wie die Bäume über Nacht aus dem Boden wachsen konnten, war ein Rätsel. Botaniker, die dazu befragt wurden, tappten völlig im Dunkeln.

Nur einer wusste es natürlich.

»Das ist ein gezielter Angriff«, rief Heinzi. »Bestimmt haben die verdammten Asylanten die Palmensamen eingeschleppt und hier verteilt. Ich habe schon immer gesagt, dass es ein Fehler war, sie ins Land zu lassen. Unser Kanzler hat schon recht! Die Ausländer sind an allem schuld, was schiefgeht! Und jetzt sind wir endgültig im Arsch.«

Heinzi erntete für seine Tirade bei vielen der Umstehenden nur Kopfschütteln. Corina sah aber auch etliche Leute, die zustimmend nickten. Offenbar waren sie bereit, jeder Erklärung des Phänomens Glauben zu schenken, und sei sie auch noch so absurd. Hauptsache, sie half ihnen, die eigene Angst in Zaum zu halten oder, noch besser, in Wut gegen einen Sündenbock zu kanalisieren – im konkreten Fall wieder einmal gegen die Asylbewerber. Sie waren ein ideales Ziel, auf das man negative Energien lenken konnte. Corina hatte ja selbst erlebt, dass man auf diese Weise in Österreich sogar Wahlkämpfe gewann. Sie schnaubte wütend.

»Ja klar. Und dann haben die Asylanten die Samen über Nacht wachsen lassen – zu …«, sie deutete in die Höhe, »… zwanzig Meter hohen Bäumen?«, fragte sie höhnisch und schüttelte zur Antwort gleich selbst den Kopf. »Wenn sie dazu wirklich fähig wären, hätten sie unser Land schon längst einfach übernommen. Wir könnten sie nicht aufhalten. Aber es ist schlicht und einfach Bullshit, den Sie da verzapfen. Die Asylanten können bestimmt nichts für diesen Urwald, zumal ja auch Städte in vielen anderen Ländern betroffen sind.«

Jetzt bekam Heinzi Schützenhilfe von seiner Frau. Sie pflanzte sich vor Corina auf und stemmte die Hände in die Hüften.

»Wer weiß schon, wozu das Gesindel fähig ist. Die praktizieren sogar Voodoo! Das hat mir eine Bekannte beim Frisör erzählt«, rief sie, als wäre das ein wissenschaftlich unwiderlegbarer Beweis für die magischen Praktiken der Flüchtlinge. Die Frau war um die 40 und dicklich. Ihr Haar war braun, aber am Ansatz ließ ein blonder Schimmer darauf schließen, dass dies nicht seine natürliche Farbe war. Bräunlich war auch die Haut, Zeichen eines ungesund langen Aufenthalts im Solarium. »Mein Heinzi steht halt auf alles, was braun ist«, hatte Uschi, so hieß die Frau, Corina eines Tages bei einer Begegnung im Stiegenhaus in einem Anfall von ganz ungewohntem Mitteilungsbedürfnis erzählt, und Corina war von dieser Eröffnung nicht überrascht gewesen. Sie passte in das Bild, das sie von dem Mann hatte. Damals hatte ihr Uschi leidgetan, doch jetzt hätte sie

sie am liebsten geohrfeigt. Nicht aus Wut, sondern aus Verzweiflung, denn gegen so viel Ignoranz und Bösartigkeit kam man mit Argumenten und Hausverstand einfach nicht an.

»Was sollen wir jetzt tun«, rief der Bankangestellte und lenkte damit zu Corinas Erleichterung das Gespräch wieder in andere Bahnen.

»Also ich gehe in meine Wohnung, mache mir ein Bier auf und setze mich vor den Fernseher«, knurrte Heinzi. »Man weiß meine Vorschläge hier ja ohnehin nicht zu schätzen. Aber ich und meine Motorsäge sind jederzeit bereit«, sagte er und starrte Corina einen Moment lang böse in die Augen. Doch sogleich glitt sein Blick zu ihren Brüsten hinab, und in seine Augen trat eine Gier, die der jungen Frau einen kalten Schauer über den Rücken trieb. Sie fragte sich, wozu ein Mann, der in einem Wohnblock lebte und keinen Garten hatte, überhaupt eine Motorsäge brauchte, und kam zu dem Schluss, dass sie das vermutlich gar nicht wissen wollte.

Inzwischen waren auch Bewohner aus den anderen Häusern zu ihnen herübergekommen. »Ich muss zur Arbeit! Mein Chef wird mich feuern, wenn ich zu spät komme«, rief eine blonde Frau in den Dreißigern verzagt.

Corina schüttelte den Kopf. »Ich glaube, heute kommt so gut wie niemand zur Arbeit«, erklärte sie und deutete auf die Bäume. »Das ist höhere Gewalt. Deswegen kann man auch nicht einfach entlassen werden.«

Es widerstrebte ihr zwar sehr, Heinzi recht zu geben, dennoch sagte sie: »Wahrscheinlich ist es wirklich am besten, wir warten in unseren Wohnungen ab. Ich bin sicher, dass es bald eine offizielle Verlautbarung geben wird, wie wir uns verhalten sollen!«

Sie nickte den Umstehenden noch einmal zu und wandte sich um, um ins Haus zu gehen.

Da hörte sie plötzlich eine helle, kindliche Stimme.

»Ihr könnt nun euer Palmöl selbst ernten. Ihr braucht uns nicht mehr die Nahrung zu nehmen und unser Land und unsere Zukunft zu zerstören«, sagte sie.

Die Stimme war nicht laut, aber dennoch deutlich zu verstehen, und sie schien aus dem Wald zu kommen.

Corina richtete den Blick auf die Palmen und sah, wie ein kleiner Junge hinter einem dicken Stamm hervorkam. Er musste es gewesen sein, der gesprochen hatte. Corina trat näher an ihn heran und musterte ihn. Er hatte dunkle Haut, schwarze Haare und große Augen, die aber tief in den Höhlen lagen. Seine Wangen waren eingefallen, und der ganze Körper wirkte ausgemergelt und erschöpft. Der Ausdruck auf dem Gesicht des Kindes schien alles Elend dieser Welt zu spiegeln und löste in Corina den Impuls aus, es tröstend in die Arme zu nehmen. Dabei konnte sie sonst wenig mit Kindern anfangen und hatte auch noch nie den Wunsch verspürt, eigene zu bekommen. Corina fragte sich, woher dieser kleine Junge kam. Er hatte nicht deutsch gesprochen, sondern indonesisch. Sie hatte vor zwei Jahren in diesem Land Urlaub gemacht und dabei ein paar Brocken der Sprache aufgeschnappt. Das erklärte aber nicht, warum sie ihn so einwandfrei verstehen konnte. Ein rascher Blick in die Runde zeigte ihr, dass auch die anderen Leute den Sinn seiner Worte erfasst hatten.

Corina ergriff wieder die Initiative.

»Woher kommst du? Wie heißt du?«, fragte sie den Jungen.

»Ich komme aus Sumatra. Mein Name ist Buana!«, sagte er.

»Du brauchst keine Angst vor uns zu haben, Buana«, erklärte Corina.

Er lächelte. »Ich habe keine Angst.«

»Was willst du hier?«

»Ich bin der Bote!«, antwortete das Kind.

»Der Bote? Was soll das heißen?«

»Ich habe euch die Ölpalmen gebracht, die ihr so liebt. Nun könnt ihr das Palmöl bei euch zuhause ernten und damit aufhören, unseren Urwald niederzubrennen und uns damit das zu nehmen, was wir selbst zum Leben brauchen. Eure Gier zwingt uns, für einen Hungerlohn auf Palmölplantagen zu arbeiten. Viele Menschen sterben deswegen. Aber damit ist jetzt Schluss.«

Er hob wie beschwörend die Arme.

Und plötzlich waren da Bilder in Corinas Kopf.

Sie war ein Vogel und flog über eine verfluchte Landschaft. Palme reihte sich an Palme. Corina wusste bald nicht mehr, wie lange sie schon unterwegs war. Die Plantage erstreckte sich in alle Richtungen bis zum Horizont. Sie musste hunderttausende Hektar groß sein. Corina schien es, als hätten die Palmen die ganze Welt erobert und in eine Einöde verwandelt. Eine Hölle in Grün.

Die Perspektive wechselte. Corina schwebte nun dicht über den Bäumen und schaute auf ausgemergelt wirkende Männer hinab, die vom Boden aus mit langen Stangen, an denen Sicheln befestigt waren, die riesigen Fruchtstände von den Palmen säbelten. Diese sahen aus wie große Büsche und waren über und über mit walnussgroßen Früchten bedeckt. Frauen trugen die Fruchtstände in metallenen Schüsseln auf dem Kopf zur Sammelstelle, oft viele hundert Meter weit.

Und plötzlich war Corina eine dieser Trägerinnen, spürte das Gewicht am Schädel, das sie schier zu Boden drücken wollte. Es mussten 50 Kilo oder mehr sein. Sie stöhnte, und es kostete sie alle Kraft, einen Fuß vor den anderen zu setzen.

Ein Stück entfernt waren kleine Jungen mit Scheibtruhen voller Fruchtstände ebenfalls zur Sammelstelle unterwegs. Die Lasten waren viel zu schwer für ihre jungen Körper. Sie quälten sich Schritt für Schritt voran. Ihre fiebrigen Augen lagen tief in den Höhlen. Und Corina sah eine Erschöpfung darin, wie sie Kinderaugen nie ausstrahlen sollten.

Wieder ein Perspektivenwechsel.

Erneut fand sich Corina im Körper einer Frau wieder, einer sehr jungen Frau diesmal, fast noch ein Mädchen. Mit vielen anderen wanderte sie durch eine Plantage von jungen Palmen. Am Rücken trug sie einen schweren Kanister und in der Hand einen metallenen Stab mit einer Sprühdüse. Sie drückte auf einen Knopf, und ein feiner, nasser Nebel schoss hervor und legte sich um den Fuß der Palme.

Ein wenig von dem Mittel stieg aber auch zu Corina empor und kroch in ihre Nase. Es brannte wie Feuer, und sie musste husten. Sie wusste, dass es Pestizide waren, die sie da versprühte, und dass das Gift auch für Menschen gefährlich war. Aber sie hatte zum Schutz nur eine Plastikschürze und Gummistiefel – keine Handschuhe, keine Atemmaske. Dennoch beschwerte sie sich nicht, denn wer aufbegehrte, der wurde entlassen. Die Firma zwang ja niemanden, diese Arbeit zu tun, und es gab genug andere Frauen, die auf ihre Chance warteten. Aber das Mädchen, das Corina jetzt war, wusste, dass ihre Familie das Geld brauchte. Ein paar Meter von sich entfernt sah sie eine andere junge Frau zu Boden sinken und sich übergeben …

Corina wollte nichts mehr sehen, aber die Bilder ließen sich nicht aus ihrem Kopf vertreiben.

Sie stöhnte, presste die Augen fest aufeinander und schlug sich mit den Fäusten gegen den Schädel. Und dann war es plötzlich vorbei …

Als Corina die Augen öffnete, blickte sie ringsum in verstörte Gesichter. Die anderen hatten offenbar ihre Visionen geteilt. Die ältere Frau aus ihrem Haus hatte Tränen in den Augen. Sie wirkte schockiert, zugleich aber auch verwirrt. »Die armen Leute«, sagte sie. »Aber was hat das mit mir zu tun? Was ist dieses Palmöl überhaupt? Ich kenne das nicht, und ich verwende es auch nicht. Ich nehme Sonnenblumenöl zum Kochen.«

Ein bärtiger junger Mann mit Vollbart und einer Brille mit runden Gläsern, der Jeans und ein langes, ausgewaschenes Hemd trug, drängte sich nach vorne. Er war blass, offenbar ebenfalls erschüttert von dem, was er gesehen und miterlebt hatte. Er räusperte sich. »Palmöl ist ein Bestandteil vieler Produkte. Es wird verwendet, weil es so billig ist. Und billig ist es deshalb, weil die großen Lebensmittel-Konzerne die Menschen in den Ländern, in denen es produziert wird, ausbeuten. Und um immer neue Plantagen zu errichten, brennen die Hersteller den Regenwald ab. Palmöl ist zum Beispiel in Fertiggerichten enthalten, aber auch in Schokolade, ebenso in Kosmetika und sogar in Waschpulver. Es gibt Berechnungen, die besagen, dass jeder Europäer jährlich zwischen 13 und 20 Kilogramm verbraucht!«

»Ah, du bist wohl so ein verdammter Öko-Freak!«, erklang da Heinzis ätzende Stimme. Corina wusste nicht, ob er ähnliche Bilder gesehen hatte wie sie. Wenn ja, schien er vom Schicksal der Plantagenarbeiter völlig unbeeindruckt zu sein. »Sieht man ja schon an deinem Aufzug. Du bist einer von denen, die ständig vom Klimawandel faseln, obwohl es den doch gar nicht gibt. Das hat der amerikanische Präsident selbst gesagt. Willst du vielleicht sogar gescheiter sein als er?«

»Naja. Dümmer als ein Stein kann ich ja wohl schwer sein?«, gab der junge Mann bissig zurück.

Heinzi musterte ihn misstrauisch und schien zu überlegen, ob diese Worte vielleicht eine Beleidigung gewesen waren. Dann schüttelte er den Kopf und deutete auf den Jungen.

»Ja begreift ihr denn nicht, dass dieser kleine Strolch eine Show mit uns abzieht. Ich weiß nicht, wie er es macht. Aber das ist alles nur Hokuspokus. Irgendwie unterzieht er uns einer Gehirnwäsche und pflanzt uns linkslinke Propagandabilder ins Hirn. Lauter Fake-News. Lasst euch doch nicht täuschen. Diese Südländer sind faul. Die muss man hart anpacken, wenn man will, dass sie eine Leistung bringen!«

Der junge Mann in den ausgewaschenen Jeans nannte ihn daraufhin einen »ignoranten Schwachkopf«, was Heinzi nun eindeutig als Beleidigung erkannte. Es kam zu einem heftigen Wortwechsel zwischen den beiden.

Corina achtete nicht weiter darauf. Sie schaute in die kummervollen Augen des Jungen und dachte über das Palmöl nach. Natürlich hatte sie schon davon gehört oder gelesen, aber sich nicht weiter damit beschäftigt.

Es gab so viel, was schief lief auf dieser Erde, sie wusste einfach nicht, wo sie anfangen sollte. Also schob sie solche Gedanken meist weit von sich.

Jetzt aber war eines dieser Probleme plötzlich zu ihr gekommen, regelrecht in ihr Leben eingebrochen, und sie konnte es nicht mehr ignorieren. Corina starrte auf die Palmen und versuchte, sich an die Aufzählung des jungen Mannes zu erinnern. Anscheinend war in vielem, was sie gerne mochte, Palmöl enthalten. Aber machte der Kauf sie wirklich schon zur Komplizin der Konzerne, die ihre Arbeiter ausbeuteten und deren Umwelt verwüsteten? Sie erwarb ihre Ware für gutes Geld. Hatte sie als Konsumentin nicht das Recht, davon auszugehen, dass diese unter besten Bedingungen für Lebensraum und Wohlergehen der Hersteller produziert wurde?

Corina schüttelte den Kopf. Das würde schlicht und einfach bedeuten, die Realität auszublenden und die Augen vor der Ungerechtigkeit in der Welt zu verschließen. Corina wusste, dass sie sich nicht auf Dauer selbst belügen konnte und dass sie dies ohnehin schon viel zu lang getan hatte. Damit nicht genug, hatte sie auch dem Selbstbetrug anderer Vorschub geleistet. Wer in der Werbebranche tätig war, lernte, die Wahrheit zu verbiegen. Es ging bei Kampagnen einzig um den schönen Schein und nicht um den wirklichen Wert oder Nutzen einer Sache.

Wieder schaute Corina in die Augen des Jungen und seufzte.

Sie begriff, dass dieser Tag ihr Leben in mehrerlei Hinsicht auf den Kopf stellte, und das machte ihr Angst. Die Palmen waren zwar bedrohlich, aber nicht das primäre Problem. Sicher würden sie allein durch ihre Existenz ihren Alltag für einige Wochen oder Monate prägen, aber über kurz oder lang würde man sie fällen, und spätestens in zwei Jahren würde nichts mehr an sie erinnern.

Die traurigen Augen des Jungen jedoch, das wusste Corina, würde sie nicht vergessen können, und auch nicht das Leid der Kinder, Frauen und Männer auf den Palmölplantagen.

Nie wieder würde sie es sich einfach in ihrem kleinen Leben bequem machen können.

Sie musste gegen diese Ungerechtigkeit und diese Ausbeutung aufstehen. Sie musste dafür kämpfen, die Welt zu einem besseren Ort zu machen. Sie sah sich um und las in den Augen der anderen, dass sie zu ähnlichen Einsichten gelangt waren – mit einigen Ausnahmen wie Heinzi natürlich.

Corina sah wieder den Jungen an.

»Du bist der Bote, sagst du. Aber wessen Bote. Wer hat dich geschickt?«

Der Junge sah sie ernst an.

»Allah«, sagte er.

Hinter Corina ertönte ein wütender Aufschrei.

»Allahu Akbar. Habt ihr gehört. Er hat Allahu Akbar gerufen. Ich habe ja gewusst, dass er ein moslemischer Terrorist ist. Sogar die Kinder sind da schon gewalttätig. Aber auf mich wollte ja keiner hören. Wahrscheinlich hat er einen Sprengstoffgürtel umgeschnallt, um uns alle in die Luft zu jagen. Wir müssen ihn aufhalten«, schrie Heinzi mit Panik in der Stimme.

Corina sah, wie er mit langen Schritten und erhobenen Fäusten auf den Jungen zustürmte, der keine Bewegung machte, sondern seinem Widersacher nur ruhig entgegensah. Corina warf sich zwischen die beiden. Es war keine bewusste Entscheidung, sondern eher eine Art Reflex. Sie sah einen Schatten auf ihr Gesicht zufliegen. Dann traf ein mörderischer Schlag ihre Wange, und es wurde finster …

Corina schreckte aus dem Schlaf.

Tageslicht fiel durchs Fenster. »Was für ein seltsamer Traum«, murmelte sie, rieb sich die Augen und fuhr sich dann mit der Hand über die rechte Wange. Sie fühlte sich an wie immer. Dann sprang Corina mit einem Satz aus dem Bett, lief zur Balkontür, öffnete sie und trat hinaus. Alles sah aus wie gewohnt. Keine Palme weit und breit.

Aber unten am Spielplatz vor dem Haus saß ein kleiner Junge mit dunkler Haut, schwarzen Haaren und großen Augen auf einer Schaukel und schaute mit ernstem, mahnendem Blick zu ihr herauf.

Der Aufschrei

Fünf Tage waren seit der Nacht vergangen, in der Sammer auf Geheiß der Stimme auf den Hügel gestiegen war und den grünlichen Nebel heraufbeschworen hatte. Es gab zwar keinen Beweis dafür, er war sich aber doch ziemlich sicher, dass er damit jene seltsamen Vorkommnisse ausgelöst hatte, die die reichen Industriestaaten nun in ihren Grundfesten erschütterten. Er hatte die Geschehnisse über Internet und später auch im Fernsehen aufmerksam verfolgt. Tausende Menschen hatten Träume gehabt, die sie in ihrem Innersten aufwühlten und die sich auch bei Tageslicht nicht einfach verdrängen ließen. Eine unglaubliche Welle der Solidarität mit den ausgebeuteten Menschen in Afrika, Indonesien und Südamerika schien plötzlich die Bevölkerung der reichen Staaten in Europa, Amerika und Asien zu erfassen. Männer und Frauen, die sich bisher keine Gedanken über die Arbeitsbedingungen von Textilarbeitern in ärmeren Ländern gemacht hatten, traten plötzlich für deren Rechte ein, und das mit einer Vehemenz, als wären sie oder ihre Kinder persönlich von der Ausbeutung betroffen. Es kam zu Sitzstreiks in Kleidergeschäften und zu regelrechten Belagerungen, die die Firmenzentralen lahmlegten. Die Volkshochschulen in Österreich konnten in ihren Handarbeitskursen den Ansturm jener, die plötzlich ihre Kleider selbst nähen wollten – darunter sogar Männer, die nie zuvor eine Nadel in der Hand gehalten hatten – nicht mehr bewältigen und erstellten meterlange Wartelisten. In Wien und in vielen anderen europäischen Großstädten gingen Tausende hüllenlos wie Gott sie schuf auf die Straße, um ein Zeichen der Solidarität mit den geknechteten Schwestern und Brüdern in den Billiglohnländern zu setzen. Sie wollten keine Kleidung mehr tragen, die durch Ausbeutung von Arbeitern und Arbeiterinnen hergestellt wurde. In Sprechchören forderten sie gerechte Löhne und humane Arbeitsbedingungen für Leute, die ihnen unbekannt und bis vor Kurzem auch völlig gleichgültig gewesen waren. Tausende Flugzettel wurden während der Demonstration in Wien verteilt, darunter übrigens auch einige hundert Folder eines geschäftstüchtigen Schönheitschirurgen, der sich unter die nackten Massen gemischt hatte, weil er in so viel wandelnder Cellulitis natürlich ein enormes Kundenpotenzial erkannte und sich diese Chance, für seine Dienste zu werben, nicht entgehen lassen wollte. Abgesehen von solchen kleinen, egoistischen Auswüchsen liefen die Demonstrationen aber ruhig, gesittet und ohne jegliche Ausschweifungen ab, die bei so viel nackter Haut auf doch verhältnismäßig kleinem Raum durchaus denkbar gewesen wären.

Ein Sprecher eines der kritisierten Textilkonzerne wies alle Vorwürfe, seine Firma beute Menschen aus, vehement zurück und äußerte im Interview die Ansicht, die Demonstranten seien offensichtlich einer kollektiven Gehirnwäsche zum Opfer gefallen. Da hatte er, wie Sammer wusste, nicht ganz unrecht. Denn die Träume, die in jener Nacht in Form des grünen Nebels in den Schlaf der Menschen gekrochen waren, hatten ganz offensichtlich eine Veränderung in ihrem Denken bewirkt. Sammer hatte sich schon immer für Philosophie interessiert und viel gelesen – auch über die Visionen der Denker über die Zukunft der Menschheit. Jetzt fragte er sich, ob er gerade den Anstoß für die Bildung eines »integralen Bewusstseins« im Sinne des Kulturphilosophen Jean Gebser erlebte, der dieses als Ganzheitsbewusstsein, das die ganze Zeit und die ganze Menschheit und ihre tiefe Vergangenheit und Zukunft als eine lebendige Gegenwart umfasst, definierte. Das integrale Bewusstsein war somit planetar und menschheitlich und ein wichtiger Schritt hin zu einer Weltföderation. Der Philosoph Hans Jonas hatte in diesem Zusammenhang auch von einer »globalen Empathie« gesprochen, die gerade im technologischen Zeitalter wichtig sei. Es bestehe nicht nur eine Pflicht zur Nächstenliebe, sondern auch zur »Fernstenliebe«, die alle Menschen und alles Leben auf der Erde in Gegenwart und Zukunft einschließe. Aus dieser Überlegung heraus hatte Jonas auch den »ökologischen Imperativ« formuliert: »Handle so, dass die Wirkungen deiner Handlungen verträglich sind mit der Permanenz echten menschlichen Lebens auf Erden«, oder anders ausgedrückt: »Gefährde nicht die Bedingungen für den dauerhaften Fortbestand der Menschheit.«

Ganz im Gegensatz zu einem rechtpopulistischen Politiker, der hinter den Protesten linkslinke Terroristen als Drahtzieher vermutete, die es irgendwie geschafft hätten, die öffentliche Meinung zu manipulieren, hatten die Träume nach Sammers Ansicht offensichtlich bei vielen Menschen einen moralischen Reifeprozess eingeläutet.

Aber nicht überall demonstrierten die Menschen gegen Textilkonzerne. In Linz und anderen großen Städten sahen sich vielmehr die Supermarktketten überraschend dem Unmut ihrer Kunden ausgesetzt, die von einem Tag auf den anderen alle Produkte boykottierten, die Palmöl enthielten. Sie wollten sie nicht nur nicht mehr kaufen, sie verlangten sogar, dass sie aus den Regalen verschwänden.

»Diesen Dreck will ich nicht. Da klebt ja Blut dran. Wer weiß, wie viele Menschen beim Abernten der Palmen schon gestorben sind. Dass Sie sich nicht schämen, das anzubieten. Hier kaufe ich nicht mehr ein!«, schimpfte eine betagte, vornehm wirkende Dame, fuchtelte einem Supermarktleiter empört mit dem Schirm vor der Nase herum und verließ schnaubend vor Zorn das Geschäft. Er schaute ihr kopfschüttelnd nach. »So ein alter Drachen«, sagte er zu einer Mitarbeiterin, die in der Nähe stand. »Ich bin sicher, dass die bis gestern noch nicht einmal gewusst hat, was Palmöl überhaupt ist.«

Die Frau stimmte ihm aber nicht wie erwartet zu, sondern schaute ihn verächtlich an. »Die alte Dame hat vollkommen Recht!«, sagte sie. »Und in einem Supermarkt, wo Palmöl verkauft wird, da will ich nicht mehr arbeiten. Ich kündige!« Sie zog ihre Dienstjacke aus, warf sie zu Boden und strebte dem Ausgang zu. Der Supermarktleiter schaute ihr nach und bekam einen hochroten Kopf. Er war ein Choleriker, wie alle seine Mitarbeiter aus eigener trüber Erfahrung wussten. »Sie brauchen nicht zu kündigen. Sie sind entlassen!«, brüllte er der Frau hinterher. Sie drehte sich nicht um, hob aber den Arm und zeigte ihm den gestreckten Mittelfinger.

Schwer atmend stand der Supermarktleiter da und versuchte sich zu beruhigen. »Sind in dieser dämlichen Stadt denn auf einmal alle verrückt geworden?«, murmelte er.

»Das liegt an dem Traum«, sagte eine andere Mitarbeiterin, die die Geschehnisse verfolgt hatte und nähergekommen war.

»Traum? Was denn für ein Traum?«, fragte er.

»Na, der Traum von den Palmen. Es war vor drei Nächten. Ich habe geträumt, dass plötzlich überall in Linz Ölpalmen standen. Wirklich überall. Es war grauenhaft. Sogar vor der Eingangstür meines Wohnhauses war plötzlich ein Baum. Wir mussten durch das Fenster im Erdgeschoß hinausklettern, und dann standen wir in einem Urwald. Aber das war noch nicht das Schlimmste. Denn plötzlich war ich auf einer Ölplantage und steckte im Körper einer Frau, die Gift auf kleine Palmen spritzen musste, und ich hatte keine Atemmaske und keinen Schutzanzug. Mir war so schlecht, und ich wusste, dass mich das Zeug eines Tages umbringen wird. Aber ich konnte nicht aufhören, ich durfte nicht aufhören, ich brauchte das Geld für meine Familie. Das Bild geht mir nicht mehr aus dem Kopf. Wenn ich Margarine oder Schokolade essen will, fühle ich mich sofort wieder wie diese Frau und mir wird schlecht. Beim Duschen und beim Wäschewaschen ist es dasselbe, denn überall ist dieses vermaledeite Palmöl drinnen.«

Sie sah ihren Chef neugierig an.

»Haben Sie den Traum nicht gehabt?«

Er schüttelte den Kopf.

»Ich wohne nicht in der Stadt. Aber ich habe natürlich gesehen, was all die Verrückten im Fernsehen erzählt haben. Ich verstehe nicht, warum die Leute plötzlich so zimperlich sind. Jahrelang hat es sie einen Dreck geschert, was in dem Zeug enthalten ist, das sie tagtäglich konsumieren. Und jetzt bekommen plötzlich alle moralische Bedenken? Für mich ist das verlogen!«

Die Frau überlegte, ob sie ihren Job riskierte, wenn sie ihm widersprach. Er war ja wirklich nicht für sein freundliches Wesen bekannt.

»Es ist nie zu spät, einen Fehler, den man endlich erkannt hat, zu korrigieren«, sagte sie. »Vergangenes Leid können wir nicht ungeschehen machen, aber wir können neues Unrecht verhindern. Wir haben das Privileg, in einem reichen Land geboren zu sein. Vielleicht haben wir deshalb auch eine Verantwortung für jene, die es nicht so gut getroffen haben.«

Er sah sie an, als habe sie in einer ihm unverständlichen Sprache gesprochen.

»Wann sind Sie zu einer verdammen Sozialromantikerin geworden? Bisher habt ihr Verkäuferinnen doch ständig gejammert, dass ihr viel zu wenig verdient, und wie schlecht eure Arbeitsbedingungen unter einem cholerischen und tyrannischen Chef sind. Und jetzt auf einmal ist alles wunderbar?«

Er sah das Erschrecken auf ihrem Gesicht und lachte.

»Habt ihr vielleicht geglaubt, ich weiß nicht, was ihr über mich tratscht. Mir entgeht nur wenig, was in diesem Supermarkt passiert. Und was die Verantwortung angeht: Ich kann mich nicht daran erinnern, dass mich vor meiner Geburt jemand gefragt hätte, in welchem Land ich zur Welt kommen will. Es war purer Zufall, und daher bin ich überhaupt niemandem etwas schuldig. Ich habe mit meinen eigenen Problemen genug zu tun. Ich habe zwei Ex-Ehefrauen, die mir wie Klötze am Bein hängen und mich ausnehmen wollen wie eine Weihnachtsgans. Ich kann und will mich nicht auch noch um Menschen in anderen Ländern kümmern. Das Leben ist hart, jeder muss selbst schauen, wo er bleibt«, sagte er kalt.

Sein Handy läutete.

Er hob ab, meldete sich und hörte dann seinem Gesprächspartner schweigend zu. Seine Mitarbeiterin sah aber, wie sich seine Stirn dabei immer mehr in Falten legte. Ein schlechtes Zeichen, wie sie wusste.

Das Gespräch dauerte nicht lange. Der Supermarktleiter schüttelte den Kopf, als er das Telefon vom Ohr nahm. »Ich sag´s ja, jetzt sind alle verrückt geworden. Das war die Zentrale. Wir sollen alle Produkte, die Palmöl enthalten, aus den Regalen räumen. In den nächsten Tagen bekommen wir Waren geliefert, wo das Zeug nicht drinnen ist«, sagte er und schnauzte dann seine Mitarbeiterin an: »Na los, stehen Sie hier nicht faul herum. An die Arbeit!«

Dann schaute er auf die Reihen gut gefüllter Regale. »Es wird hier bald viel leerer sein«, prophezeite er.

Aber nicht nur Normalbürger schienen plötzlich ihr Gewissen entdeckt zu haben und über den Tellerrand ihres individuellen Lebens hinauszuschauen.

Einer der aufgehende Sterne am Fußballhimmel, der Franzose Alix Perrin, ließ seinen Transfer zu einem spanischen Großclub platzen – mit der überraschenden Begründung, dass er angesichts des Elends auf der Welt seine hohe Gage moralisch nicht vertreten könne und noch weniger die astronomische Ablösesumme, die der neue Club für ihn bezahlen wolle. Zwar boten die Spanier nach einer ersten Schrecksekunde an, ihn dann eben ablösefrei zu nehmen, aber auch dieser Lösung wollten weder Perrin noch sein bisheriger Verein zustimmen.

»Ich kann und will diesen Raubtierkapitalismus nicht länger unterstützen. Ich rufe auch meine Kollegen bei den großen Vereinen überall auf der Welt auf, sich meinem Boykott anzuschließen«, sagte er in einem Fernseh-Interview. Natürlich wurde er sofort mit Klagen eingedeckt, sowohl von den Spaniern als auch von seinem eigenen Club.

Doch sein Beispiel machte Schule. Plötzlich erklärten sich auch andere Superstars mit ihm solidarisch und begehrten gegen das irrwitzige Transfersystem auf. Es zeigte sich, dass Alix Perrin nicht als einziger Fußballer von beunruhigenden Träumen heimgesucht worden war.

»Kicker, die plötzlich ein Gewissen und Skrupel haben. Es ist wie eine Seuche: als ob der verdammte Sozialismus von den Toten auferstanden wäre. Diese Welt steht nicht mehr lange«, schimpfte ein mächtiger Club-Boss.

Tatsächlich breitete sich der Protest unter den Fußballern wie ein Lauffeuer aus. In Italien, Spanien, Frankreich, Deutschland und etlichen anderen Ländern kam es sogar zu einem Streik der Spieler. Sie verlangten, dass das System einer grundlegenden Reform unterzogen werde. Die Sponsoren und Clubbesitzer wurden in die Ecke gedrängt und wussten nicht, wie sie mit diesen Protesten umgehen sollten.

Sammer und Mercedes hatten inzwischen den Wald verlassen. Sie waren ein paar Stunden gewandert, bis sie auf eine Straße stießen. Per Anhalter waren sie in die nächste Ortschaft gelangt und hatten sich dort unter falschem Namen in einer kleinen Pension eingemietet. Sie gaben sich als Ehepaar aus, das ein paar Tage ausspannen wollte. In Wirklichkeit wollten sie abwarten, wie sich die Lage entwickelte, und abchecken, ob noch jemand nach ihnen suchte.

Per Internet verfolgten sie die Ereignisse in der Welt.

Eines Morgens schließlich stellte Mercedes Sammer zur Rede. »Wieso erzählst du mir nicht endlich, was da draußen im Wald vor sich gegangen ist?«, fragte sie. »Oder willst du mir weismachen, dass du mit dieser Entwicklung der Dinge nichts zu tun hast?«

Sammer hätte sich das selbst liebend gerne eingeredet, aber er wusste, dass dem nicht so war. Er hatte Mercedes nichts von seinem nächtlichen Ausflug in den Wald und der schrägen Nummer mit dem Stab und dem Nebel erzählt, weil die Geschichte sogar für seine Verhältnisse einfach zu verrückt klang. Aber Sammer war inzwischen überzeugt davon, dass der grüne Nebel die Ursache für die aufrüttelnden und verstörenden Träume der Menschen war. Er hatte etwas angestoßen, dessen Konsequenzen er nicht absehen konnte. Die Zivilgesellschaft begehrte auf, und das bedeutete vielleicht eine Wende zum Guten. Für Sammer war immer klar gewesen, dass die Eliten nicht freiwillig auf ihre Privilegien und Pfründe verzichten würden. Eine Revolution konnte nur von unten kommen – durch Demonstrationen, wie sie eben stattfanden, und hoffentlich ohne Gewalt. Vielleicht wurde daraus ja sogar eine kosmopolitische Bewegung, die letztendlich in einem demokratischen Weltparlament mündete, das wirklich die Interessen aller Menschen im Blick hatte.

Mercedes wusste nichts von seinen Überlegungen.

Sie war wütend.

»Ich hätte es schon wissen müssen, als ich im Zelt erst am Morgen aufgewacht bin. Ich habe in den letzten Jahren keine Nacht durchgeschlafen. Das hätte mich misstrauisch machen müssen. Hast du mir etwas eingeflößt?«, fragte sie.

Sammer schüttelte ehrlich entrüstet den Kopf. »Das würde ich nie tun«, sagte er und machte einen schwachen Versuch zu scherzen: »Vielleicht fühlst du dich einfach in meiner Gegenwart so geborgen, dass du dich fallenlassen kannst, und hast deswegen so lange geschlafen. Glaubst du nicht?«

Ihr Lächeln war kalt. »Nein, keine Sekunde lang«, sagte sie und wusste, dass sie ihm damit wehtat.

Er streckte beide Arme aus, mit den Handflächen nach oben – eine Geste, die seine Unschuld beteuern sollte. »Ich habe dir nichts eingeflößt«, sagte er aufrichtig. Das fiel ihm nicht schwer, weil er ja tatsächlich nichts mit ihrem Tiefschlaf zu tun gehabt hatte. Für die Stimme hätte er da allerdings nicht die Hand ins Feuer legen wollen.

Mercedes stützte die Hände in die Hüften, ihre Augen funkelten streng. Die ganze Frau war in diesem Moment ein einziger lebendig gewordener Vorwurf.

»Sag mir, was hier läuft!«, forderte sie.

Sammer wusste, dass es an der Zeit war, Farbe zu bekennen, sonst würde er sie verlieren.

Also holte er tief Luft und erzählte ihr die ganze Geschichte, von seinem nächtlichen Aufstieg auf den Hügel bis hin zum grünlichen Nebel, der aus dem Stab waberte und – so glaubte er zumindest – den Menschen unbequeme Träume bescherte.

Als er fertig war, schaute sie ihn noch eine Weile prüfend an.

»Das klingt so verrückt, dass nicht einmal du es dir ausgedacht haben kannst«, sagte sie. »Und du glaubst tatsächlich, dass dieser … Nebel etwas mit dem Aufruhr im Land zu tun hat?«

Er nickte. »Ich denke, dass die Träume, die er ausgelöst hat, Einfluss auf das Gewissen der Menschen nehmen. Was sie gesehen und erlebt haben, muss sehr aufrüttelnd und verstörend gewesen sein. Aber allein damit lassen sich die Demonstrationen nicht erklären. Da ist etwas Größeres im Gange. Vielleicht erleben wir ja den Aufstand der Zivilgesellschaft, an dessen Ende die Gründung eines Weltstaates steht.«

Mercedes schaute ihn lange an, dann stieß sie hörbar den Atem aus. »Also gut. Ich will dir glauben. Aber wenn du mich noch einmal so hintergehst, sind wir geschiedene Leute«, drohte sie. »Und jetzt gehe ich frische Luft schnappen. Ich muss nachdenken.«

Er nickte. Er fühlte sich ausgelaugt, legte sich aufs Bett und schlief ein. Als er aufwachte, hörte er ihre leise Stimme im Bad. Offenbar telefonierte sie. Er wusste nicht, wie viel Zeit vergangen war. Er horchte angestrengt, um ihre Worte zu verstehen.

»Gefühle spielen keine Rolle. Ich werde meinen Auftrag erfüllen, so wie ich es immer getan habe«, sagte sie. Eine Weile herrschte Stille. Vermutlich lauschte sie der Antwort ihres Gesprächspartners. Dann sprach wieder sie: »Ja, Sie können sich voll und ganz auf mich verlassen. Ich werde das tun, was notwendig ist!« erklärte sie und beendete damit offenbar das Gespräch, denn Augenblicke später kam sie aus dem Bad.

Sammer tat so, als wachte er gerade erst auf. Er rieb sich die Augen und versuchte, sich seine Irritation nicht anmerken zu lassen.

»Ich bin eingeschlafen«, stellte er fest. »Wo warst du?«

»Spazieren«, sagte sie. »Und jetzt im Bad, mir die Hände waschen!«

Kein Wort über das Telefonat.

Soviel zum Thema Vertrauen, dachte Sammer. Er spürte einen Stich im Herzen.

Mercedes spielte ein doppeltes Spiel. Er musste auf der Hut sein.

»Bist du bereit?«

Sammer schreckte hoch. Es war dunkel im Zimmer. Die Stimme schien sich einen Spaß daraus zu machen, ihn regelmäßig aus dem Schlaf zu reißen.

»Bereit wofür?«, fragte er.

»Für einen Ausflug!«

Sammer schaute auf Mercedes hinab, die neben ihm im Bett lag. Ihre tiefen Atemzüge ließen darauf schließen, dass sie schlief. Sollte er sie wecken und ihr sagen, dass er fortmusste? Er entschied sich dagegen, obwohl er das Gefühl hatte, damit einen Fehler zu begehen.

»Wie lange werde ich weg sein?«, fragte er.

»Nicht lange. Es ist Zeit, ein weiteres Zeichen zu setzen!«, antwortete die Stimme.

»Was soll das heißen?«, fragte Sammer.

»Du kennst das Bilderberger-Treffen?«

Sammer nickte. Er hatte einmal dazu recherchiert, als es in Österreich stattfand. Es handelte sich dabei um eine Zusammenkunft von hochrangigen Politikern, Wirtschaftsbossen, aber auch Medienmachern. Rund um dieses Treffen rankten sich zahllose Verschwörungstheorien, und auch Sammer erschien es reichlich suspekt. Schon allein, dass nicht öffentlich gemacht wurde, worüber die Teilnehmer sprachen, erzeugte natürlich Misstrauen, und die Konferenz wurde deshalb oft auch als »geheime Weltregierung« bezeichnet.

»Ja«, sagte Sammer. »Aber soviel ich weiß, findet die Bilderberger-Konferenz immer Anfang Juni statt. Jetzt haben wir Ende August. Du bist zu spät dran.«

Die Stimme lachte.

»Das bin ich nicht. Das Bilderbergertreffen ist in Wahrheit nur eine medienwirksame Show, die von einer anderen, noch viel geheimeren Konferenz ablenken soll, die jährlich just am heutigen Tag immer am selben Ort stattfindet, und von der die Öffentlichkeit nichts weiß. 40 ausgewählte Personen treffen sich dabei. Jene Kapitalisten, die wirklich die Fäden der Macht in der Hand halten. 13 von ihnen bilden den inneren Zirkel, der sozusagen die Geschäfte führt und Entscheidungen trifft, wenn es schnell gehen muss.«

Sammer schüttelte den Kopf. »13? Das erinnert auf perverse Art ein wenig an Jesus und seine 12 Jünger.«

»Du hast Recht«, sagte die Stimme. *»Sie halten sich auch tatsächlich für auserwählt.«*

Sammer schüttelte den Kopf. Solche Geheimbünde mit ihrer bodenlosen Arroganz, ihren komischen Riten und Praktiken widerten ihn an.

»Und? Was hat das mit mir zu tun?«, fragte er.

»*Du wirst dieser Geheimkonferenz einen Besuch abstatten!*«

»Und wo findet sie statt?«, fragte Sammer.

Die Stimme in seinem Kopf lachte.

»*Auf einer Geisterinsel!*«, erklärte sie.

Die Sintflut

Poveglia galt manchen obskuren Internetplattformen zufolge als der »verfluchteste Ort der Welt«. Der Zutritt auf die rund 72.000 Quadratmeter große Insel vor Venedig war seit den 70er-Jahren des vorigen Jahrhunderts verboten. Im 18. Jahrhundert war Poveglia Quarantänestation für Menschen mit ansteckenden Krankheiten gewesen. Viele gingen dort elend zugrunde, und angeblich spukten sie als Geister nach wie vor auf der Insel herum. Von 1922 bis 1968 wurde auf dem kleinen Eiland ein Krankenhaus für Geisteskranke betrieben. Auch darum rankten sich zahlreiche Mythen. Sie erzählten, dass ein irrer Direktor mit den Patienten verbotene Experimente durchgeführt habe, bevor er selbst vom Krankenhausturm in den Tod gestürzt oder von einem geisterhaften Nebel verschlungen worden sei.

Natürlich war Poveglia in Wirklichkeit eine Insel wie jede andere – mit viel unberührter Natur, die inzwischen auch die verfallenen Gebäude überwucherte. Sie gehörte dem italienischen Staat, der sie allerdings insgeheim an eine nichtstaatliche Wirtschaftsorganisation vermietet hatte, die dort einen feudal eingerichteten Bunker betrieb. Beim Bau hatte man, um die eigentlichen Arbeiten zu verschleiern, mit geheimnisvollen Lichtspielen und seltsamen Geräuschen möglichen Beobachtern Geistererscheinungen vorgegaukelt. Die Existenz des Bunkers war eines der bestgehüteten Geheimnisse auf dem Planeten. Er diente für Zusammenkünfte, von denen die Welt nichts erfahren sollte, war zugleich aber auch als Rückzugsort für die Reichen und Schönen gedacht, sollte es zu einem globalen Krieg kommen oder der Klimawandel zur Katastrophe führen. Für 200 Millionen Euro konnte man sich darin ein »Appartement« kaufen, in dem das Überleben garantiert wurde, und zwar auch noch für die nächsten drei Generationen. Der Bunker war so gebaut, dass er es sogar überstehen würde, wenn die ganze Insel im Meer versänke.

Neuerdings hing jedoch der Haussegen zwischen der italienischen Regierung und dem Konsortium, dem die Insel gehörte – offizieller Besitzer war ein undurchsichtiges Firmengeflecht – ziemlich schief. Der Staat Italien brauchte Geld und wollte daher die Pacht in die Höhe treiben. Als Drohgebärde hatte man die Insel zum Verkauf ausgeschrieben. Doch trotz mehrerer Interessenten war es bisher nicht dazu gekommen. Eine venezianische Bürgerinitiative, die sich gegen den Verkauf der Insel zur Wehr setzte, spielte dabei, ohne es zu wissen, dem Konsortium in die Hände. Und so war Poveglia nach wie vor der ideale Ort für ein Treffen, von dem die Welt nichts erfahren sollte.

Die 40 Männer und Frauen, die sich an diesem Tag im großen Sitzungssaal versammelt hatten, nannten sich »Mammons Jünger«. Alle trugen goldene Masken. Sie hatten diese einst beim Initiationsritus erhalten, der sie zu Mitgliedern dieser Geheimorganisation machte. Die Kosten dafür hatten sie natürlich selbst tragen müssen, aber das war keiner dieser Personen schwergefallen, denn sie gehörten zu den reichsten Menschen des Planeten.

Der Vorsitzende, der mit seinen beiden Stellvertretern auf einem Podium hinter einem großen Tisch Platz genommen hatte, erhob sich. Er war ein großer, schwerer Mann mit grauem Haar. Hinter den Schlitzen seiner Maske schauten kalte, stahlgraue Augen hervor. Er war nicht der Wohlhabendste im Raum, aber einer der Skrupellosesten, und stand vor allem deshalb an der Spitze des Gremiums. Alle Anwesenden wussten, dass er bereit war, seinen Führungsanspruch mit allen Mitteln zu verteidigen, und daher wagte es niemand, ihn herauszufordern. Der Letzte, der es versucht hatte, war spurlos verschwunden.

Der Mann trug den Ehrentitel *Primus*. Seine beiden Stellvertreter wurden *Secundus* und *Tertius* genannt. Alle anderen Mitglieder des Gremiums trugen Namen, die sie selbst gewählt hatten und die oft der Mythologie entnommen waren. Die Palette reichte von Wotan bis zu Medusa.

Primus erhob sich, und sofort verstummten die halblauten Gespräche im Saal.

»Meine Freunde«, sagte der große Mann mit dunkler Stimme. Es wäre ihm niemals eingefallen zu gendern, obwohl auch etliche Frauen im Raum waren. »Wir sind zusammengekommen, um die Entwicklungen der letzten Wochen zu besprechen. Es gehen Dinge auf der Welt vor, vor denen wir nicht die Augen verschließen dürfen, weil sie das Potenzial haben, zur Bedrohung für uns und unsere Interessen zu werden. Kommen wir zuerst zu den Problemen, die einfach zu lösen scheinen«, sagte der Vorsitzende. »Wir müssen davon ausgehen, dass wir ein Leck in unseren Reihen haben, jemanden, der Journalisten mit geheimen Informationen füttert. Zuerst die Panama-Papiere, dann die Paradise-Papiere. Das lässt sich nur durch Verrat erklären.«

Primus ließ seinen Blick durch den Saal schweifen, als könnte er allein dadurch den Maulwurf identifizieren. »Ich erhebe noch keine Anklage. Sie sollten aber auf jeden Fall Ihre engsten Vertrauten genauestens überprüfen. Irgendjemand hintergeht uns. Das hat zur Folge, dass manche Politiker meinen, gegen uns aufbegehren zu können. Sie drängen ganz offen darauf, dass Steueroasen geschlossen werden und Konzerne Abgaben in den Ländern zahlen sollen, in denen sie ihre Gewinne erwirtschaften. Das können Mammons Jünger nicht einfach hinnehmen. Wir müssen sie in die Schranken weisen.«

Er blickte zu dem Mann zu seiner Rechten: »Secundus«, sagte er auffordernd.

Der Angesprochene erhob sich. Er war ein sehr hagerer Mann, mit schütterem braunem Haar. »Wir haben bereits einen entsprechenden Aktionsplan ausgearbeitet«, sagte er. Sein Tonfall ließ darauf schließen, dass er jetzt unter der Maske grimmig lächelte. »Unsere Kriegskasse ist gut gefüllt. Alle Politiker, die derartig absurde Forderungen erheben, werden desavouiert oder gekauft. Wir haben in den letzten Monaten genaue Erkundigungen über jede Person eingezogen, die für uns von Interesse ist oder eine Gefahr bedeutet. Wir kennen alle ihre schmutzigen Geheimnisse. Bei vielen wird eine, sagen wir, kleine oder auch größere Spende reichen. Letztendlich hat doch fast jeder Mensch seinen Preis. Und um die wenigen Unbestechlichen zu überzeugen, gibt es andere Mittel und Wege. Einige werden auch einfach von der Bildfläche verschwinden.«

Primus ergriff wieder das Wort.

»Manchmal ist es notwendig, Entschlossenheit zu zeigen«, sagte er. »Hätten damals unsere Vorgänger nicht das Attentat auf Kennedy veranlasst, wer weiß ...!«

Zustimmendes Gemurmel im Saal.

Secundus fuhr mit seinem Bericht fort. »Es sind aber nicht nur Politiker, denen wir die Grenzen ihrer Macht aufzeigen müssen.«

Er hob ein Blatt Papier.

»Hier ist eine Liste von Männern und Frauen, die sich in Südamerika, Afrika und Südostasien für Arbeiterrechte stark machen oder gar eine Gewerkschaft gründen wollen. Wir müssen das unterbinden. Wenn man diesen Leuten den kleinen Finger reicht, dann nehmen sie sich nicht nur die ganze Hand, sondern den ganzen Arm. Das könnte zu einem Flächenbrand ausarten, der uns Milliarden Dollar und Euro kostet. Habe ich Ihr Einverständnis, die nötigen Maßnahmen zu ergreifen?«

Er sah ringsum. Mammons Jünger hoben geschlossen ihre Hände. Sie alle wussten, dass die Namen auf dem Blatt eine Todesliste waren.

»Gut«, sagte Secundus zufrieden und setzte sich.

Primus stand auf.

»Weil gerade von einem Flächenbrand die Rede war«, griff er die Worte seines Vorredners auf. »Es gehen in der Welt Dinge vor sich, die Anlass zu größter Sorge geben.«

Ein Hologramm erschien. Es zeigte in 3-D-Darstellung tausende nackte Menschen, die durch die Straßen von New York marschierten. »Schluss mit der Ausbeutung«, »Nieder mit den Konzernen«, »Jagt die Reichen …«, »… zum Teufel« und ähnliche Slogans standen auf den Tafeln und Transparenten, die sie trugen. Andere Szene: Wieder eine Großstadt, aber diesmal sah man unzählige bekleidete Menschen, die »Kampf der Palmöl-Mafia« skandierten oder »Schützt die Regenwälder« und »Rettet die Orang-Utans vor den Raubtieren in den Konzernzentralen«.

Die Bilder wechselten in kurzen Abständen. Eine Demonstration nach der anderen wurde gezeigt. Schließlich erlosch das Hologramm.

»Wir erleben derzeit einen Aufruhr in der Zivilgesellschaft, wie es ihn bisher noch nicht gab«, rief Primus. »Und das Bedrohliche daran ist, dass wir nicht wissen, was die Menschen derart aufgestachelt hat und wie wir die Emotionen so kanalisieren können, dass sie für uns nicht zur Gefahr werden. Diesmal können wir nicht die ganze Schuld auf Migranten schieben, da sich diese Menschen auf den Straßen ja gerade für Ausländer stark machen. Sie sehen also, das Problem ist komplex. Wir wissen auch nicht, ob es sich nur um ein vorübergehendes Phänomen handelt, das wir aussitzen können, oder ob wir mit einer grundlegenden kapitalfeindlichen Veränderung unserer Gesellschaften konfrontiert sind.«

Ein Mann im Saal erhob sich: »Wenn man den Medienberichten trauen will, hatten alle diese Menschen, die jetzt auf die Straße gehen, die gleichen … Träume«, sagte er. »Ich habe mir einige der Interviews angehört. Sie erzählen, dass sie selbst quasi in die Rolle eines Arbeiters auf einer Palmölplantage oder einer Näherin in einer Fabrik in Indonesien geschlüpft sind. Was sie da erlebt haben, hat sie verstört. Ich bin sicher, dass sich das bald legen wird. In ein paar Wochen herrscht wieder Ruhe. Die viel wichtigere Frage ist: Woher kamen diese angeblichen Träume, und wie verhindern wir, dass so etwas nochmals passiert? Haben vielleicht Öko-Terroristen eine Art Gas freigesetzt, das Halluzinationen bewirkt?«

Lautes Stimmengewirr im Saal war die Folge dieser Wortmeldung. Primus hörte eine Weile zu. Dann klopfte er mit einem kleinen Hammer energisch auf den Tisch. Sofort verstummten die Gespräche.

»Wir kennen keine Organisation, die die Mittel hätte, ein Gas mit dieser Wirkung zu entwickeln«, sagte er. »Hinter diesem Phänomen muss etwas anderes stecken. Möglicherweise gibt es einen neuen Player beim Spiel um die Macht, und er ist uns und unseren Idealen nicht wohlgesinnt. Im Gegenteil. Dazu aber später. Es sind leider nicht allein die Demonstrationen, die Anlass zur Sorge geben.«

Ein neues Hologramm entstand und zeigte diesmal eine einfache Lehmhütte.

»Sie haben die Geschichte ja sicher gelesen oder zumindest davon gehört«, sagte Primus. »In einem kleinen afrikanischen Dorf ist diese Behausung erschienen und hat die Bewohner vor dem Verhungern gerettet. Sie haben darin kostenlos zu essen bekommen. Damit nicht genug, hat die Hütte die Menschen auch noch vor der Deportation durch einen Trupp Regierungssoldaten bewahrt. Natürlich hätte man das alles noch als afrikanischen Humbug und Aberglauben abtun können, wenn es …« – in schneller Abfolge erschienen die Hologramme der verschiedensten Behausungen: Wellblechhütten, Baracken, desolate Wohnhäuser – »wenn es bei diesem einen Fall geblieben wäre«, beendete Primus seinen Satz. »Inzwischen sind aber in verschiedenen Ländern der Welt in Slums und Armenvierteln solche … nun, sagen wir Imbissstuben … erschienen. Sie tauchen auf, die Menschen bekommen darin zu essen – gratis, wohlgemerkt – und sie verschwinden wieder. Wie bei den seltsamen Träumen wissen wir nicht, wer dahintersteckt. Es muss sich aber um eine sehr hochstehende Technologie handeln, die da zum Einsatz kommt. Eigentlich ist es unmöglich, dass jemand darüber verfügt, wenn nicht einmal wir sie haben. Andererseits ist es aber auch sehr unwahrscheinlich, dass Aliens zur Erde kommen, um hier unentdeckt den guten Samariter zu spielen. Leider ist es uns bislang nicht gelungen, einen Agenten in eine der Hütten einzuschleusen. Sie scheinen auf geheimnisvolle Weise genau zu wissen, wer wirklich Hilfe benötigt und wer nicht – und der kommt dann einfach nicht durch die Tür. Es könnte eine Art Magie im Spiel sein, was uns wieder dazu bringt, dass offenbar eine neue Macht auf den Plan getreten ist.«

»Vielleicht kommen die Hütten ja von Gott«, rief ein Mann und erntete Gelächter im Saal.

Primus lachte nicht.

Er deutete mit der Rechten auf das Hologramm der schlichten Behausung.

»Diese Imbissstuben senden ein Signal aus, das wir nicht tolerieren können«, sagte er eindringlich. »Es geht nicht um die paar Lebensmittel für die Armen. Aber wo kommen wir hin, wenn sich in den Köpfen der Menschen die Überzeugung festsetzt, dass man essen darf, ohne dafür eine Leistung erbringen zu müssen. Das ist ein äußerst subversiver Gedanke, der, zu Ende gedacht, im Ruf nach einem weltweiten Grundeinkommen münden könnte – also dem Recht auf Nahrung und Wohnung, nur weil man da ist. Machen wir uns nichts vor: Langfristig könnte das an den Grundfesten des Kapitalismus rütteln. Wir dürfen auch eines nicht vergessen: Menschen, die hungern, haben keine Kraft zum Rebellieren. Menschen, die um ihr tägliches Überleben oder zumindest ihr wirtschaftliches Fortkommen kämpfen müssen, haben keine Zeit, ständig über Verteilungsgerechtigkeit nachzudenken. Satte Menschen jedoch entwickeln plötzlich neue Bedürfnisse, stellen vorgegebene Systeme und Hierarchien infrage, schreien nach Gerechtigkeit oder dem, was sie darunter verstehen. Und letztlich mündet das immer darin, dass sie uns unseren hart erworbenen Reichtum wegnehmen wollen.«

Er donnerte die Faust auf den Tisch.

»Und darum, meine Freunde, sage ich: Wehret den Anfängen!«

Tosender Applaus im Saal.

»Wir sollten diese Hütten abfackeln!«, schrie eine weibliche Stimme.

Primus schüttelte den Kopf. »So einfach wird das nicht sein. Wenn Kugeln nichts ausrichten konnten, bezweifle ich, dass ihnen Feuer etwas anhaben kann.«

»Was dann?«

»Wir werden Informationen streuen, wonach Leute, die in den Hütten gegessen haben, danach gestorben sind. Durch ein Virus oder Gift. Auf diese Weise können wir die Behausungen abriegeln lassen – offiziell natürlich aus Sicherheitsgründen. Was hilft kostenlose Ausspeisung, wenn sie niemand in Anspruch nehmen kann? Entsprechende gefälschte Informationen mit Bildern der angeblichen Toten sind schon vorbereitet und werden, während ich hier zu Ihnen spreche, an die Behörden in den betroffenen Ländern weitergeleitet.«

Primus lächelte zufrieden.

»Es geht doch nichts über ein paar gute, selbstgemachte Fake-News. Wir dürfen davon ausgehen, dass schon bald Soldaten ausrücken werden, um ihre Bevölkerung zu schützen und jede Hütte, die erscheint, so abzuriegeln, dass niemand sie mehr betreten kann. Wir sollten zumindest dieses Problem also in ein paar Tagen abhaken können, falls die schon erwähnte neue Macht nicht erneut interveniert.«

»Von welcher Macht reden Sie?«, fragte ein Mann ganz vorne im Saal.

Primus winkte ab. »Gedulden Sie sich noch ein wenig. Kommen wir zu einem weiteren seltsamen Phänomen, dem wir unsere Aufmerksamkeit schenken sollten.«

Wieder erschien ein Hologramm. Die Menschen im Saal starrten auf einen Baum, einen sehr seltsamen Baum allerdings.

»Das war einmal der amerikanische Farmer Howard Hughes!«, erklärte Primus. »Er war ein Durchschnittsbürger, unauffällig. Doch jetzt steht er vor dem Weißen Haus – als Baum. Er hat sich verwandelt. Wie und warum, wissen wir nicht. Damit nicht genug, hat er einen – nennen wir es einmal – seltsamen Einfluss auf die Menschen in seiner Nähe. Ein Elitesoldat, der abkommandiert war, bei ihm Wache zu stehen, hat nach drei Tagen plötzlich sein Gewehr fortgeworfen, die Uniform ausgezogen und behauptet, er könne es mit seinem Gewissen nicht mehr vereinbaren, beim Militär zu sein. Er wird derzeit in einer psychiatrischen Klinik auf seinen Geisteszustand untersucht. Die Sache ist sehr mysteriös.«

Primus machte eine kurze Pause und blickte in die Runde, bevor er weitersprach. »Natürlich kommt es vor, dass Menschen plötzlich den Verstand verlieren, aber man hatte da ja nicht irgendjemanden zur Bewachung des Baumes eingeteilt. Der Mann hatte zuvor in zahllosen gefährlichen Auslandseinsätzen bewiesen, dass er keine Skrupel hatte abzudrücken, wenn es der gerechten Sache diente. Er war es gewohnt, Befehlen zu gehorchen, ohne Fragen zu stellen. Und solch ein Mensch will wie aus heiterem Himmel plötzlich nicht mehr Soldat sein? Das ist mehr als eigenartig.«

Zustimmendes Gemurmel im Saal.

»Dennoch wäre dieser Fall kein Grund zur Beunruhigung«, fuhr Primus fort. »Nur leider hat sich die Geschichte noch zweimal wiederholt. Inzwischen sitzen also schon drei einstige Elitesoldaten in der Klapsmühle und müssen außerdem mit einem Verfahren wegen Befehlsverweigerung und Desertion rechnen. Das kann kein Zufall sein!«

Primus schüttelte demonstrativ den Kopf.

»Nein, ich bin sicher, dass es an diesem Baum liegt. Er scheint etwas auszustrahlen, das Menschen … nun, sagen wir: friedfertig macht. Natürlich haben Wissenschaftler ihn untersucht. Sie konnten aber auch mit modernsten Messgeräten keinerlei Emissionen feststellen. Und doch muss da etwas sein. Die Reichweite dürfte allerdings sehr begrenzt sein. Denn beim amerikanischen Präsidenten zeigt sich bislang keine Wirkung. Er ist aufbrausend und unberechenbar wie eh und je«.

Einige Personen im Saal lachten, aber es gab auch Laute der Missbilligung. Manche der Anwesenden sahen den Narzissmus und die Sprunghaftigkeit des Präsidenten durchaus als Gefahr für ihre Geschäfte an.

»Der Fall Hughes ist nicht der einzige«, fuhr Primus fort. »Inzwischen haben sich auf der Welt über 500 Menschen in Bäume verwandelt. Wir haben versucht, ein Muster zu erkennen, aber es ist uns bisher nicht gelungen. Die Leute stehen in keinerlei Beziehung zueinander, und die Standorte scheinen auch willkürlich gewählt, wenn man von den drei Bäumen vor dem Weißen Haus, vor dem Kreml und in Peking einmal absieht. Wir haben bekanntlich gute Quellen in allen Geheimdiensten, aber die tappen auch völlig im Dunkeln. Wir wissen also nicht, wer da an welchen Fäden zieht und warum. Wir können auch nicht ganz ausschließen, dass es sich um eine geheimnisvolle Seuche handelt, die willkürlich Menschen befällt – aber ich glaube nicht daran! Wir werden ein Auge auf die Sache haben müssen, um notfalls steuernd eingreifen zu können. Sie wissen ja, dass viele Regierungen dieser Welt in unserer Schuld stehen. Wir werden also an den entsprechenden Fäden ziehen und unsere Marionetten für uns tanzen lassen!«

Gelächter im Saal.

Primus blieb ernst. Aus seiner Sicht gab es keinen Grund zur Heiterkeit.

Er senkte den Kopf und blätterte in den Unterlagen auf dem Tisch vor sich.

»Es gibt da noch eine Sache, mit der wir uns auseinandersetzen müssen: das sogenannte Midas-Syndrom. Sieben Hedgefonds-Manager, die gerissensten und skrupellosesten, haben plötzlich alles, was sie mit den Händen berührten, in Gold verwandelt – als wäre das die Strafe für ihre Gier. Jemand hat sich angemaßt, über sie zu urteilen. Der Spuk dauerte sieben Tage, dann war es vorbei. Aber die Unsicherheit ist geblieben. Was, wenn es wieder passiert? Was, wenn es sich dann nicht auf Hedgefonds-Manager beschränkt, und was, wenn es dann nicht zeitlich begrenzt ist?«

Er ließ seinen Blick ernst durch den Saal schweifen. »Machen wir uns nichts vor. Es könnte jeden von uns treffen.«

Primus hielt einen Moment inne.

Als er weitersprach, klang seine Stimme bedeutungsschwer.

»Kommen wir nun also endlich zu dieser geheimnisvollen neuen Macht, die da auf den Plan getreten ist. Erkennen Sie die Zeichen? Arme werden gespeist, Ausbeuter werden bestraft – das klingt doch sehr nach Geschichten aus der Bibel. Fehlt eigentlich nur noch, dass ein neuer Prophet in Erscheinung tritt.«

Ein Hologramm leuchtete auf und zeigte einen Mann in mittlerem Alter mit lockigem, brünettem Haar, das über der Stirn schon dünn wurde und von grauen Strähnen durchzogen war. Er trug Jeans und ein einfärbiges Hemd. Er war nicht dick, hatte aber einen leichten Bauchansatz. Unter den Augen hatte er große Tränensäcke, als hätten sich alle Tränen, die er nicht geweint hatte, dort gesammelt. Er wirkte nicht gefährlich, aber seine graugrünen Augen schauten wachsam in die Welt und verrieten einen analytischen Geist.

»Und da haben wir ihn schon. Konrad Sammer. Journalist, Autor und neuerdings selbsternannter Prophet. Er war immer an den Brennpunkten der seltsamen Geschehnisse. Inwieweit er auch mit den Träumen zu tun hatte, die so viele Menschen … äh … heimsuchten, kann ich nicht sagen. Auf jeden Fall war er dabei, als der erste Mann sich in einen Baum verwandelte. Er ist auch der Einzige, der bisher eine dieser seltsamen Imbissstuben betreten konnte, und er war zugegen, als der erste Hedgefonds-Manager Opfer des Midas-Syndroms wurde. Giselher Sauermann behauptet sogar, Sammer habe ihn verflucht.«

Die Bilder wechselten, man sah Sammer an verschiedenen Orten und in verschiedenen Aufmachungen.

»Wir lassen ihn seit geraumer Zeit überwachen – seit jener Geschichte mit der Hütte in Afrika. Wir haben unsere beste Agentin auf ihn angesetzt.«

In der vorderen Reihe erhob sich ein großer Mann. »Wir sollten dem Spuk ein Ende machen und den Mann eliminieren. Sicher ist sicher«, sagte er. Seine Stimme klang alt, aber herrisch. Widerspruch war er offensichtlich nicht gewohnt.

Aber Primus schüttelte den Kopf.

»Ich halte es dafür noch für zu früh. Ich bin mir sicher, dass dieser Sammer letztlich nur eine kleine Spielfigur ist, über die wir aber vielleicht an die Hintermänner herankommen.«

Einer der anderen Maskierten blätterte im Dossier über den Journalisten.

»Hier steht, dass er als Baby vom Blitz getroffen wurde. Was, wenn er damals einfach einen Dachschaden davongetragen hat und nur ein verrückter Wichtigtuer ist?«, fragte er.

Primus schüttelte den Kopf.

»Das erklärt noch nicht, warum er immer zur richtigen Zeit am richtigen Ort war. Womit wir erneut bei dieser unbekannten Macht angelangt sind, die sich in unsere Angelegenheiten einmischt.«

»Sie wollen uns jetzt aber nicht erzählen, dass tatsächlich Gott seine Finger im Spiel hat?«

»Auf jeden Fall müssen wir davon ausgehen, dass dieser Sammer zu einer religiösen Gruppe gehört, und dass diese vielleicht über Kräfte gebietet, die unser herkömmliches Verständnis übersteigen. Ich will damit nicht unbedingt sagen, dass sie tatsächlich Hilfe von«, er deutete an die Decke des Bunkers, »ganz oben hat, aber es könnten da durchaus übersinnliche Mächte am Werk zu sein.«

»Das glauben Sie doch selbst nicht!«, rief eine Frau.

Primus lächelte mitleidig. »Sir Arthur Conan Doyle hat seinen Sherlock Holmes einmal sagen lassen: Wenn man das Unmögliche ausgeschlossen hat, muss das, was übrigbleibt, die Wahrheit sein, so unwahrscheinlich sie auch klingen mag. Nun, noch haben wir nicht alle anderen Möglichkeiten endgültig ausgeschlossen. Es könnten zum Beispiel auch Menschen mit besonderen Geisteskräften am Werk sein, obwohl ich das nicht für sehr wahrscheinlich halte. Wir sollten uns also der Möglichkeit nicht verschließen, dass tatsächlich Gott seine strafende Hand nach uns ausstreckt.«

»Und wenn dem so ist, was können wir dann Ihrer Meinung nach tun?«, fragte jemand.

Primus hob resignierend die Schultern.

»Beten«, sagte er. »Dann bleibt uns nur noch zu beten!«

Und plötzlich stand da ein Mann im Saal.

So unvermittelt, als hätte die Hölle ihn ausgespuckt. Er trug fleckige, abgerissene Jeans und eine Art Wanderjacke. Er hatte gelocktes, brünettes Haar, das von grauen Strähnen durchzogen war. Seine graugrünen Augen zeigten keine Überraschung. Der Mann, so schloss Primus, wusste genau, wo er war. Sein Eindringen war geplant. Aber wie war er hereingekommen? Der Saal war hermetisch abgeriegelt. Der Fremde kam Primus bekannt vor, und plötzlich wusste er auch, warum. Er hatte ja erst vor Kurzem sein Hologramm gesehen. Es war ohne Zweifel dieser Sammer.

Während Primus ihn betrachtete, straffte sich die Gestalt des selbsternannten Propheten plötzlich. Es schien, als ergriffe ein anderer, mächtigerer Wille von ihm Besitz. Jede Person im Raum hatte mit einem Male das Gefühl, dass der Blick der stechenden Augen genau auf sie gerichtet sei. Es war, als ob der Mann durch die Masken hindurchschauen könnte.

Dann hob Sammer die Hände.

Seine Stimme hallte durch den Raum. Laut und doch irgendwie jenseitig klingend.

»Fluch über euch, ihr Reichen, die ihr euch mästet an den Früchten der Arbeit anderer.

Fluch über euch, die ihr die Erde ausbeutet, die Natur zerstört

und die Lebensgrundlage dieser und kommender Generationen vernichtet.

Fluch über euch, die ihr keine Skrupel kennt, die ihr mordet für euren Profit.

Ihr suhlt euch in Vergnügen und Luxus und reißt diese Welt in den Untergang.

Höret meine Worte: Euer Reichtum wird euch nicht retten.
Die Erde wird aufbrechen und eure Schätze verschlingen
und reinigendes Wasser wird euch vom Antlitz der Schöpfung tilgen.

Doch noch ist nicht die Zeit der Rache angebrochen.
Noch leben wir in Tagen, in denen Umkehr möglich ist.
Darum zeigt Reue.
Teilt euren Reichtum mit jenen, die weniger haben.
Gebt eure Schätze hin für die Errichtung einer gerechteren Welt.
Tut Buße!«

Sammer verstummte und ließ die Hände sinken.

Er hatte jetzt wieder uneingeschränkte Kontrolle über seinen Körper.

»Findest du nicht, dass das wieder etwas zu dick aufgetragen war?«, fragte er in Gedanken die Stimme in seinem Kopf.

»*Ein wenig Pathos hat noch niemandem geschadet*«, antwortete sie.

Sammer ließ seinen Blick durch den Saal schweifen.

40 Augenpaare starrten ihn an. Dann begann plötzlich jemand zu lachen.

»Das ist ein Double von diesem Verrückten, der sich für einen Propheten hält! Geniale Einlage. Wer hatte die Idee dazu? Einen Moment lang habe ich geglaubt, er ist echt«, rief ein Maskierter.

Eine Woge der Erleichterung lief durch den Saal, und es brandete sogar Applaus auf.

Aber Primus wusste es besser. Der Mann, der da vor ihm stand, war der echte Sammer.

Mochte der Teufel wissen, wie er hier hereingekommen war.

Er sah, wie wieder ein Ruck durch den Körper des angeblichen Propheten ging. Erneut hallte Sammers Stimme durch den Saal, donnernd diesmal.

»*Selig sind die, die nicht sehen und doch glauben!*
Euch aber werde eine letzte Warnung zuteil!«

Dann streckte Sammer erneut die Hände zur Decke empor.

Im gleichen Augenblick schienen kleine Blitze aus seinen Fingerspitzen zu zucken. Die Menschen im Saal schlossen geblendet die Augen, rissen sie aber im nächsten Moment verblüfft weit auf – denn es fiel Regen auf sie herab. Er schien aus dem Nichts zu kommen und war so dicht, dass sie kaum die Hand vor Augen sehen konnten und sogar Mühe hatten, Atem zu schöpfen. Schreie gellten! Mammons Jünger sprangen auf und drängten dem Ausgang zu, doch die Tür ließ sich nicht öffnen.

Innerhalb weniger Augenblicke stand das Wasser im Raum knöcheltief. Und die Flut stieg unaufhörlich. Bald reichte sie den im Saal herumirrenden Menschen bis zu den Knien.

Panik brach aus. Jemand hämmerte nun mit den Fäusten verzweifelt gegen die Tür. Doch sie blieb zu!

Primus hatte längst auf alle erreichbaren Alarmknöpfe gedrückt. Vergeblich. Auch er fühlte nackte Angst in sich emporsteigen. Warum unternahm niemand etwas, warum kam keine Hilfe von außen? Dort mussten sie doch mitbekommen, was hier los war.

Innerhalb von zwei Minuten stand das Wasser eineinhalb Meter hoch, wenig später waren es zwei Meter. Mammons Jünger mussten nun schwimmen. Sie klammerten sich an die Tische, die so leicht waren, dass sie in der Flut trieben. Dabei stießen sie jeden, der wie sie nach Halt und Rettung suchte, rücksichtslos zurück ins Wasser. Unter diesen 40 war jeder sich selbst der Nächste. Auch Primus kämpfte um sein Leben. Wie viele andere im Raum hatte er seine Maske weggeworfen. Sie war schwer und zog ihn im Wasser nach unten. Sein graues Haar, das er sonst streng nach hinten gekämmt trug, hing ihm jetzt wirr vom Kopf. Die großen Ohren zuckten nervös, die stahlgrauen Augen hatten die Kälte und Souveränität verloren, die sie sonst ausstrahlten. Sein Gesicht, das immer so maskenhaft starr wirkte, dass er eigentlich gar keine Maske benötigt hätte, war jetzt eine Fratze der Angst. Er hielt sich an einem Tisch fest, der von der Flut immer höher getrieben wurde. Mit den Beinen stieß er nach allen, die ihm seinen Halt streitig machen wollten. Todesangst wühlte in seinen Eingeweiden, und er fühlte, dass er seine Blase nicht mehr unter Kontrolle hatte. Die Decke des Raumes kam immer näher, bald würde er mit dem Kopf daran stoßen, und dann würde kein Platz mehr zum Atmen bleiben.

Aber hatte der Prophet nicht von Umkehr gesprochen? Hatte er ihnen nicht noch eine Chance eingeräumt? Warum ließ er sie dann jetzt hier ersaufen? Primus beschloss, so zu tun, als habe er sein Unrecht eingesehen. Jetzt ging es erst einmal nur darum, das nackte Leben zu retten. »Ich werde mich ändern. Rette mich!«, rief er.

Andere nahmen seinen Schrei sofort auf. »Rette mich«, tönte es aus vielen Kehlen durch den Saal. Keiner rief: »Rette uns!«

Dann stieß Primus' Kopf an die Decke, und seine verkrampften Finger lösten sich vom Tisch.

Er tauchte unter, schlug um sich und erstarrte plötzlich. Denn tief unten am Boden der Halle stand noch immer Konrad Sammer, offenbar völlig unberührt von den Naturgewalten, die Arme nach wie vor beschwörend erhoben. Das Wasser schien ihm nichts anhaben zu können. Primus fühlte den ernsten Blick des angeblichen Propheten auf sich ruhen.

Der Drang nach Luft wurde übermächtig, Primus strampelte mit Armen und Beinen, um nach oben zu kommen. Aber da waren nur noch ein paar Zentimeter Luft zwischen der Wasseroberfläche und der Decke. Primus legte den Kopf in den Nacken und reckte das Gesicht empor, sodass er noch ein, zwei verzweifelte Atemzüge tun konnte. Dann spürte er auf einmal einen starken Sog und wurde davongerissen, herumgewirbelt wie ein welkes Blatt im Wind. Das Wasser erstickte seinen letzten verzweifelten Schrei …

Sammer stand mitten im Raum und schaute staunend auf die Menschen, die gemeinsam mit den Möbeln im Saal herumschwebten. Sie machten unkontrollierte Bewegungen, fast so, als würden sie schwimmen, und sie alle schienen panische Angst zu haben. Ihre Augen waren vor Entsetzen geweitet, und sie rangen offenbar nach Luft, als würden sie den Kopf nur mühsam über Wasser halten können, ja, als würde eine unsichtbare Flut sie mit sich reißen.

»*Nicht irgendeine Flut!*«, sagte die Stimme in seinem Kopf. »*Die Sintflut!*«

Sammer starrte gebannt auf die Menschen, die offensichtlich um ihr Leben kämpften, obwohl kein Wasser im Raum war.

»Werden sie sterben?«, fragte er.

»*Nicht heute!*«, sagte die Stimme. »*Wir sind hier, um Mammons Jünger aufzurütteln und auf den rechten Weg zu bringen, nicht um zu richten. Aber verstockte Herzen brauchen eine deutliche Botschaft!*«

»Mammons Jünger?«, fragte Sammer.

»*So nennen sie sich, anmaßend und blasphemisch wie sie sind.*«

»Werden sie die Botschaft verstehen?«

Die Stimme seufzte. »*Die Gier ist ein heimtückisches Gift und schwer zu bekämpfen.*«

Sammer schaute nach oben. Einer der Männer, es war jener, der den Vorsitz geführt hatte, starrte auf ihn herab. Angst spiegelte sich in seinem Gesicht, aber seine Augen waren noch immer kalt! Hoffnungslosigkeit überkam Sammer.

»Einen Stein kann man nicht erweichen«, murmelte er.

Dieser Mann würde sich niemals ändern – weder durch Bitten, noch durch Drohungen.

Dann stießen die Köpfe der Herumschwebenden gegen die Decke des Raumes, und obwohl da weit und breit kein Wasser war, schnappten sie so verzweifelt nach Luft, als wären sie dem Ertrinken nahe …

… und plötzlich saßen alle Menschen wieder an ihren Plätzen.

»*Es wird Zeit zu gehen!*«, sagte die Stimme in Sammers Kopf.

Primus sah sich verwirrt um.

Das Wasser war verschwunden. Der Raum sah so aus wie immer, es gab keine Verwüstung.

Mitten im Saal stand aber noch immer dieser angebliche Prophet.

»*Kehrt um!*«, rief er beschwörend. »*Rettet die Menschheit. Rettet die Erde. Die Polkappen schmelzen schon. Die Sintflut, die da kommen wird, bereitet ihr euch selbst!*«

Dann zuckte ein Blitz auf und er war fort.

Es war totenstill im Saal. Mammons Jünger saßen erschöpft auf ihren Stühlen und rangen mühsam nach Atem, als wären sie tatsächlich dem Ertrinken nahe gewesen. Primus fuhr sich mit der Hand über die Augen. Es wäre vielleicht gar nicht so schwer gewesen, das eben Erlebte als Hirngespinst abzutun, hätte nicht die Kleidung aller Anwesenden vor Nässe getropft.

Primus starrte an sich hinunter, auf den Schritt … erinnerte sich, dass er vor Angst seine Blase entleert hatte. Da seine ganze Hose nass war, war das zum Glück nicht zu erkennen. Und dennoch empfand er es als unglaubliche Demütigung. Primus war in seiner Kindheit lange Bettnässer gewesen, aus Angst vor seinem strengen Vater. Dieser hatte ihn jedes Mal geschlagen, wenn am Morgen die Matratze nass war, und die Angst vor der Züchtigung hatte dazu geführt, dass er in der nächsten Nacht seine Blase erst recht nicht unter Kontrolle halten konnte. Es war ein Teufelskreis gewesen. Doch das hatte Primus erst begriffen, als sein Vater mit dem Flugzeug abstürzte. Von jenem Tag an blieb sein Bett trocken. Er war damals 14 Jahre alt gewesen. Seinem Vater hatte er nie vergeben. Primus war keiner, der leicht verzieh.

Jetzt schwor er sich, dass dieser Sammer für die Schmach, die er ihm zugefügt hatte, büßen würde. Der falsche Prophet sollte dafür bitter bezahlen.

Die Türen des Versammlungssaales sprangen auf, und die Wachmannschaften stürmten herein, starrten verdutzt auf die nassen Männer und Frauen.

»Was zur Hölle ist hier vor sich gegangen?«, fragte der Kommandant.

Primus holte tief Luft und versuchte, seiner Stimme den gewohnt festen Klang zu geben.

»Warum kommen Sie erst jetzt?«, bellte er.

»Sie haben die Türen von innen verriegelt, wir konnten nicht herein«, antwortete der Mann.

»Unsinn«, sagte der Vorsitzende. »Sie wollen nur Ihr Versagen vertuschen. Ich habe den Öffnungsmechanismus betätigt.«

Der Mann schüttelte den Kopf.

»Mit Verlaub, das haben Sie nicht!«

»Mann, wir wären fast ersoffen, weil Sie nichts getan haben!«, schrie Tertius.

»Ich verstehe nicht!«

»Der Raum wurde überflutet. Das müssen Sie doch gesehen haben«, rief eine anklagende Stimme aus dem Saal.

Der Wachmann sah sich um. »Hier ist kein Wasser!«, stellte er fest und schaute irritiert auf die nassen Kleider der Anwesenden.

Primus mengte sich wieder ins Gespräch.

»Es hat hier drinnen geregnet, nachdem dieser falsche Prophet uns bedroht hat. Der Raum hat sich fast zur Gänze mit Wasser gefüllt … wir glaubten schon, alle verrecken zu müssen … und dann war das Wasser plötzlich weg. Die Überwachungskameras müssen das doch aufgezeichnet haben.«

Der Wachkommandant gab einen Wink.

»Da war kein Wasser.«

Ein Bildschirm an der Wand erhellte sich, und die Aufzeichnung wurde abgespielt.

Man sah und hörte Primus seine Ansprache halten. Dann schauten alle Anwesenden plötzlich auf einen Punkt in der Mitte des Raumes. Dort stand dieser vermaledeite Prophet und erhob beschwörend seine Arme.

Plötzlich begannen die Menschen zu schweben, und die Tische und Sessel mit ihnen. Die Männer und Frauen schrien, und ihre Gesichter waren Fratzen der Angst.

Es war ein entwürdigendes Spektakel.

Primus erblickte sich selbst, an einen Tisch geklammert, und er sah, wie sein Schritt nass wurde, obwohl da tatsächlich kein Wasser war. Er stöhnte innerlich auf. Zum Glück schien niemand sonst etwas davon zu bemerken, weil jeder im Raum in diesem Augenblick nur auf sich selbst starrte. Aber Primus war klar, dass er die Aufnahme manipulieren musste.

Dann, plötzlich, saßen Mammons Jünger wieder auf ihren Plätzen – allerdings mit vor Nässe triefenden Kleidern.

Primus schaute auf den Propheten und sah, wie dieser in einem Blitz verschwand.

»Wie lange hat das alles gedauert?«, fragte er den Wachmann.

Der blickte auf die Zeitanzeige.

»Exakt sieben Minuten!«, sagte er.

Primus hatte sich in seinem Büro die Aufzeichnung noch ein paarmal genau angesehen. Tatsächlich traf den Wachmann keine Schuld, denn Primus hatte auf die Verriegelungs- statt auf die Öffnungstaste gedrückt. Primus glaubte aber nicht an ein Versehen, sondern dass er manipuliert worden war. Noch ein Punkt mehr auf der Rechnung, die er diesem Sammer präsentieren würde.

Primus starrte auf den Bildschirm vor sich. Er zeigte eine Landkarte, auf der ein roter Punkt pulsierte.

Dieser windige Prophet glaubte sich in Sicherheit, doch er täuschte sich.

Primus nahm sein Handy und wählte eine Nummer. Als der Kontakt zustande kam, sagte er nur ein Wort:

»Zugriff!«

Der Verrat

Plötzlich stand Sammer wieder in dem kleinen Zimmer in der Pension.

War er überhaupt weg gewesen, oder hatte er das alles nur geträumt?

»Warum zum Teufel hast du nur ausgerechnet mich als deinen Boten ausgewählt?«, stöhnte er.

»*Vielleicht, weil du so klug bist!*«, schlug die Stimme in seinem Kopf ironisch vor. »*Im Übrigen wäre ich dir dankbar, wenn wir den Teufel da heraushalten könnten.*«

In diesem Augenblick kam Mercedes zur Tür herein. Ihre Augen blitzten zornig, und um ihren Mund lag ein harter Zug.

»Wo warst du? Ich habe dich überall gesucht. Und mit wem redest du da?«

»Einmal darfst du raten«, sagte er.

Sie stieß wütend die Luft aus.

»Die Stimme? Schon wieder? Allmählich mache sogar ich mir wirklich Sorgen um deinen geistigen Zustand!«

Das tat weh. Sammer lächelte schief.

»Siehst du, nicht einmal sie ist sich mehr sicher, dass ich nicht verrückt bin«, dachte er und verzichtete diesmal bewusst darauf, die Worte auch laut auszusprechen.

»*Nun, da sind wir schon zwei. Ich habe dich zwar erwählt, aber ganz sicher, dass du richtig tickst, bin ich mir auch nicht!*«, antwortete die Stimme. Gott – wenn er es denn tatsächlich war – war heute launisch, befand Sammer.

Er seufzte und wandte seine ganze Aufmerksamkeit Mercedes zu.

»Es tut mir leid«, sagte er.

»Was tut dir leid? Dass du wieder verschwunden bist, ohne ein Wort zu sagen, obwohl wir gerade erst ein Gespräch über gegenseitiges Vertrauen hatten? Dass ich seit einer Stunde herumlaufe und dich suche? Dass ich mir große Sorgen um dich gemacht habe?«, stieß sie wütend hervor.

Er nickte. »Alles zusammen!«, sagte er und schaute sie treuherzig an.

Das schien ihr ein wenig den Wind aus den Segeln zu nehmen.

»Du bist so ...«, zischte sie. Es wollte ihr offenbar nicht das passende Wort einfallen. Sie seufzte.

»Wo hast du dich herumgetrieben?« Ihr Tonfall klang schon eine Spur weniger wütend.

»Ich war auf einer Mission«, sagte er und wusste im selben Augenblick, dass das ein Fehler war.

Tatsächlich brachten diese Worte Mercedes sofort wieder in Rage. Einen Moment lang sah es aus, als wollte sie ihn ohrfeigen. Dann schüttelte sie den Kopf.

»Okay. Es reicht. Du spielst mit mir, und das gestatte ich niemandem! Wir packen, und ich verschwinde. Künftig kannst du wieder jederzeit ungestört auf deine Missionen gehen und brauchst auf mich nicht mehr Rücksicht zu nehmen.« Sie schlug sich gegen die Stirn und tat erstaunt. »Oh, ich habe vergessen, das tust du ja ohnehin nicht!«, erklärte sie zynisch.

Sammer seufzte.

»Mercedes«, sagte er eindringlich. »Ich hatte keine Wahl. Hör mir bitte zu. Ich werde dir alles erklären.«

Sie zog die Augenbrauen hoch.

»Na, auf diese Geschichte bin ich aber mal gespannt. Ich hoffe für dich, dass sie gut ist«, sagte sie.

Sie setzten sich aufs Bett, wobei Mercedes auf Abstand zwischen ihnen bedacht war. Sammer erzählte ihr alles, was er auf der Insel vor Venedig erlebt hatte. »Allerdings weiß ich nicht, ob ich nun wirklich körperlich dort war oder …«, er lachte unsicher »… als eine Art Geist!«

»Naja, hier warst du jedenfalls nicht«, sagte Mercedes und betrachtete ihn skeptisch. »Das alles klingt wirklich ziemlich abenteuerlich«, sagte sie.

Sammer nickte.

»Ich weiß! Wie lange war ich eigentlich weg?«

»Ich bin vor etwa einer Stunde aufgewacht.«

Sammer schüttelte den Kopf. »Seltsam. Mir kam es so vor, als hätte mein Aufenthalt auf der Insel nur Minuten gedauert. Wo war ich dann die restliche Zeit über?«

»Du könntest dir das nicht alles nur eingebildet haben?«, schlug Mercedes vor.

Sammer zuckte mit den Schultern. »Vielleicht! Das würde aber immer noch nicht erklären, wo ich war.«

Sie seufzte. »Naja. Wenn das ganze Treffen so geheim ist, dann werden wir wohl kaum in den Medien von diesem Vorfall hören!«

»*Ich glaube aber doch!*«, meldete sich da die Stimme in Sammers Kopf.

»Was?«, fragte Sammer.

»*Eine Kopie der Aufnahme der Überwachungskamera ist auf wundersame Weise zu einer Fernsehstation gelangt. Sie werden das in wenigen Minuten senden!*«, erklärte die Stimme.

Sammer schaltete den Fernsehapparat ein. Es dauerte nicht lange, bis der Beitrag begann. Eine Sprecherin berichtete, dass das Band dem Sender von einer anonymen Quelle zugespielt worden, an seiner Authentizität aber nicht zu zweifeln sei. Es sei unbekannt, wo sich der Vorfall ereignet habe, aber es habe sich dabei offenbar um eine Art terroristischen Anschlag auf wichtige und vor allem sehr wohlhabende Persönlichkeiten gehandelt. Eine Stellungnahme von einem der Betroffenen sei bislang nicht zu erhalten gewesen.

Sammer und Mercedes sahen die Konferenzteilnehmer im Raum herumschweben und wie Ertrinkende um sich schlagen. Auch Sammer kam ins Bild. Er stand mit erhobenen Armen am Boden, wie ein Zauberer, der böse Magie praktizierte.

»Also wie ein Geist wirkst du nicht«, sagte Mercedes. »Jetzt muss ich dir wohl glauben!«

Sammer starrte auf den Bildschirm.

»Großartig«, sagte er. »Damit habe ich diese Leute nicht nur enttarnt, sondern auch der Lächerlichkeit preisgegeben. Jetzt werden sie mich wirklich jagen!«

In selben Augenblick flog die Tür auf. Ein Schuss knallte, und Sammer spürte einen Stich im Oberschenkel. Er schaute hinunter. Ein kleiner Pfeil steckte dort.

»Was?«, machte er. Dann waren da plötzlich Gestalten in Kampfanzügen und mit Gewehren im Raum. Sammer war vom Bett auf den Boden gefallen. Sein Körper fühlte sich taub an. Einer der Eindringlinge trat auf ihn zu und untersuchte ihn kurz. Dann wandte er sich an Mercedes, die mit erhobenen Armen dastand. Bevor Sammer das Bewusstsein verlor, hörte er noch, was der Unbekannte zu ihr sagte.

»Du kannst die Hände jetzt runternehmen. Er ist weggetreten und bekommt nichts mehr mit. Das war gute Arbeit!«

Sammer spürte einen Stich in der Brust, der so weh tat, als hätte ihm der Mann ein Messer direkt ins Herz gerammt. Mercedes hatte ihn verraten. Sie hatte schon immer zu ihnen gehört – wer sie auch sein mochten.

»Ich bin so ein Idiot!«, waren seine letzten Gedanken, bevor ihn die Enttäuschung endgültig in den Abgrund der Bewusstlosigkeit schleuderte.

Mercedes' Antwort hörte er nicht mehr …

Der Gefangene

Das Erwachen tat weh.

In zweierlei Hinsicht. Zum einen pochte es in Sammers Kopf, als würde jemand von innen beständig mit einem Hammer gegen seine Schädeldecke dreschen, zum anderen sprang ihn sofort wieder die Enttäuschung an. Mercedes hatte ihn hintergangen. Sie hatte von ihm Ehrlichkeit verlangt und ihm selbst doch von Anfang an etwas vorgemacht – und was besonders schmerzte: Auch, dass sie mit ihm ins Bett gegangen war, war wohl nur Teil ihres Jobs gewesen. Selbst da hatte sie ihm nur etwas vorgespielt, und das verletzte, wie er sich selbst nur ungern eingestand, vor allem seinen männlichen Stolz. Von wegen Wildkatze. Was mochte sie wirklich empfunden haben, als sie mit ihm schlief? Gleichgültigkeit? Vielleicht sogar Abscheu?

Sammer öffnete die Augen. Grelles Licht stach ihm in die Pupillen, und er musste blinzeln. Langsam gewöhnte er sich an die Helligkeit und konnte seine Umgebung erkennen. Er lag auf einer schmalen Pritsche, die mitten in einem kleinen, völlig in Weiß gehaltenen Raum stand.

Sammer setzte sich mühsam auf. Er fühlte sich wie zerschlagen. Womit auch immer sie ihn betäubt hatten, sein Körper hatte es noch nicht ganz weggesteckt. Sammer ließ seinen Blick durch das Zimmer schweifen. Es gab nichts zu sehen. Außer seiner Liege war da kein anderes Einrichtungsstück. Die Wände des Raumes wirkten eigenartig. Sammer kam wankend auf die Beine. Sein Gleichgewichtssinn war offenbar noch immer empfindlich gestört. Vorsichtig einen Fuß vor den anderen setzend, trat er an eine der Wände heran, streckte die rechte Hand aus und berührte sie. Sie fühlte sich seltsam weich an.

Und plötzlich begriff Sammer. »Ich bin in einer Gummizelle«, murmelte er.

Normalerweise verwahrte man in solchen Räumen Patienten in psychiatrischen Anstalten, die für sich selbst und andere eine Gefahr darstellten. Hielten ihn jene, die ihn gefangen genommen hatten, also für einen unberechenbaren Verrückten? Da er ja behauptete, mit Gott zu sprechen, und in sehr seltsame Vorfälle verwickelt gewesen war, mochte das durchaus der Fall sein.

Sammer schaute zur Decke empor und suchte nach versteckten Kameras, mithilfe derer er beobachtet wurde. Er konnte zwar keine erspähen, war aber sicher, dass sie trotzdem da waren. Man ließ ihn ganz bestimmt nicht aus den Augen.

Sammer fühlte einen leichten Anflug von Klaustrophobie in sich aufsteigen. Kleine, geschlossene Räume hatten oft diese Wirkung auf ihn, und dass es kein Fenster gab, durch das er ins Freie blicken konnte, machte es noch schlimmer. Sammer ließ sich wieder auf die Liege sinken und versuchte, gleichmäßig zu atmen. Er wollte nicht jetzt schon allzu deutliche Anzeichen von Schwäche zeigen.

Er schloss die Augen.

»Stimme«, dachte er. »Bist du da?«

Dann nach einigem Zögern: »Gott?«

Keine Antwort.

Natürlich nicht.

»Immer dann, wenn ich dich wirklich brauche, lässt du mich im Stich!«, dachte Sammer bitter und vorwurfsvoll. Er dachte wieder darüber nach, wer ihn wohl gekidnappt hatte. Im Grunde kam wohl tatsächlich nur jene mysteriöse Vereinigung infrage, die sich Mammons Jünger nannte und deren führende Mitglieder ihm eine Sintflut-Erfahrung und noch dazu ihre Enttarnung zu verdanken hatten. Er zweifelte nicht mehr daran, dass Mercedes auf deren Lohnliste stand. Dafür sprach auch die Schnelligkeit ihrer Reaktion. Sie brauchten seinen Aufenthaltsort nicht ausfindig zu machen, weil sie von vornherein wussten, wo er sich befand. Sammer ärgerte sich über sich selbst. Er war so blauäugig gewesen. Ein schönes Gesicht, lange Beine und große Brüste hatten genügt, um ihn wie ein hilfloses Lamm in die Falle laufen zu lassen. Er schlug sich gegen die Stirn. »Das kommt davon, wenn man mit dem Schwanz denkt und nicht mit dem Hirn«, knurrte er.

Sammer konnte nicht einschätzen, wie viele Stunden vergangen waren, als sich endlich eine versteckte Tür öffnete. Er hatte keine Ahnung, wie lange er ohne Bewusstsein gewesen war, daher war ihm jegliches Zeitgefühl abhandengekommen. Es konnte jetzt Tag, aber auch genauso gut Nacht sein. Immerhin würde er nun aber erfahren, wer ihn in seiner Gewalt hatte.

Ein Mann trat ein, und Sammer stieß einen verblüfften Laut aus.

Der, der da nun vor ihm stand, war der Letzte, den er an diesem Ort erwartet hätte. Es war sein alter Freund, Althausens Bürgermeister Ferdinand Kummervoll, und seine Miene machte seinem Namen alle Ehre. Er sah so traurig drein, wie es Sammers Meinung nach sonst nur ein Mops konnte. Er hatte selbst einmal kurze Zeit einen Hund dieser Rasse gehabt, und obwohl er ihn gut behandelte, war Mephisto, wie das Tier hieß, zweifellos schwer depressiv gewesen. Eines Tages lief es dann vor ein Auto. Sammer war überzeugt, dass es Selbstmord war.

Kummervoll blieb vor der Liege stehen, auf der Sammer saß, und versuchte zu lächeln. Es misslang ihm gründlich. Er sah aus wie eine Bulldogge, die die Zähne fletschte. Der Bürgermeister war offensichtlich sehr angespannt.

»Na, wie geht´s?«, fragte er.

Sammer grinste zynisch. »Ich bin in einer Gummizelle eingesperrt. Wie soll es mir schon gehen?«

Kummervoll nickte. »Ja, natürlich. Das war eine dumme Frage. Verzeih.«

Er musterte Sammer aufmerksam, dann gelang ihm doch noch ein Lächeln. »Naja, immerhin scheinst du jetzt wieder du selbst zu sein.«

Sammer runzelte die Stirn. Was sollte das heißen?

»Wer sollte ich auch sonst sein?«, fragte er misstrauisch.

Der Bürgermeister grinste schief. »Ja, wer wohl? In den letzten Wochen war das jedes Mal, wenn ich dich besucht habe, nicht so klar!«

Sammer schüttelte irritiert den Kopf. »In den letzten Wochen? Es ist ein paar Monate her, seit wir uns zuletzt begegnet sind«, antwortete er.

Kummervoll lächelte traurig. »Nein, da irrst du dich. Dein Zusammenbruch ist ein paar Monate her, aber mein letzter Besuch, von gestern abgesehen, erst ein paar Wochen.«

Sammer verstand nicht, wovon der Bürgermeister da redete.

»Mein Zusammenbruch?«, fragte er.

Kummervoll nickte. »Ja. Du weißt gar nichts mehr, oder?«

Sammer schaute ihn verwirrt an. Er erinnerte sich sehr gut an die Geschehnisse in den letzten Monaten und vor allem an Mercedes' Verrat. Wieder fühlte er einen Stich in der Brust.

»Was meinst du damit?«, fragte er.

Der Bürgermeister seufzte. »Ich sehe schon, ich muss dir alles noch einmal erzählen. Also. Du bist an einem Morgen vor ein paar Monaten über die Straße gegangen und hast plötzlich auf einem Zebrastreifen zu randalieren begonnen, hast etwas von einem Mann gefaselt, der sich in einen Baum verwandelt und im Asphalt verwurzelt. Die Polizisten mussten dich mit Gewalt von der Fahrbahn ziehen, weil du den Verkehr blockiert hast. Dann ist es dir gelungen, dich loszureißen, und du bist schnurstracks in mein Büro gestürmt und hast herumgebrüllt, dass du die Geschichte mit dem Baummenschen exklusiv haben willst. Du würdest es den Idioten bei der Zeitung, die dich gefeuert haben, schon noch zeigen. Mir hast du gedroht, unser kleines Geheimnis zu verraten, wenn ich die Story zuerst an ein anderes Blatt geben würde.«

Sammer konnte nicht glauben, was er da hörte, erhob aber vorerst keine Einwände dagegen.

»Du warst völlig von der Rolle«, fuhr Kummervoll fort. »So habe ich dich noch nie erlebt. Und dann bist du plötzlich umgekippt. Seitdem warst du praktisch geistig weggetreten. Ich habe meine guten Beziehungen spielen lassen, um dir einen Platz in dieser Anstalt hier zu organisieren. Damit habe ich den Gefallen eingelöst, den ich dir von damals ja tatsächlich noch schuldete.«

Er zwinkerte Sammer verschwörerisch zu. »Naja, und wozu hat man schließlich Freunde.«

Sammer schüttelte den Kopf.

»Worauf willst du hinaus?«, fragte er.

Kummervoll holte tief Luft. »Darauf, dass du monatelang in einer Wahnwelt gelebt hast«, erklärte er dann. »Zeitweise hast du gebrüllt und getobt. Ich weiß nicht, was du in deiner Vorstellung alles erlebt hast, aber es muss fürchterlich gewesen sein. Du hast seltsame Geschichten erzählt, von einem Restaurant im Busch und von einem Mann, der mit seinen Händen alles in Gold verwandelt. Die Ärzte mussten dich in der Gummizelle unterbringen, weil du eine Gefahr für dich und andere warst«, er zögerte und ergänzte dann: »Und vielleicht auch noch immer bist. Immerhin scheinst du aber seit gestern wieder einigermaßen bei Verstand zu sein. Da du keine Familie hast und offenbar nicht allzu viele Freunde, haben die Ärzte mich gebeten, herzukommen. Sie meinen, dass es in deinem Zustand gut ist, wenn du mit Leuten sprichst, die du aus deinem früheren – deinem richtigen – Leben kennst. Das könnte dir helfen, dich endgültig aus deinen Halluzinationen zu lösen und dich wieder in der Realität zu verankern. Ich bin gestern schon hier gewesen und habe mich mit dir unterhalten. Aber offenbar erinnerst du dich nicht daran. Leider!«

Sammer sah Kummervoll abschätzend an. Was ging hier vor sich? Versuchte man, ihm eine Falle zu stellen? Wenn ja, wozu? Oder wollte man ihn einfach als verrückt abstempeln, um ihn kaltzustellen? Dazu hätte es allerdings dieser Lügengeschichte gar nicht bedurft. Sammer wusste nicht, mit wem genau er sich angelegt hatte, aber bestimmt waren da Mächte am Werk, die ihn einfach hätten spurlos verschwinden lassen können.

»Du glaubst mir kein Wort, oder?«, fragte Kummervoll.

»Nein«, sagte Sammer wahrheitsgemäß.

Der Bürgermeister nickte. »Die Ärzte haben mir gesagt, dass du Zweifel haben wirst. Mann, du hast einige Wochen lang quasi in einer Parallelwelt gelebt. Ich kann mir nicht einmal ansatzweise vorstellen, was du durchgemacht hast. Sie haben versucht, aus deinen Aussagen und deinem Gestammel herauszufiltern, was in deinem Kopf vorgeht. Aber es ist nur zum Teil gelungen. Offenbar hast du dich für eine Art Propheten gehalten, der von Gott die Aufgabe bekommen hat, diese Welt zu verbessern, sie humaner zu machen und einen behutsamen Umgang mit der Schöpfung einzufordern oder einen ähnlichen Unsinn. Versteh mich nicht falsch. All das mag ja sehr löblich sein – aber es ist nur in deiner Einbildung geschehen! In Wahrheit hast du diese Anstalt und diesen Raum seit vielen Wochen nicht verlassen. Das sind die Fakten, so leid es mir tut«, erklärte Kummervoll.

»Du willst mir also sagen, dass ich verrückt bin«, fragte Sammer.

Der Bürgermeister lächelte traurig. »Nein, nicht verrückt«, sagte er dann und rang offensichtlich nach den richtigen Worten. »Aber aus der Spur gekommen. Die Ärzte vermuten, dass es mit dem Blitz zu tun haben könnte, der dich als Baby getroffen hat. Oft kommen die Auswirkungen eines derartigen Ereignisses erst viele Jahre später ans Licht. Womöglich hat damals der Stromschlag einige Stränge in deinem Oberstübchen leicht gegrillt, und vor ein paar Wochen sind sie endgültig ausgefallen. Die Mediziner meinen aber auch, dass das Gehirn ein sehr erstaunliches Organ mit hoher Regenerationsfähigkeit ist, und dass es selbst Umleitungen herstellt, um geschädigte Nervenbahnen zu umgehen. Dass du jetzt wieder einigermaßen klar im Kopf bist, spricht für diese Theorie, und ich freue mich übrigens aufrichtig darüber, alter Freund! Werde erst mal gesund, dann wird sich alles andere ergeben. Ich weiß, wie sehr dich der Hinauswurf bei der Zeitung getroffen hat, aber wir werden schon einen anderen Job für dich finden. Du wirst sehen. In einem halben Jahr sitzen wir irgendwo gemütlich bei einem Bier und lachen über das alles hier.«

Sammer spürte, wie Verunsicherung in ihm hochkroch. Konnte es wahr sein, was Kummervoll im da erzählte? Hatte er sich nicht in den letzten Wochen öfter selbst gefragt, ob er vielleicht in einer Wahnwelt lebte?

Menschen, die sich in Bäume verwandelten, Restaurants, die aus dem Nichts erschienen und Leute mit Nahrung versorgten, und dann auch noch ein brennender Busch, aus dem Gott zu ihm sprach. Hätte er nicht selbst jeden, der versuchte, ihm das als Realität zu verkaufen, als verrückt abgestempelt?

»Gott?«, fragte er in Gedanken. »Wenn du wirklich da bist und mich berufen hast, dann wäre jetzt der richtige Augenblick, mir das nochmals zu bestätigen! Denn ich zweifle, Gott. Ich zweifle sehr!«

Die Stimme antwortete nicht.

Kummervoll hatte ihn aufmerksam beobachtet. »Ich nehme an, du hast gerade versucht, mit dieser Stimme in deinem Kopf zu reden. Sie haben dir Medikamente gegeben, die sie vertreiben. Sie wird dich nicht mehr belästigen!«, sagte er.

Sammer schloss für einen Moment die Augen. Dann war also auch die Stimme nur Einbildung gewesen? Völlig überzeugt war er noch nicht. »Mercedes«, sagte er rau. »Ich will mit ihr sprechen. Ich muss wissen, warum sie mich verraten hat und ob sie mir wirklich … alles … nur vorgespielt hat.«

Kummervoll schaute irritiert drein.

»Mercedes?«, fragte er. »Wer soll das sein!«

Plötzlich öffnete sich die Tür der Gummizelle ein zweites Mal, und ein freundlich dreinschauender älterer Mann in einem weißen Mantel betrat den Raum. Er sah aus wie ein Kinderarzt aus einer Familiensendung, die Sammer gesehen hatte, als er klein war. Er hatte schütteres weißes Haar, eine dicke Brille auf der großen Nase und einen breiten

Mund, der jetzt zu einem Lächeln verzogen war. Er nickte dem Bürgermeister und Sammer zu.

»Ich bin Dr. Friedrich Mandel«, sagte er und hob abwehrend die Hände. »Und bevor Sie jetzt einen dummen Scherz machen: Nein, trotz meines Namens bin ich kein Hals-Nasen-Ohren-Spezialist. Ich bin Psychiater und leite diese Klinik hier. Ich habe Sie in den letzten Monaten betreut. Erinnern Sie sich heute an mich?«

Sammer schüttelte den Kopf.

»Sie schauen aus wie ein Kinderarzt aus dem Fernsehen«, sagte er wahrheitsgemäß.

Der Psychiater lächelte. »Ah ja. Darauf haben Sie mich in den letzten Wochen schon öfters hingewiesen. Wie hieß er doch noch mal schnell. Doktor …«

»Gallenstein«, sagte Sammer. »Er hieß Doktor Gallenstein!«

Der Arzt nickte. »Ah, genau. Gallenstein. Ja, das sagten Sie schon öfter!«

Er lächelte, wurde aber rasch wieder ernst. »Was nun diese Dame … Mercedes war, glaube ich, der Name … betrifft: Das dürfte eine Frau sein, die in Ihrer Scheinwelt eine nicht unwichtige Rolle gespielt hat. Offenbar hat sie Ihnen etwas bedeutet, denn ihr Name ist in Ihren Selbstgesprächen immer wieder gefallen. Dennoch ist sie keine reale Person.« Er hob dozierend den rechten Zeigefinger. »Ich denke, sie ist eine Projektion der intimen und erotischen Sehnsüchte Ihres Unterbewusstseins«, sagte er.

Sammer schüttelte den Kopf. »Sie mag vieles sein, eine Projektion ist sie ganz sicher nicht«, erklärte er bestimmt und fügte bitter hinzu: »Und sie hat mich verraten!«

»Verraten?«, mischte sich Kummervoll ein. »Wie meinst du das?«

»Es gibt keine andere Möglichkeit. Mercedes hat die Häscher – zu welcher Organisation auch immer sie gehören – zu dieser Pension gerufen, wo wir uns einquartiert hatten. Ich habe gehört, wie der Anführer sich bei ihr bedankt hat, bevor ich bewusstlos wurde.«

Kummervoll schüttelte den Kopf.

»Das bildest du dir alles nur ein. Schade, ich hatte gedacht, es wäre dir gelungen, dich endgültig aus deiner Scheinwelt zu lösen!«

Sammer starrte ihn an.

»Wie geht es eigentlich Fritz Kiefer?«, fragte er unvermittelt.

Das brachte den Bürgermeister für einen winzigen Augenblick aus der Fassung. Dann sah Sammer in seinen Augen Verstehen aufblitzen. Es war aber sofort wieder vorbei, und Kummervolls Antwort ließ darauf schließen, dass er keine Ahnung hatte, von wem Sammer sprach.

»Ich weiß nicht, wen du meinst. Kiefer? Wer soll das sein? Ich kenne keinen Franz Kiefer«, erklärte er.

»Fritz Kiefer«, sagte der Arzt.

»Wie bitte?« fragte Kummervoll.

»Herr Sammer hat von Fritz Kiefer gesprochen!«

Der Bürgermeister winkte ab. »Fritz oder Franz. Völlig egal. Ich kenne keine Person, die Kiefer heißt«, betonte er und sah Sammer dabei wie beschwörend in die Augen.

Der Arzt räusperte sich.

»Ich denke, wir haben den Patienten für heute genug beansprucht. Wir wollen ihn ja nicht überanstrengen!«, sagte er freundlich lächelnd. Er wandte sich Sammer zu und sprach nun mit ihm wie mit einem kleinen Kind. »Sie machen gute Fortschritte. Wenn Sie brav Ihre Medizin nehmen, dann werden Sie sicher bald in ein anderes Zimmer verlegt, und im Handumdrehen werden Sie die Klinik verlassen dürfen«, sagte er.

»Wo bin ich hier überhaupt? Wie heißt die Klinik?«, fragte Sammer.

Der Arzt lächelte. »Alles zu seiner Zeit!«, sagte er.

Dann nahm er Kummervoll am Ellenbogen und bugsierte ihn eilig in Richtung Tür, fast als hätte er Angst, dieser könnte etwas Falsches sagen. Er gab ihm nicht einmal mehr die Zeit, sich von Sammer zu verabschieden.

Der blieb verwirrter denn je zurück.

Was wurde hier gespielt? Und warum machte Kummervoll bei dieser Farce mit?

Sie hatten ihn einen Moment lang tatsächlich verunsichert, doch jetzt glaubte er nicht mehr daran, dass er in einer Wahnwelt lebte. Das wollte ihm dieser windige Psychiater, wenn er überhaupt einer war, nur einreden. Sammer hatte ihm eine Falle gestellt, und er war prompt hineingetappt. Der Kinderarzt in der Fernsehserie hatte Nierenstein geheißen, nicht Gallenstein. Wenn sie tatsächlich schon öfter darüber gesprochen hätten, hätte der Mann das wissen müssen. Die letzten Zweifel hatte aber Ferdinand Kummervoll ausgeräumt. Sammer hatte bewusst nach Fritz Kiefer gefragt, also einen falschen Vornamen gewählt. Und er war sich ganz sicher, dass der Bürgermeister ebenso mit voller Absicht von Franz Kiefer gesprochen hatte, auch wenn er danach so tat, als sei das nur ein Irrtum gewesen. Tatsächlich hieß der Mann, der sich in einen Baum verwandelt hatte, Franz, und Kummervolls Botschaft an Sammer hatte daher gelautet: »Du bist nicht verrückt, aber ich muss bei diesem Schauspiel mitmachen!«

Vermutlich wurde Druck auf Kummervoll ausgeübt – von wem und in welcher Form auch immer.

Der Journalist fragte sich, was diese ganze Scharade, die man da inszenierte, bezwecken sollte. Warum wollte man ihm einreden, er sei verrückt geworden?

Wieder öffnete sich die Tür, und diesmal betrat ein bullig gebauter Mann den Raum. Er hatte ein kleines Tablett in den Händen, auf dem mehrere Pulver lagen.

»Zeit für Ihre Medizin«, sagte er, und es klang eher bedrohlich als fürsorglich.

Sammer schüttelte den Kopf. »Es geht mir gut. Ich brauche heute nichts!«

Der Mann seufzte. »Das haben wir doch schon alles hinter uns«, sagte er. »Sie werden Ihre Medizin nehmen. So oder so!«

»Nein!«, stieß Sammer entschlossen hervor.

Der Mann nickte. »Gut, dann also wieder auf die harte Tour!«

Er stieß einen kurzen Pfiff aus, und drei weitere vierschrötige Kerle betraten den Raum …

Als Sammer zu sich kam, hatte sich seine Umgebung verändert. Er saß auf einem Drehstuhl und befand sich offenbar in einer Art Fernsehstudio. Hinter sich entdeckte er statt einer Wand einen Bluescreen. Sammer wunderte sich nicht über den Ortswechsel. Nach den Ereignissen der letzten Wochen konnte ihn eigentlich nichts mehr verblüffen.

Er trug einen Anzug, sein Haar war gekämmt, jemand hatte ihn sogar rasiert.

Mit einem Male wurde Sammer bewusst, dass er nicht mit seinen Augen sah, sondern sich und das ganze Studio aus der Vogelperspektive betrachtete. Ein kleiner Teil seines Ichs schien außerhalb seines Körpers zu existieren und war sich seiner selbst dennoch völlig bewusst. Der größere Teil von ihm steckte allerdings in seinem Leib – benebelt. Sammer erinnerte sich, dass die Wärter ihm zuerst Tabletten verabreichen wollten, aber nachdem er diese ausgespuckt hatte, hatten sie ihm Injektionen verpasst. Danach hatte er einen Filmriss. Dunkel meinte er sich aber einer Gestalt zu entsinnen, die mit sanfter, eindringlicher Stimme auf ihn eingeredet hatte.

»Wenn du aufwachst, wirst du alles tun, was man dir sagt. Du wirst keine Fragen stellen und du wirst dich nicht wehren …!«

Um Sammer herum standen jetzt ein paar Männer, auch der Psychiater, der wie ein Kinderarzt aussah, war dabei. Mandel – ja, so war sein Name, dachte Sammer zufrieden.

»Ist er so weit?«, fragte eine kalte Stimme, die Sammer vage bekannt vorkam.

»Wir haben ihn so mit Medikamenten vollgepumpt, dass er bestimmt nur das tun wird, was wir ihm befehlen. Zudem haben wir ihn mit dem Auftritt seines alten Freundes völlig verunsichert. Er glaubt nun tatsächlich, in einer Wahnwelt zu leben«, sagte Mandel.

»Da irrt sich der Typ aber gewaltig«, dachte jener kleine Teil von Sammer, der außerhalb seines Körpers existierte. Gerade Kummervolls Besuch hatte ihn davon überzeugt, dass alles, was er erlebt hatte, real war. Aber der Arzt wusste nicht, dass Sammer und sein alter Freund insgeheim Informationen ausgetauscht hatten.

Der Mann, dessen Stimme Sammer bekannt vorkam, trat vor ihn hin und zwickte ihn fest in die Wange. Sammer wehrte sich nicht und schrie auch nicht. Er verspürte keinen Schmerz. Der Mann lächelte zufrieden. »Ja, er ist weggetreten. Ich hoffe nur, er wirkt auf die Zuschauer nicht zu apathisch. Was er sagt, muss glaubwürdig sein!«

»Sie hätten uns mehr Zeit geben müssen. Ein paar Tage noch, und wir hätten ihn dazu gebracht, freiwillig alles zu sagen, was wir wollen. Dann hätte es keiner Drogen und keiner Hypnose mehr bedurft«, erklärte der Arzt.

»Wollen Sie unsere Entscheidungen kritisieren?«, fragte die kalte Stimme interessiert.

Mandel lenkte sofort ein. »Natürlich nicht. Verzeihen Sie. Ich bin sicher, es wird funktionieren«, antwortete er.

»Das hoffe ich. Für Sie!«

»Aufnahme läuft. Und Action«, sagte eine Stimme.

Sammer blickte direkt in eine Kamera und hörte ein Fingerschnipsen.

Und plötzlich wusste er, was er zu tun hatte. Er musste den Text ablesen, der vor ihm auf dem Teleprompter stand.

»Mein Name ist Konrad Sammer«, sagte er. »Und ich möchte ein Geständnis ablegen!«

»Nicht so monoton. Mit mehr Nachdruck!«, zischte eine Stimme in seinen Kopfhörern. Und jener Teil Sammers, der noch immer außerhalb seines Körpers existierte, erinnerte sich plötzlich daran, woher er sie kannte. Es war die Stimme jenes Mannes, den sie im Bunker auf Poveglia »Primus« genannt hatten.

»Mein Name ist Konrad Sammer!«, wiederholte Sammer. »Und ich möchte ein Geständnis ablegen!« Eigentlich wollte der Teil, der sich seiner selbst bewusst war, das ganz und gar nicht tun, doch er hatte keine Kontrolle über seine Zunge.

»Ich gehöre … ich gehörte … einer terroristischen Vereinigung an, die in den letzten Wochen weltweit für Aufsehen gesorgt hat. Sie nennt sich Guevaras Söhne. Ziel ihrer Aktionen war es, die politische und wirtschaftliche Ordnung auf der Welt zu destabilisieren: mit gezielten Fake-News die Bevölkerung der kapitalistischen Länder zu verunsichern, Unruhe zu stiften und brave Bürger gegen die Regierungen und Konzerne aufzubringen!«

Sammer gab die Worte wieder wie ein gut dressierter Papagei.

»Das ist alles erlogen! Es ist falsch, was du da tust!«, schrie das kleine, abgespaltene Stück seines Ichs.

»Lies weiter«, befahl die Stimme in den Kopfhörern ungeduldig. Und Sammer tat es, obwohl er wusste, dass es falsch war.

»Es hat nie Menschen gegeben, die sich in Bäume verwandelten. Wir haben das frei erfunden. Es gab auch nie Behausungen, die aus dem Nichts erschienen sind und in denen Menschen umsonst zu essen bekommen haben. Alle, die das gesehen haben wollen, stehen auf der Lohnliste meiner Organisation oder sind einfach nur Wichtigtuer. Nichts davon ist real, alles ist von uns erdacht. Es gab auch nie einen Hedgefonds-Manager, dessen Hände alles, was er berührte, in Gold verwandelten. All das sind Fake-News, die dazu dienen, die herrschende Ordnung zu destabilisieren, Menschen zu verunsichern und Aufruhr zu verursachen ...«

»Hör auf!«, schrie der kleine Splitter von Sammers Ich.

Sammer zitterte. Schweiß trat ihm auf die Stirn.

»Weiter«, befahl die Stimme im Kopfhörer.

Sammer kämpfte gegen den Drang zu lesen. Doch er konnte nicht anders. Er musste gehorchen.

»... und den Sturz des kapitalistischen Herrschaftssystems vorzubereiten!«, sagte er.

»Und nun schön schuldbewusst!«, forderte die Stimme.

Sammer gehorchte. Er war wie eine Marionette, die an unsichtbaren Fäden hing. Willenlos.

Er ließ in einer dramatischen Geste den Kopf sinken und keuchte. »Ich selbst wurde einer Gehirnwäsche unterzogen, damit ich mich als Prophet ausgebe. Dieser Gruppe, der ich angehörte, ist jedes Mittel recht, um Menschen gefügig zu machen. Es ist ... so schwer … sich zu befreien. Aber ich bin jetzt in guten Händen, bei aufrichtigen Freunden, und ich habe die beste ärztliche Versorgung!«

Er machte eine lange Pause, als sei er am Ende seiner Kräfte. Dann straffte er sich.

»Es ist wichtig, dass diesen Terroristen das Handwerk gelegt wird. Glauben Sie nicht, was sie Ihnen weismachen wollen. Sie unterstellen redlichen Menschen, nur weil sie wohlhabend sind, eine Geheimorganisation gegründet zu haben, die erpresst und mordet, um die eigenen Interessen zu schützen. Aber das ist eine Lüge. Diese Leute haben sich nichts zuschulden kommen lassen. Sie wurden in einer entwürdigenden Pose gezeigt, im Raum herumschwebend und nach Luft schnappend, als wären sie am Ertrinken, als hätte sie eine Strafe ereilt, die ich als Prophet Gottes über sie gebracht habe. All das ist Lüge und Propaganda. Diese gefakte Darstellung diente allein dazu, sie in der Öffentlichkeit zu desavouieren. Ich wurde als Mittel zum Zweck missbraucht«, versicherte Sammer.

»Sehr gut«, lobte die Stimme im Kopfhörer. »Und jetzt … das Grande Finale, dann haben wir alles im Kasten!«

Sammer schaute ernst in die Kamera.

Er bäumte sich auf. Irgendetwas in ihm sträubte sich massiv gegen diese letzten Worte, die er sagen sollte. »Wehr dich, du Narr«, schrie das Stückchen Ich außerhalb seines Körpers. Und Sammer versuchte es. Er zitterte, und Schweiß trat ihm auf die Stirn.

»Sage es!«, brüllte die Stimme im Kopfhörer und schwemmte Sammers Widerstand fort.

»Ich bin kein Prophet, ich bin ein Scharlatan!«, rief er in die Kamera.

Dann wurde es wieder dunkel um ihn.

Die Prophezeiung

Als Sammer diesmal zu sich kam, war er wieder in seiner Gummizelle. Er fühlte sich noch immer benommen. Er wusste nicht, was sie ihm verabreicht hatten, aber es tat offenbar seine Wirkung. Er war antriebslos, ja fast willenlos, und das war wohl genau ihre Absicht. Sie wollten ihn unter ihre Kontrolle bringen, damit er … was eigentlich? … tat? Oder hatte er es schon getan?

Er hatte einen verrückten Traum gehabt, in dem er in einem Fernsehstudio gewesen war.

»Ich muss hier raus!«, dachte er. Aber er konnte sich nicht einmal dazu aufraffen, sich von seiner Liege zu erheben. Warum sollte er sich so anstrengen? War es nicht leichter, einfach alles geschehen zu lassen und das zu tun, was man von ihm verlangte? Er war müde, er wollte eigentlich nur noch schlafen. Aber er wusste, dass sie ihn nicht in Ruhe lassen würden. Wenn er sich nur daran erinnern hätte können, was sie von ihm wollten.

Er sah an sich hinunter. Er trug nur einen Anstaltskittel, der hinten offen war. Nicht einmal eine Unterhose hatten sie ihm gelassen.

Plötzlich hatte Sammer das Gefühl, nicht mehr allein im Raum zu sein.

Mühsam hob er den Kopf und schaute direkt in zwei blaue Augen, die er schon einmal gesehen hatte und die er sein ganzes Leben lang nicht mehr vergessen würde. Allerdings konnten diese Augen nicht hier sein – ebenso wenig wie das faltige Gesicht, das über ihm schwebte und dessen Mund sich nun zu einem breiten Lächeln verzog. »Du siehst schon wieder aus, als hättest du einen Dämon gesehen«, sagte der Mann. »Aber ich bin es nur!«

Er hielt etwas in der Hand und führte es Sammer an die Lippen.

»Trink«, sagte der Alte.

Sammer spürte eine kühle, klare Flüssigkeit im Mund und schluckte gehorsam.

Es war, als würde ein reinigender, belebender Strom seine Speiseröhre hinabfließen und alles, was seinem Körper an Giften verabreicht worden war, fortspülen. Plötzlich war er wieder ganz klar im Kopf. Und nun erkannte er auch, was der Alte in der Hand hielt. Es war sein mit Weihwasser gefüllter Flachmann.

Sammer setzte sich auf und starrte seinen Besucher fassungslos an. Vor ihm stand der Medizinmann aus dem kleinen Dorf in der Savanne von Kamerun.

»Tau«, sagte Sammer. »Wie kommst du hierher, und warum bist du hier?«

»Weil die Götter mich schicken«, antwortete der Eingeborene, als sei das die selbstverständlichste Sache der Welt. Dann trat er einen Schritt zur Seite, und Sammer sah mitten im Raum eine Felldecke schweben, wie sie vor den Eingängen zu den Hütten der Eingeborenen hingen.

»Die Götter haben mir im Traum ein Bild von dir in diesem Raum gesandt. Und sie haben mich, nun … sagen wir … eingeladen, dir zu Hilfe zu eilen. Du weißt ja selbst, Götter können sehr überzeugend sein. Die Hütte erschien auf unserem Dorfplatz, ich bin durch den Eingang geschlüpft, und nun bin ich hier.«

»Und woher hast du meinen Flachmann?«

»Er stand neben deiner Liege auf dem Boden.«

Sammer schüttelte den Kopf. »Das ist unmöglich. Sie haben ihn mir weggenommen.«

Tau lächelte. »Dann hat ihn dir jemand zurückgegeben«, sagte er.

Sammer schaute ihn an. »Ich kann nicht glauben, dass du hier bist«, sagte er.

»Ich weiß«, erklärte der Medizinmann streng. »Dein Mangel an Glauben ist dein größtes Problem. Gerade ein Prophet sollte aber stark sein im Glauben.«

»Du weißt also … von meiner Berufung?«

Der Medizinmann nickte. »Wir leben im Busch, aber nicht völlig fernab der Welt. Wichtige Nachrichten erreichen uns. Außerdem habe ich schon damals, als du bei uns warst, gespürt, dass du auserwählt bist.«

Sammer nickte. »Mag sein. Aber wenn ich das tatsächlich bin, dann bestimmt nicht von deinen Göttern.«

»Dein Gott, mein Gott, euer Gott ... ein Gott ... viele Götter.«

Tau schüttelte den Kopf. »Ist das so wichtig? Sind sie nicht alle zusammen die eine universelle Macht, an die wir alle glauben?«

Sammer klappte vor Staunen der Mund auf. Eine derart aufgeklärte Haltung hätte er dem Mann aus dem Busch nicht zugetraut. Andererseits wusste er, dass Tau weit mehr war als nur ein schlichter Eingeborener. Er war ein Schamane und trug vermutlich ein Wissen in sich, das Sammer immer verborgen bleiben würde.

Er deutete auf die schwebende Decke. »Glaubst du, wir könnten über den Weg, den du gekommen bist, von hier verschwinden?«

Tau nickte. »Bestimmt. Doch zuvor gibt es noch etwas zu tun!«

Er ging zur Tür des Zimmers und einfach durch sie hindurch.

Sammer starrte ihm verblüfft hinterher. Bevor er sich fragen konnte, ob er das gerade alles geträumt hatte, streckte Tau den Kopf durch eine Wand.

»Kommst du?«, fragte er.

»Wie machst du das?«, fragte Sammer.

»Du musst einfach daran glauben, dass du es kannst!«, sagte Tau fröhlich.

Sammer seufzte gequält. Er schloss die Augen, versuchte tatsächlich zu glauben, dass das Unmögliche möglich war ... und ging durch die Wand.

Sie wanderten durch ein Labyrinth von Gängen.

»Wo sind wir hier eigentlich?«, fragte Sammer nach einer Weile den Eingeborenen, der offenbar genau wusste, wohin sie sich wenden mussten. Tau schien einen Moment in sich hineinzulauschen. Sammer fragte sich, ob auch er eine Stimme in seinem Kopf hörte.

»Wir sind im Bunker auf einer Insel, die du schon kennst«, beantwortete er dann Sammers Frage. Der Journalist nickte. Er hatte es vermutet. Sie waren auf Poveglia. Jetzt hatte er endgültig Gewissheit, dass Mercedes ihn kaltblütig ans Messer geliefert und über seine Naivität vermutlich innerlich gelacht hatte. Dieser Primus hatte sie von Anfang an auf ihn angesetzt gehabt. Ihre Begegnung im Flugzeug, mit dem er aus Afrika heimkehrte, war kein Zufall gewesen.

Sammer schüttelte die trüben Gedanken ab. Für Trauer und Selbstmitleid war später noch Zeit.

»Wo gehen wir hin?«, fragte er den Eingeborenen.

»Ich weiß es nicht«, erklärte Tau, schritt aber weiter so zügig aus, als kenne er ihr Ziel genau.

Sie wanderten weiter durch Gänge und große und kleine Räume.

Immer wieder trafen sie auf verschlossene Türen, die sich aber wie von Geisterhand bewegt vor ihnen öffneten. Und blieb doch einmal eine zu, gingen sie einfach hindurch. Sie begegneten natürlich auch Menschen, doch diese schienen sie nicht wahrzunehmen. »Als wären wir Geister«, dachte Sammer und erinnerte sich an die Mythen, die sich um die Insel rankten.

Schließlich betraten sie eine Art Fernsehstudio. Es kam Sammer seltsam vertraut vor. Er war bestimmt schon einmal hier gewesen. Aber wozu? In dem Raum herrschte Hochbetrieb. Hinter einigen Pulten saßen Männer und Frauen mit Headsets und schauten angestrengt auf Bildschirme.

Nur eine massige Gestalt schien sich von der allgemeinen Hektik nicht anstecken zu lassen. Sie hatte graue Haare, trug einen teuren Maßanzug und lehnte lässig an der Wand.

»Sind wir so weit?«, fragte sie.

Ein kleiner, dicker Mann mit Glatze nickte.

»Ja, die wichtigsten Fernsehstationen auf aller Welt werden unsere Übertragung übernehmen. Wir haben zuvor genug Wirbel darum gemacht. Nach dieser Sendung ist der falsche Prophet ein für alle Mal erledigt.«

Primus, denn niemand anderer war der Mann im Anzug, nickte.

»Er hat genug Schaden angerichtet. Es reicht«, sagte er.

»Da hat er recht! Es reicht wirklich!«, erklärte in diesem Augenblick die Stimme in Sammers Kopf.

Der Journalist seufzte. »Wäre nett gewesen, wenn du dich schon früher gemeldet hättest«, warf er ihr in Gedanken lautlos vor.

»Ich habe die ganze Zeit mit dir gesprochen, aber du hast mir nicht zugehört!«, erwiderte sie.

»Die Medikamente!«, mutmaßte Sammer.

»*Nein*«, sagte die Stimme. »*Mercedes! Du hattest dich in einem Kokon aus Selbstmitleid verpuppt.*«

»Du hättest auch eine Schar Engel schicken können, die mich aus der Zelle herausholt oder zumindest verhindert, dass sie mich unter Drogen setzen!«

»*Du siehst zu viel fern. Außerdem habe ich dir ja Tau geschickt. Er hat dir bewusst gemacht, dass es Wichtigeres gibt als deine persönliche Gekränktheit. Im Übrigen tun uns diese Leute mit der Sendung, die sie vorbereiten, einen Gefallen. Darum habe ich nicht früher eingegriffen.*«

Das musste Sammer erst einmal verdauen. Doch die Stimme gab ihm keine Gelegenheit dazu.

»*Die Zeit für eine weitere Botschaft ist gekommen! Aber im Gegensatz zum ersten Mal, bei dem der Empfängerkreis eingeschränkt war, werden wir diese an die gesamte Menschheit richten!*«, sagte sie.

In diesem Moment drehten sich alle Kameras im Studio wie von Geisterhand bewegt in Sammers Richtung, und die Stimme in seinem Kopf zählte einen Countdown herunter.

»Was ist mit den Kameras los?«, schrie der dicke Mann und hämmerte auf die Armaturen auf seinem Pult.

»*Wir gehen auf Sendung – aber anders als diese Leute erwartet haben*«, sagte die Stimme fröhlich, zählte zugleich aber auch den Countdown weiter. Sammer fragte sich besorgt, ob er jetzt vielleicht schon zwei Stimmen hörte.

»*... drei ... zwei ... eins!*«

Sammer sah, wie die Augen des dicken Mannes plötzlich vor Erstaunen groß wurden.

»Jetzt sehen sie mich!«, dachte er.

Und so war es. Auch Primus hatte ihn erkannt.

Er hob seine rechte Hand und deutete damit wie anklagend auf Sammer.

»Wache«, schrie der dicke Mann ins Mikrofon. »Schnappt …«

Er erstarrte mitten im Wort, und mit ihm alle anderen Menschen im Raum.

Es war, als hätte jemand die Zeit angehalten.

Nur Tau und Sammer schienen von dem Phänomen nicht betroffen zu sein.

Der Eingeborene lächelte ihm aufmunternd zu, und dann spürte Sammer, wie wieder einmal ein anderer, ein mächtigerer Wille sich über den seinen stülpte. Aber er empfand es nicht als gewaltsamen Akt. In sich spürte er die Gewissheit, dass es richtig war, was da geschah.

Und dann hörte er sich selbst rufen:

»*Hört meine Botschaft!*«

Überall auf der Welt gingen in diesem Augenblick die Fernseher an, und Computer schalteten sich selbstständig ein, sogar wenn sie vom Stromnetz getrennt waren. Die Signale aller TV-Stationen wurden überlagert, und auf allen Bildschirmen erschien Konrad Sammer.

Jene Menschen, die nicht in der Nähe eines Empfangsgerätes waren und ihn daher nicht sehen konnten, konnten ihn zumindest hören. Denn erstmals seit seinem Geburtsschrei entfaltete Sammers Stimme wieder ihr ganzes Potenzial und hallte wie ein Donnergrollen über die Erde – bis in die entlegensten Winkel der australischen und afrikanischen Wüsten, in die eisige Einöde der Arktis, in den tiefsten Urwald des Amazonas und sogar auf den Gipfel des Mount Everest. Was aber vielleicht noch bemerkenswerter war: Alle Menschen verstanden, was Sammer sagte, als würde er in ihrer Muttersprache zu ihnen reden:

»Hört meine Botschaft!

Diese Erde ist ein Juwel, das uns Menschen geschenkt wurde,
damit wir es hüten und pflegen.
Doch viele von uns haben goldenes Fieber im Blut
und selbst wenn sie zu den Sternen aufschauen,
sind diese für sie nur wie gleißende Stücke des Mammons.

Weltenlenker, Politiker und Wirtschaftsmagnaten
haben nicht das Wohl der ihnen anvertrauten Menschheit
und auch nicht jenes der Natur im Sinne.
Sie versinken in Gier und Selbstsucht.
Sie sind Hurenböcke des Geldes geworden.
Schrankenlos raffen sie Gold und Besitz.

Doch statt ihrem Treiben Einhalt zu gebieten
schauen wir tatenlos zu, schlimmer noch,
wir verschließen die Augen davor, dass unser Wohlstand
aus dem Hunger und dem Leid der Armen erwächst.
Wir durchwühlen die Eingeweide der Erde
um ihnen Schätze zu entreißen.
Wir vergiften die Adern unserer Mutter mit Chemikalien und Plastik,
sodass die Flüsse, Seen und Meere wie Pesthauch stinken.

Wir schänden diese Welt,
anstatt sie für spätere Generationen zu bewahren.
Unsere Kinder sterben an Hunger und an Hoffnungslosigkeit
oder sie sind vom Gaukelspiel und den Trugbildern der Computer besessen,

und nur noch leblose Seelen hausen in ihren Leibern!«

Sammer holte tief Luft. Er war selbst erschrocken über die Worte, die da aus seinem Mund kamen. Und wieder sprach die Stimme durch ihn zu den Menschen.

»Kehr um, frevelnder Mensch!
Halte ein damit, das Antlitz der Erde zu zerstören,
bevor die Meere zu kochen
und die Luft selbst zu brennen beginnt.

Kehr um, frevelnder Mensch!
Lass die Tage der Finsternis den Tagen des Lichts weichen,
lass ab von der Gier,
auf dass die Barbarei ende
und eine neue Zeit anbreche,
eine Ära der Liebe und des Miteinanders.

Kehr um, frevelnder Mensch!«

Sammer verstummte.

Stille senkte sich wie Blei über alle denkenden Wesen, die die Botschaft gehört hatten.

Es waren gar nicht so sehr die Worte, die sie in ihren Bann zogen, sondern die Ahnung, dass sich ihnen da tatsächlich ein höherer Wille kundgetan hatte. Für einen Augenblick hielt die Welt den Atem an.

Der Moment verging!

Plötzlich wurden die Menschen im Studio wieder lebendig.

»… ihn euch«, vollendete der dicke Mann seinen Aufruf an die Wachen.

Die Tür sprang auf, und Sammer sah seine vier muskulösen Wärter in den Raum stürmen. Auch Primus hatte sich von der Wand abgestoßen und stürzte auf ihn zu, die Hände erhoben, die Finger wie Krallen gekrümmt.

»*Ich denke, es ist Zeit für einen taktischen, aber dennoch effektvollen Abgang*«, sagte die Stimme in Sammers Kopf.

Schon war Tau an seiner Seite, schnappte ihn am Arm und zerrte ihn zu einer runden Felldecke, die plötzlich mitten im Raum hing. Er schlug sie zur Seite, dahinter war ein großer Kreis voll wabernder Luft, der sich deutlich von der Umgebung abhob. Tau stieß Sammer mitten hinein und sprang hinterher.

Später gingen die Aussagen der Anwesenden, wie die beiden Männer verschwunden waren, stark auseinander. Die Felldecke hatte außer Primus offenbar niemand wahrgenommen. Einige sagten, Sammer und der Eingeborene hätten sich einfach in Luft aufgelöst, andere behaupteten, ein helles Licht sei durch die Decke gedrungen und Sammer und sein Gefährte daran emporgeschwebt. Wieder andere schworen Stein und Bein, sie seien in einem Blitz verschwunden.

Primus war es im Grunde egal.

Er starrte mit brennenden Augen auf die Stelle, wo sein Gefangener eben entkommen war.

Die Prophezeiung des Propheten war an ihm abgeperlt wie Regentropfen an einer Fensterscheibe. Er war längst über das Stadium hinaus, in dem er sich noch durch ein Gewissen oder moralische Werte in seinem Handeln hatte beeinflussen lassen.

Plötzlich drangen aus einem der Computer Rauchschwaden. Ein Feuerlöscher zischte.

»Verdammt«, schrie dann jemand. »Unsere Aufnahme mit dem falschen Propheten ist beim Teufel.«

Primus zuckte nur mit den Schultern. Nach der Prophezeiung war sie ohnehin wertlos geworden. Aber Sammer würde für alles bezahlen, dafür war längst gesorgt. Primus war kein Spieler, er war ein nüchterner, kalter Rechner, der den Zufall oder das Unvorhersehbare immer in eine Gleichung miteinbezog. Daher hatte er stets noch einen Plan B oder einen Trumpf in der Hinterhand.

Und er sicherte sich gerne doppelt ab.

Primus wandte sich zu einem jungen Mann mit Headset um, der hinter ihm stand.

»Gib ihr den Befehl«, sagte er mit harter Stimme.

»Dieser Sammer ist zu exekutieren!«

Rätselhafte Botschaft

Diesmal hatte Konrad Sammer die ungeteilte Aufmerksamkeit der ganzen Welt.

Natürlich wurden seine Worte sehr kontrovers diskutiert, und vor allem in den sozialen Medien gingen die Wogen hoch. Sammers Botschaft hatte die Menschheit ohne Zweifel aufgerüttelt – nicht zuletzt durch die unerklärliche Art der Übermittlung – aber welche Konsequenzen sie aus seinen Worten ziehen würde, war nicht vorherzusagen.

Die Geheimdienste und Militärs analysierten die Prophezeiung vor allem auf ihr Bedrohungspotenzial hin. Was sie aber noch mehr beunruhigte als der Inhalt der Botschaft, war die Tatsache, dass Sammers Stimme überall auf der Erde zu hören gewesen war.

Das ließ sich selbst mit den modernsten Kommunikationsmitteln des amerikanischen, russischen oder chinesischen Militärs nicht bewerkstelligen. Welche Organisation stand also hinter diesem angeblichen Propheten? Gehörte er tatsächlich einem weltweit tätigen terroristischen Netzwerk an? Und wenn ja, woher bezog dieses seine Hightech?

Die Frage, welche Gefahr Sammer und seine möglichen Hintermänner darstellten, bescherte einigen hochgestellten Persönlichkeiten schlaflose Nächte, und es wurde daher eine gewaltige Maschinerie in Gang gesetzt, um sie aufzuspüren und notfalls zu neutralisieren – was natürlich nichts anderes hieß, als sie auszulöschen.

Die Geheimdienste gaben sich aber nicht mit herkömmlichen Erklärungen zufrieden. Sie gingen auch der abwegigen Möglichkeit nach, dass Außerirdische am Werk sein könnten. Die Fachleute von Area 51 bekamen den Auftrag, eine mögliche extraterrestrische Einmischung in irdische Angelegenheiten aufzudecken. Und diese Spezialisten waren tatsächlich sehr speziell. Denn beim Ufo-Absturz 1947 über der kleinen Stadt Roswell in New Mexico, der schon Anlass für vielerlei Spekulationen gewesen war, waren nicht alle Insassen des außerplanetaren Flugobjektes ums Leben gekommen. Auf der Erde gestrandet, hatten sich diese sehr langlebigen Wesen längst mit dem amerikanischen Militär arrangiert und arbeiteten mit ihm zusammen.

Aber auch die Gesellschaft für Parapsychologie wurde in die Ermittlungen des Falles miteinbezogen. Die Frage, die sie beantworten sollte, lautete: Könnte Sammer ein Mutant sein, der über enorme telepathische Fähigkeiten verfügte, sodass er sich gleichzeitig in die Gehirne aller menschlichen Lebewesen einklinken konnte, um eine Botschaft zu senden, und den Leuten dabei den Eindruck vermittelte, er spräche akustisch zu ihnen – ähnlich wie Professor Xavier in den X-men-Filmen? Und wenn ja, wozu war dieser Mann womöglich noch fähig? Konnte er vielleicht auch Menschen befehlen, fatale Dinge zu tun – zum Beispiel, auf einen ganz bestimmten roten Knopf zu drücken und damit Atomraketen abzuschießen?

Dass es tatsächlich Gott gewesen sein könnte, der durch Sammer gesprochen hatte, war zwar die letzte Option der Geheimdienste, aber auch sie wurde nicht kategorisch ausgeschlossen. Vorsorglich nahm man daher Kontakt mit der römischen Kurie auf. Dort bildeten daraufhin einige Kardinäle eine Taskforce, die die apokryphen Texte – also Schriften, die in der Zeit Jesu entstanden, aber nicht in den biblischen Kanon aufgenommen worden waren, unter anderem auch die Qumran-Schriftrollen – nach Hinweisen durchsuchte, die das Erscheinen eines Propheten im 21. Jahrhundert voraussagten.

Offiziell verurteilte der Vatikan Konrad Sammer vorsorglich als Scharlatan, der ohne Segen und Einverständnis von Mutter Kirche eine Botschaft verkünde, die sicher nicht von Gott komme. Wenn ein Mensch auf Erden im Namen des Allerhöchsten spreche, dann sei das der Papst. Sammers Auftreten sei die pure Anmaßung.

Rein rechtlich ließ sich vorerst nicht gegen den selbsternannten Propheten vorgehen. Es fand sich weder in nationalen noch in internationalen Gesetzeswerken ein Passus, der verbot, ohne technische Hilfsmittel zu allen Menschen auf der Erde gleichzeitig zu sprechen – schlicht und einfach aus dem Grund, weil das bisher noch nie geschehen war.

Wissenschaftler versuchten natürlich auch, Theorien zu entwickeln, wie dieses Wunder ohne göttlichen oder außerirdischen Eingriff möglich gewesen sein könnte. Einige Experten verwiesen darauf, dass auf der Welt ja immer wieder, wenn auch auf bestimmte Regionen beschränkt, unerklärliche Geräusche auftraten, etwa die Seneca-Pistolen am Seneca-See im US-Bundesstaat New York. Dort, wie auch in anderen Gegenden im Nordosten der USA, wurden Anwohner immer wieder durch dumpfes Knallen erschreckt, dessen Ursache ungeklärt war. Die NASA sprach in diesem Zusammenhang vom Hintergrundgeräusch der Erde. Man ging davon aus, dass der Planet eine ganze Bandbreite an ungewöhnlichen

Lauten produzierte, die unter anderem durch tektonische Aktivität, unterirdische Explosionen, Erdbeben, Gletscher-Wanderung und die Gezeiten verursacht wurden. Vielleicht, so die Wissenschaftler, gab es ja just in dem Moment, als Sammer seine Ansprache hielt, ein niederfrequentes Signal, das seiner Stimme sozusagen als Trägerwelle diente. Auf viel Beifall der wissenschaftlichen Community stieß diese Theorie allerdings nicht. Dafür klang sie denn doch zu abstrus.

Andererseits erschien sie mindestens genauso plausibel zu sein wie der Ansatz der Polsprung-Fraktion. Diese ging davon aus, dass sich der letzte Polsprung auf der Erde vor etwa 780.000 Jahren ereignet habe und der nächste daher mehr als überfällig sei. Angeblicher Beweis dafür war eine Studie, die besagte, dass sich der magnetische Nordpol im vergangenen Jahrhundert um rund 1.100 Kilometer von Alaska in Richtung Sibirien verlagert habe, also mit etwa 50 Kilometern pro Jahr im Zickzack durch die Tundra wandere. Wenn das Magnetfeld des Planeten derartig in Bewegung war, so lautete die These, vielleicht konnte es in einer Art unkontrollierter Eruption ja auch die Schallwellen einer Stimme über die ganze Erde tragen.

Die Mathematiker, die auch einen Beitrag zur Aufklärung des Phänomens leisten wollten, hatten alle Daten in einen neuen Supercomputer eingespeist, um die Wahrscheinlichkeit dieser beiden Erklärungsversuche zu berechnen. Das Ergebnis lautete, dass Sammer vermutlich doch eher die Hilfe Gottes gehabt habe. Die Maschine versuchte daraufhin prompt in einem Anfall ihr nie zugedachter Eigenmächtigkeit, einen mathematischen Beweis für die Existenz Gottes zu erbringen. Noch bevor den Technikern die Notabschaltung gelang, brannten dem Computer die sprichwörtlichen Sicherungen durch: Totalschaden!

Die Mystiker und religiösen Fanatiker waren davon überzeugt, dass Sammer bei seiner Prophezeiung übernatürliche Hilfe hatte. Für die einen war sein Auftritt nur der Anfang vom Ende der Welt, den Nostradamus schon vor Jahrhunderten vorausgesagt hatte. Für die anderen war die Stimme des Propheten die wiedergekehrte Posaune von Jericho, mit der die israelitische Armee vor 2.500 Jahren die Mauern der Stadt Jericho zum Einsturz gebracht hatte und die nun den Anbruch der letzten Tage der Menschheit verkündete.

In seinem Büro in Washington hatte der CIA-Chef seinen Stab um sich versammelt, um den Fall zu besprechen. »Im Grunde ist mir scheißegal, wie er das mit seiner Stimme gemacht hat. Ich bin mir nicht einmal sicher, wer gefährlicher ist, dieser Sammer oder all die Spinner, die ihn jetzt für ihre Sache reklamieren wollen. Dennoch müssen wir den Mann so schnell wie möglich finden und dingfest machen. Zu unserem Schutz, aber auch zu seinem eigenen. Nach dem Auftritt, den er da hingelegt hat, ist sein Leben keinen Pfifferling mehr wert. Verstehen Sie mich nicht falsch. Vermutlich wäre es für uns alle am einfachsten, wenn er verschwindet, aber ich habe da doch einige Fragen, auf die ich zuvor gerne noch Antworten von ihm hätte«, erklärte Henry Fromage. Er war noch nicht lange Leiter des Geheimdienstes. Zuvor hatte der Präsident einen seiner Günstlinge auf den Chefsessel gehievt, doch der hatte sich zu ungeschickt angestellt und war über einen Sexskandal gestolpert. Ein zweites Mal hatte der Staatschef keinen seiner Favoriten durchgebracht, aber auch der Kandidat der Opposition war gescheitert.

»Ich bin sozusagen von allen Übeln das kleinste«, hatte Fromage selbstironisch zu seinem Spiegelbild gesagt, als er von seiner Ernennung erfuhr. Da er nur ein Kompromisskandidat war, das war ihm durchaus bewusst, würden beide Seiten jede seiner Handlungen und jede seiner Entscheidungen mit Argusaugen beobachten. Aber der CIA-Chef konnte mit Druck leben. Er hätte es sonst nie so weit nach oben geschafft. Jahrelang war er selbst aktiver Agent gewesen und hatte viele gefährliche Einsätze erfolgreich abgeschlossen. Jetzt war er in den 50ern und hatte mehr erlebt als andere Menschen in 90 Jahren. Aber er hatte dafür auch Tribut gezahlt. Er hatte keine Familie, dafür war nie Zeit gewesen, und er hätte auch viel zu viel Angst gehabt, sich dadurch erpressbar zu machen. Nun fühlte er sich oft einsam. Vermutlich war es zwar noch nicht zu spät, um eine ernsthafte Beziehung einzugehen, aber der sonst so schlaue und selbstsichere Fromage hatte keine Ahnung, wie er es anstellen sollte, eine Frau kennenzulernen, obwohl er äußerlich durchaus eine attraktive Erscheinung war. Fromages kurzes blondes Haar war zwar schon von grauen Strähnen durchzogen, aber körperlich war er gut in Form. Er achtete auf seine Ernährung und verbrachte jeden Tag zumindest eine Stunde in seinem privaten Fitnesscenter. Seine graugrünen Augen blickten immer wachsam in die Welt. Das hatte ihm bei Einsätzen mehr als einmal das Leben gerettet. Eine Beobachtung, ein winziges Detail machte manchmal den Unterschied, ob man am Leben blieb oder starb.

Jetzt lag ein kummervoller Ausdruck auf seinem Gesicht, als empfände er es als persönliche Kränkung, dass da ein Rätsel war, das er nicht sofort zu lösen vermochte. Doch dieser Sammer gab ihm nicht nur eine Nuss zum Knacken, sondern gleich einen ganzen Sack voll.

Konnte es denn tatsächlich sein, dass er im Namen Gottes sprach?

Fromage war ein braver Kirchgänger. Früher aus Gründen der Tarnung und inzwischen aus Gewohnheit. Er wohnte in einem kleinen Vorort von Washington und gab dort den biederen, braven Amerikaner. Dazu gehörte auch der sonntägliche Messbesuch. Wirklich viel anfangen konnte Fromage mit den Worthülsen, die da in einem Gottesdienst aneinandergereiht wurden, nicht. Und die Predigten des Priesters ließen seiner Meinung nach eher auf dessen Borniertheit als auf gelebte Nächstenliebe schließen. Vielleicht, dachte Fromage manchmal, hatte er als Agent aber auch einfach zu viele menschliche Abgründe gesehen, um noch an eine gütige, die Welt lenkende Allmacht glauben zu können.

Fromage zoomte Sammers Gesicht auf dem Bildschirm heran. Der Mann wirkte ihm Grunde bieder und unauffällig, und doch war da etwas …

Der CIA-Chef seufzte.

Natürlich hatte er den Wortlaut von Sammers Prophezeiung – wenn man sie denn so nennen wollte – genau analysieren lassen. Interessant waren allein schon die altmodischen Ausdrücke und die antiquierte Satzkonstruktion, derer er sich bediente. Man konnte sie durchaus biblisch nennen. Hätte ein Mensch im normalen Leben so gesprochen, hätte das bestimmt lächerlich gewirkt. Für Sammers Worte traf das aber nicht zu. Sie hatten die Menschen aufgerüttelt und vielleicht auch geängstigt, was natürlich vor allem damit zusammenhing, dass viele den Eindruck gehabt hatten, die Stimme käme aus dem Nichts oder vom Himmel herab.

Vielleicht, dachte Fromage, war es aber auch im kollektiven Unterbewusstsein der Menschen verankert, dass eine Prophezeiung pathetisch und wortgewaltig zu sein hatte, und vielleicht bewirkte gerade die Abgehobenheit von der Alltagssprache Aufmerksamkeit und erzeugte Betroffenheit.

Fromage musste zugeben, dass Sammers Worte auch ihn nicht kalt gelassen hatten. Inhaltlich sprach Sammer im ersten Teil von der Menschheit als Ganzes und bezog sich dabei auch selbst mit ein. Im zweiten Teil wechselte dann die Perspektive. Da war vom frevelnden Menschen die Rede. Als würde ein Dritter sprechen. Aber wer?

War es tatsächlich Gott, der sich durch den Propheten an die Menschheit wandte?

Und was hatte es mit dem Versprechen am Schluss auf sich, die Menschheit auf den richtigen Weg zu bringen? Wollte Sammer damit einen Führungsanspruch stellen?

Fromage schloss das nicht völlig aus. Immerhin hatte man es mit einem Mann zu tun, der bei seiner Geburt vom Blitz getroffen worden war. Mochte der Teufel wissen, was das mit seinem Körper und seiner Psyche angestellt hatte. Auf jeden Fall verfügte dieser Sammer über die erstaunliche Fähigkeit, Blitzeinschläge vorauszusagen. Fromage hatte seine Hausaufgaben gemacht und eine umfangreiche Akte über den angeblichen Propheten anlegen lassen. Jetzt starrte er auf den Bildschirm und versuchte, im Gesicht des Journalisten zu lesen.

»Wer bist du und wessen Prophet willst du sein?«, murmelte er.

Tatsächlich hatte Sammer nie dezidiert gesagt, in wessen Namen er nun eigentlich auftrat.

Fromage listete im Geiste nochmals alle Vorfälle auf, in die Sammer verwickelt gewesen war. Die Hütte in Kamerun, der erste Baummensch, der Hedgefonds-Manager, die erste Botschaft bei der Fernsehdiskussion, die Sache mit der Sintflut. Gerade Letztere hatte bei Fromage die Alarmglocken schrillen lassen. Weniger wegen Sammers Verwicklung in diese Angelegenheit, sondern deswegen, weil er von diesem Treffen der Superreichen nichts gewusst hatte und auch den Ort nicht kannte. Wie war Sammer, der nicht über einen riesigen Stab von Spezialisten verfügte, dahintergekommen? Woher bezog er seine Informationen, und wie hatte er es geschafft, in die Anlage einzudringen? Fromage hatte sich das Video immer und immer wieder angesehen. Wie die Menschen im Raum herumwirbelten, als würden sie tatsächlich im Wasser treiben. Und er hatte auch gesehen, dass sie danach nass gewesen waren und geschockt, als seien sie nur knapp dem Ertrinken entronnen.

»Es muss etwas geben, was all diese Vorfälle miteinander in Beziehung setzt«, dachte der CIA-Chef.

Die Zahl sieben war auf jeden Fall ein auffälliges Merkmal.

Es waren sieben Hedgefonds-Manager vom Midas-Syndrom betroffen gewesen, das genau sieben Tage angehalten hatte, die Sintflut im Bunker auf Poveglia hatte sieben Minuten gewährt, und es waren auch 77 dieser seltsamen Restaurants aufgetaucht. Nur die Zahl der Baummenschen passte nicht ins Konzept. Das waren 776. Bislang zumindest.

Fromage wusste natürlich, dass die Sieben eine heilige Zahl war. Aber das brachte ihm keine neuen Erkenntnisse.

Er fluchte.

Wer sollte aus diesem Wirrwarr schlau werden? Das kam heraus, wenn sich plötzlich Götter und Propheten in das Weltgeschehen einmischten. Ob sie nun real waren oder nur eingebildet – sie sorgten für Probleme. Es gab letztlich wohl nur einen, der Licht in diese ganze Sache bringen konnte: Sammer selbst.

»Wir müssen ihn erwischen«, knurrte der CIA-Chef.

Er griff zum Handy und wählte eine Nummer.

Eine Stimme meldete sich.

»Wir brauchen diesen Sammer«, sagte Fromage.

Er lauschte der Antwort.

»Ich weiß, dass er spurlos verschwunden ist. Aber er wird wieder auftauchen, da bin ich mir sicher, und dann müssen wir als Erste an Ort und Stelle sein, denn ich glaube, sein Leben ist in höchster Gefahr. Aber er darf nicht sterben, denn nur er kann all diese Rätsel lösen. Sie können alle Mittel anfordern, die Sie brauchen. Geld spielt in diesem Fall keine Rolle.«

Von der Gier

Das Gefühl zu fallen währte nur einen Moment, dann fand sich Sammer statt, wie erwartet, im Inneren einer Hütte, auf dem Platz in dem kleinen Dorf in Kamerun wieder. Der Stoß, den ihm der Schamane versetzt hatte, trieb ihn vorwärts. Er stolperte und ging zu Boden. Hinter ihm kam Tau aus der runden Öffnung, allerdings würdevoll schreitend, wie es sich für einen großen Medizinmann gehörte.

Er half Sammer auf die Beine. Währenddessen verschwand der Fellumhang.

Die Menschen hatten die Ankunft ihres Schamanen und des weißen Mannes beobachtet und kamen aus ihren Hütten, um sie zu begrüßen. Sammer sah durchwegs in freundliche, lachende Gesichter. Auch er verspürte Freude, diese Leute wiederzusehen. Inzwischen sahen sie auch besser genährt aus. Sie hatten dramatische Stunden miteinander erlebt, und das hatte eine emotionale Verbindung zwischen dem Journalisten und den Dorfbewohnern geschaffen.

»Ein wenig fühlt es sich an wie Heimkommen«, dachte Sammer verwundert. Einige Frauen kicherten, flüsterten miteinander und deuteten mit ausgestreckten Fingern auf ihn.

Sammer schaute an sich hinunter und begriff, was sie so erheiterte.

Er trug noch immer nur den kurzen weißen Anstaltskittel, der ihm gerade mal bis zu den Oberschenkeln reichte. Ansonsten war er splitternackt. Instinktiv packte er die Enden des dünnen, sackähnlichen Kleidungsstücks und versuchte, sie nach unten zu ziehen.

Tau stand kopfschüttelnd neben ihm und musterte dann mit tadelndem Blick die Frauen, die zwar wie beschämt die Köpfe senkten, aber trotzdem weiterkicherten.

Tau forderte Sammer mit einem Wink auf, ihm zu seiner Hütte zu folgen.

Siedend heiß schoss dem Journalisten die Frage durch den Kopf, ob er bei seiner Prophezeiung auf den Bildschirmen in voller Größe zu sehen gewesen war, denn dann würde ihn vermutlich niemand ernst nehmen.

Hatte Gott daran gedacht, nur ein Brustbild zu senden?

»*Hältst du mich für einen blutigen Anfänger?*«, tadelte die Stimme in seinem Kopf.

Sammer zuckte mit den Schultern.

»*Dein Mangel an Glauben wird nur noch von deinem Mangel an Respekt übertroffen!*«, sagte die Stimme vorwurfsvoll.

»Tja«, sagte Sammer. »Du hast mich erwählt!«

Die Stimme kicherte, fast so wie die Frauen zuvor auf dem Dorfplatz.

»*Und es war eine gute Wahl*«, sagte sie dann.

Sammer betrat hinter Tau dessen Hütte, und dieser förderte aus einer Ecke zerfranste Jeans und ein T-Shirt hervor und sogar ein paar löchrige Turnschuhe. Die Hose war dem Journalisten zu weit und das Leibchen zu kurz, aber Sammer war froh, dass er keinen Lendenschurz anlegen musste, wie ihn die Eingeborenen trugen.

»Wo hast du das her?«, fragte er den Schamanen.

»Ich habe im Busch einen weißen Mann gefunden, der von einer schwarzen Mamba gebissen worden war. Kein schöner Anblick. War schon eine Weile tot. Ich dachte, er braucht die Kleider nicht mehr.«

Sammer drängten sich Bilder ins Bewusstsein, die er dort nicht haben wollte. Nur mühsam verkniff er sich die Frage, ob Tau die Jeans und das T-Shirt zumindest gewaschen hatte, nachdem er sie dem Toten ausgezogen hatte. Er fürchtete, dass ihm die Antwort nicht gefallen würde. Prüfend schnüffelte er an den Kleidern.

Tau sah es und lächelte beruhigend.

»Ist schon Jahre her. Der Geruch ist vergangen«, sagte er.

Sammer nickte und streifte sich Hose und T-Shirt über. Für eine Weile war er von seinen eigentlichen Problemen abgelenkt gewesen, doch jetzt kehrten sie mit Wucht zurück.

»Was soll ich nun tun? Wie komme ich hier wieder weg? Und wohin soll ich gehen?«

Tau schüttelte den Kopf.

»Dein Gott wird sich etwas dabei gedacht haben, als er dich zu uns brachte«, sagte er. »Vielleicht ruhst du dich einfach aus.« Er grinste breit. »Du siehst aus wie Hyänenscheiße.«

Sammer grinste schief. »Genau so fühle ich mich auch. Aber ich bin besorgt, dass deinem Volk Gefahr droht, wenn ich hierbleibe. Man hat dich mit mir gesehen. Und es wird nicht lange dauern, bis man deine Identität feststellt, und dann werden sie kommen, um mich zu holen.«

Tau schüttelte den Kopf.

»Die Götter haben zu mir gesprochen. Niemand wird dich hier finden. Du bist sicher, darfst aber das Dorf nicht verlassen.«

Sammer spürte einen Anflug von Misstrauen in sich hochsteigen.

»Bin ich euer Gefangener?«, fragte er.

Er sah die Enttäuschung in Taus Augen und bereute seine Worte sofort.

»Es tut mir leid«, sagte er. »Es ist so viel geschehen, seit ich bei euch war. Ich weiß nicht mehr, wem ich vertrauen kann.«

Tau trat an ihn heran und tippte ihm mit dem Zeigefinger an die Brust.

»Höre auf dein Herz. Es spürt, wer gut ist und wer falsch.«

Sammer nickte und wünschte sich, es wäre so einfach. Er fürchtete, dass er seinem Herzen nicht vertrauen konnte. Denn warum war es noch immer so voller Liebe für die Frau, die ihn verraten hatte? Er wollte Mercedes hassen, doch er konnte es nicht.

Zwei Tage vergingen, ohne dass sich Nennenswertes ereignete.

Weder erschien ein Suchkommando, um ihn zu fassen, noch ein Killerkommando, um ihn auszulöschen. Anscheinend hatte tatsächlich noch niemand die richtigen Schlüsse bezüglich seines Aufenthaltsortes gezogen. Anders war das nicht erklärbar.

Oder nahm er sich vielleicht zu wichtig? Sah man vielleicht gar keine Bedrohung mehr in ihm? Selbst wenn das der Fall sein sollte, gab es noch andere Gründe für die Jagd auf ihn. Sammer hatte das hassverzerrte Gesicht von Primus nicht vergessen. Dieser Mann würde nicht auf seine Rache verzichten, da war er sich sicher.

Sammer hatte sich noch immer nicht von den Strapazen im Labor erholt. Was immer sie ihm dort an Drogen und sonstigen Medikamenten verabreicht hatten, hatte seinen Körper nachhaltig geschwächt. Mehr noch. Sammer hatte ein Gefühl, als hätte er irgendwo ein Loch, aus dem das Leben aus ihm hinaussickerte, langsam, aber unaufhörlich. Er musste bei diesem Vergleich an seine

Großmutter denken. Sie hatte das einmal ganz ähnlich ausgedrückt, bevor sie starb.

Vielleicht war es aber auch nur die Ungewissheit, was in der Welt vor sich ging, die ihm so zusetzte. Möglicherweise reagierte er psychosomatisch darauf.

Die Stimme meldete sich auch nicht, so sehr Sammer darum bettelte.

»Ich bin ein Werkzeug, dessen man sich bedient, wenn man es braucht, und das dann wieder im Kasten verstaut wird«, dachte der Journalist bitter.

Sammer wünschte sich einen Laptop mit Internetanschluss. Er wollte wissen, was seine Drohrede ausgelöst hatte. Gab es erste Anzeichen, dass die Menschheit umdachte? Hatten zumindest einige Regierungen den Ernst der Lage begriffen? Hatte der Papst vielleicht aufgerufen, den Worten des Propheten Glauben zu schenken, oder hatte er ihn exkommuniziert?

Letzteres erschien Sammer wahrscheinlicher.

»Wie haltet ihr es aus, so abgeschieden von der Welt zu leben?«, fragte er Tau.

Der Schamane lächelte. »Wenn die Götter es für notwendig halten, uns Dinge mitzuteilen, werden sie es tun«, sagte er mit stoischer Ruhe.

Sammer ging seine Gelassenheit allmählich auf die Nerven.

Er spürte plötzlich Hitze in sich emporwallen, die er zuerst für Wut hielt, aber es war eher wie ein Fieberschub. Er sprang auf und begann, in der Hütte herumzulaufen wie ein gefangener Panther.

Dann kippte er um.

Sammer hatte seltsame, wirre Träume.

Er lag auf dem Boden und sah schemenhafte Gestalten um sich herumtanzen.

Sie sangen und brachten dabei Töne hervor, wie er sie noch nie gehört hatte.

Sammer fühlte Kälte und Schwärze in seinem Bauch. Es war wie ein dunkles Loch, das ihn einsaugen wollte. Er spürte eine Berührung. Hände, die sich auf seinen Leib legten und in einem weißen Licht erstrahlten. Helligkeit rang mit Finsternis, und Schmerz wühlte in Sammers Eingeweiden.

Dann sah er, wie das Licht die Schwärze aus seinem Körper saugte. Zugleich wurde sein Magen nach oben gezogen, bis er an die Bauchdecke stieß, und es fühlte sich an, als würde diese jeden Moment aufplatzen. Sammer schrie und schrie, aber er hörte keinen Ton. Er war in einer Blase völliger Lautlosigkeit gefangen.

Und plötzlich war es vorbei.

Sein Geist glitt hinab in die tröstliche Dunkelheit des Schlafes.

Als Sammer zu sich kam, war es Nacht.

Er lag in Taus Hütte. Er fühlte sich sehr schwach und doch viel besser.

Ein Feuer erhellte den Raum mit flackerndem Licht.

Der Eingeborene saß neben ihm. Er hielt eine Schale mit einer dampfenden Flüssigkeit in der Hand. »Trink das«, sagte er und half Sammer, sich so weit aufzusetzen, dass er ihm das Gebräu einflößen konnte. Es schmeckte bitter.

Tau ließ Sammer zurücksinken.

Der Journalist musterte das Gesicht des alten Mannes. Es wirkte ausgezehrt, die Augen lagen tief in den Höhlen und glänzten fiebrig.

Konnte es sein, dass er eine Seuche eingeschleppt hatte, fragte sich Sammer, und hatte diese nun auch den Schamanen befallen?

»Was ist passiert?«, fragte er und erschrak. Seine Stimme hatte einen jenseitigen Klang, als wäre der, der da sprach, mehr tot als lebendig.

»Du warst krank. Sehr krank«, sagte der Medizinmann. »Man hat dich vergiftet.«

»Vergiftet?«, fragte Sammer verständnislos. Er versuchte, die Zusammenhänge zu begreifen, versuchte, sich daran zu erinnern, was geschehen war. Er musste die Einzelteile wie ein Puzzle zusammenfügen. Er brauchte lange, aber schließlich war alles wieder da.

»Das Labor. Dort müssen sie mir etwas verabreicht haben«, murmelte er.

Tau nickte.

»Es ist eine sehr bösartige Substanz«, sagte er.

Sammer erinnerte sich an seinen seltsamen Traum.

»Diese strahlenden Hände. Das warst du. Du hast das Gift aus mir herausgesogen.«

Und plötzlich verstand er, warum der Alte so schlecht aussah.

»Du hast es in dich aufgenommen?«, fragte er.

Der Alte nickte. »Eine Geistheilung war deine einzige Chance, sonst wärst du jetzt nicht mehr am Leben.«

Eisiger Schreck durchfuhr Sammer.

»Heißt das nun, dass du statt mir sterben wirst?«, fragte er.

Tau schüttelte den Kopf.

»Es war ein sehr dunkles Gift, aber ich werde mich erholen …«, sagt er. Sein Gesicht blieb jedoch kummervoll bei diesen Worten.

Sammer hatte das Gefühl, dass er den Satz nicht zu Ende gesprochen hatte.

»Aber?«, fragte er.

»Aber ich war nicht stark genug, das Gift zur Gänze aus dir herauszuholen. Es sitzt zu tief. Es klammert sich an deine Essenz ... vielleicht an deine Gene, wie ihr das nennt. Ich würde dich dabei zerreißen.«

Sammer dachte an den Schmerz, der ihn glauben ließ, der Magen würde seine Bauchdecke sprengen.

Er keuchte. »Was heißt das?«, fragte er.

Tau blickte ihn ernst an.

»Du wirst an diesem Gift sterben. Aber nicht gleich, denn ich habe viel davon entfernt. Außerdem ...« Er hielt kurz inne.

»Außerdem?«, fragte Sammer.

»Da ist eine Kraft in dir, die über alles Menschliche hinausgeht. Sonst hätte dich die Substanz längst getötet.«

Sammer schloss die Augen. Er musste das alles erst einmal verdauen. Zweimal hatte er erlebt, dass Bekannte an Krebs erkrankten, ohne Chance auf Heilung. Natürlich hatte er sich damals gefragt, wie er an ihrer Stelle reagieren würde. Mit Wut? Mit Angst? Oder mit Verzweiflung?

Im Augenblick fühlte er sich nur leer. Aber das hing vielleicht auch mit seiner Erschöpfung zusammen. Vermutlich war er zu schwach, um Entsetzen zu empfinden. Er öffnete die Augen und grinste schief. »Eine Kraft, die über das Menschliche hinausgeht, sagst du? Na, das kann dann nur von den tausenden Litern Weihwasser kommen, die ich in meinem Leben schon in mich hineingeschüttet habe«, erklärte er.

Er fuhr sich mit der Hand durch die Haare.

»Wann?«, stellte er dann die Frage, die noch offen war.

Tau zuckte mit den Schultern.

»In ein paar Wochen, vielleicht auch erst in ein paar Monaten … ich weiß es nicht genau«, sagte der Schamane. Sammer nickte. Er war unendlich müde. Er spürte, wie sein Bewusstsein in den Schlaf hinüberglitt, und ließ sich bereitwillig von der Dunkelheit umfangen, die Vergessen versprach und all seine Gedanken auslöschte wie der Wind eine Kerzenflamme.

Als Sammer diesmal erwachte, war es still in der Hütte. Es war noch immer Nacht oder schon wieder. Er richtete sich mühsam auf und sah sich um. Tau war nicht da.

Plötzlich brach die Erinnerung mit voller Wucht über ihn herein und ließ ihn aufstöhnen. Sammer stierte in die Finsternis und versuchte, sich zu beruhigen. Es dauerte lange, bis er seine Gefühle einigermaßen unter Kontrolle hatte.

»Bist du da?«, fragte er. Es war seltsam. Er konnte sich nicht daran erinnern, jemals in seinem Leben den Drang zu einem Gebet verspürt zu haben. Bis zu diesem Augenblick.

»Hörst du mich?«

»*Es ist fast vollbracht*«, sagte da die Stimme in seinem Kopf.

»Vollbracht«, echote Sammer entgeistert. Das hörte sich an, als sei alles, was ihm passiert war, längst festgeschrieben, als sei er eine Marionette, die nur einen Plan erfüllte. Plötzlich kochte unsägliche Wut in ihm empor.

»Warum hast du mich nicht vor dem Gift bewahrt?«, fragte er vorwurfsvoll.

»*Und wie hätte ich das machen sollen?*«, antwortete die Stimme mit einer Gegenfrage.

»Hallo!!!«, machte Sammer. »Du behauptest von dir, Gott zu sein. Du hättest mich zumindest warnen können – oder auch ein paar

Engel mit Schwertern schicken, um mich zu befreien. Oder mit einem Blitz dreinfahren. Zeus konnte das recht gut.«

»*Und was hätte ich damit erreicht?*«, fragte die Stimme.

»Du hättest mir Leid erspart«, antwortete Sammer.

»*Aber warum sollte ich gerade dir Leid ersparen und nicht einem der Kinder, die in diesem Augenblick an Hunger sterben, oder an Krebs, die erschossen werden oder missbraucht?*«

Darauf wusste Sammer keine Antwort. »Immerhin hast du mich zu deinem Propheten erwählt und trägst deshalb auch eine Verantwortung für mich«, erklärte er lahm.

Dann wurde er wieder zornig. »Aber wenn du schon damit anfängst: Wenn du wirklich Gott bist, wie du behauptest, was hindert dich tatsächlich daran, allen Menschen in Not beizustehen. Mach, dass die Kriege aufhören, dass Hass und Neid verschwinden, vertilge die Krankheiten von dieser Erde, sorge dafür, dass alle Menschen jeden Tag genug zu essen haben.«

Die Stimme schwieg eine Weile, dann antwortete sie sehr ernst.

»*Stell dir vor, ich habe all das schon getan. Ich habe euch Vernunft gegeben, Mitgefühl und die Fähigkeit zu lieben. Nichts hindert euch daran, aus dieser Erde ein Paradies zu machen. Ihr seid frei, das Gute zu wählen.*«

»Und der Hass? Was ist damit?«, stieß Sammer düster hervor.

»*Was wäre das für eine Wahl, wenn es nicht zumindest zwei Möglichkeiten gäbe? Der Hass ist der dunkle Bruder der Liebe. Aber kein Mensch muss sich dafür entscheiden. Hell und Dunkel gab es von Anbeginn der Zeit, wie den Tag und die Nacht. Das größte Übel aber, die Gier, ist eine Schöpfung der Menschen. Die habt ihr ganz allein in die Welt gebracht. Du kennst doch die Geschichte des Turmbaus zu Babel?*«

Sammer nickte.

»Ja, sicher. Die Menschen wollten einen Turm errichten, dessen Spitze bis zum Himmel hinaufreicht. Gott ... nun, zumindest der Gott der Bibel ... befürchtete, dass sie übermütig werden könnten, wenn es ihnen gelänge, und dass sie dann vor nichts mehr zurückschrecken würden, was ihnen in den Sinn kam. Also hat er ihre Sprachen verwirrt, und da sie einander nicht mehr verstanden, verstreuten sie sich über die ganze Erde. Aber das sind keine historisch belegten Fakten. Es ist nicht Geschichte, sondern nur eine Geschichte.«

»*Es geht nicht um die Frage, ob es sich genau so zugetragen hat. Es geht darum, wofür die Geschichte steht*«, sagte die Stimme in seinem Kopf.

»*Ich werde dir eine etwas andere Version erzählen.*

Was, wenn es nicht Gott war, der die Menschen entzweite, sondern sie selbst dies taten?

Was, wenn die Sprachverwirrung nur eine Metapher ist?

Am Anfang war der Turm nur eine Idee, und vielleicht sogar eine gute. Er sollte ein Symbol für die Einheit der Menschen werden, für das, was erreicht werden konnte, wenn alle an einem Strang zogen. Doch mit der Zeit wurde er für die Herrschenden zur Besessenheit. Sie ordneten diesem Projekt alles unter. Um den Turm fertigzustellen, waren plötzlich alle Mittel recht. Dafür durften Menschen versklavt und diese Sklaven dann auf der Baustelle zu Tode geschunden werden. Die Regierenden opferten die Menschlichkeit auf dem Altar ihrer Hybris. Nur noch Eines zählte: höher und höher und höher ...!«

Die Stimme verharrte einen Augenblick:

»*Kommt dir diese Devise nicht bekannt vor?*«

Die Stimme seufzte. Es klang sehr menschlich.

»*Die Neugier, der Drang zum Hinterfragen, etwas zu entdecken, war von Anbeginn ein wichtiger Antrieb des Menschen. Ohne ihn gäbe es keinen Fortschritt. Aber irgendwann – und der Turmbau zu Babel ist dafür ein Symbol – pervertierte die Neugier zur Gier. Während die Neugier eine bessere Welt für alle Menschen erschaffen will, geht es der Gier nur darum, Reichtum und Macht anzuhäufen – auch auf Kosten anderer. Die modernen Konzerne und viele Regierende werden von Gier getrieben, nicht von Neugier.*

Doch bleiben wir noch in Babel.

Während der Turm wuchs, gebar die Gier drei Kinder: Eifersucht, Neid und Missgunst.

Plötzlich ging es den Menschen nicht mehr nur darum, den Turm zu vollenden. Jeder Herrscher, jedes Volk beanspruchte auch noch den alleinigen Ruhm für sich, dieses Bauwerk ersonnen und erschaffen zu haben.

Und das entzweite sie.

Es war nicht so, dass sie plötzlich in fremden Sprachen redeten und sich daher nicht mehr verständigen konnten, vielmehr wollten sie einander nicht mehr verstehen. Sie unterstellten einander Lügen, interpretierten bewusst falsch, was die anderen sagten. Es war, wenn du so willst, wie eine Urform der Kommunikation, wie sie jetzt in den sozialen Netzwerken gang und gäbe ist – nur eben mündlich. Aber Facebook und Co zeigen deutlich, dass sich bis heute nichts geändert hat. Denn in diesen Online-Foren geht es auch nicht um Diskussion und Verständigung, sondern zu 90 Prozent um Verleumdung und Entzweiung. Die Gier, die Eifersucht, der Neid und die Missgunst haben die Menschen fest im Griff. Und die Politik ist allzu oft ihre willfährige Helferin.

Die Menschen in Babel konnten das Projekt nicht vollenden. Die Völker wollten miteinander nichts mehr zu tun haben und zerstreuten sich über die Erde. Und die Gier ging mit ihnen und regiert noch heute die Welt. Sie verschleiert sich als religiöser Fanatismus, als Nationalismus, als Heuschreckenkapitalismus, als Terrorismus.

Die Mechanismen sind die gleichen wie damals, auch wenn sich die Devise geändert hat.

Statt ‚immer höher' heißt es heutzutage ‚immer mehr': mehr Macht, mehr Reichtum, mehr von allem.

Und das ist nur zu erreichen, wenn andere Menschen geknechtet, ausgebeutet und ermordet werden.

Die Gier droht den Planeten zu zerstören!«

Die Stimme schwieg.

Sammer dachte über das nach, was er gehört hatte. Seine Wut war verraucht.

»Du hast doch sicher die Möglichkeit, der Gier Einhalt zu gebieten?«, fragte er dann.

Die Stimme schwieg eine Weile, dann sagte sie: »*Erinnerst du dich an unser erstes Gespräch, als wir feststellten, dass die Menschheit vielleicht nur einen Schubs braucht, um von dem Abgrund, vor dem sie steht, zurückzuweichen? Nun, wir haben ihr einen Schubs gegeben, doch ich fürchte, das reicht nicht …*«

»Das heißt also, die Schöpfung ist verloren. Bleibt uns tatsächlich nicht einmal die Hoffnung?«, fragte Sammer erschrocken.

»*Es gäbe da eine Möglichkeit. Du weißt, was die Büchse der Pandora ist?*«

Der Journalist nickte. Natürlich war ihm diese Geschichte aus der griechischen Mythologie vertraut. Pandora öffnete die Büchse, die alle Laster enthielt. Sammer ging plötzlich auf, dass es auch in dieser Sage letztlich die Menschen selbst waren, die das Unheil über sich brachten. Allerdings schlug der Deckel der Büchse – so die Sage – zu, bevor auch die Hoffnung entweichen konnte, und so wurde die Erde ein trostloser Ort. Sammer schüttelte unwillkürlich den Kopf. Das konnte nicht das Ende der Geschichte gewesen sein. Irgendwann musste jemand auch noch die Hoffnung freigelassen haben. Denn sie war es doch, die die Schwachen und Unterdrückten aufrecht hielt. Sammer fiel ein, dass der Philosoph Friedrich Nietzsche das anders sah. Er hatte die Hoffnung als das größte aller Übel bezeichnet, weil sie den Menschen daran hinderte, sein Leben wegzuwerfen, was den einzigen Effekt hatte, dass er sich immer wieder aufs Neue quälen ließ.

Sammer teilte diese Einschätzung nicht. In seiner Jugend hatte er die Bücher des Schriftstellers Siegfried Lenz gelesen. Dieser hatte die Hoffnung einmal als »schwierige Gnade« bezeichnet, die manchmal von den Menschen auch fordere, in der Niederlage eine neue Möglichkeit zu sehen. »Vielleicht ist die Hoffnung die letzte Weisheit der Narren«, murmelte Sammer gedankenverloren den bekanntesten Satz des Schriftstellers. Wenn dem so war, wollte er gerne ein Narr sein, der diese Welt noch nicht endgültig für verloren hielt.

»Natürlich kenne ich die Geschichte. Aber wirklich gegeben hat es die Büchse wohl kaum. Sie ist ebenso eine Metapher wie der Turmbau zu Babel. Im Übrigen kommt sie aus dem Sagenkreis deiner Konkurrenz.«

»*Das macht sie nicht automatisch schlecht*«, erklärte die Stimme. »*Und selbst wenn es sie nicht gegeben hat, vielleicht wäre es an der Zeit, eine derartige Büchse zu erschaffen!*«

Und dann eröffnete sie Sammer ihren Plan.

Als sie geendet hatte, schaute der Prophet wider Willen zuerst sehr ungläubig drein. Aber dann dachte er an all die unglaublichen Dinge, die ihm schon widerfahren waren und die er vor gar nicht langer Zeit auch nicht für möglich gehalten hätte. Statt eines Einwands sagte er daher nur: »Wie?«

»*Es würde ein Opfer erfordern – auch von dir*«, sagte die Stimme.

»Geht es vielleicht eine Spur konkreter?«, fragte Sammer. Er hatte die Nase voll von all der Geheimniskrämerei. Die Stimme erläuterte ihm, was getan werden musste.

Danach schwieg Sammer lange. Schließlich fragte er:

»Hast du das von langer Hand geplant? Seit meiner Geburt – mit dem Blitz?«

Die Stimme antworte mit einer Gegenfrage.

»*Hatten wir das nicht schon? Glaubst du, dass das Leben jedes Menschen bis ins Detail vorbestimmt ist und er nur wie eine Marionette durch seine Jahre auf dieser Erde stolpert? Glaubst du, dass er sich unnötig quält, welche Abzweigung er nehmen soll, weil es im Schöpfungsplan ohnehin schon geschrieben steht, welche er letztendlich wählt? Bedenke: Dann könnten die Bösen nichts für das Böse, das sie tun, die Guten nichts für das Gute.*

Und wenn dem so wäre, bräuchten wir dieses Gespräch nicht zu führen!«

Sammer schüttelte den Kopf.

»Nein, ich glaube nicht, dass das ganze Weltgeschehen vorbestimmt ist. Aber bedeutet das im Umkehrschluss bereits, dass ein Einzelner nicht dennoch nur ein Instrument sein kann, oder dass eine höhere Macht eine ganze Gruppe für einen bestimmten Zweck missbraucht? Was ist mit all den Menschen, die sich in den letzten Monaten in Bäume verwandelt haben?«

»*Es war ihre freie Entscheidung!*«

»War es das? Warum dann gerade diese Zahl?«

»*Die Zahl 777 eröffnet uns die Möglichkeit, die Gier zu besiegen, über die wir gerade gesprochen haben. Hätte sich nur einer dieser Menschen der Metamorphose verweigert, bestünde sie nicht!*«

»Du hast sie nicht dazu gedrängt?«

»Sie hatten genug von dieser Welt, genug von all der Ungerechtigkeit, all dem Wahnsinn. Ich habe ihnen nur einen Weg aufgezeigt, und ich habe auf die Fähigkeit der Menschen vertraut, sich für das Richtige zu entscheiden! Ihr nennt das Gewissen.«

»Dass ich vergiftet wurde und nur noch ein paar Monate zu leben habe, das kommt dir aber sehr gelegen. Denn das erhöht doch die Chance, dass ich mich auf deinen verrückten Plan einlasse.«

»Tut es das? Ist es nicht eher so, dass ich nun damit rechnen muss, dass du dich aus reinem Trotz anders entscheidest?«

Dieses Argument konnte Sammer nicht einfach vom Tisch wischen. Tatsächlich war er drauf und dran, sich aus reiner Widerspenstigkeit zu verweigern.

»Letztlich musst du die Entscheidung fällen. Niemand kann sie dir abnehmen, auch ich nicht.«

»Ich habe also die Wahl. Und warum komme ich mir dann trotzdem vor wie ein Opferlamm, das zur Schlachtbank geführt wird?«

»Warum siehst du es nicht als Chance, etwas zu bewirken?«

»Was passiert, wenn ich mich weigere?«

»Dann bleibt immer noch die Möglichkeit, dass die Menschheit von allein zur Vernunft kommt und sich nicht das Chaos oder das Böse durchsetzt.«

»Und wenn ich zustimme und es gelingt, dann wird alles gut sein?«

Die Stimme zögerte.

»Nein. Es wird nicht alles gut sein. Aber die Menschheit wird eine neue Chance haben, sich zu entscheiden, welchen Weg sie in Zukunft einschlagen will. Eine Garantie, dass sie den richtigen wählt, kann nicht einmal ich dir geben!«

»Du kennst also nicht die Zukunft?«

»Ich kenne unendlich viele Versionen der Zukunft. Sie alle sind im Fluss. Welche davon Realität wird, hängt von den Entscheidungen ab, die Menschen Tag für Tag treffen … und ein wenig vielleicht auch vom Zufall!«

»Du sprichst wie immer in Rätseln«, sagte Sammer seufzend. »Mein Königreich für eine klare Antwort!«

»*Das Zitat ging, glaube ich, anders …!*«

»Ja, aber im Gegensatz zu Richard III. könnte ich mit einem Pferd nichts anfangen«, sagte Sammer. »Ich brauche Bedenkzeit und Gelegenheit, um mich vielleicht auch noch ein wenig selbst zu bemitleiden.«

Er sah sich in Taus Hütte um.

»Vor allem möchte ich aber endlich wieder duschen, und das heißt, ich will hier weg!«

»*Dann geh!*«, sagte die Stimme.

Aber Sammer war noch nicht fertig mit ihr.

»Noch etwas. Ich will nichts mehr von dir hören, bis ich meine Entscheidung getroffen habe. Keinen Mucks. Ich möchte mich zumindest ein paar Stunden lang so fühlen, als sei ich ein normaler Mensch!«

»*Das wird auch ohne mich schwierig*«, sagte die Stimme süffisant. »*Aber so sei es.*«

In der Nacht darauf nahm Sammer Abschied von Tau.

»Wohin gehst du?«, fragte der Schamane.

Sammer deutete auf die Hütte, die eben am Dorfplatz erschienen war und lächelte müde. »Nach Hause«, sagte er. Das Mondlicht ließ ihn bleich aussehen und krank. Die bösartige Substanz nagte sichtlich an ihm.

»Das ist gefährlich. Du weißt nicht, wer dort auf dich wartet«, warnte der Medizinmann.

Sammer nickte.

»Ja, aber ich bin es leid, mich zu verstecken, und auf Dauer kann ich meinen Häschern ja doch nicht entkommen. Es gibt bei uns ein Sprichwort: Lieber ein Ende mit Schrecken als ein Schrecken ohne Ende. Außerdem hat der Tod mich ja ohnehin schon im Griff. Spielt es eine Rolle, ob ich heute sterbe oder erst in einem halben Jahr?«

»Diese Frage kannst nur du selbst beantworten«, sagte der Schamane ernst.

Sammer zuckte mit den Schultern. »Es ist einfach so, dass mein Haus jener Ort ist, wo mein Kopf am klarsten ist. Früher habe ich das nicht so stark empfunden, aber jetzt fühlt es sich an wie Heimat. Ich habe viel, worüber ich nachdenken muss, und ich muss meine Angelegenheiten ordnen. Vielleicht haben sich die Wellen ja auch geglättet, und man sucht gar nicht mehr nach mir.«

Er zog seinen Flachmann und klopfte mit dem Knöchel des Zeigefingers dagegen. »Außerdem geht, trotz strengster Rationierung, mein Weihwasser zu Ende!«

Der Schamane lächelte.

Sammer streckte die Hand aus, und Tau ergriff sie nach kurzem Zögern.

»Du hast mich zweimal gerettet. Einmal in diesem Bunker und ein zweites Mal, als du das Gift aus mir herausgeholt hast. Ich stehe tief in deiner Schuld«, sagte Sammer, und sein Blick wurde traurig.

»Leider fürchte ich, dass ich nicht mehr genug Zeit haben werde, um sie zu begleichen.«

Der Schamane schien plötzlich in weite Ferne zu blicken.

»Du bist mit einem Blitz in diese Welt gekommen, und du wirst sie mit einem Paukenschlag verlassen. Er wird diese Erde und die Menschen darauf für immer verändern«, sagte er in einem eigenartigen Singsang.

Dann wurde sein Blick wieder diesseitig und richtete sich auf Sammer.

Der Journalist lächelte. »Wer von uns ist jetzt eigentlich der Prophet?«, fragte er.

Tau schüttelte den Kopf. »Das war keine Prophezeiung. Eher eine Feststellung. Du wirst deine Schuld begleichen, und viel mehr als das …«

Dann zog er Sammer unvermutet in eine feste Umarmung.

Die Entscheidung

Sammer schlug den Fellumhang zurück und starrte auf den Kreis voll wabernder Luft. Er wirkte wie ein Tor ins Nichts. Der Journalist stieß geräuschvoll die Luft aus, trat entschlossen hindurch und stand einen Augenblick später im Arbeitszimmer seines Hauses. Es war still, niemand schien hier zu sein. Aber das hatte nichts zu bedeuten. Vielleicht lauerte ein Empfangskomitee in einem der anderen Räume oder auch draußen. Dass er auf diesem Weg zurückkehren würde, war nicht vorauszusehen gewesen. Er blickte sich misstrauisch um. Vielleicht hatte man ja Überwachungskameras installiert, die bereits Alarm geschlagen hatten. Zu erkennen war auf den ersten Blick nichts, aber was hieß das schon. Sammer war es im Grunde egal. Er schaute auf den Radiowecker auf seinem Schreibtisch. Es war zwei Uhr nachts. Draußen schien der Mond, und da die Rollläden offen waren, drang blasses Licht herein. Sammer ging zur Wand und legte die Hand auf einen Schalter, aber dann ließ er sie wieder sinken. Wenn er jetzt Licht machte, wäre das für alle, die da draußen lauern mochten, wie ein Leuchtfeuer.

Er ging zum Schreibtisch und baute rund um den Computerbildschirm eine Wand aus Büchern, um dessen Licht abzuschirmen, dann schaltete er das Gerät ein. Er rief die Homepages verschiedener Zeitungen auf, um sich auf den neuesten Stand des Weltgeschehens zu bringen. Während er das tat, fiel Sammer ein, dass vielleicht ja auch sein Internet-Zugang überwacht wurde. Bestimmt sogar. Spätestens jetzt wussten sie also, wo er sich befand. Aber es war egal.

Sammer vertiefte sich in die Nachrichten.

Die Demonstrationen gegen die Großkonzerne dauerten zwar noch an, aber die Zahl der Teilnehmer nahm ab. Es hatte ein paar Zugeständnisse der Lebensmittelerzeuger und der Textilmagnaten gegeben, die viele Leute offenbar einlullten. Man werde schon für gerechte Produktionsbedingungen sorgen, hieß es in diversen Statements. Schon im kommenden Jahr wolle man auf einer internationalen Konferenz darüber diskutieren, spätestens aber im übernächsten Jahr. Die Strukturen könne man nicht von einem Tag auf den anderen ändern, denn es müsse ja trotz gravierender Umstellungen bei der Produktion die Versorgung der Menschen mit wichtigen Gütern aufrechterhalten werden. Aber man habe die Botschaft der Konsumenten verstanden. Saubere Produktion, faire Arbeitsbedingungen. All das werde kommen. Irgendwann.

»Ja, am Sankt-Nimmerleinstag«, murmelte Sammer kritisch.

Weder Midas-Syndrom noch Sintflut-Erfahrung hatten gereicht, um ein wirkliches Umdenken zu bewirken. Natürlich waren sie ein Schockerlebnis gewesen, und manch einem der Betroffenen mochte es mit dem Willen zur Veränderung durchaus ernst sein, aber das war nur eine Minderheit. Sammer wurde klar, dass die wirtschaftlichen Eliten den Sturm einfach aussitzen wollten. Irgendwann würde der protestierenden Zivilgesellschaft die Luft ausgehen. Die Leute mussten ja arbeiten, ihre Kinder versorgen, und vor allem jene in den reichen Ländern wollten auch Freizeit haben und ihr Leben genießen. Die Empörung würde abebben, und am Ende würden die Unrechtsstrukturen so bleiben, wie sie waren. Vielleicht würden da und dort Fabrikarbeiter einen etwas höheren Lohn bekommen, und die Frauen, die Pestizide auf die Ölpalmen sprühten, bessere Schutzkleidung. Vielleicht würde sogar der eine oder andere Hektar Urwald nicht abgebrannt, weil tatsächlich manche Supermarktkette auf Palmöl verzichtete. Aber einen grundlegenden Wandel würde es nicht geben.

Es sei denn …

Sammer begriff, dass es tatsächlich mehr brauchte als nur ein paar Signale, ein paar drastische Warnungen und eine Prophezeiung. Es brauchte eine tiefgreifende Maßnahme, um die Strukturen nachhaltig zu verändern. Er setzte sich in seinen Lehnsessel und dachte darüber nach, wie diese Welt zu einer besseren werden konnte. Erich Fromm fiel ihm ein. Hatte der nicht davon gesprochen, dass der optimale Narzissmus des Einzelnen, der dazu diente, dessen Überleben zu sichern, sich hin zu einem maximalen Narzissmus entwickeln müsse. Voraussetzung dafür sei, dass der Einzelne sich primär als Weltbürger verstünde und stolz auf die ganze Menschheit und ihre Leistungen wäre. Natürlich, dessen war sich Fromm bewusst gewesen, konnte das nur gelingen, wenn auch die Nationalstaaten bereit waren, auf einen Teil ihrer Souveränität zu verzichten.

»Der Kurs, den viele Länder auf dieser Welt politisch gerade einschlagen, führt leider in die entgegengesetzte Richtung: Amerika, Russland, China, die Türkei und sogar Österreich«, murmelte Sammer.

Ihm wurde bewusst, wie weit der Weg zu Frieden und Gerechtigkeit noch war. Nicht umsonst sprach der Kulturphilosoph Jean Gebser davon, dass der Mensch sich von der magischen und mythischen Struktur mit ihrem Clan- und Stammesbewusstsein und der mentalen Struktur mit ihrem Nationalismus weiterentwickeln müsse hin zu einer integralen Struktur und einem Ganzheitsbewusstsein, das die ganze Zeit und die gesamte Menschheit und ihre tiefe Vergangenheit und Zukunft als eine lebendige Gegenwart umfasste. Erst das integrale Bewusstsein, so Gebser, werde planetar und menschheitlich sein, und dann werde die Menschheit als Spezies Verantwortung übernehmen und eine planetenumspannende Demokratie aufbauen.

Das konnte aber, dessen war sich Sammer sicher, gegen den Widerstand der transnationalen reichen Eliten kaum gelingen. Sie verstanden es zu gut, den Menschen mit Propaganda weiszumachen, dass zwar eine Globalisierung der Wirtschaft notwendig sei, aber eine globale Demokratie in den Abgrund führen würde. Sie weckten Furcht, dass Errungenschaften verlorengehen und durch eine Umverteilung viele an Wohlstand verlieren würden. Sie redeten den Menschen auch ein, dass man Flüchtlingsrouten schließen, Grenzen dicht machen und Menschen im Meer ersaufen lassen müsse. Ausgrenzen und im Zweifelsfall sogar töten statt teilen, hieß die Devise.

Aber was war mit den hunderten Millionen, die schon jetzt nichts mehr zu verlieren hatten?

Sammer begriff in diesem Augenblick in aller Klarheit, dass es tatsächlich die Gier war, die einem neuen Zeitalter der Empathie und der Menschlichkeit entgegenstand. Nur wenn sie gebannt wurde, konnte die Menschheit einen neuen Weg einschlagen. Aber wie viele Opfer würde das kosten?

Im Augenblick sah es aus, als würde es erst einen dritten Weltkrieg brauchen – einen gnadenlosen Verteilungskampf, der die Menschheit an den Rand des Abgrunds führte, bis sie bereit war für den nächsten Entwicklungssprung. Aber würden danach überhaupt noch genug Menschen da sein, um in den nächsten Jahrhunderten an einer neuen, besseren Welt zu bauen?

Dazu durfte es nicht kommen.

»Es gibt eine Möglichkeit ...«, murmelte Sammer.

Sie verlangte ein Opfer von ihm, wenn es denn ein Opfer war. So genau wusste er das selbst nicht. Vielleicht war er ja wirklich von Geburt an berufen gewesen, diesen Weg zu gehen.

Sammer fasste einen Entschluss!

»Ich bin bereit«, rief er in die Dunkelheit hinein.

»Das ist gut«, erwiderte eine Stimme, doch es war nicht jene in seinem Kopf. »Man sollte immer auf den Tod vorbereitet sein!«

Eine Taschenlampe flammte auf. Der Lichtkegel war genau auf Sammers Gesicht gerichtet, und der Journalist schloss geblendet die Augen. Als die Lampe nach unten schwenkte, öffnete er sie wieder, aber es dauerte eine Weile, bis er erkennen konnte, wer da in der Tür zur Küche stand.

Die Frau hielt eine Pistole auf ihn gerichtet.

Sammer starrte sie an.

»Warum?«, fragte er nur.

»Es ist nichts Persönliches. Ich bin dazu da, Bedrohungen zu beseitigen. Das ist mein Job. Dafür werde ich bezahlt.«

»Aber wozu der Aufwand. Ich bin ja ohnehin schon vergiftet und werde sterben.«

»Ja, aber eigentlich müsstest du schon tot sein, und du lebst noch immer. Mein Auftraggeber geht lieber auf Nummer sicher. Er ist ein sehr gründlicher Mensch.«

Sammer sah ihr in die Augen. »Ich würde es vorziehen, wenn Sie mich siezen. Ich finde es unangebracht, so vertraut mit meiner

Mörderin zu sprechen. Im Übrigen: Nehmen wir nur einmal an, ich wäre keine Bedrohung, sondern die letzte Chance für diese Welt. Wollen es wirklich Sie sein, die der Menschheit die letzte Hoffnung raubt?«, fragte Sammer und wunderte sich, wie ruhig er blieb.

Sie lächelte schmallippig.

»Mit so abstrakten Gedankenspielen beschäftige ich mich nicht, und den Luxus einer eigenen Meinung leiste ich mir auch schon lange nicht mehr. Das macht das Leben nur unnötig kompliziert«, antwortete sie.

»Nur eines würde mich interessieren. Wie hast du es geschafft, den Sender so lange zum Schweigen zu bringen?«

Sammers Aufforderung, ihn mit Sie anzusprechen, ignorierte sie einfach.

Sammer starrte sie verwirrt an. »Von welchem Sender reden Sie?«

»Von dem, den ich dir heimlich verabreicht habe und der in deiner Magenwand sitzt. Er war eine Woche lang nicht zu orten, weswegen wir schon hofften, du seist krepiert. Doch vor zwei Stunden bekam ich plötzlich wieder ein Signal – genau von hier.«

Sammer zuckte nur mit den Achseln. »Lassen Sie mir doch meine kleinen Geheimnisse.«

Die Frau starrte ihn verächtlich an.

»So hochmütig? Du glaubst wohl wirklich, dass Gott dich auserwählt hat?«

Sammer dachte eine Weile nach. »Ich weiß es nicht«, sagte er dann ehrlich. »Manchmal fürchte ich, dass es so ist, manchmal denke ich, ich bilde mir das alles nur ein. Andererseits sind aber Dinge passiert, die sich ohne Eingreifen einer höheren Macht wohl nicht erklären lassen.«

»Das muss nicht automatisch Gott sein«, sagte die Frau.

»Nein, aber wer sonst sollte Interesse daran haben, dass sich auf dieser Welt etwas zum Besseren wendet?«

Sie zuckte mit den Schultern. »Was weiß ich. Vielleicht Aliens, die ethisch weiter fortgeschritten sind als wir, was ja nicht sonderlich schwierig sein dürfte.«

Sammer lächelte. »Für jemanden, der für Geld Menschen tötet und keine eigene Meinung hat, ist das eine erstaunliche Feststellung. Kann es sein, dass sich da unter dem Deckmantel der angeblichen Gleichgültigkeit doch noch ein Wesen mit moralischen Grundsätzen verbirgt?«

Sie schüttelte den Kopf. »Es wird dir nicht gelingen, mich zu verunsichern«, sagte sie. »Ich bin kein sehr emotionaler Mensch. Ich habe einen Auftrag, und den werde ich ausführen. Und glaube lieber nicht, dass mir dein Tod auch nur eine schlaflose Nacht bescheren wird.«

Sie sah ihn fast zärtlich an.

»Du siehst müde aus. Lass mich dir helfen. Es ist nur ein kurzer Moment des Schmerzes, und dann darfst du ausruhen – für immer«, sagte sie, und es klang so fürsorglich, als redete da eine Mutter mit ihrem Kind.

Sammer fragte sich, wie er sich so in ihr hatte täuschen können. Er stand auf und breitete die Arme aus. Er war in manchen Dingen tatsächlich ein altmodischer Mann. Dazu gehörte auch, dass er nicht um sein Leben betteln wollte, zumal die Zeit, die ihm noch bleiben würde, durch das Gift ohnehin sehr beschränkt war. Und er wollte dem Tod aufrecht gegenübertreten – wie es John Wayne getan hätte, einer der Westernhelden aus den Filmen seiner Jugend. Erstaunlicherweise fühlte er noch immer keinen Schrecken, nur Müdigkeit und vielleicht sogar einen Anflug von Schadenfreude.

»Stimme? Kannst du mich hören?«, dachte er. »Wenn wirklich du die Sache mit dem Gift eingefädelt hast, um mich für deine Zwecke einzuspannen, dann macht dir Murphys Gesetz gerade einen Strich durch die Rechnung. Denn nicht ich entscheide nun über die Zukunft der Menschheit, sondern diese Frau!«

Keine Antwort!

Sammer sah, wie sich ihr Zeigefinger um den Abzug krümmte.

Ein Schuss bellte. Das Fenster hinter ihm zersplitterte. Noch ein Schuss. Sammer fühlte einen Schlag und dann den Schmerz. Er schrie. Entgegen dem Versprechen seiner Mörderin währte die Qual nicht nur einen kurzen Augenblick. Seine Eingeweide schienen regelrecht in Flammen zu stehen. Das verdammte Luder hatte ihm in den Bauch geschossen.

Er befühlte das Malheur mit beiden Händen. Als er sie an die Augen führte, waren sie voll Blut. Dann gaben seine Beine nach und er sank zu Boden, allerdings langsam, weil ihn zwei Hände unter den Achseln gepackt hatten und stützten.

Die Frau vor ihm begann plötzlich ebenfalls zu wanken und fiel dann um wie ein gefällter Baum. Sie hatte ein kleines, hässliches Loch in der Stirn.

»Wirklich sympathisch war sie mir nie«, stieß Sammer keuchend hervor und starrte auf die Leiche von Anna Müller, seiner dem Anschein nach doch so biederen Sekretärin.

Plötzlich fiel ihm das Telefongespräch ein, das er vor geraumer Zeit mit ihr geführt und das ihn irritiert hatte. Jetzt ging ihm auf, warum: Sie hatte gewusst, dass er etwas mit der Verwandlung des Hedgefonds-Managers Giselher Sauermann zu tun hatte, obwohl sie nicht darüber gesprochen und auch die Medien damals noch nicht darüber berichtet hatten.

»Eigentlich hätte ich da schon Verdacht schöpfen müssen«, murmelte Sammer.

Mercedes – denn sie war es, die ihm unter die Arme gegriffen hatte, – ließ sich nun mit ihm langsam zu Boden sinken, bis sein Kopf auf ihrem Schoß ruhte und er zu ihr aufblicken konnte.

»So ein Miststück. Ich hätte sie früher überprüfen sollen. Ich war nachlässig, und jetzt bin ich auch noch zu spät gekommen. Um zwei Sekunden zu spät«, rief sie. Es klang wütend und verzweifelt zugleich.

Mercedes hatte den Schein der Taschenlampe gesehen, als sie Sammers Haus erreichte, und sich daher vorsichtig an das Fenster herangepirscht. Sie hatte die Sekretärin nicht gekannt, aber aufgrund von Sammers Schilderungen darauf geschlossen, dass es sich bei der Frau um niemand anders handeln konnte.

Mercedes verstand natürlich nicht, was die beiden im Haus miteinander sprachen. Aber dann sah sie, wie Sammer aufstand und die Arme ausbreitete.

Sie begriff, dass die Frau ihn erschießen wollte, also zog sie ihre Waffe und schoss zuerst – und doch um einen Atemzug zu spät. Als die Kugel in Müllers Kopf schlug, krümmte sich deren Finger in einem Reflex endgültig um den Abzug. Sammer hatte aber immerhin das Glück, dass ihr Arm schon im Herabfallen war, als der Schuss sich löste, sodass die Kugel ihn in den Bauch traf und nicht in den Kopf.

Nur deshalb lebte er noch.

Der Journalist drückte die Hände auf die Wunde. Er spürte, wie sich Kälte in seinem Bauch ausbreitete. Die Kugel musste ein wichtiges Organ getroffen haben, vielleicht eine Niere. Er verlor viel Blut.

Mercedes löste sich von ihm und ließ seinen Kopf sanft zu Boden gleiten. »Ich muss deine Wunde versorgen. Wo ist das Verbandszeug?«

»Im Badezimmer«, keuchte er. Sie ging und kam kurz darauf mit einer Kompresse und einer langen Binde wieder.

Sie riss sein Hemd auf und besah sich die Bescherung. Er versuchte, ihren Gesichtsausdruck zu deuten.

»Sieht nicht gut aus, was?«, fragte er.

»Wir müssen dich so schnell wie möglich ins Krankenhaus schaffen«, sagte sie. Ich habe nicht genug Verbandszeug, um die Blutung zu stoppen und dich zu verbinden.«

Sammer staunte. In anderen Krisensituationen war sie so souverän gewesen, doch jetzt wirkte sie fast hilflos. Sie nahm ihr Handy, um die Rettung zu rufen.

»Nein«, sagte Sammer. Er wusste, dass er diese Verletzung nicht überleben würde. Es sei denn ...!

»Ich bin bereit«, rief er ihn Gedanken nochmals. Und plötzlich war es ihm einerlei, ob die Stimme das alles arrangiert hatte, um ihm keinen anderen Ausweg zu lassen, oder ob alles, was geschah, nur eine logische Folge seiner eigenen Entscheidungen war.

Er wusste jedenfalls, dass er nicht sang- und klanglos abtreten wollte. Nicht nach dem, was in den letzten Monaten alles geschehen war, und nicht ohne vorher etwas zu bewirken. Wie hatte die Stimme gesagt: Der Blitz war vielleicht keine Bestimmung, aber er eröffnete eine Möglichkeit.

Sammer war jetzt bereit, sie zu ergreifen.

Er horchte in sich hinein. Die Stimme meldete sich noch immer nicht. Doch da tat sich etwas in seinem Bauch. Es war ein Gefühl, als ...

»Es hat begonnen«, erklärte Sammer zufrieden.

Mercedes starrte ihn verwirrt an.

»Was hat begonnen. Fantasierst du schon?«

Er schüttelte beruhigend den Kopf.

»Wir brauchen keinen Arzt. Er käme sowieso zu spät«, sagte er. »Lass uns reden!«

Mercedes war sichtlich hin- und hergerissen zwischen dem Wunsch, Hilfe zu holen, und seiner Bitte, einfach bei ihm zu sitzen. Aber dann ließ sie sich hinter ihm zu Boden sinken und bettete sein Haupt erneut auf ihren Schoß. Er schaute zu ihr auf. Tränen liefen ihr über die Wangen.

»Es tut gut dich zu sehen«, sagte er. »Ich war ein Narr, dir zu misstrauen!«

Sie schüttelte den Kopf. »Nein, das warst du nicht. Ich hätte von Anfang an ehrlich zu dir sein sollen. Aber ich wusste selbst nicht, was ich von dieser ganzen Geschichte halten sollte. Und dann dein ständiges Gerede von der Stimme. Ich war mir wirklich nicht sicher, ob du richtig tickst. Ich bin nicht religiös. Aber als dann all diese Dinge passiert sind – inzwischen weiß ich selbst nicht mehr, was ich glauben soll.«

Sie schaute ihn ernst an und holte tief Luft.

»Ich habe dich nicht belogen, ich habe dir aber auch nicht die ganze Wahrheit gesagt. Ich bin zwar tatsächlich eine freiberufliche Troubleshooterin, aber ich arbeite auch immer wieder für die CIA. Und von dort bekam ich den Auftrag, dich im Auge zu behalten«, sagte sie aufrichtig.

»Von Anfang an?«, fragte er.

Sie nickte. »Ja, schon bevor ich in Südafrika ins Flugzeug gestiegen bin. Die Sache mit der Hütte in diesem Dorf hat natürlich bei den Geheimdiensten die Alarmglocken schrillen lassen. Führende Köpfe in der CIA fragten sich, welche Rolle du dabei spieltest, und ob du ein Gefahrenpotenzial darstellst.«

»Und mein Treffen mit Sauermann? Hast du das auch im Auftrag der CIA arrangiert?«

»Nein, das war meine eigene Entscheidung. Ich war neugierig. Mich hat interessiert, was du von ihm wolltest. Mit dem, was dann passierte, hatte ich beim besten Willen nicht gerechnet.«

Er nickte. »Ich auch nicht«, gab er zu. »Wer waren die Leute, die uns bei der Hütte nachstellten?«

Sie winkte ab. »Das war nur ein Schauspiel, um dein Vertrauen in mich zu stärken.«

Sammer lächelte. »Nun, das ging schief. Im Grunde haben mich gerade diese Aktionen und deine Kaltblütigkeit bei unserer Flucht erst misstrauisch gemacht.«

Er verzog das Gesicht zu einer schmerzlichen Grimasse. Zum einen, weil noch immer das Feuer in seinen Eingeweiden wütete, zum anderen, weil die Frage, die er jetzt stellen musste, ihm sehr schwerfiel.

»Und das zwischen uns, war das alles nur Teil deines Auftrags?«

Sie sah ihm in die Augen.

»Nein. Du hast mir von Anfang an gefallen, und ich dachte, warum nicht die Arbeit mit dem Vergnügen verbinden. Ein wenig Sex ohne jegliche Verpflichtung, was sollte daran schon schlecht sein.« Sie stockte. »Womit ich nicht gerechnet hatte, war, dass ich tatsächlich Gefühle für dich entwickeln würde. Deshalb hat mich dein Misstrauen so gekränkt, obwohl du natürlich jedes Recht dazu hattest. Man sollte Beruf und Privatleben strikt trennen. Sauer über deine Alleingänge war ich aber auch deshalb, weil ich mir nicht erklären konnte, wie du es geschafft hast mich auszutricksen. Du bist einfach verschwunden und hast mich eine ganze Nacht lang ins Reich der Träume geschickt. Ich nahm an, dass du mir unbemerkt ein Schlafmittel verabreicht hattest. Aber ich kam nicht darauf, wie und wann, und das traf mich in meiner Berufsehre und noch mehr in meinem Ego. Ich halte mich nämlich für clever.«

Sammer verzog das Gesicht zu einem mühsamen Grinsen.

»Allein hätte ich das auch nicht geschafft. Aber ich hatte ein wenig Hilfe …«, er zog die Augenbrauen in die Höhe, »… von ganz oben«, sagte er.

Mercedes nickte und lächelte. »Ja, von der Stimme, ich weiß. Da hatte ich natürlich keine Chance. Warum nennst du sie eigentlich immer nur die Stimme und nie Gott?«

»Ich weiß nicht«, sagte Sammer und es klang ein wenig hilflos.

»Ich habe eine seltsame Scheu davor. Wenn ich sage, Gott spricht zu mir – dann ist das so gewaltig, der Gedanke erdrückt mich fast. Wenn ich hingegen sage, eine Stimme spricht zu mir, dann lässt mir das noch ein wenig Luft zum Atmen. Eine andere Erklärung kann ich dir nicht bieten.«

Mercedes nickte. »Ich glaube, ich verstehe, was du meinst. Für mich ist übrigens noch eine Frage offen. Welchen Fehler haben wir gemacht, dass sie uns in der Pension überraschen konnten? Warum wussten sie, wo wir waren?«

Sammer deutete auf den Leichnam der angeblichen Anna Müller. Er war sich sicher, dass sie in Wirklichkeit auf einen anderen Namen gehört hatte.

»Sie hat mir einen Sender verabreicht! Vermutlich mit dem Kaffee, den sie mir einmal serviert hat.«

Mercedes nickte.

»Das wäre eine Erklärung. Übrigens, was der Typ damals in dem Zimmer in der Pension zu mir sagte, war gelogen. Er wollte dich offenbar gegen mich aufbringen. Ich habe mit diesen Leuten nichts zu tun. Ich habe ihm auch gleich eins auf die Nase gegeben und war aus dem Fenster, bevor einer seiner Spießgesellen reagieren konnte. Vermutlich hatten sie aber gar nicht den Befehl, mich mitzubringen. Du hast von alldem nichts mehr mitbekommen?«

Sammer schüttelte den Kopf. Dann fiel ihm ein, was zwischen ihnen noch zu klären war. »Dein Telefongespräch damals im Bad. Mit wem hast du da geredet?«

»Mit meinem Auftraggeber bei der CIA.«

Sie sah ihn ernst an. »Du hast bestimmt gedacht, ich habe dich verraten. Du musst ziemlich wütend und enttäuscht gewesen sein«, sagte Mercedes.

»Ja, und wie«, wäre die richtige Antwort gewesen, aber er ging nicht auf ihre Bemerkung ein. »Wieso bist du heute Nacht hierhergekommen?«, fragte er stattdessen.

»Weil gestern Morgen, als ich erwachte, wieder einmal ein Pergamentstreifen auf meinem Bett lag. Darauf stand ›Beschütze den Propheten‹, deine Adresse und dass ich heute um vier Uhr hierherkommen soll.« Sie fauchte wütend. »Aber ich war verdammte zwei Sekunden zu spät dran.«

Sammer hustete Blut.

»Wir müssen dich endlich ins Krankenhaus bringen«, sagte Mercedes.

Er schüttelte den Kopf. »Das ist nicht mehr notwendig«, sagte er und dann erneut: »Es hat schon begonnen!«

»Was hat begonnen?«, fragte Mercedes.

Sammer antwortete ihr nicht.

»Du sagtest, dass wieder ein Pergamentzettel auf deinem Bett lag?«, hakte er stattdessen nach.

Sie nickte.

»Ja, das geschah vorher schon einmal. Ich hatte genau genommen zwei Gründe, in Südafrika in dieses Flugzeug zu steigen. Zum einen den Auftrag der CIA, zum anderen fand ich am Morgen auf meinem Hotelbett ein Stück Pergament und konnte mir nicht erklären, wie es da hingekommen war. Alle meine Sicherungsmaßnahmen bei Tür und Fenstern waren intakt. Es konnte niemand im Zimmer gewesen sein.«

»Was stand auf dem Pergament?«

»*Beschütze den Propheten!*«, sagte sie. »Und dein Name!«

Sammer schüttelte verwirrt den Kopf. »Zu diesem Zeitpunkt wusste ich ja selbst noch nicht einmal, dass ich ein Prophet bin«, sagte er. »Im Grunde kann ich es bis jetzt nicht wirklich glauben.«

Mercedes zuckte mit den Schultern. »Glaubst du, die Zettel kamen von Gott?«

»Glaubst du es?«, antwortete er mit einer Gegenfrage.

»Ich tue mir sehr schwer damit.«

»Ich auch. Dass ich ebenfalls mit einem solchen Pergamentstück nach Afrika gelotst wurde, habe ich dir schon erzählt, oder?«

Sie nickte und stellte dann schelmisch fest: »Man könnte also in gewisser Weise sagen, dass ich auch eine Berufene bin!«

»Was zum Teufel«, erklang in diesem Moment eine Stimme vom Fenster her. Und dann besorgt: »Konrad, mein Gott, du bist angeschossen!« Es war Ferdinand Kummervoll, der Althausener Bürgermeister, der da sprach.

Er kletterte ins Zimmer.

Sammer lächelte. »Dich schickt der Himmel«, sagte er und meinte es auch so.

Kummervoll kniete sich neben ihm nieder und musterte ihn besorgt. »Das glaube ich nicht. Ich hatte nur plötzlich so ein Bauchgefühl, dass ich hierherkommen sollte – und zwar rasch. Aber wie ich sehe, bin ich zu spät dran«, sagte er.

Sammer schüttelte den Kopf. »Nein, das bist du nicht. Du kommst gerade zur richtigen Zeit.«

Mercedes musterte Kummervoll misstrauisch.

»Wer ist das?«, fragte sie.

Sammer sah den Bürgermeister an und lächelte. »Ein alter Freund!«

Kummervolls Miene verzog sich. Er schaute plötzlich sehr schuldbewusst drein. »Ich habe mich in letzter Zeit nicht wie ein Freund verhalten. Was da in diesem Bunker geschehen ist … es tut mir leid.«

»Schon gut, es ist nicht mehr wichtig«, sagte Sammer.

Kummervoll schüttelte den Kopf. »Doch. Für mich ist es wichtig. Du musst wissen, dass Mammons Jünger mich erpresst haben. Zuerst drohten sie mir, mich persönlich zu diffamieren, und wie du weißt, habe ich ja eine Leiche im Keller, auch wenn ich keine Ahnung habe, wie sie davon Wind bekommen haben. Vermutlich haben sie es dir im Medikamentenrausch entlockt, als du ihr Gefangener warst. Aber ich bin inzwischen an einem Punkt angekommen, an dem die Selbstachtung wichtiger ist als ein politisches Amt. Als sie begriffen haben, dass sie mich auf diese Weise nicht einschüchtern können, haben sie mir gedroht, die zwei größten Unternehmen Althausens entweder abzusiedeln oder zuzusperren, wenn ich ihr Spiel nicht mitmache. Ich hatte keinen Zweifel daran, dass sie die Macht dazu haben.«

Er hielt einen Moment inne.

»Ich konnte das doch den Menschen in meiner Stadt nicht antun«, fuhr er dann fort. »Sie vertrauen mir, und sie hätten alle ihren Arbeitsplatz und ihr Einkommen verloren. Also redete ich mir ein, dass das Wohl eines Einzelnen hinter dem Wohl von Vielen zurückstehen müsse. Außerdem dachte ich, dass du ja vielleicht wirklich verrückt bist. Immerhin hast du behauptet, dass Gott mit dir spricht. So gesehen wäre es keine große Sache gewesen, dich zu belügen. Aber dann, als ich in dieser Gummizelle vor dir stand, erkannte ich sofort, dass du klar im Kopf bist … und trotzdem habe ich …!«

Er ließ den Kopf sinken. »Es tut mir leid. Ich habe dich verraten«, flüsterte er.

Sammer ergriff seine Hand und drückte sie.

»Das hast du nicht. Ich gebe zu, dass du am Anfang Zweifel an meinem Geisteszustand in mir geweckt hast, aber indem du dann Kiefers falschen Vornamen nanntest, hast du mir auch den Beweis geliefert, dass ich noch immer richtig ticke. Du hast also keinen Grund, Asche auf dein Haupt zu streuen.«

Kummervoll nickte dankbar. »Das mit dem Namen war eine gute Finte von dir«, sagte er dann anerkennend. »Ich bin nur froh, dass ich geistesgegenwärtig genug war, sie auch als solche zu erkennen und richtig darauf zu reagieren.«

Mercedes räusperte sich ungeduldig.

»Wir vergeuden hier nur Zeit«, sagte sie. »Wir müssen dich jetzt wirklich zu einem Arzt bringen.«

Sammer schüttelte vehement den Kopf. »Nein, ein Arzt könnte mir nicht mehr helfen. Aber ich würde meinem …« – er hatte Tod sagen wollen, aber war es wirklich der Tod, der ihn nun erwartete, oder eine andere Art von Leben? – »… meinem Abgang gerne noch einen Sinn verleihen.«

»Was meinst du damit?«, fragte Mercedes.

»Das lässt sich nicht mit ein paar Worten erklären. Aber du wirst es erleben«, sagte Sammer

Er wandte sich an Kummervoll. »Du bist doch mit deinem Wagen gekommen?«

Der Bürgermeister nickte.

»Dann lasst uns eine kleine Reise machen!«, sagte Sammer.

»Das kommt überhaupt nicht infrage«, rief Mercedes. »Wenn wir dich jetzt in ein Auto setzen und durchrütteln lassen, dann bist du nach fünf Minuten endgültig verblutet. Mich wundert ohnehin, dass du nicht längst ohnmächtig bist.«

Sammer sah sie mit liebevollem Blick an, gerührt von ihrer Sorge um ihn und zugleich betrübt, weil es keine gemeinsame Zukunft für sie gab.

»Nein, das bin ich nicht. Schau hin. Die Blutung hat fast aufgehört.«

Mercedes musterte die Wunde. In ihren Augen zeigte sich Unverständnis.

»Wie ist das möglich?«

Sammer lächelte.

»Sieh nochmals hin – genauer!«

Mercedes beugte sich über seinen Bauch, und Kummervoll folgte ihrem Beispiel.

Sie starrten auf die Wunde. Die Blutung war tatsächlich versiegt. Allerdings hatte sich das Gewebe rund um den Einschuss verändert. Es sah holzig aus.

»Ach du dickes Ei!«, stieß Kummervoll voll Inbrunst hervor.

Sie halfen Sammer aufzustehen und setzten sich Richtung Tür in Bewegung.

Doch der Journalist schüttelte heftig den Kopf. »Nein, bringt mich zuerst dort zum Regal. Ich muss noch etwas mitnehmen«, sagte er und wies ihnen die Richtung.

Sie führten ihn hinüber, und er griff nach einem Gegenstand auf einem der Bretter. Es war eine kleine, mit Muscheln verzierte Schatulle – ein sehr kitschiges Ding.

»Was willst du denn damit?«, fragte Kummervoll.

Auf Sammers Gesicht erschien ein versonnener Ausdruck.

»Die hat mir meine Großmutter geschenkt, als ich klein war. Darin habe ich alle meine Schätze aufbewahrt. Eine Haarsträhne meiner Mutter, den ersten Milchzahn, den ich verloren habe, weil der angeblich Glück bringt, eine alte Münze, die ich auf einem Feld fand und von der ich mir vorstellte, sie stamme aus der Zeit der alten Römer, derlei Sachen halt …«

Sammer öffnete den Deckel. Die Schatulle war leer.

»Seltsam«, sagte er. »Einst hatten diese Dinge eine große Bedeutung für mich und jetzt weiß ich nicht einmal mehr, wo sie geblieben sind.«

Kummervoll sah ihn fragend an. »Schön und gut, aber wozu brauchst du die Schatulle?«

Sammer lächelte geheimnisvoll. »Sie ist wichtig«, sagte er. »Wollen wir?«

Sie brachten ihn zum Auto und fuhren los.

Die Weltkugel

Kummervoll lenkte. Er hatte das Gaspedal fast bis zur Bodenplatte durchgetreten und verringerte auch in den Kurven kaum die Geschwindigkeit. Ein paarmal hatte der Wagen schon gefährlich geschlingert.

»Wenn du uns umbringst, bevor wir unser Ziel erreicht haben, ist auch niemandem gedient«, sagte Mercedes nach einem weiteren gefährlichen Manöver. Sie duzte den Bürgermeister inzwischen. Notsituationen schweißen Menschen zusammen. Kummervoll nahm den Fuß nur ein wenig vom Gas und warf im Spiegel einen Blick auf Sammer. Der lag bleich und reglos auf der Rückbank. Auf seiner Stirn glänzten Schweißtropfen. Kummervoll trat das Pedal wieder durch. Der Tachometer kletterte auf 150 km/h, und die Landschaft huschte regelrecht vorbei.

Sie waren auf einer schmalen Landstraße unterwegs, aber immerhin gab es so früh am Morgen so gut wie keinen Gegenverkehr.

»Warum gerade dieser Ort? Warum Groß Gerungs«, fragte Mercedes. »Was willst du dort? Hat dir … deine … Stimme … ihn genannt?«

Sammer schüttelte den Kopf: »Nein, es ist eher so eine Art Bauchgefühl.«

»Na, hoffentlich nicht so eines, wie du es bei der entzückenden Frau Müller hattest!«, stöhnte Mercedes.

Sammer verzog das Gesicht zu einem Grinsen. Es wurde aber nur eine Grimasse daraus.

»Woher weißt du überhaupt von diesem Ort?«

»Habe mal über … Kraftplätze recherchiert … da ist er mir aufgefallen.«

Sammer sprach abgehackt. Es schien ihm immer schwerer zu fallen, sich zu artikulieren.

»Was willst du dort?«, fragte Mercedes.

»Vollenden … was … vor vielen Jahren begonnen hat!«, antwortete er kryptisch.

Das letzte Stück des Weges fuhren sie über eine Forststraße. Ein Fahrverbot hatten sie ignoriert. Bei einer Weggabelung bedeutete Sammer dem Bürgermeister anzuhalten. »Von hier aus … müssen wir zu Fuß gehen«, keuchte er. Sie stiegen aus. Kummervoll warf einen prüfenden Blick auf den Bauch seines Freundes. Die Verwandlung war weiter fortgeschritten. Die holzige Struktur griff um sich. Kummervoll zweifelte jetzt nicht mehr daran, dass Sammer drauf und dran war, sich in einen Baum zu verwandeln wie damals Franz Kiefer.

Er sah seinen Freund ernst an. »Willst du das wirklich?«, fragte er.

Sammer lachte abgehackt. »Was von dem, was mir … in den letzten Monaten passiert ist, wollte ich wirklich?«, fragte er, und Bitternis schlich sich dabei in seine Züge. »Ich weiß es nicht. Vielleicht … bin ich ja schon seit meiner Geburt fremdgesteuert. Aber wenn dem so ist, gibt es … nun auch kein Zurück mehr. Und die Alternative zu dem, was jetzt kommt, wäre ohnehin nur der Tod.«

Sein Gesicht entspannte sich, und er lächelte.

»Aber es fühlt sich auch richtig an«, sagte er mit plötzlich fester

Stimme. Dann deutete er in den Fichtenwald hinein. »Wir müssen … da lang«, erklärte er und setzte sich mühsam in Bewegung. Seine Beine waren schon so steif, dass er kaum gehen konnte.

»Ich fürchte, ihr werdet mich … stützen müssen«, sagte er.

Mercedes und Kummervoll nahmen ihn in die Mitte, und er legte die Arme um ihre Schultern. So wankten sie auf einem schmalen Waldpfad bergauf. Es war mühsam, und sie kamen nur langsam voran, aber zum Glück war ihr Ziel nicht weit entfernt. Dennoch brauchten sie für die Strecke, die ein Mensch im Vollbesitz seiner Kräfte in ein paar Minuten zurücklegt hätte, fast eine halbe Stunde. Sammer schien von Minute zu Minute steifer und auch schwerer zu werden. Kummervoll und Mercedes hatten zunehmend Mühe, ihre Last weiterzuschleppen.

Endlich tauchten zwischen den Fichten mehrere große, moosbewachsene Granitfelsen auf.

Mercedes erkannte die Weltkugel sofort. Der mehr als doppelt mannshohe Stein hatte tatsächlich Ähnlichkeit mit einem Globus, und er strahlte etwas aus, das …!

Sie vermochte es nicht zu definieren, aber ihr Herz, das voller Kummer war, schien plötzlich ein wenig leichter zu werden. Sie fühlte, dass dies tatsächlich ein besonderer Ort war.

Auch Kummervoll spürte offenbar die beruhigende Wirkung, die von diesem Felsen ausging, denn sein Gesicht hellte sich ein wenig auf. Sammer nahm die Arme von den Schultern seiner Helfer, und beide stießen unwillkürlich einen Seufzer der Erleichterung aus.

Der Journalist lächelte. »Es ist offenbar mein Los, eine Last für meine Mitmenschen zu sein«, sagte er selbstironisch. »Bis zuletzt!«

Sammer machte nun allein einige steife Schritte auf den Felsen zu. Kummervoll kam dabei unwillkürlich der Zauberer von Oz in den Sinn. Der Blechmann hatte sich in einer alten Verfilmung, die er einst gesehen hatte, ähnlich bewegt. Es tat ihm im Herzen weh, seinen Freund so zu sehen.

Sammer legte die Hand auf den Stein und schloss die Augen.

Auf seinem Antlitz erschien ein Ausdruck, den Mercedes anfangs schwer zu deuten vermochte, aber dann sah sie, dass Sammer von Sekunde zu Sekunde gelöster, friedlicher wirkte und schließlich … glücklich.

Die letzten Stunden waren für Mercedes bitter gewesen. Sie hatte begriffen, dass ihre Gefühle für Sammer viel tiefer gingen, als sie sich selbst bisher hatte eingestehen wollen. »Ich liebe ihn tatsächlich«, dachte sie jetzt, als sie ihn betrachtete.

Der Mann und der Granitfels schienen eine Art Zwiesprache zu halten.

Kummervoll hatte offenbar dieselbe Assoziation.

»Es sieht fast so aus, als würden sie miteinander reden«, sagte er.

In diesem Augenblick öffnete Sammer die Augen und sah Mercedes und seinen alten Freund an.

Sein Blick war jetzt vollkommen klar, und er sprach nun wieder mit fester Stimme.

»Man nennt diesen Felsen nicht umsonst Weltkugel«, sagte er. »An diesem Ort treffen unzählige Energielinien zusammen. Der Stein vibriert förmlich vor Kraft.«

Kummervoll nickte. »Ja, man kann fühlen, dass da etwas Besonderes ist«, erklärte er. Auch sein Weltbild hatte sich gewandelt. Noch vor wenigen Monaten hätte der nüchterne Politiker, der er damals war, eine derartige Feststellung als hanebüchenen Unsinn abgetan.

»Was geschieht jetzt?«, fragte Mercedes.

Sammer sah sie an, und Trauer überschattete seine Züge.

»Nun heißt es Abschied nehmen«, antwortete er.

Er nahm die Hand vom Stein und öffnete die Arme. Mercedes überwand die Entfernung zwischen ihnen mit ein paar schnellen Schritten und warf sich hinein. So verharrten sie einige Minuten lang, ohne ein Wort zu sagen. Es war eine Umarmung von einer solchen Intimität und Intensität, dass Kummervoll sich plötzlich wie ein Voyeur fühlte und respektvoll wegdrehte.

Schließlich strich Sammer Mercedes sanft über den Rücken und löste sich von ihr. Er schob sie ein Stück von sich.

»Du bist das Beste, was mir in meinem Leben passiert ist«, sagte er heiser.

In ihren Augen glitzerten Tränen. »Wären wir von Anfang an offener zueinander gewesen, vielleicht wäre vieles anders gekommen«, sagte sie.

Er schüttelte den Kopf. »Als wir uns trafen, waren die Dinge längst in Bewegung.«

Sie spürte eine Berührung an einem ihrer Füße. Als sie hinuntersah, erblickte sie eine Wurzel. Sie entsprang einem von Sammers Knöcheln und wühlte sich gerade ins Erdreich, wobei sie Mercedes leicht gestreift hatte.

Sie schaute erschrocken auf, aber Sammer lächelte beruhigend.

»Hab keine Angst. Es tut nicht weh, es fühlt sich an wie Heimkommen«, sagte er rätselhaft.

Jetzt trat auch Kummervoll näher.

»Aber was ist mit deinen Prophezeiungen? Ist unsere Welt tatsächlich dem Untergang geweiht?«

Sammer schüttelte den Kopf. Obwohl auch sein Gesicht inzwischen schon einen leicht hölzernen Schimmer angenommen hatte, sprach er noch immer klar und deutlich.

»Nein, noch ist nichts verloren. Es ist in den letzten Wochen und Monaten viel in Bewegung geraten. Unzählige Menschen hinterfragen dieses System, das nur am Profit orientiert ist, und wollen es auf den Müllhaufen der Geschichte werfen, wo es auch hingehört. Um das tatsächlich zu erreichen, braucht es aber eine Massenbewegung, eine planetare Zivilgesellschaft, die eine demokratische Verwaltung der Ressourcen der Erde einfordert und durchsetzt. Wenn sich die Menschen guten Willens Kontinente übergreifend organisieren und Widerstand leisten, dann können sie die Mächtigen von ihren Thronen stoßen. Die Multimillionäre, die Konzernbosse, die Trumps und Putins dieser Welt! Ihre Macht ist nur geliehen. Mein Auftrag – ob er nun tatsächlich von Gott kam oder nicht – war es, kleine Nadelstiche zu setzen, das Bewusstsein der Menschen zu erweitern. Das habe ich getan. Aber mir ist klar geworden, dass das nicht reicht. Es braucht noch eine außerordentliche Maßnahme«, sagte er und hielt einen Moment inne, um auf seine Wurzeln hinabzuschauen. Dann fuhr er fort: »Es gibt inzwischen 776 Menschen-Bäume auf dieser Welt. Alle, die sich verwandelt haben, haben sich freiwillig für diesen Weg entschieden. Ich werde der 777. sein! Gemeinsam wollen wir der Menschheit die Chance auf eine neue, bessere Zukunft eröffnen!«

Kummervoll schüttelte den Kopf.

»Du sprichst in Rätseln, alter Freund«, sagte er.

Sammer lächelte. »Du wirst bald verstehen!«

»Warum gerade 777?«, fragte Kummervoll

Diesmal antwortete Mercedes.

»Die Sieben ist für viele Völker eine heilige Zahl. Die 777 steht in der Numerologie für Gerechtigkeit, und biblisch gesehen übertrifft sie 666, also die Zahl des Tieres oder des Antichristen aus der

Offenbarung des Johannes. In der Esoterik steht sie für das Urwissen, eine Welle, die alles durchdringen und alle Beschränktheit, alle Grenzen vernichten kann.«

Weitere Wurzeln schoben sich aus Sammers Füßen, und an seinen Beinen hatte die Baumrinde bereits den Stoff der Hose gesprengt. Die Verholzung hatte inzwischen auch seinen Oberkörper erfasst, und er hatte die gräulich-bräunliche Färbung eines Baumstammes angenommen. Hemd und Jacke hingen in Fetzen daran herab. Sammers Gesicht begann ebenfalls bereits zu verwittern. Die Wangen schoben sich nach vorne, die Augenbrauen verwandelten sich in grünliches Moos. Es war ein unheimlicher und doch auch faszinierender Prozess, und Mercedes und Kummervoll konnten den Blick nicht von ihm wenden.

»Ich wusste nicht, dass du in diesen Dingen so bewandert bist«, sagte der Baummensch, der Sammer inzwischen schon war, zu Mercedes. »Aber du hast Recht. Die 777 steht für Veränderung im positiven Sinne. Für ein Leben, das sich zum Besseren wendet. Und genau das werden wir tun – diese Welt zum Besseren verändern. Ich habe bei meiner Geburt mit einem Blitz ein Geschenk erhalten, das ich nun mit der Menschheit teilen will. Mit dem Turmbau zu Babel hielten die Gier und ihre Kinder, Eifersucht, Neid und Missgunst, Einzug in die Herzen der Menschen. Wir werden ein reinigendes Feuer entfachen, das sie davon befreit.«

Mercedes wusste nicht, was er meinte, aber seine Worte hatten trotzdem etwas Tröstliches, Hoffungsvolles an sich.

»Das hört sich fast nach einer Erlösung an«, sagte sie.

Sammer schüttelte den Kopf. »Nein, eine Erlösung wird es nicht sein. Aber eine Chance zum Neuanfang. Es liegt dann an den Menschen, was sie daraus machen. Sie können die Geister, die wir vertreiben werden, wieder beschwören, oder sie können diese Welt in eine verwandeln, in der wirklich alle gleich sind, gleiche Rechte haben und einen unumstößlichen Wert allein aufgrund ihrer Geburt. Leid wird es dennoch geben, Menschen werden bei Unfällen sterben, bei Naturkatastrophen und an Krankheiten – aber keiner soll mehr umkommen, weil er sich keine medizinische Behandlung leisten kann, keiner soll mehr verhungern, keiner ermordet werden, keiner im Krieg sterben. Und Männer und Frauen sollen wirklich gleichwertig sein.«

Kummervoll räusperte sich.

»Eine solche Welt scheint mir einem Paradies schon relativ nahezukommen.«

Sammer lächelte.

Er streckte die Arme in die Höhe. Auch sie waren bereits von Rinde überzogen, und allenthalben schoben sich Äste daraus hervor, die wiederum Zweige ausbildeten. Manche zeigten sogar schon Knospen, aus denen sich rasch Blätter entfalteten. Mercedes kam es vor, als sähe sie einen Baum im Zeitraffer wachsen. Es war ein unheimlicher Prozess, aber Sammer schien keine Schmerzen zu verspüren.

Sie trat näher an ihn heran und betrachtete ein Blatt an einem der Zweige genauer.

»Eine Eiche«, sagte sie zu Kummervoll. »Konrad verwandelt sich in eine Eiche!«

Der Bürgermeister dachte an jenen Abend zurück, an dem er mit Sammer am Bauhof der Stadt gestanden hatte. Es schien eine Ewigkeit her zu sein. Bei Sammer verlief der Prozess der Baumwerdung viel schneller als bei Franz Kiefer. »Ich habe damals gedacht, dass ich mich im Falle des Falles in eine Eiche verwandeln würde und Konrad in eine Trauerweide. Offenbar habe ich mich geirrt«, murmelte er gedankenverloren.

Sammer drehte noch einmal den Kopf in ihre Richtung. Ein knarrendes Geräusch entstand dabei. Er war inzwischen so groß, dass er aus einigen Metern Höhe auf sie herabschaute. Sein Gesicht war nur noch in Umrissen erkennbar, aber die Augen und der Mund waren noch da, und dieser schien einen Augenblick lang zu lächeln. Vielleicht war es aber auch nur eine Sinnestäuschung. Kummervoll war sich nicht sicher.

»Die Schatulle«, sagte Sammer. »Wir werden daraus eine wahre Büchse der Pandora machen. Wenn der Deckel zuschlägt, dürft ihr sie nie mehr öffnen. Sie wird unser Vermächtnis sein, eine ständige Mahnung an die Menschheit«, erklärte Sammer.

Kummervoll und Mercedes sahen einander an.

»Wird sie nicht eher eine ständige Versuchung sein?«, fragte der Bürgermeister.

Sammer verzog den hölzernen Mund zu einem Lächeln. Es sah schaurig aus.

»Die Menschheit wird beweisen müssen, dass sie lernfähig ist. Sie bekommt eine neue Chance. Aber sie muss selbst verantwortungsvoll damit umgehen.«

Mercedes seufzte. »Ich hoffe, du täuschst dich nicht in uns. Auch ohne Gier wird es schwer sein, Frieden zu halten und eine gerechte Erde zu schaffen. Könntest du nicht Dummheit und Borniertheit auch gleich noch in die Büchse sperren?«, fragte sie.

Sammer antwortete nicht.

Eine Weile war es still, aber dann erhob er noch einmal seine Stimme.

Es klang jetzt wie das Knarzen eines Baumes im Sturm.

»Bereitet euch vor. Was nun kommt, wird auch euch und euer Leben verändern«, sagte er und fügte in einem letzten Anflug seines schrägen Humors hinzu: »Kommt mich hin und wieder besuchen. Meine Adresse habt ihr ja.«

Und das waren die letzten Worte, die Konrad Sammer jemals sprach.

»*Es ist Zeit*«, sagte die Stimme in Sammers Kopf.

»Bist du wirklich Gott?«, fragte dieser.

»*Spielt es eine Rolle? Was, wenn ich nun der manifestierte Wille aller Menschen wäre, die diese Welt zum Besseren verändern wollen? Was, wenn ich nur dein eigenes Gewissen wäre, das durch den Blitzschlag bei der Geburt ein Eigenleben entwickelt hat und dich auf den richtigen Weg lenken will? Was, wenn ich Mutter Erde wäre, die nicht mehr tolerieren will, wie ihre Kinder mit ihr und auch miteinander umgehen? Würde das irgendetwas ändern?*«

Sammer dachte nach. »Nein«, antwortete er schließlich. »Es würde nichts ändern, denn ich glaube, dass richtig ist, was hier geschieht. Aber wenn du nicht Gott bist, wie erklärst du mir all die seltsamen Dinge, die passiert sind? Menschen, die alles, was sie anfassen, in Gold verwandeln, Hütten, die Arme speisen, die Mini-Sintflut? Wer soll das bewirkt haben, wenn nicht Gott!«

Die Stimme lachte.

»*Wie fade wäre die Welt doch, wenn es auf jede Frage eine eindeutige Antwort gäbe. Jeder Mensch muss letztlich für sich persönlich entscheiden, woran er glaubt. An ein höheres Wesen – oder einfach nur an die Menschlichkeit. Wäre das nicht auch sehr viel?*«

Sammer begriff, dass er auch diesmal keine klare Antwort erhalten würde.

Aber wie die Stimme selbst gesagt hatte, es spielte im Prinzip keine Rolle.

Sammer fühlte, dass seine Gedanken sich veränderten. Sie wurden langsamer. »Baumiger« wäre wohl der richtige Ausdruck dafür gewesen, ohne dass er hätte erklären können, was das nun genau bedeutete. Sammer spürte, dass es an der Zeit war, den letzten Schritt zu tun.

Er lauschte in sich hinein und lenkte sein Bewusstsein dann zu jenem verborgenen Reservoir in seinem Leib, in dem die Energie des Blitzes brodelte, der ihn bei seiner Geburt getroffen hatte. Im Grunde, so erkannte Sammer, hatte er sie immer gespürt, wenn auch nie so wie jetzt – so mächtig, so pulsierend, so drängend.

Sammer wusste, dass die Zeit gekommen war, sie loszulassen. Und das tat er …

Plötzlich strahlte ein Licht auf, das so hell war, dass Mercedes und Kummervoll aufschrien, geblendet die Hände vor die Augen schlugen und wimmernd zu Boden sanken. Es war, als wäre direkt vor ihnen der wabernde Glutball der Sonne aus dem Boden gestiegen. Aber die Energie kam nicht aus der Erde, sondern aus der Eiche, zu der Konrad Sammer nun endgültig geworden war. In Wellen brach sie aus ihr hervor, fuhr in die Weltkugel und ließ den Felsen in einem überirdischen Glanz erglühen. Dann strömte sie in die unzähligen weit verästelten Kanäle, die den großen Stein tief unter der Erde mit anderen Kraftplätzen überall auf dem Globus verbanden, raste darin von einem Menschenbaum zum anderen und brachte sie zum Leuchten. Die Astronauten auf der internationalen Raumstation ISS sahen voller Verwunderung 777 Leuchttürme aufflackern, deren pulsierendes Licht weit in den Raum hinaus strahlte.

Und dann, im Bruchteil einer Sekunde, gaben die Menschenbäume die Energie frei, und ein Vorhang aus Licht raste um die Welt wie ein elektromagnetischer Impuls. Doch er setzte nicht elektrische Geräte außer Kraft, sondern drang in die Herzen der Menschen und trieb ihnen die Gier und deren Kinder, die Missgunst, den Neid und die Eifersucht, aus. Als schwarzer Nebel entwichen sie den Körpern, und das Licht hetzte sie vor sich her, hinab in die Erde und auf den geheimnisvollen, verzweigten Kraftlinien dorthin zurück, wo Konrad Sammer sich verwurzelt hatte.

Mercedes und Kummervoll, die noch immer am Boden lagen, deren Augen sich aber von dem Lichtschock inzwischen erholt hatten, sahen Schwärze aus der Weltkugel emporsteigen und sich über dem Felsen als finstere, dräuende Wolke zusammenballen. Sie strahlte eine Kälte aus, die die Glieder und sogar die Gedanken der beiden zu vereisen drohte. Zitternd drückten sie sich auf den Boden.

Da sprang plötzlich der Deckel der kleinen, mit Muscheln besetzten Schatulle auf, die Sammer vor dem Abschluss seiner Metamorphose neben der Weltkugel abgestellt hatte, und wie von einem unerbittlichen Magnet angezogen floss die große schwarze Wolke in den kleinen Behälter hinein und wurde darin auf ein Minimum ihrer ursprünglichen Größe zusammengepresst. Nur ein letzter tiefschwarzer Schwaden wehrte sich mit aller Kraft gegen den Sog, versuchte auszubrechen, zu entfliehen. Vergeblich!

Auch er verschwand in der Schatulle – und der Deckel schlug zu.

Mercedes und Kummervoll atmeten schwer. Sie wussten, nein, sie spürten, dass sich etwas verändert hatte, auch wenn sie es nicht hätten benennen können. In ihrem Inneren war etwas anders geworden. Ihre Herzen fühlten sich freier an, leichter. Sie schauten einander an, und ihnen beiden war, als hätten sie einen neuen Menschen vor sich – freundlicher, liebenswerter, offener, ohne Falsch.

Sie lächelten einander an.

Inzwischen war es hell geworden. Die Sonne stieg an einem azurblauen Himmel empor.

Ihre Strahlen umschmeichelten die beiden Menschen und auch die Weltkugel.

Mercedes deutete auf die Schatulle.

»Diese Schwärze. Glaubst du wirklich, dass das Gier, Missgunst, Neid und Eifersucht waren, und dass sie jetzt da drinnen gefangen sind?«, fragte sie Kummervoll.

Er zuckte mit den Schultern. »Ich weiß es nicht«, sagte er. »Aber etwas hat sich verändert, das ist gewiss. Und es ist etwas Positives. Ich fühle mich anders, besser …!«

Kummervoll trat zu der Eiche, die in einem anderen Leben Konrad Sammer gewesen war, und strich mit der Hand sanft über die Rinde des Stammes. »Danke, alter Freund«, sagte er.

Epilog I – Im Wandel

»Ich bin gekommen, um dir wieder einmal zu erzählen, was inzwischen alles geschehen ist, alter Freund!«

Ferdinand Kummervoll hatte den Kopf in den Nacken gelegt und schaute zur mächtigen Krone des Baumes empor, der einst Konrad Sammer gewesen war. Ein Jahr stand er nun hier, war aber so dick und hoch, als wäre er Jahrhunderte alt.

»Willst du in den Himmel hineinwachsen?«, fragte Kummervoll und strich mit einer Hand über die rissige Rinde.

In der Krone des Baumes raschelte es. Es klang wie ein Schmunzeln.

Kummervoll grinste. Auch wenn die Eiche wie ein ganz normaler Baum aussah, war er sich sicher, dass da noch immer ein schönes Stück Konrad Sammer in ihr steckte.

»Nun denn. Dann will ich dich auf den neuesten Stand bringen. Es hat sich viel getan«, sagte der Bürgermeister und dachte kurz über die erstaunliche Veränderung nach, die er selbst durchgemacht hatte. Hätte ihm vor knapp zwei Jahren jemand prophezeit, dass er heute hier stehen und mit einem Baum sprechen würde, dann hätte er denjenigen ohne Zweifel als Fall für die Klapsmühle angesehen. Aber jetzt erschien ihm das ganz normal.

Die Entwicklung auf der Erde im letzten Jahr war in der Tat eine positive gewesen, wenn auch vermutlich nicht ganz so allumfassend, wie Sammer das vielleicht erhofft hatte.

Der Impuls, den die 777 Menschenbäume um die Welt jagten, hatte Gier, Missgunst, Neid und Eifersucht aus den Herzen der Menschen vertrieben, und sie waren in der neuen Büchse der Pandora gut verwahrt – vorerst zumindest.

»Eigentlich müsste es jetzt Büchse des Sammer heißen, oder Büchse des Konrad«, murmelte Kummervoll. Allerdings musste er zugeben, dass beides nicht so eindrucksvoll klang wie Büchse der Pandora. Und wenn er an den Inhalt dachte, dann war es vermutlich gar nicht erstrebenswert, ihr Namensgeber zu sein.

Dass die Gier gebannt war, hieß indessen noch lange nicht, dass damit alles gut war auf dieser Erde. Es zeigte sich, dass Unrechtstrukturen ein enormes Beharrungsvermögen innewohnte und sie sich nur schwer aufbrechen ließen – nicht einmal durch eine Art Wunder, wie es Sammer und die anderen Menschenbäume zweifellos gewirkt hatten. Es gab viele Menschen, die sich dennoch an ihre Allmachtsfantasien klammerten.

Überraschenderweise gehörte der amerikanische Präsident nicht dazu. In einer für ihn ganz untypischen Schnelligkeit kam er zur Einsicht, dass er aufgrund seiner narzisstischen Persönlichkeitsstruktur für das Amt völlig ungeeignet war. Das Kartenhaus aus Lügen und Selbstbetrug, das er sich aufgebaut und in dem er es sich bequem gemacht hatte, stürzte innerhalb von Tagen in sich zusammen. Eine Woche, nachdem die Welle reinigenden Lichts um die Welt gelaufen war, räumte der Präsident seinen Sessel im Oval Office, verließ das Weiße Haus und kehrte nie wieder dorthin zurück.

Und das war gut so.

In Ländern wie Russland, Türkei oder Ungarn dauerte es länger, bis die autoritären Staatsoberhäupter abdankten. In ihrem Sendungsbewusstsein und ihrer Hybris klammerten sie sich an den Glauben, dazu auserwählt zu sein, ihre Völker zu führen. Allerdings war auch mit ihnen eine Veränderung vor sich gegangen, denn mit der Gier war ihnen der Wille abhandengekommen, ihren Führungsanspruch durch rücksichtslose Manipulation der öffentlichen Meinung und notfalls mit Gewalt durchzusetzen. Und als die Bevölkerung in Massenprotesten ihren Rücktritt forderte, brachten sie nicht mehr die Entschlossenheit auf, die Großdemonstrationen von der Exekutive oder vom Militär zerschlagen zu lassen – wobei ohnehin fraglich gewesen wäre, ob die Polizisten und Soldaten ihnen noch gehorcht hätten.

Letztendlich blieb ihnen also nichts anderes übrig, als dem Druck der protestierenden Zivilgesellschaft zu weichen.

Und auch das war gut so.

Demokratisch geführte Länder waren vom Wandlungsprozess auch nicht ausgenommen. Politiker und Politikerinnen der verschiedensten Parteien begriffen in plötzlicher Selbsterkenntnis, dass es ihnen im Kern nicht wirklich um das Wohl der Menschen im Land und schon gar nicht auf dem ganzen Globus gegangen war, sondern um Machterhalt, um kleinliche Parteiinteressen und oft auch um ihren eigenen Vorteil. Eine Rücktrittswelle ebnete den Weg für eine politische Neuordnung.

Dieser voran ging ein Wahlkampf, der erstmals in der Geschichte absolut nichts von einem Kampf an sich hatte, sondern tatsächlich ein fairer Wettstreit der besten Ideen war. Es gab kein gegenseitiges Anpatzen der Bewerber, sie schürten keine Ängste in der Bevölkerung, hetzten nicht einzelne Gruppen gegeneinander auf, schoben nicht alles, was schief ging im Land, auf Flüchtlinge und Asylwerber und gaben auch nicht kapitalistischen Wirtschaftsinteressen den Vorzug vor dem Gemeinwohl.

Und die Wählerinnen und Wähler trafen ihre Entscheidung nicht aus einem diffusen Gefühl der Bedrohung heraus, nicht aus der alleinigen Motivation, »denen da oben« eines auszuwischen und auch nicht aus Protest »gegen eh alles«, sondern sie wägten die Argumente ab und folgten bei der Entscheidung ihrem Gewissen. So kamen jene Kräfte ans Ruder, die guten Willens waren und vermutlich auch fähig, das Zusammenleben im eigenen Land und darüber hinaus auf dem ganzen Planeten so zu regeln, dass es gerecht zuging. Die große Mehrheit der Menschen schaute nun über den Kirchturm der eigenen Nation hinaus und empfand keine Angst vor dem, was sie dort sah, sondern verstand sich erstmals in der Geschichte als eine Art, deren gemeinsames Zuhause die Erde war, die es zu bewahren galt.

Und die Menschen redeten wieder miteinander – nicht per Computer, sondern von Angesicht zu Angesicht. Mit der Verbannung von Gier, Neid, Missgunst und Eifersucht in die neue Büchse der Pandora brachen Soziale Netzwerke wie Facebook innerhalb weniger Wochen zusammen. Da plötzlich niemand mehr Interesse daran hatte, Hass und Verleumdungen zu verbreiten, ging die Zahl der Postings um rund zwei Drittel zurück, und etwa drei Viertel der User legten ihr Profil überhaupt still.

Auch das war gut so.

Die allgemeine Entwicklung hin zum Besseren ging natürlich auch an der Wirtschaft nicht spurlos vorüber. Sogar jene 62 Multimillionäre, die zusammen mehr Vermögen hatten als die Hälfte der Menschheit – auch Primus gehörte zu dieser Gruppe – entdeckten, plötzlich von der Gier befreit, die sie Zeit ihres Lebens im Würgegriff gehalten hatte, den Wert des Teilens für sich. Sie konnten es nun mit ihrem Gewissen nicht mehr vereinbaren, dass auf diesem

Planeten, der dank der technologischen Möglichkeiten 12 Milliarden Menschen hätte ernähren können, noch immer zwei Milliarden nicht genug zu essen hatten, und beschlossen, 99 Prozent ihres Vermögens in einen gemeinsamen Fonds einzubringen. Der sollte dazu verwendet werden, weltweit die Versorgung der Menschen mit Nahrungsmitteln sicherzustellen und innerhalb weniger Monate den Hunger zu einem abgeschlossenen, wenn auch dunklen Kapitel der Menschheitsgeschichte zu machen. Außerdem vereinbarten sie, in den ärmeren südlichen Ländern, die bisher von global agierenden Unternehmen ausgebeutet und mit rücksichtslosen Rodungen ökologisch zerstört wurden, wieder funktionierende landwirtschaftliche Strukturen aufzubauen.

Viele internationale Konzerne waren in den ersten Wochen und Monaten nach dem Verschwinden der Gier ohnehin völlig handlungsunfähig und ihre Führungsetagen verwaist, weil die Manager, deren Denken und Streben bisher gnadenlos auf Profit ausgerichtet gewesen war, nun die Wartezimmer der Psychotherapeuten bevölkerten. Denn da war plötzlich eine ungeheure Leere in ihren Herzen und Hirnen, und sie wussten nicht, wie sie sie füllen sollten. Ohne Gier als Antrieb konnten sie nicht mehr agieren wie bisher, andererseits war ihnen das Modell einer Wirtschaft, deren Zweck allein darauf ausgerichtet sein sollte, allen Menschen ein würdiges Leben ohne existenzielle Sorgen zu ermöglichen, völlig fremd. Und Angst machte ihnen der Wandel der Welt auch.

Tatsächlich steuerte die Zivilgesellschaft auf die Entwicklung eines planetaren Bewusstseins zu, das gemeinsam mit dem Willen, Kriege, Völkermord, Ausbeutung und Umweltzerstörung zu überwinden, ein völlig neues Konzept des Zusammenlebens auf der Erde ermöglichen würde.

»Wir leben sozusagen in einem neuen Zeitalter der Aufklärung, alter Freund – einer globalen Aufklärung diesmal«, sagte Kummervoll zu dem Baum, der einst Konrad Sammer war. »Ich glaube, das hätte dir gefallen. Noch sind zwar viele Menschen verunsichert und orientierungslos, weil sie ihr altes Wertesystem verloren haben. Aber die große Transformation ist schon im Gange, und an ihrem Ende wird ein Weltparlament als zentrale Institution einer weltumspannenden Demokratie stehen, in der künftig auch Weltrecht gilt, das sich am Wohlergehen jedes einzelnen Menschen, aber zugleich auch am Wohlergehen und somit am Überleben der Spezies und ihres Lebensraums, der Erde, orientiert«, sagte er begeistert.

Kummervoll schüttelte erstaunt über sich selbst den Kopf. »Vor gar nicht langer Zeit hätte ich das alles als reine Utopie abgetan.« Er grinste schief. »Inzwischen bin ich offenbar aber auch unter die Propheten gegangen«, stellte er fest und tätschelte den Stamm. »Naja, ich hatte ja auch ein gutes Vorbild!«

Kummervoll wusste, dass er sich mit seiner Voraussage nicht zu weit aus dem Fenster lehnte, denn in den UNO-Gremien wurde tatsächlich bereits über die Schaffung eines Weltparlaments diskutiert. Ja, sogar die Einführung einer weltbürgerlichen Schulbildung wurde angedacht – mit einem globalgeschichtlichen Schwerpunkt. Das hielt Kummervoll für besonders revolutionär und wichtig. Denn nur, wenn künftige Generationen tatsächlich als Weltbürger heranwuchsen, konnte man dem Nationalismus langfristig den Nährboden entziehen.

»Und das ist doch eine schöne Vorstellung«, murmelte der Bürgermeister.

Dann seufzte er. »Aber noch ist es lange nicht so weit, und gerade für unsere Generation wird die Umstellung am schwersten«, stellte er fest. »Was mich aber zuversichtlich stimmt, ist, dass die Großmächte eine vollständige Abrüstung eingeleitet haben. Konflikte sollen künftig nicht mehr mit Waffen ausgetragen werden. Das Geld, das für Militärausgaben verschwendet wurde, will man in Projekte stecken, die helfen, den Klimawandel zu stoppen, und auch in soziale Initiativen. Tausende Arbeitsplätze werden in diesen Bereichen entstehen und jene in den Waffenfabriken ersetzen. Ich persönlich glaube aber ohnehin, dass es spätestens in zehn Jahren ein globales Grundeinkommen geben wird. Weil ja niemand mehr auf Profit aus ist, kann man die vorhandenen Güter gerecht verteilen. Die Menschheit kann endlich ihre Kreativität und Energie auf produktive Weise zum besten Wohle allen Lebens auf der Erde entfalten«, sagte Kummervoll – und plötzlich schoss ihm der Gedanke durch den Kopf, dass sein Name eigentlich gar nicht mehr zu ihm passte.

Denn er war glücklich.

Ihm gefiel diese neue Art des Denkens, des Wirtschaftens und der Politik. Auch in Althausen hatte es Neuwahlen gegeben, und er war mit überzeugender Mehrheit in seinem Amt bestätigt worden, weil ihm die Bewohner der Stadt glaubten, dass er nur das Beste für sie wollte.

»Und weißt du was, alter Freund«, sagte Kummervoll zu der Eiche, »das will ich tatsächlich!«

Epilog II – Ein Abschiedsgeschenk

Mercedes musterte den Stamm der Eiche.

Der Baum schien noch um ein Stück gewachsen zu sein. Sie schaute empor und versuchte, in der Rinde hoch über sich das Gesicht des Menschen zu erahnen, der ihr einst so lieb und teuer gewesen war und für den sie noch immer große Zugneigung empfand. Vergeblich. Sie seufzte enttäuscht und legte die Hand an den Stamm. Er fühlte sich warm an, fast wie die Haut eines Menschen. War da also doch nicht nur ein Baum vor ihr, fragte sich Mercedes, war da irgendwo noch immer etwas von dem Mann?

»Konrad«, flüsterte sie und lauschte angestrengt. Doch es kam keine Antwort.

Mercedes ließ sich am Fuße des Baumes nieder und lehnte sich mit dem Rücken dagegen.

Heute genau vor zwei Jahren war es gewesen, als Sammer und die 776 anderen Baummenschen die Welt veränderten.

Das Kind im Buggy neben der Eiche regte sich.

Es schlug die Augen auf, quengelte aber nicht wie sonst oft, wenn es erwachte, sondern schaute fasziniert hinauf in die Krone des Baumes.

Mercedes stand auf, ging zum Kinderwagen und nahm das kleine Mädchen heraus. Es war knapp eineinhalb Jahre alt.

Als Konrad Sammer zum Baum wurde, hatte Mercedes noch nicht gewusst, dass sie schwanger war. Sie hatte es auch für unmöglich gehalten, weil ihr in ihrer Jugend drei verschiedene Frauenärzte bestätigt hatten, dass sie unfruchtbar sei. Damals hatte das eine Lebenskrise bei ihr ausgelöst, doch dann hatte sie sich gesagt, dass auch ein Dasein ohne Kinder erfüllt sein könne, und sie hatte auch befriedigende Aufgaben gefunden.

Natürlich hatte sie beim Sex nie verhütet, wozu auch. Als sie bemerkte, dass sie ein Kind im Leib trug – das war kurz nach Sammers Baumwerdung mit all seinen dramatischen Nebenerscheinungen – hatte ihr das regelrecht den Boden unter den Füßen weggezogen. Dass nur Sammer der Vater sein konnte, war ihr klar, denn sie war in der Zeit, in der Miriam gezeugt worden sein musste, nur mit ihm im Bett gewesen. War es nicht eine besondere Ironie des Schicksals?

Mercedes erinnerte sich noch gut daran, wie Sammer ihr erzählt hatte, dass er keine Kinder wolle, weil er sich der Verantwortung nicht gewachsen fühle. Und dann hatte er ihr – sozusagen als Abschiedsgeschenk – ausgerechnet eine Tochter hinterlassen. Mercedes streichelte über die Rinde. »Du wärst ein guter Vater gewesen, denn du hast es unserem Kind ermöglicht, in einer besseren Welt aufzuwachsen«, flüsterte sie.

Sie schaute in Miriams geliebtes Gesicht und erblickte darin auch die Züge ihres Vaters.

Plötzlich beugte sich ein Ast der Eiche zu ihnen herab und formte aus seinen Zweigen eine Art Korb. Mercedes sah dieses Schauspiel nicht zum ersten Mal, dennoch zögerte sie einen Moment. Aber dann lächelte sie. »Dein Vater möchte dich halten«, sagte sie zu ihrer Tochter und hob Miriam vorsichtig hinein.

»Hier kommt das kleine Gottesgeschenk«, sagte Mercedes, denn genau das bedeutete der Name des Mädchens.

Der Ast begann das Kind sanft zu schaukeln.

Miriam gluckste fröhlich.

Epilog III - Sieben Jahre später

Im geschichtlichen Museum der Stadt Wien im neu gegründeten Weltdistrikt Österreich gibt es einen großen Saal, in dem nur eine einzige Vitrine steht. In ihr ruht, hinter Panzerglas, eine kleine Schatulle.

In den Sockel der Vitrine ist eine marmorne Tafel eingelassen. Die Inschrift darauf lautet:

Dies ist die neue
Büchse der Pandora!
Möge sie für immer
verschlossen bleiben!

Gier,
Eifersucht, Neid und Missgunst
haben die Welt einst
an den Rand des Untergangs gebracht.
Menschheit, sei gewarnt!

Darunter steht in kleinerer Schrift:

Im dankbaren Gedenken an Konrad Sammer, Franz Kiefer, Howard Hughes, Rosalinde Schneider, Milena Wozniak …

Insgesamt sind es 777 Namen.

Der Deckel der kleinen Schatulle ist mit Muscheln besetzt, was ihr ein kitschiges Aussehen verleiht. Der Besucher, der sie zum ersten Mal erblickt, fragt sich, ob sich die Kuratoren der Ausstellung mit diesem Exponat vielleicht nur einen Jux machen wollten und es im Grunde ein völlig wertloses Überbleibsel einer längst vergangenen Epoche sei.

Enttäuscht will er den Raum verlassen und stellt fest, dass er den Blick nicht von der Schatulle wenden kann. Das seltsame Ding zieht ihn in seinen Bann.

Und dann fühlt er etwas, das ihn vor Entsetzen schaudern lässt.

Da ist etwas in dieser Schatulle.

Etwas Lebendiges, Unheimliches!

Etwas, das lauert …

ENDE

Literaturhinweise

Clemens G. Arvay: Der Heilungscode der Natur, München 2016

Manfred Böck: Die berühmtesten Propheten in den Kulturen der Welt, Copyright beim Autor

Christian Felber: 50 Vorschläge für eine gerechtere Welt, Wien 2006

Chrystia Freeland: Die Superreichen: Aufstieg und Herrschaft einer neuen globalen Geldelite, Frankfurt am Main, 2013

Kathrin Hartmann: Aus kontrolliertem Raubbau, München 2015

Ulrike Herrmann: Der Sieg des Kapitals, Frankfurt am Main, 2015

Jo Leinen, Andreas Bummel: Das demokratische Weltparlament, Bonn 2017 (2. Auflage)

Harlad Lesch, Klaus Kamphausen: Die Menschheit schafft sich ab, München 2017 (2. Auflage)

Michael Lewis: The Big Short, Frankfurt am Main, 2011

Tomáš Sedláček, Oliver Tanzer: Die Dämonen des Kapitals, München, 2017

Gernot Wagner, Martin L. Weitzman: Klimaschock, Wien 2016

Peter Wohlleben: Das geheime Leben der Bäume, München 2015

Jean Ziegler: Ändere die Welt, München 2016

Jean Ziegler: Die neuen Herrscher der Welt und ihre globalen Widersacher, München 2003 (7. Auflage)

Hermann Knapp

geboren am 8.3.1964 in Steinbach (Bezirk Gmünd NÖ), Studium der Theologie in Linz, seit 1995 Redakteur bei einer niederösterreichischen Wochenzeitung. Lebt in Ansfelden (OÖ).

Literarische Tätigkeit: Bisher drei Satiren- und Kurzgeschichtenbände, Odysseus im Supermarkt (2005), Abnehmen mit Attila (2007), Liebe in Zeiten der Prostata (2012).

Roman: Der Tote, der nicht sterben konnte (Verlag Wortreich 2016), Dazwischen ein Ausflug in die Jugendliteratur mit dem Fantasyroman Das geraubte Lachen (2009). Veröffentlichungen in diversen Anthologien und Zeitschriften (z.B. Facetten, Literarisches Jahrbuch der Stadt Linz, 2013). Mitglied der Grazer Autorinnen Autorenversammlung und Obmannstellvertreter des Linzer AutorInnenkreises.

Max-von-der-Grün-Preis der Stadt Linz, 1997, Erster Preis beim Literaturwettbewerb Akut der Gemeinde Alberndorf, 2011.

Hermann Knapp
Der Tote, der nicht sterben konnte

Roman / Hardcover
ISBN 978-3-903091-08-5
272 Seiten

Das vielleicht schrägste Buch des Jahres!
Nach einem fatalen Verkehrsunfall verlässt Martin Heinz ohne Herzschlag und mit einer schrecklichen Bauchwunde, sonst aber eigentlich bei bester Gesundheit, das Krankenhaus. Zu diesem Zeitpunkt weiß er noch nicht, dass die Aufgabe die vor ihm liegt, noch viel ungeheuerlicher ist, als das, was er schon hinter sich hat.

Pressestimmen:

Ein schräger Roman - KURIER

Hermann Knapps Roman pendelt nicht unlustig zwischen Tod und Leben... - OÖ NACHRICHTEN

Ein kurzweiliger, vielschichtiger Roman. - DIE PRESSE

Hermann Knapps neuestes Buch ...ist amüsant, spannend, fantasievoll – aber eines ganz und gar nicht: „normal"- NÖN